Sur l'auteur

Amy Belding Brown est poétesse, nouvelliste et romancière. *L'Envol du moineau* est son premier roman publié en France. Mariée et mère de quatre enfants, elle vit avec son mari à Thetford, dans le Vermont.

AMY BELDING BROWN

L'ENVOL DU MOINEAU

Traduit de l'anglais
par Cindy Colin Kapen

**10
18**

CHERCHE MIDI

Titre original :
Flight of the Sparrow

Éditeur original : Penguin
© Amy Belding Brown, 2014.
© le cherche midi, 2019, pour la traduction française.
ISBN 978-2-264-07552-9
Dépôt légal : mars 2020

*En mémoire de ma mère,
Eleanor Kellogg Belding,
1922-2012*

*Face à l'adversité, elle a choisi l'espoir,
la curiosité et le courage : la feuille assoiffée
voletant vers la pluie, le papillon de nuit
guettant le monde à la fenêtre,
la fleur ne se refermant pas
lorsque tombe le jour.*

Our soul, as bird, escaped is
Out of the fowler's snare :
The snare asunder broken is ;
And we delivered are[1].

Psaume 124, verset 7
Bay Psalm Book[2], 1640.

1. Tel un oiseau notre âme s'est échappée / Du filet des oiseleurs / En mille éclats le filet s'est brisé / Et nous sommes délivrés. (*N.d.T.*)
2. Le *Bay Psalm Book*, premier livre imprimé en Amérique du Nord britannique, est une traduction métrique du Livre des Psaumes adaptée au chant. Imprimé pour la première fois en 1640, il resta en usage pendant plus d'un siècle.

1

Par une chaude matinée de juillet 1672, Mary s'accorde une pause sur le chemin de la grange pour regarder le soleil orange brûler au-dessus du temple. Un sombre pressentiment lui noue l'estomac lorsqu'elle voit le disque flamboyer tels les feux de l'enfer à travers la brume humide. En y repensant plus tard, elle comprendra qu'il s'agissait des premiers signes du mécontentement du Seigneur. Elle n'a jamais été douée pour interpréter les présages. C'est là le don et le devoir de son mari, Joseph, et des autres pasteurs de la colonie de la baie du Massachusetts. Mary voit le monde simplement, comme une œuvre pratique et intelligible créée par Dieu pour le bien-être de Son peuple. Tandis qu'elle soulève ses poules anxieuses pour ramasser trois œufs dérisoires qu'elle glisse dans sa poche, elle ne pense plus qu'à la chaleur suffocante qui s'abattra dès midi. Ce n'est que lorsque, sortant de la grange, elle entend d'inquiétants bruits de pas sur le chemin que le duvet roux parsemant sa nuque se hérisse, car il lui semble que le diable en personne arrive à sa rencontre.

Une seconde plus tard, elle constate qu'il ne s'agit que d'Edmund Parker, en culottes et chemise de nuit, qui marche à pas lourds dans sa direction, pieds nus, ses cheveux voletant autour de son crâne comme autant de flammes blanches. Ses yeux sont exorbités et la tache de naissance marbrée sur sa joue gauche brûle d'un rouge profond. Mary se précipite vers lui en voyant ses jambes flageoler, qui semblent aussi fragiles que celles d'un nourrisson.

« Madame Rowlandson ! » Les doigts du vieil homme s'enfoncent douloureusement dans son bras, mais elle ne se dérobe pas face à sa détresse. « Je vous en prie, aidez-moi ! crie-t-il. C'est ma Bess. Le moment est venu. »

Bess. Sa fille qui l'a couvert d'opprobre en concevant un enfant pendant son inféodation chez Deacon Park à Roxbury. Bess, qui a refusé de dévoiler le nom de l'homme qui a mis cet enfant en elle et pour cela a été chassée de la ville, sans autre endroit où se réfugier que la ferme en faillite de son père. La fille dont les maîtresses de maison ne parlent qu'à voix basse, de peur que le Seigneur ne punisse tout Lancaster pour ce péché.

« Où est Goody Turner ? » demande Mary, qui ne comprend pas pourquoi il est venu la chercher elle plutôt que la sage-femme.

Sa barbe prend une teinte ambre dans la lumière sinistre lorsqu'il secoue la tête.

« Sa fille dit qu'elle est clouée au lit par la dysenterie. Mais je pense qu'elle refuse de venir par simple méchanceté.

— Par méchanceté ? Cela ne se peut. »

Mary fronce les sourcils, bien qu'elle craigne qu'il n'ait raison. Toutes les femmes pieuses et dévotes de cette ville frontière ont gardé leurs distances avec Bess, convaincues que le mal est contagieux et que la proximité du péché fait d'elles des proies idéales pour le diable.

« Si sa fille affirme qu'elle est malade, je suis certaine que c'est vrai. La suette circule depuis deux semaines.

— Que ce soit vrai ou non, elle ne nous aidera pas. Ni elle, ni qui que ce soit d'autre. »

Ses doigts s'enfoncent encore davantage dans le bras de Mary. « J'ai frappé à toutes les portes. Il n'y a personne d'autre. Je vous en supplie, vous êtes chrétienne, vous devez nous aider ! »

Mary sait parfaitement ce que lui ordonne son devoir. Et comment pourrait-elle refuser ? Jésus lui-même n'a-t-il pas commandé à ses disciples d'aider les pauvres et les humbles ? Ne s'est-il pas lui-même mêlé aux pécheurs ? Edmund est en train de se ronger les sangs et elle est la femme du pasteur de la ville. Elle n'a d'autre choix qu'accepter de l'aider.

Mary a assisté à une douzaine de naissances, quoique jamais en tant que sage-femme, et jamais seule. Cette perspective la terrifie, non seulement en raison des risques qu'elle fera encourir à son âme, mais aussi en raison de l'âge de la jeune fille, dont le corps n'est peut-être pas encore prêt à mettre sans risque un bébé au monde. Mary ne possède ni le linge ni le tabouret d'accouchement sans lesquels une vraie sage-femme ne peut pratiquer son art. Pourtant, Edmund est dans une détresse telle qu'elle ne peut le faire attendre plus longtemps.

Elle se précipite dans la maison et sort les œufs de sa poche pour la remplir de ciseaux, de fil et de tous les chiffons qui lui tombent sous la main. Elle envisage un instant d'emmener sa fille aînée avec elle. Du haut de ses six ans, Marie est une enfant capable et consciencieuse, qui pourrait lui être d'une grande aide, mais Mary ne souhaite pas risquer de la traumatiser si les choses tournent mal. Même dans les meilleures circonstances, un accouchement est une affaire périlleuse, et si Bess venait à mourir ou donner naissance à un monstre, une telle expérience pourrait dissuader à jamais Marie de porter un enfant. Elle demande à Rebekah, la jeune servante, de surveiller de près Marie et la petite Sarah, laquelle est encore si jeune qu'elle risquerait de courir à petits pas maladroits dans la cheminée ou se noyer dans une flaque d'eau. Elle sait que son fils, Joss, passera la matinée à travailler dans le champ de lin avec Joseph. Son regard se pose sur les œufs qu'elle a placés sur l'étagère et, au dernier moment, elle décide de les envelopper dans une serviette pour les emporter avec elle.

Elle n'échange guère plus de quelques mots avec Edmund tandis qu'ils se hâtent à travers la colline pour rejoindre sa ferme, tous deux trop essoufflés pour parler. Bien que le jour vienne de se lever, le soleil brille déjà avec une telle férocité que Mary doit plusieurs fois s'essuyer le visage avec son tablier. Il n'y a pas la moindre brise ; l'air est lourd et chargé de la puanteur d'abats de cochon et d'eaux marécageuses. Les branches du grand châtaigner près du temple s'affaissent, ses feuilles desséchées se repliant sur elles-mêmes, grises dans cette lumière inquiétante. Même les oiseaux sont immobiles, comme si eux aussi sentaient le mal arriver.

À mesure qu'ils approchent, Mary commence à entendre les gémissements de Bess. Ce n'est pas une maison mais une masure, bâtie si grossièrement que peu d'hommes à Lancaster accepteraient d'y loger même leurs bœufs. Elle voit la pourriture le long du seuil et les fissures entre les bardeaux. Il n'y a qu'une pièce, la ferme d'Edmund n'ayant jamais prospéré. Qui peut dire pourquoi certains champs s'épanouissent quand d'autres non ? Certains remettent en question les capacités d'Edmund à gérer une ferme. D'autres affirment qu'il a jadis commis un acte si terrible qu'il a à jamais détruit ses chances de réussite.

La porte est ouverte, s'affaissant sur ses gonds. Mary pénètre à l'intérieur. Il n'y a pas de feu dans l'âtre, pas de cadre de lit, pas de planches sous ses pieds, rien qu'un sol de terre compacte. L'unique fenêtre est faite d'un morceau de parchemin déchiré, abondamment huilé de graisse de porc. Bess est voûtée sur un grabat de couvertures, les jupons retroussés, les poings enfoncés dans les cuisses. À chaque gémissement, elle rejette la tête en arrière et bascule sur ses talons.

Mary a un moment d'hésitation, choquée de découvrir un être si jeune, dont les os n'ont que récemment donné à son corps la forme d'une femme. Sous son sinistre masque de douleur, ses traits sont doux – presque délicats. Quel âge a-t-elle ? Quatorze ? Quinze ans ?

Son frère John, assis près d'elle sur un petit tabouret, ne lui offre aucun réconfort, se contentant de rester immobile, les mains pendues entre les jambes. Il évite délibérément de la regarder, les yeux rivés sur les chevrons noircis par la fumée. Mary observe la courbe de ses fines épaules voûtées, la manière dont ses pieds tapotent nerveusement le sol. Il lui rappelle son frère préféré, Josiah, qui avait à son âge la même allure gauche et dégingandée. Âgée de six ans lorsqu'il était né, Mary était déjà assez mûre pour veiller sur lui, tout en étant assez jeune pour apprécier sa compagnie. Ils avaient inventé leur propre langage secret quand elle lui avait appris à accomplir les tâches ménagères qui incombent aux enfants : nourrir les poulets, ramasser les œufs, désherber le potager. À son grand regret, elle est aujourd'hui incapable de se souvenir d'un seul de ces mots.

Elle s'essuie le visage avec son tablier, suffoquant dans la chaleur du matin qui a déjà traversé les murs fins de la hutte. Des mouches sillonnent la pièce en bourdonnant et se collent à la fenêtre.

En entendant Bess pousser un cri à mi-chemin entre le grognement et le gémissement, Mary rassemble ses esprits et place sa main sur l'épaule du garçon.

« John, il faut que tu allumes un feu et ailles chercher de l'eau. Nous allons avoir besoin d'une cuve entière. » Il s'empresse d'obéir, visiblement soulagé de se voir confier une tâche qui le libère de son tabouret.

Edmund entre à son tour, sans toutefois s'aventurer au-delà du seuil de la porte. Il semble abattu et attend manifestement un signe de Mary lui indiquant ce qu'il doit faire, les hommes n'ayant généralement pas le droit d'assister aux accouchements. Elle lui demande de fermer la porte avant de se raviser, prenant conscience qu'elle aura besoin d'autant de lumière et d'air frais que possible. Contrairement à Goody Turner, elle est incapable d'évaluer la progression du travail à la seule aide de ses mains.

« Non, laissez ouvert, dit-elle. Apportez autant de paille que vous pourrez. Nous devons couvrir le sol pour absorber… » Elle hésite un instant. « … les fluides. Trouvez un linge propre pour envelopper l'enfant lorsqu'il arrivera. Et rassemblez autant de nourriture fortifiante que possible. »

Il secoue la tête.

« Nous n'avons rien d'autre que des vieux morceaux de pain.

— Alors vous allez devoir en quémander chez un voisin. Du bouillon. Du ragoût. Du potage. Allez chez Elizabeth Kerley ; c'est ma sœur. Dites-lui que je vous envoie et elle vous donnera ce dont vous avez besoin. Votre fille doit avoir à boire et à manger si nous ne voulons pas qu'elle s'évanouisse de douleur. »

Sur ces mots, Mary se détourne de lui et s'accroupit près de la jeune fille.

« Bess ! » Elle place sa bouche près de son oreille. « Bess, je suis venue t'aider. Tout va bien se passer. » Elle ignore ce qui lui prend de dire une telle chose, car elle n'a elle-même aucune certitude que ce soit la vérité.

Lorsque Bess tourne la tête vers elle, Mary lit dans ses yeux la peur de la femme en couches, une peur qu'elle ne connaît que trop bien, pour l'avoir vue sur le visage de ses sœurs et sentie sur le sien. Chacun sait que porter un enfant peut conduire une femme à sa tombe.

Elle sait aussi que Bess a une autre raison d'avoir peur, une raison qu'appréhende Mary, car on exige de toutes les femmes, mariées ou non, qu'elles dévoilent le nom du père de leur enfant. Elles doivent le faire pendant les moments les plus difficiles du travail, lorsque la douleur les prive de toute maîtrise de soi. Bien qu'elle sache que c'est pour le bien de l'âme de Bess et que cela lui laissera une chance de salut si le pire devait arriver, Mary n'apprécie guère cette coutume. Ayant elle-même enduré les souffrances de l'accouchement, elle sait qu'il est dans ces sombres instants possible de convaincre une femme de révéler ses secrets les plus honteux, de confesser ses péchés les plus infâmes. Une femme n'est pas elle-même dans ces moments-là, elle n'est que le réceptacle du terrible pouvoir de son utérus. Mary n'a aucune envie de la contraindre à révéler son secret. Cette jeune fille n'a pas de mari – n'est-ce pas en soi une honte bien assez grande ?

Le bruit court que le père de l'enfant est le maître de Bess, Deacon William Park, qui l'aurait prise de force puis menacée de la fouetter afin de la réduire au silence.

En tant que seule femme présente, il en va du devoir de Mary d'arracher une confession à la jeune fille, mais c'est à contrecœur qu'elle le fera. Car à quoi bon ? Deacon Park est un homme riche et fier, qui plus est réputé vertueux. Bess portera seule la honte sur ses frêles épaules. Elle sera traitée de menteuse, de tentatrice et bien pire encore. Elle sera une seconde fois condamnée pour avoir conduit au péché un homme pieux et dévot.

Bientôt un feu flambe dans l'âtre, au-dessus duquel John a suspendu une bouilloire d'eau. Edmund apporte de la paille à pleins bras, que lui et John étalent sur le sol. Puis il sort de nouveau et revient avec un morceau de fromage et une marmite de bouillon, qu'il fait chauffer tandis que Mary frictionne le dos de Bess pour soulager la douleur. Elle persuade la jeune fille de marcher un peu avec elle à travers la pièce.

« Pour faire venir le bébé plus vite », lui assure Mary en passant un bras autour de son épaule pour la soutenir.

Elles ne marchent qu'un court moment avant que les violentes contractions de Bess ne l'obligent à se rasseoir. Mary l'aide à s'installer sur le lit de fortune et demande à Edmund de sortir. « J'ai des obligations à accomplir, dit-elle. Qui ne doivent pas être exposées au regard des hommes. » Il se hâte de sortir, presque en courant, pressé d'échapper aux mystères féminins. Mary ferme rapidement la porte, qu'elle barricade derrière lui.

Elle murmure une prière, suppliant Dieu de lui donner la force de faire ce qu'elle a à faire, puis s'agenouille près de Bess. « Le moment est venu, comme tu t'en doutes, dit Mary. Tu dois avouer le nom du père de ton bébé. »

Bess secoue la tête et serre les dents en une grimace de désespoir.

« Tu ne peux pas le protéger, Bess. La vérité éclatera au grand jour. Tu ne peux pas le protéger, mais tu peux te protéger des flammes de l'enfer.

— Je ne peux pas, murmure-t-elle, avant de gémir en portant ses mains à son ventre, assaillie par une nouvelle contraction.

— Il te suffit de dire son nom, insiste Mary, et tu recevras toute l'aide dont tu auras besoin. »

Elle se penche sur la fille et place ses mains à la base de son ventre gonflé, qu'elle presse fermement. « Je t'en supplie, Bess, dis-le. Tout Lancaster sait que c'est l'œuvre de ton maître, mais tu es la seule à pouvoir faire de cette certitude une vérité. » En voyant qu'elle ne répond pas, Mary appuie un peu plus fort sur son ventre. Bess ouvre brusquement les yeux et pousse un hurlement.

Edmund cogne à la porte avec ses poings. « Ça suffit ! crie-t-il. Pour l'amour de Dieu, ne la torturez pas ! Laissez-moi entrer ! »

Mary ignore ses supplications. « Tu dois dire son nom. Autrement, je ne peux pas t'aider. »

Pour toute réponse, Bess pousse un nouveau cri de douleur.

« C'est pas chrétien ce que vous faites là, madame Rowlandson ! vocifère Edmund. C'est le jeu du diable ! »

« Le nom de ton maître, dit Mary, les mots écorchant sa gorge. Dis-le, et tout sera terminé. »

Bess secoue violemment la tête, serrant les dents et fermant les yeux tandis que son corps entier se débat sous les mains de Mary. Bien que celle-ci sache qu'elle ne doit pas se laisser fléchir, elle commence à relâcher la pression. Soudain, le corps de Bess s'affaisse ; son visage prend une teinte rouge sombre et semble se replier sur lui-même. Elle sanglote ; les larmes jaillissent du coin de ses yeux tandis que la propre vision de Mary se trouble. Derrière la porte, Edmund est silencieux.

La bouche de la fille s'ouvre pour laisser échapper une plainte animale. C'est le son des os raclant des rochers brisés, le son du vent d'hiver se déchaînant dans les forêts désolées ; il évoque à Mary la glace recouvrant le seuil d'une maison ravagée par les flammes. Il lui évoque la mort.

« Dis-le, chuchote Mary, mais sa résolution s'est évaporée. Dis simplement son nom. Je t'en supplie. » Sa voix s'étrangle dans un sanglot. Que ce soit son devoir ou non, elle ne peut continuer.

Elle écarte ses mains et se lève. En silence, elle s'admoneste, consciente de n'être qu'une pauvre femme faible qui n'a pas la force de faire ce qu'on exige d'elle. Et pourtant, elle ne peut se contraindre à continuer. Tout ce qu'elle veut, c'est réconforter Bess et soulager sa douleur. Mary s'agenouille de nouveau, place un bras autour d'elle et assure à la jeune fille qu'elle ne lui fera plus mal.

« Ne crains rien, dit Mary. Tes souffrances seront bientôt terminées. » Bess gémit de plus belle. Mary ouvre la porte et fait signe à Edmund d'entrer. Elle aide Bess à se placer plus haut sur le grabat et demande à Edmund de s'asseoir derrière elle, pour soutenir sa tête et son torse pendant que Mary aide l'enfant à sortir. « Tenez-la bien », lui indique-t-elle en écartant les genoux de la fille et en se penchant pour accomplir sa tâche.

Mary pose les yeux sur le bébé mouillé qui pleure dans ses bras. Un garçon fort, en bonne santé, au crâne enveloppé d'épais cheveux noirs ondulés. Sa peau a la couleur du thé longuement infusé. Il lui faut un moment pour croire ce qu'elle voit – de toute évidence, le père de l'enfant n'est pas Deacon Park.

Elle lève la tête et croise le regard d'Edmund. Lui aussi a remarqué la peau mate et les cheveux noirs du bébé. Il sourit.

« Un garçon, annonce Mary. Tu as un fils, Bess.

— Il va bien ? »

La main de la fille se tend vers l'enfant.

« Oui, répond Mary. Un beau garçon vigoureux. Écoute un peu comme il crie !

— J'ai déjà choisi un nom, murmure Bess. Silvanus. »

Il est peu judicieux de nommer un enfant si tôt ; bien trop de dangers planent sur lui lors des premières semaines suivant la naissance. Pourtant, Mary n'a pas le courage de l'avertir, préférant la laisser profiter de ce court moment de paix.

La jeune fille s'allonge contre son père et ferme les yeux. Un long soupir s'échappe de ses lèvres, qui dessinent un faible sourire. Edmund pose les yeux sur elle et caresse son front avec une tendresse si profonde que le cœur de Mary se serre.

Elle concentre de nouveau son attention sur le bébé, qui se tortille vigoureusement dans ses bras. Il y a encore tant à faire. Le placenta doit être expulsé et le cordon ombilical coupé, et ce à la longueur parfaite : il ne doit pas toucher le sol, auquel cas le garçon ne sera pas capable de contrôler sa vessie. Deux œufs doivent être cassés et mélangés sur des braises pour former un cataplasme qui, appliqué sur le corps de Bess, garantira sa fertilité future. Après quoi elle devra manger un œuf poché et allaiter le bébé.

Mary coupe le cordon, nettoie l'enfant, l'emmaillote dans un linge, et le présente enfin à Bess avant de lui montrer comment le guider vers son sein. Elle prépare l'emplâtre d'œufs et la nourriture que la jeune mère devra manger. Puis elle lui lave les jambes et les parties intimes et rassemble les chiffons souillés qu'elle rapportera chez elle. Lorsqu'elle a terminé ce qu'elle a à faire et que Bess et l'enfant se sont tous deux endormis, elle sort de la maison et retrouve Edmund, qui attend assis sur le seuil.

« Je vous remercie pour votre gentillesse envers Bess », dit-il. Il lui tend une pipe de tabac et elle prend soudain conscience qu'elle est épuisée. Elle saisit la pipe et s'assoit à côté de lui, savourant l'amertume du tabac à l'arrière de sa gorge, l'agréable sensation de la fumée qui se faufile jusqu'à ses poumons.

« Vous saviez, pour le bébé ? » Mary ne le regarde pas. « Est-ce qu'elle vous a dit qui était le père ? »

Il grogne doucement.

« Elle n'a pas donné de nom, mais a parlé d'un esclave africain loué à Deacon Park. Gentil, d'après elle. L'homme le plus gentil de la terre.

— Gentil ? s'étonne Mary. Cet homme l'a mise enceinte ! »

Il observe un moment de silence.

« Je crois qu'elle l'aime.

— Ah, l'amour… » soupire Mary en hochant la tête.

Bess a donc consenti à leur union ; elle n'a pas été profanée, en fin de compte. Rien de surprenant à ce qu'elle n'ait pas dévoilé le nom de l'homme. Mary tire longuement sur la pipe. Elle a connu l'amour, elle l'a senti courir dans ses propres veines alors qu'elle était à peine plus âgée que Bess. Il y a de cela une éternité.

« Les villageois ne feront preuve d'aucune indulgence envers elle, affirme-t-elle. Ni envers lui. L'enfant n'est pas seulement un bâtard, c'est le fils d'un esclave.

— C'est mon petit-fils, répond Edmund d'une voix dure.

— Oui. »

Mary pense à la tendresse avec laquelle il a apaisé Bess, à la manière dont il a tenté de la protéger du violent interrogatoire qu'elle lui a imposé. *C'est un homme gentil*, se dit-elle et, l'espace d'un instant, elle voudrait partager cette pensée avec lui. Elle n'a pas connu beaucoup d'hommes gentils dans sa vie. Son père était fort, courageux, parfois impitoyable, mais jamais gentil. Son mari est un homme dur, bien-pensant, insistant et d'une foi inébranlable. Il s'efforce d'être juste et charitable, mais la gentillesse n'est pas dans sa nature ; sa douceur ne dépasse pas les limites de leur lit marital.

Pourtant, Edmund Parker, si pauvre soit-il, semble être profondément gentil. Mary se souvient de sa femme, Ruth, morte il y a cinq ans d'une maladie débilitante. Travailleuse et silencieuse, elle n'avait jamais rejoint l'Église, et Mary avait pris en pitié cette femme unie à un homme qui ne parvenait pas à faire prospérer sa ferme. Elle prend conscience à présent qu'elle avait peut-être connu des satisfactions plus profondes.

À l'autre bout du champ, John émerge des bois. En voyant ses cheveux blonds briller telle de la paille sous le soleil, Mary songe à l'enfant aux cheveux noirs qui dort en ce moment dans les bras de sa mère.

Elle tire une dernière fois sur la pipe avant de la rendre à Edmund. « Je dois y aller, annonce-t-elle en se levant. J'ai de nombreuses tâches à accomplir. » Elle pense à ce qui l'attend vraisemblablement à la maison – ses enfants livrés à eux-mêmes, le feu dans la cheminée réduit à des braises, une marmite pleine de porridge gris et luisant, son mari contrarié par son absence. Elle devra lui révéler ce dont elle a été témoin aujourd'hui – que Bess Parker a porté un enfant noir. Ce sera un choc, pour lui ; ce sera un choc pour toutes les bonnes gens de Lancaster.

Pendant l'assemblée du sabbat, il priera pour la miséricorde divine. Il suppliera le Seigneur de ne pas abattre Sa vertueuse colère sur la ville entière. « Épargne-nous le salaire du péché de cette femme ! » implorera-t-il. Et l'assemblée bourdonnera et frémira avant de murmurer : « *Amen.* »

À l'ouest, le soleil glisse derrière George Hill tandis que Mary parcourt en hâte le chemin jusqu'à sa maison. Le ciel a la couleur du sang.

2

« Bess doit se repentir et se confesser devant toute l'assemblée », déclare Joseph. Il est assis près de l'âtre sur la lourde chaise en chêne que le père de Mary leur a offerte pour leur mariage, sa bible ouverte reposant sur ses genoux. « Si elle souhaite regagner sa place dans la société, elle doit se soumettre sans se plaindre à sa punition. »

Mary se représente Bess escortée, tremblante, hors du temple, attachée au poteau de torture, puis déshabillée entièrement jusqu'à la taille. *Combien de coups de fouet exigeront les magistrats ?* se demande-t-elle. « Ce n'est qu'une enfant, proteste Mary. N'a-t-elle pas assez souffert ? »

Joseph pose sur elle un regard plein de reproches. « Elle est assez femme pour porter un enfant, réplique-t-il. Et elle a causé plus de souffrance qu'elle n'en a enduré. Je ne te comprends pas, Mary. Quelle confusion s'est donc emparée de ton esprit depuis que tu as accouché cette femme ? »

Elle veut lui dire qu'elle est parfaitement saine d'esprit, que si une quelconque transformation s'est opérée en elle, il ne s'agit pas de confusion, mais au contraire de clarté. Mais elle sait qu'il considérera de telles paroles comme un acte de défi. Aussi garde-t-elle la tête baissée et étudie la pâte à pain qu'elle est en train de pétrir : marron, élastique, légèrement chaude sous ses paumes.

« À propos, Mary. » Il ferme la bible et se lève. « Tu ne dois pas rendre visite à cette fille tant qu'elle n'a pas retrouvé son honneur. » Comme elle ne répond pas, il traverse la pièce et se campe derrière elle. « Tu as pris de grands risques en accouchant cette femme. Un contact supplémentaire te souillera. Nous souillera tous. »

La peau entre les omoplates de Mary est soudain parsemée de picotements, comme si une multitude de petites plumes s'y enfonçaient. Comment connaît-il ses intentions ? Elle forme une boule avec la pâte, la recouvre d'un tissu et s'essuie les mains sur son tablier, fixant son attention sur ses doigts, sur l'étoffe rêche raclant la peau pour enlever les morceaux de pâte, jusqu'à ce qu'elle regagne le contrôle d'elle-même. Finalement, elle se tourne et le regarde.

« N'y a-t-il donc en ce lieu aucune place pour la charité chrétienne ? demande-t-elle d'une voix basse et posée afin de ne pas menacer son autorité. La gentillesse n'est-elle pas un des fruits de l'esprit, après tout ? »

Le regard de son mari se durcit et sa mâchoire se raidit ; elle comprend qu'elle est allée trop loin. « Une femme n'a pas à décider de telles choses, déclare-t-il. Tu as une opinion bien trop élevée de toi-même. Ta fierté causera ta perte. »

Elle sait que son mari a tous les droits de la corriger, mais cela lui déplaît, lui a toujours déplu. « J'ai du lin à filer », dit-elle en jetant un coup d'œil à la petite roue de fil qui l'attend dans un coin sombre de la pièce.

Il referme sa main sur son poignet. « Écoute-moi bien, Mary. Je t'interdis de rendre visite à cette fille. »

Elle acquiesce sans croiser son regard d'un hochement de tête docile afin qu'il desserre son emprise. Mais lorsqu'elle s'assoit devant la roue et agite ses doigts au-dessus de la quenouille, ses yeux brillent de colère.

Seize ans durant, Mary s'est efforcée d'être une épouse loyale et pieuse pour Joseph Rowlandson. Elle a soumis sa volonté à la sienne, accepté ses corrections et régulièrement uni son corps au sien dans le lit conjugal. Elle avait vingt ans lorsqu'ils se sont mariés, dix-sept lorsqu'elle l'a rencontré pour la première fois. Elle se souviendra toujours du moment où, ouvrant la porte d'entrée de la maison neuve que son père venait de faire bâtir, elle s'était trouvée face à Joseph, qui se tenait sur le perron ; un homme robuste et bien bâti, aux larges épaules, avec un long nez et des cheveux bruns retombant en boucles devant ses oreilles. Il lui avait expliqué qu'il était le pasteur de la ville, venu rendre visite à son père.

Cela n'avait rien de surprenant ; n'importe quel pasteur aurait gagné à se lier d'amitié avec John White, le propriétaire terrien le plus riche de Lancaster. Il avait passé des années à déplacer inlassablement sa famille d'un lieu à un autre en quête constante d'une nouvelle opportunité plus lucrative. Mary avait deux ans quand la famille a quitté l'Angleterre en 1639, lors de la grande migration des puritains en Nouvelle-Angleterre, fuyant l'apostasie du roi Charles. Elle ne se souvient que vaguement de la traversée : une brume de soleil et d'eaux noires, des voiles blanc sale collées au ciel et la coque grinçante du bateau tanguant sur les vagues.

Son père installa la famille à Salem et, six ans plus tard, les emmena à Wenham. La famille comptait alors neuf enfants. Lorsque, en 1653, il annonça qu'il avait acheté des terres à Lancaster, une ville frontalière nichée dans une contrée sauvage, ses yeux brillaient d'excitation. Mais Mary avait détourné le regard et senti sa poitrine se serrer quand elle avait vu le visage de sa mère déformé par la peur. Seuls la sœur et les frères aînés de Mary, déjà mariés, eurent le droit de rester à Wenham.

Depuis son arrivée à Lancaster, Mary avait en vain tenté de surmonter sa détresse, mais lorsqu'elle avait posé les yeux sur le pasteur cet après-midi-là, quelque chose dans son regard bleu perçant lui avait suggéré que son avenir ici n'était finalement peut-être pas aussi sombre qu'elle le pensait.

À présent, pour la première fois de sa vie de femme mariée, Mary défie l'autorité de son époux. Par une journée grise et chaude, profitant que Joseph a été appelé dans la ville voisine de Groton pour éclaircir une affaire de sorcellerie, elle prépare un panier de nourriture qu'elle emporte à la ferme des Parker. Elle trouve Bess assise dans la cour, qui allaite Silvanus.

La jeune fille sourit en la voyant. Mary pose le panier et admire le bébé, effleurant sa joue du bout du doigt, plaçant son pouce dans son poing minuscule. Elle est touchée lorsque Bess lui demande si elle aimerait le prendre dans ses bras.

Mary place le petit corps chaud contre son sein, inhalant l'odeur laiteuse du souffle qui s'échappe de ses lèvres entrouvertes. Alors que, fermant les yeux, elle le berce lentement, elle se souvient de ses propres nouveau-nés avec une telle force qu'elle sent les larmes affluer.

« C'est un bébé adorable, dit-elle en le rendant à Bess. Et toi, comment t'en sors-tu ? As-tu de quoi vous nourrir ? »

Le visage de la fille s'empourpre et elle détourne un instant le regard avant de le reposer sur Mary.

« Vous êtes la première à me rendre visite, murmure-t-elle.

— J'ai apporté de la nourriture, annonce Mary en retirant le carré de tissu grossier recouvrant le panier. Du fromage et du pain. Une tranche de jambon salé. Des pois. Trois gros oignons.

— Merci », répond Bess d'une voix éraillée.

Mary s'assoit et place son bras autour de ses épaules.

« Que vais-je devenir ? gémit Bess. Toutes les femmes de la ville me méprisent et m'évitent. Elles changent de côté quand elles me voient arriver à leur rencontre. »

Mary ravale la boule chaude et collante coincée dans sa gorge.

« Tu seras de nouveau acceptée si tu confesses ton péché et te repens.

— Je ne peux pas. »

La tête de Bess s'affaisse encore davantage ; elle est incapable de regarder Mary.

« Ce n'est pas si difficile, reprend Mary avec douceur.

— Mais je *ne peux pas* me repentir. »

Bess lève la tête vers elle, les yeux assombris par le chagrin. « Car je pécherais de nouveau avec lui, si je le pouvais. »

Mary n'a aucune parole adéquate à répondre à la déclaration immorale de la jeune fille. L'amour lui a visiblement fait perdre la raison, un état qui ne lui est pas inconnu, ayant elle-même été jadis folle d'amour pour Joseph. Elle se souvient combien il était gentil et attentionné au cours de ce printemps après qu'ils se furent installés à Lancaster, lorsque sa mère était restée alitée, se plaignant de douleurs à l'estomac et à la poitrine. Pendant sa longue agonie, il venait chaque jour prier et leur apporter du réconfort chrétien. Il mangeait souvent à leur table. Mary avait pleinement conscience de chacun des regards que Joseph posait sur elle, qui faisait naître à la base de sa colonne vertébrale un frisson de plaisir. Lorsqu'il repartait, elle se sentait étrangement épuisée et, pourtant, elle aurait voulu courir jusqu'au sommet de la colline derrière la maison et virevolter en cercles sous les arbres.

Mary se souvient du moment où, allongée à côté de sa sœur sur leur paillasse dans la chambre au-dessus de la cuisine, elle lui avait tout raconté. Elle était amoureuse, lui avait-elle dit. Elle ne trouverait pas la paix tant qu'elle ne serait pas devenue la femme de Joseph Rowlandson. Elle pensait qu'Elizabeth comprendrait, sa sœur s'étant récemment fiancée à Henry Kerley. Au lieu de quoi, elle avait fait claquer sa langue et traité Mary d'idiote. L'amour n'est pas quelque chose qui vous tombe dessus du jour au lendemain, avait-elle affirmé, mais un sentiment affectueux et chaleureux qui grandit lentement au fil d'années passées à partager les durs labeurs de la vie.

Mary retire son bras de l'épaule de Bess et presse ses mains l'une contre l'autre avec une résolution soudaine. « Tu ne dois pas désespérer, dit-elle. Tout va s'arranger. » La culpabilité d'avoir désobéi à son mari s'évapore brusquement, laissant place à une détermination farouche à offrir à la jeune fille toute la bonté et l'espoir dont elle est capable. « Ne crains rien, dit-elle. Je m'occupe de tout. »

Une semaine plus tard, après avoir passé la matinée à démêler le lin, glissant les fibres cassées à travers une série de peignes afin de les préparer pour la quenouille, Mary s'offre quelques minutes de repos sur le perron. Alors qu'elle profite du peu d'air qui souffle à l'extérieur en ce début d'après-midi, le mastiff qui dormait paisiblement à l'ombre de la corniche se soulève péniblement en aboyant. Mary s'essuie le front avec le pan de son tablier et se tourne dans sa direction, protégeant ses yeux de l'éclat aveuglant du soleil.

Un homme transportant un panier marche sur la route. Pendant un instant, son cœur s'emballe ; la silhouette ressemble à s'y méprendre à celle de son père. Elle doit serrer les paupières de toutes ses forces pour effacer cette illusion, car elle sait que ce qu'elle voit ne peut être réel, son père étant en ce moment bien trop frêle pour sortir marcher.

Lorsqu'elle ouvre les yeux, la vérité lui apparaît.

« Monsieur Parker, l'interpelle-t-elle. Comment va Bess ?

— Plutôt bien. »

Tandis qu'Edmund se rapproche, Mary comprend que ce qu'il transporte n'est pas un panier mais une cage rudimentaire dans laquelle un oiseau est perché sur un bâton.

Marie émerge alors de la grange et traverse la cour, Sarah posée sur sa hanche. La petite pointe le doigt vers la cage.

« Oiseau ! crie-t-elle.

— Je vous apporte un présent pour vous remercier, annonce Edmund en lui tendant la cage, de votre générosité envers Bess. Vos visites lui remontent le moral.

— C'est très aimable de votre part », répond Mary, quoiqu'elle ne soit pas certaine de vouloir accepter ce présent.

Les seuls oiseaux dont elle sache s'occuper sont les canards et les poulets. En outre, elle est convaincue que Joseph s'y opposera, jugeant le cadeau frivole et dépourvu de toute utilité pratique.

« C'est un moineau chanteur, explique Edmund. Pour vous réchauffer le cœur. » Son sourire est si large et Mary tellement touchée par sa générosité qu'elle est incapable de refuser.

Elle prend la cage dans ses mains et contemple l'oiseau brun-roux à poitrine blanche, dont le bec est souligné d'un triangle sombre. Il penche la tête vers elle, saute du bâton et volette rapidement dans la cage avant de remonter sur son perchoir.

« Oiseau ! crie de nouveau Sarah en tapant dans ses petites mains.

— Pouvons-nous le garder, mère ? »

Marie pose Sarah et tapote sa jupe pour la remettre en place. « Père ne s'y opposera-t-il pas ? »

Mary sourit à ses filles. « Comment le pourrait-il ? Notre Seigneur lui-même n'a-t-il pas promis qu'aucun oiseau ne sera oublié devant Dieu ? »

Ayant suspendu la cage près de la fenêtre, Mary étudie la porte astucieusement fabriquée, qui se ferme avec un crochet et pivote sur de minuscules charnières. Puis elle saupoudre de graines de lin et de petits morceaux de pain le fond de la cage, et y place une soucoupe d'eau. À plusieurs reprises dans l'après-midi, elle se surprend à traverser la pièce pour s'assurer que le moineau se porte bien. Lorsque, en fin de journée, Joseph rentre du champ avec Joss, le soleil s'est couché et la cage disparaît dans l'ombre. Son mari est épuisé et d'une humeur maussade ; même sa prière est courte et amère. Ils mangent en silence et, une fois le repas terminé, ils se retirent dans leur chambre et tirent les rideaux.

Ils sont réveillés aux premières lueurs du jour par le chant de l'oiseau.

Comme Mary s'en doutait, Joseph désapprouve le présent d'Edmund, qu'il juge idiot et futile, et c'est en vain qu'elle lui rappelle les nombreux passages des Saintes Écritures consacrés à l'intérêt du Seigneur pour les oiseaux du ciel. Inflexible, il insiste pour qu'elle le ramène.

Elle regarde la cage, où le moineau lance à présent de petits pépiements. *Il doit avoir faim*, se dit-elle. « Tout de même, n'est-il pas peu judicieux de donner aux colporteurs de rumeurs une raison de penser que ta femme s'est montrée ingrate envers un paroissien ? » dit-elle, consciente que la réputation de son mari est son point faible. Face à son silence, elle insiste. « Même si Edmund Parker est d'une humble condition, un pasteur se doit de protéger la réputation de sa famille. Ne l'as-tu toi-même pas affirmé à de nombreuses reprises ? »

Lorsque Joseph reconnaît la validité de son argument d'un grognement, elle sait qu'elle a gagné. Il la laissera garder le moineau et la cage. Il réitère néanmoins son interdiction de rendre visite à Bess. « Le présent d'Edmund Parker est une récompense pour ta miséricorde, pas un permis de te laisser contaminer. »

Bien qu'elle n'ait aucune intention de mettre un terme à ses visites à Bess, Mary hoche la tête.

Hannah et Elizabeth, les sœurs de Mary, tombent immédiatement sous le charme du moineau. À chacune de leurs visites, elles apportent un biscuit qu'elles émiettent pour en saupoudrer le fond de la cage, près de laquelle elles aiment s'asseoir dans l'espoir d'entendre le moineau chanter.

« Il paraît qu'on trouve des cages à oiseaux dans les grandes maisons d'Angleterre, mais pas ici, lui dit Hannah par une fin d'après-midi d'été tandis que les femmes filent le lin sur leur quenouille. Je suis surprise que ton mari t'autorise à le garder. » Son fils, Josiah, né douze jours seulement après Sarah, est assis à ses pieds et berce son frère nouveau-né, William, dans l'ancien berceau de Sarah. Mary sourit en songeant à l'été 1669, lorsque Hannah, Elizabeth et elle étaient toutes les trois enceintes.

« Joseph se plaint qu'il dérange parfois son étude, dit-elle. Mais je gage qu'en réalité il a fini par apprécier son chant. »

Joss, qui du haut de ses huit ans est déjà aussi solennel que son père, avertit Mary que le moineau mourra.

« C'est une créature sauvage, déclare-t-il. Il n'est pas censé être enfermé dans une cage.

— Il semble plutôt heureux, répond Mary. Écoute comme il chante.

— Quel choix a-t-il ? demande-t-il. Un prisonnier peut chanter et dépérir malgré tout. »

Mais le moineau ne meurt pas. Il paraît même s'épanouir grâce à la nourriture et à l'attention que Mary lui procure chaque jour. Marie essaie d'imiter le chant, accompagnant ses corvées de mélodieux trilles haut perchés tandis que Sarah déniche des vers et des scarabées dans le potager, qu'elle jette un à un dans la cage avec une gravité féroce. Comme elle ne parvient pas encore à prononcer le mot « moineau », elle l'appelle No, et toute la famille fait bientôt de même.

Mary rend visite à Bess dès qu'elle en a l'occasion, lui apportant de la nourriture et le réconfort de la prière et des Saintes Écritures. Lors de sa cinquième visite, tandis que, assises dans l'arrière-cour, elles cousent pendant que le bébé dort, Bess commence à parler du père de l'enfant, qui dépérit à la prison de Boston. Son nom est Silvanus Warro. Né dans une plantation du Maryland, il a été transporté dans la colonie de la baie par son maître, Daniel Gookin. Il a vécu de longues années à Cambridge, où il était très bien traité. Puis Gookin l'a loué à Deacon Park.

Mary écoute, les sourcils froncés sous le soleil qui réchauffe ses cheveux et son crâne sous son bonnet. Elle a déjà entendu parler de ce Daniel Gookin. Est-ce par son mari ? L'a-t-elle rencontré quelque part ? Soudain, elle se souvient. C'est le surintendant des Indiens convertis. Un homme grand au visage fin et aux yeux bleu clair, si ses souvenirs sont exacts.

La voix de Bess la ramène au présent. « Silvanus s'est montré tellement bon avec moi quand je suis arrivée chez Deacon Park. Il m'aidait quand mes corvées étaient trop dures. Il me réconfortait quand ma famille me manquait. » La voix de Bess s'épaissit. « Comment aurais-je pu ne pas l'aimer ? »

Mary se représente Bess dans les bras d'un homme noir, imagine leurs membres entrelacés. Bien qu'il lui soit difficile de concevoir qu'une femme puisse aimer un homme à l'apparence et aux origines si différentes des siennes, il est évident que Bess et Silvanus ont connu la plénitude de l'amour.

« Quand j'ai découvert que je portais son enfant, il a dit que nous devions nous marier, explique Bess. Je lui ai demandé comment cela était possible. J'étais inféodée et c'était un esclave. Mais il m'a promis que nous trouverions un moyen. » Elle se courbe sur son ouvrage. « Une nuit, il m'a dit de rassembler mes affaires et de les emballer dans un chiffon. Il a volé un cheval à l'étable et de l'argent dans le coffre-fort du diacre. Nous avons fui, mais nous avons été rattrapés avant d'atteindre Plymouth. » Elle reste un moment silencieuse avant de poursuivre. « Ils l'ont arrêté et m'ont renvoyée à mon père. Silvanus a été jugé et condamné à vingt coups de fouet. Il est en prison jusqu'à ce qu'il puisse payer les réparations. »

Mary lève la tête et, voyant les yeux de la jeune fille emplis de larmes, place instinctivement sa main sur son genou pour la réconforter. Ces visites ont apporté à Mary un soulagement inattendu, un répit au fardeau de la surveillance mutuelle, l'examen incessant du comportement de chacun attendu de tous les membres de l'église. Malgré sa jeunesse, Bess est devenue une amie.

« On dit que notre véritable liberté se trouve dans le Christ, poursuit Bess au bout d'un moment. Mais je suis certaine qu'une personne devrait aussi être libre de tout asservissement. » Elle se tourne vers Mary. « Le Christ ne serait-il pas d'accord ? »

Mary ne sait que répondre, n'ayant jamais réfléchi à cette question jusqu'à présent. Comme tous les puritains, elle a été élevée dans la conviction que le monde est organisé selon la volonté de Dieu. L'asservissement fait partie de la condition humaine, reconnu et autorisé par les Saintes Écritures. Elle songe à ses domestiques. Rebekah, tout juste âgée de quinze ans, mais inféodée depuis quatre ans, et Peter, envoyé de Duxbury pour aider Joseph aux travaux de la ferme. Elle se souvient de Timothy, le fils d'un sachem nashaway qu'ils avaient pris comme esclave après qu'il fut devenu orphelin. Il était resté trois ans avant de s'enfuir. Mary n'avait jamais compris pourquoi il avait quitté un foyer anglais civilisé, regorgeant de biens et de dévotion, pour retourner à la vie sauvage. À l'époque, elle en avait endossé la responsabilité, se reprochant de ne pas lui avoir correctement enseigné la foi chrétienne. À présent, elle se demande s'il n'était pas mû par une autre raison, un besoin plus profond de liberté qu'elle n'avait pas su déceler.

« Il est impossible de connaître les pensées du Christ, répond finalement Mary d'une voix qui manque de conviction.

— Moi je pense qu'on peut ! réplique Bess.

— C'est une pensée dangereuse, Bess. Tu n'ignores pas le sort qui a échu à Mme Anne Hutchinson pour avoir prononcé de telles hérésies. »

À la grande surprise de Mary, Bess fait signe que si. Toutes les petites filles n'ont-elles pas été nourries de ces contes murmurés dans le coin d'une pièce obscure afin de leur apprendre à rester humbles et à respecter l'autorité ? Il vient à l'esprit de Mary que la mère de Bess est décédée avant d'avoir pu lui transmettre ce savoir, laissant la jeune fille grandir dans une dange-reuse ignorance.

« Mme Hutchinson était convaincue d'avoir des visions du Seigneur, explique Mary. Les gens venaient en masse écouter ses révélations, même s'il s'agissait d'hérésies. Elle a été réprimandée par les autorités, mais a refusé de leur obéir et s'est obstinée dans ses pratiques rebelles. Elle a été jugée et bannie de la colonie de la baie. Malgré tout, le Seigneur Lui-même a continué de la châtier.

— Comment ? murmure Bess, visiblement effrayée.

— Elle a subi une naissance monstrueuse à la suite d'un accouchement long et atrocement douloureux. L'enfant dans son ventre était difforme et nauséabond. Au point que nul n'est parvenu à déterminer son sexe. Il est mort rapidement. Une délivrance. Plus tard, elle et tous ses enfants vivants à l'exception d'un ont été massacrés par les Indiens. C'est une mise en garde à toutes celles qui voudraient s'aventurer dans des domaines réservés à l'homme. »

Alors qu'elle prononce ces paroles, Mary revoit sa mère récitant la sinistre malédiction proférée par Mme Hutchinson lors de son procès : *Dieu vous détruira, ainsi que votre postérité et l'État tout entier.* Elle ne répète pas ces mots à Bess, mais elle est soudain frappée par leur similarité avec la déclaration de son mari. Anne Hutchinson était-elle finalement une prophétesse ?

Penchée sur son ouvrage, Bess garde le silence. Mary espère que la jeune fille a compris son admonition. Elle a raconté cette histoire tant de fois à ses propres filles que toutes deux la connaissent par cœur.

Au bout d'un moment, Bess reprend la parole :

« Ce n'est peut-être pas une révélation du Seigneur,

mais je reste convaincue que c'est mal d'asservir une autre personne.

— C'est dans l'ordre des choses, dit Mary. La volonté de Dieu. Paul n'a-t-il pas, dans sa première lettre aux Corinthiens, recommandé à l'esclave d'accepter sa situation et de servir le Seigneur ?

— Il dit que nous avons été rachetés à un grand prix et que nous ne devons pas devenir les esclaves des hommes », répond aussitôt Bess.

Surprise que la jeune fille connaisse aussi bien la Bible, Mary se tourne vers elle, mais ne dit rien. Elle préfère garder le silence, consciente qu'elle devrait consulter son mari, bien plus éclairé qu'elle dans ce domaine. Consciente, aussi, qu'elle n'osera probablement pas l'importuner pour lui en parler.

Par un après-midi du début du mois de septembre, Goody Cooper aperçoit Mary qui apporte une miche de pain à Bess et la nouvelle ne tarde pas à circuler que la femme du pasteur fraie avec une catin. Furieux, Joseph lui rappelle qu'elle pourrait être battue pour désobéissance conjugale et que seule la miséricorde de Dieu retient sa main. Il lui interdit une nouvelle fois de rendre visite à Bess.

Mary proteste, arguant que le Christ lui-même s'est mêlé aux pécheurs, mais Joseph ne veut rien entendre. « Tu souilles mon ministère ! crie-t-il. Ce n'est pas seulement toi-même que tu contamines, mais aussi *mes* enfants ! » Il lui rappelle qu'une femme doit se soumettre à son mari en toutes choses puis l'avertit que si elle s'avise de lui désobéir de nouveau, il la fera mettre au pilori devant le temple.

Les visites de Mary prennent fin. Mais pas les commérages. Elizabeth s'attache à les étancher en public, bien qu'en privé elle réprimande Mary pour sa bêtise.

« Bess Parker ne vaut pas mieux qu'une catin », déclare Elizabeth un après-midi du printemps suivant où elles travaillent côte à côte dans la réserve de Mary, fabriquant du fromage. Les bras mouillés jusqu'aux coudes, elles extraient le petit-lait du lait caillé. « Pire, c'est une Jézabel qui s'offre au premier venu. Non mais rends-toi compte, un esclave nègre ! » Elle secoue la tête.

« C'est infâme. Elle nous met tous en péril.

— Comment ? s'enquiert Mary. Quel péril nous cause-t-elle en aimant un esclave ? »

Elizabeth essuie ses mains mouillées sur son tablier. Des morceaux de lait caillé tombent sur le plancher.

« Mary, tu ne penses quand même pas ce que tu dis !

— Eh bien, si ! »

Sentant le sang affluer à ses joues, elle se courbe au-dessus du bol de lait caillé. « N'est-ce pas à Dieu d'en juger ? »

Elizabeth observe un silence, qui ne dure qu'un court instant. « Le peuple de Dieu peut juger en Son nom. Il *doit* le faire. Sans quoi Son courroux nous détruira tous. » Elle fronce les sourcils.

« N'écoutes-tu donc pas les sermons de ton mari ?

— Je les écoute. Mais je prie aussi pour que Dieu guide mes actions. Et je suis convaincue qu'Il le fait. »

Elizabeth soupire. « Tu as toujours été d'une nature rebelle, Mary. » Elle enfonce de nouveau ses mains dans le lait caillé. « Je me fais du souci pour toi, pour ta sécurité. » Elle glisse un regard vers elle. « Pour ton bien-être. »

Bien qu'elle soit tentée de lui dire de s'occuper de son propre bien-être, Mary tient sa langue. Parmi toutes ses sœurs, c'est d'Elizabeth, son aînée de quatre ans, qu'elle est la plus proche. Elizabeth a toujours été sa protectrice, ayant joué le rôle d'une mère lorsque leur propre mère était alitée ou écrasée par les fièvres de la conversion. Elle a patiemment montré à Mary comment coudre des ourlets, filer le lin et cueillir des racines et des herbes médicinales. Elle lui a appris à lire et l'a aidée à mémoriser les Saintes Écritures. Elle a laissé Mary dormir pelotonnée dans le nid de ses bras lorsque celle-ci avait été punie d'un coup de bâton ou réveillée par des cauchemars terrifiants. Même aujourd'hui, elle se tourne vers Elizabeth dès qu'elle a besoin d'un conseil, bien que Mary, en tant que femme du pasteur, jouisse d'un statut plus élevé que sa sœur, laquelle n'a épousé qu'un simple soldat.

« Promets-moi d'essayer de refréner ces impulsions », l'implore Elizabeth.

La compassion n'est-elle pas une impulsion qui devrait être encouragée ? voudrait demander Mary, au lieu de quoi elle hoche docilement la tête et concentre toute son attention sur son travail.

Le père de Mary, alité depuis l'hiver, décède au mois de mai 1673, alors que la terre commence tout juste à verdir. Joseph lui rappelle qu'elle ne doit ressentir aucun chagrin, car il ne fait aucun doute que son père était un des élus. Sa prospérité et son influence sur la communauté en sont la preuve, puisque c'est aux justes que Dieu accorde Ses faveurs. Il lui demande de prier pour que la paix de Dieu lui soit donnée, et elle le fait. Mais elle cherche aussi conseil auprès de sa sœur, qui comme elle pense que le monde est devenu un lieu bien étrange depuis que leurs deux parents l'ont quitté.

Un an plus tard, lorsque la nouvelle circule que le tribunal a décidé que l'enfant de Bess Parker, qui fêtera bientôt ses deux ans, appartient légitimement à Deacon Park, Mary peine à cacher son indignation.

Joseph tente de la raisonner, lui expliquant que la décision du tribunal est juste et définitive. Que Silvanus est le fils d'un esclave, et par conséquent lui-même un esclave. Il essaie de convaincre Mary que cette décision est pour le mieux, Edmund ayant déjà des difficultés à nourrir ses deux enfants. Comment pourrait-il, dans ces conditions, subvenir aux besoins du bébé et lui permettre de grandir en bonne santé ?

Mary sait qu'Edmund, qui adore son petit-fils, contestera la décision du tribunal. « Enlever un enfant à sa mère est un acte *maléfique* ! » crie-t-elle. Elle ne peut s'empêcher de penser à la perte de sa première-née, morte de la suette par une froide matinée de janvier lorsqu'elle avait le même âge que Silvanus. Marie était une enfant incroyablement douce ; même sa mort avait été douce. Pourtant, quand elle avait rendu son dernier souffle, Mary n'avait pas voulu tenir son corps, ni même le toucher. Elle avait refusé de ne serait-ce que regarder le lit gigogne dans lequel Hannah et Elizabeth l'avaient étendue. Elle s'était sentie tel un navire au milieu d'une tempête, impuissante face aux vagues immenses de chagrin qui menaçaient de l'engloutir. La perte de l'enfant avait ouvert une blessure dans son cœur qui n'avait jamais cicatrisé.

« Calme-toi, dit Joseph en lui caressant la joue. Ne te laisse pas dominer par tes sentiments. La maîtrise de soi n'est-elle pas un des fruits du Saint-Esprit ? »

Mary ne peut le contredire, mais son indignation ne décroît pas. Lorsqu'elle apprend que Joseph a été choisi pour mener la délégation de six hommes qui sépareront Bess de son enfant, elle le supplie de la laisser l'accompagner.

« Bess aura besoin du réconfort chrétien d'une autre femme », insiste-t-elle.

Mais Joseph, inflexible, reste sourd aux prières et aux supplications de Mary, la condamnant à attendre à la maison tandis que les hommes accomplissent leur monstrueux devoir. Elle ne tient pas en place, ne parvient pas à se concentrer sur quoi que ce soit. Elle papillonne d'une tâche à l'autre comme une jeune fille distraite. No, agité par sa détresse, volette dans sa cage en produisant de bruyants cris rauques. Lorsque Joseph revient, il annonce qu'Edmund a barricadé la porte, obligeant les hommes à user de la force. « J'ai essayé de le calmer, dit Joseph. Je lui ai assuré que j'apportais la paix du Christ et lui ai rappelé qu'il devait se plier à la décision du tribunal. »

Mary visualise la scène au fur et à mesure qu'il la lui décrit : Edmund, hurlant qu'il ne les laissera pas emmener son petit-fils. Les hommes enfonçant la porte, maîtrisant Edmund et Bess. S'emparant de Silvanus. Elle imagine le garçon, John, essayant courageusement de les repousser tandis que Silvanus rejette la tête en arrière et hurle de terreur. Bess, désespérée et en larmes, regardant ces hommes emporter son fils à son nouveau propriétaire.

Mary ne trouve rien à répondre à son mari, bien qu'elle brûle de lui demander pourquoi il a accepté de participer à une entreprise aussi ignoble. À ses yeux, il devrait tomber à genoux et implorer le pardon du Seigneur. Elle prépare un panier de nourriture – un potage de bœuf, une miche de pain, des navets et des pommes de terre – et rejoint en secret la ferme des Parker.

Bess est inconsolable. Elle s'agrippe à elle, gémit et sanglote au point que ses larmes imbibent et traversent la cape de Mary. Celle-ci aimerait lui assurer que Silvanus s'épanouira, que l'on s'occupera bien de lui. Mais la vérité est qu'elle ignore ce qu'il adviendra de l'enfant, si son propriétaire fera preuve de bonté envers lui, et même s'il le considérera comme un enfant de Dieu.

Mary quitte la ferme dans le crépuscule naissant. Comme elle s'éloigne le cœur lourd, elle perçoit toujours les gémissements de Bess, laquelle hurle le nom de son enfant de la voix la plus déchirante que Mary ait jamais entendue. « Silvanus ! Silvanus ! Silvanus ! »

3

Cet été-là, la terre séchée par le soleil prend une teinte brune. Les rayons impitoyables brûlent tout ce qu'ils touchent – les récoltes, le sol et même le bétail. Les puits se tarissent, obligeant les hommes à en creuser de nouveaux, mais l'eau est saumâtre, amère et poussiéreuse, comme si Dieu y avait plongé Son doigt pour la souiller. Pour la deuxième année consécutive, la récolte de blé est désastreuse. D'étranges lumières flambent dans le ciel nocturne. Des sorcières sont démasquées au sein des congrégations les plus pieuses. Des granges s'enflamment et des enfants se noient. Des familles entières sont frappées par la petite vérole.

Même Mary est capable d'interpréter ces signes. De toute évidence, le péché et les ténèbres ont piégé la Nouvelle-Angleterre dans un filet mortel. Lorsqu'elle apprend que Deacon Park a vendu le fils et l'amant de Bess et que la jeune femme elle-même a de nouveau été inféodée, cette fois à la famille d'un juge de Salem, elle est certaine que le jour du courroux divin est proche.

Aussi n'est-elle pas surprise lorsque, à la fin du mois de juin 1675, la nouvelle arrive de Boston que les Indiens ont attaqué le village de Swansea, dans la colonie de Plymouth. Des tribus païennes ont uni leurs forces pour former une armée qui se dirige désormais vers la baie du Massachusetts. À la mi-août, les Indiens assiègent Quabaug, une ville frontière à l'ouest de Lancaster. Deux semaines plus tard, par une chaude matinée de sabbat, ils atteignent Lancaster et attaquent des fermes au nord de la ville. Ils massacrent George Benet et tous ses animaux devant sa grange, laissant Lidia veuve avec cinq enfants en bas âge et aucun proche pour venir à son secours. Joseph Farrar rencontre le même destin. Sa veuve, plongée dans un état de stupeur pendant des semaines, cesse complètement de s'occuper de ses enfants. La famille MacLoud est tuée dans leur arrière-cour alors que leur maison brûle sous leurs yeux. Les Indiens n'épargnent même pas la petite Hannah, âgée de seulement quatre ans. Deux jours plus tard, une violente tempête arrache les arbres à la terre et ravage les champs de blé et de maïs.

Chaque semaine, Joseph prêche avec une telle ferveur que l'épuisement creuse des sillons sur son front luisant. Il crie et frappe l'air de ses poings. Dieu, rappelle-t-il aux fidèles, n'hésite pas à réprimander ceux qu'Il aime. N'a-t-Il pas infligé des tremblements de terre, incendies et épidémies à travers toute la colonie de la baie ? La désobéissance de Lancaster n'est-elle pas aussi grande que celle de n'importe quelle ville du Massachusetts ?

En novembre, la menace indienne est telle que les conseillers municipaux envisagent de clôturer la ville entière. L'idée est rapidement abandonnée lorsqu'un homme calcule qu'il leur faudrait une clôture de deux mètres et demi de haut et vingt kilomètres de long. À la place, il est décidé que les maisons les plus grandes serviront de garnison. Deux hommes sont chargés de construire une palissade autour de la maison des Rowlandson, si haute que, depuis la cour, Mary ne peut plus profiter du paysage qui s'offrait à elle jusqu'alors. Là où elle voyait autrefois les collines tapissées d'arbres s'étendant derrière les champs de blé et de lin, elle ne voit plus désormais que d'épais poteaux évoquant les dents marron d'une bête gigantesque.

Lorsque arrive l'hiver, un vent glacé balaie les collines, brisant les branches d'arbres sur son passage. La pluie s'abat et gèle sur les perrons. Une nuit, la pleine lune s'assombrit, se parant d'un voile rouge sang. Les gâteaux refusent de lever, se transformant en briques sèches et compactes. Le moineau a cessé de chanter. Jonas Fairbanks annonce avoir entendu le son tonitruant de trompettes impies alors qu'il marchait un samedi matin sur George Hill. Thomas Hosmer affirme quant à lui qu'un veau est né près de Groton, dont la tête était si monstrueusement déformée que l'animal ne pouvait pas tenir sur ses pattes. Des pierres protectrices sont jetées sur la maison des Sawyer trois nuits d'affilée et on raconte même qu'une fiente de corbeau s'est abattue sur un homme près de la ville de Concord, le tuant sur le coup.

En janvier, tous les habitants de Lancaster reçoivent l'ordre de passer leurs nuits dans les garnisons qui leur ont été attribuées. Les sœurs de Mary et leurs familles sont envoyées chez les Rowlandson, ainsi que leurs voisins les plus proches, les Joslin et les Kettle. La journée, chacun vaque prudemment à ses occupations, à la manière dont un fermier récolte ses céréales mûres tout en gardant un œil inquiet sur le ciel capricieux.

La nuit, plus de quarante personnes s'entassent chez Mary, n'apportant que leurs couvertures et leurs provisions de nourriture, l'endroit n'étant pas assez grand pour recevoir de nouveaux meubles. La maison de Mary, qu'elle s'efforce chaque jour de maintenir propre et rangée, est rapidement plongée dans le bruit et le désordre.

Au début du mois de février, Joseph annonce à Mary sa décision de se rendre à Boston afin de convaincre le gouverneur d'envoyer des troupes pour les protéger. Mary tente de le dissuader. La nuit précédant son départ, allongée à côté de lui, elle le supplie une dernière fois de rester. « Ne peux-tu pas attendre le printemps ? » Elle tâche de parler aussi bas que possible, consciente que les rideaux du lit n'assourdissent guère les sons. Elle entend les ronflements et les soupirs de sa famille et de ses voisins qui dorment sur des lits de fortune à quelques centimètres d'eux.

« On est au cœur de l'hiver et le trajet jusqu'à Boston est difficile.

— Mary, il suffit. »

Il se tourne face à elle. Même dans la nuit, elle parvient à lire la désapprobation sur les plis de son front. Il lui caresse la joue, essaie de l'apaiser comme il le fait avec les enfants lorsqu'ils sont d'humeur grincheuse.

« Tu vas contaminer les autres avec tes peurs. Tu dois trouver la force dans le Seigneur.

— Envoie le lieutenant Kerley à ta place ! C'est davantage son rôle que le tien. »

Elle chuchote ces mots, espérant que sa sœur Elizabeth dorme assez profondément pour ne pas l'entendre proposer d'envoyer son mari à la place du sien.

« Il est déjà prévu qu'Henry vienne. Il a accepté de m'accompagner. Mais à Boston, un pasteur a plus de chances de se faire entendre qu'un soldat. »

Mary se force à garder le silence, à soumettre sa volonté à la sienne. Malgré tout, la peur l'assaille de nouveau, qui glisse le long de son échine comme un serpent froid. « Et qu'allons-nous faire si les Indiens nous attaquent en votre absence ? »

Il fait claquer sa langue d'un air agacé.

« Crois-tu que je partirais si je pensais que c'était une probabilité ? C'est précisément pour m'assurer que nous ne serons *pas* attaqués que j'ai décidé de partir.

— Mais si nous… »

Il l'interrompt pour lui dire ce qu'elle sait déjà.

« Je ne vous laisse pas sans protection. La maison est bien gardée. John Divoll et John Kettle sont là. Abraham Joslin, John MacLoud. Mon propre neveu…

— Thomas n'est qu'un enfant, proteste Mary.

— Tais-toi donc ! Il a dix-neuf ans et manie mieux le mousquet que moi. »

Mary essaie une nouvelle fois de se forcer à garder le silence, en vain. « Ne peux-tu pas attendre que la maison soit entièrement sécurisée ? » Elle songe aux postes de surveillance que les hommes ont commencé à ménager aux coins de la maison, de longues fentes verticales dans lesquelles un homme armé d'un mousquet peut se glisser afin de guetter l'ennemi.

Elle l'entend soupirer et comprend que la conversation est terminée. « Le Seigneur te protégera, Mary », murmure Joseph. Elle sent son souffle chaud contre son oreille. « Dors, à présent. Tu dois avoir confiance en Lui. »

Elle hoche la tête et son front effleure sa poitrine. Elle respire sa chaleur, son odeur familière. Joseph est son mari, le chef de sa maison, tout comme le Christ est le chef de l'Église, et elle lui doit amour et obéissance. Ainsi qu'une confiance absolue. Bien qu'elle ferme à peine l'œil de la nuit, elle ne prononce plus un mot.

Aux premières lueurs du jour, Mary accompagne Joseph dans la cour. Joss caresse le cou de la jument baie qu'il vient de sortir de la grange. Le mari d'Elizabeth, Henry, chevauche déjà son hongre noir. Une soudaine bourrasque souffle depuis la crête de la colline derrière la maison, un mauvais présage évident qui fait courir un frisson le long de la colonne vertébrale de Mary. Lorsque Joseph jette un coup d'œil dans sa direction, elle se force à lui adresser un sourire d'encouragement, qui, elle l'espère, masquera son humeur sombre et inquiète.

Elizabeth sort à son tour de la maison pour rejoindre Henry, lequel tremble de froid dans son uniforme de fine étoffe. Joseph aussi frissonne, bien que Mary ne sache dire si c'est de froid ou d'excitation. Elle lui prend la main, mais seulement un court instant, car le chemin jusqu'à Boston est long et épuisant, et Henry et lui ne peuvent voyager qu'à la lumière du jour en raison de la menace indienne. Il enfourche la jument.

« Que Dieu veille sur vous, parvient à dire Mary en abritant ses yeux du soleil éblouissant afin de pouvoir discerner les traits de son mari.

— Nous serons rentrés avant la fin de la semaine, promet-il en se penchant vers elle. Le Seigneur te protégera. Aie confiance en Sa miséricorde. »

Elle hoche la tête, acceptant ces instructions qu'elle sait destinées à la réconforter. Pourtant, tandis que les hommes guident leurs chevaux à travers le talus conduisant au chemin, une pensée mauvaise traverse l'esprit de Mary : elle ne verra plus jamais son mari vivant. Elle se sent envahie par une vague d'autoapitoiement et d'amertume qu'elle craint de semer derrière elle tout au long de la journée.

4

Quatre jours durant, Lancaster attend le retour de Joseph et de Henry avec les soldats, sans qu'aucune nouvelle ne leur parvienne de Boston. Les femmes et les enfants restent confinés à la maison. Mary accomplit ses tâches avec les autres femmes, s'occupant du feu, récurant le plancher, faisant la lessive, surveillant les enfants, confectionnant les repas. Elles préparent du porridge à partir de pois et de haricots secs, des ragoûts de navet et de jambon, des pains bannocks et des fournées incessantes de biscuits. La garnison est si nombreuse qu'elles doivent organiser deux services le midi. Tout le monde, même les enfants, mange en vitesse sur de simples tranchoirs.

Mary surveille attentivement ses propres enfants, et plus particulièrement la cadette, Sarah, âgée de six ans. À dix ans, Marie est une enfant robuste et disciplinée, aussi sérieuse que son père. Joss, de deux ans son aîné, est un garçon à la silhouette élancée, au caractère impulsif et hyperactif. Dans cet espace confiné, il n'y a jamais assez de travail pour lui. Mary lui confie souvent la tâche de couper le bois de chauffage derrière la maison, sans que cela suffise à assouvir son besoin d'agir.

Chaque soir, lorsqu'elles ont accompli leurs corvées de la journée et que les enfants dorment enfin, les femmes se réunissent autour du feu de cheminée qui se consume lentement. Elles reprisent et cousent tout en discutant de leurs peurs. Le troisième soir, Priscilla Roper prononce des paroles qui glacent le sang de Mary.

« Ne pensez-vous pas que le péché de Bess Parker a provoqué la menace qui pèse sur notre ville ? »

Elizabeth répond avant que Mary ait le temps de rassembler les pensées qui se bousculent dans son crâne.

« Bess n'a-t-elle pas été envoyée à Salem depuis de longs mois ? Nous ne pouvons pas la tenir pour responsable des épreuves auxquelles nous faisons face aujourd'hui.

— Mais son père vit toujours parmi nous, réplique Priscilla. On raconte qu'il pratique la sorcellerie.

— Cela n'a pas été prouvé, dit Mary sèchement. Il a simplement fait ce que n'importe qui ferait à sa place – essayer de protéger sa fille et son petit-fils. »

Priscilla pose sur elle un regard sceptique.

« Quand l'avons-nous vu au temple pour la dernière fois ? Depuis quand ne s'est-il pas assis à la table du Seigneur ?

— Je ne sais pas, concède Mary. Mais son absence ne fait pas de lui un sorcier.

— Peut-être, mais nous ne devons pas ignorer les signes. »

Mary voudrait répondre qu'ils ignorent pourtant depuis longtemps les signes d'injustice et d'intolérance qui sévissent dans la région, mais elle se ravise. De telles paroles ne feraient que lui aliéner ses voisines et ses sœurs, et aucune femme dans une ville frontalière ne peut se permettre un tel rejet. Leur survie même dépend de leur soutien mutuel – particulièrement en ces temps périlleux.

« C'est un péché très grave qu'a commis cette fille, intervient Ann Joslin. Vous n'avez tout de même pas oublié que l'enfant était un nègre ?

— C'est vrai, renchérit Elizabeth Kettle.

— Ne reste-t-il pas pour autant un enfant ? demande Mary. Le cœur de Bess n'est-il pas aussi déchiré que celui de n'importe quelle mère privée de son bébé ? Pensez-y. Que ressentirions-nous si l'un de nos enfants était vendu en esclavage ? »

Et puis Mary dit ce qu'elle n'a jamais osé dire en présence de Joseph. « Si la menace indienne est effective- ment le châtiment divin de Lancaster, je suis convaincue qu'il n'a pas été causé par le péché de Bess, mais par notre propre manque de compassion envers elle. »

Les femmes se murent aussitôt dans le silence et aucune d'entre elles – pas même Elizabeth ou Hannah – n'ose plus regarder Mary. Finalement, Elizabeth tousse et, pour dissiper le malaise qui s'est installé dans la pièce, commence à parler des Indiens. Elle affirme qu'ils n'ont aucune pitié, que son mari a entendu des histoires particulièrement horribles lorsqu'il se trouvait à Concord la semaine dernière.

« On raconte qu'à Swansea, ils ont massacré sept hommes, leur ont coupé la tête et les ont plantées sur des piquets dans la forêt. J'ai aussi entendu dire que, dans une autre ville, ils ont attaché tous les hommes ensemble et les ont contraints à les regarder massacrer tout leur bétail.

— Ils tuent nos animaux pour nous provoquer, affirme Priscilla. Pour nous déstabiliser. Ils savent à quel point ils sont importants pour nous. »

Mary hoche la tête, ayant elle aussi entendu parler de cette cruelle pratique des Indiens.

« Ce n'est pas le pire. » Elizabeth laisse retomber sur ses genoux la serviette en lin qu'elle est en train d'ourler et se met à la caresser comme un chat ronronnant en quête de réconfort. « Ils se délectent de la torture. C'est à la fois un jeu et un plaisir, pour eux. »

Ann Joslin gémit et Mary sent se dresser sur sa tête ses cheveux pourtant soigneusement cachés sous son bonnet.

« Parfois, ils tranchent les mains et la tête, poursuit Elizabeth. D'autres fois, ils découpent le cuir chevelu et le brandissent comme un trophée. Lorsqu'ils ont assouvi leur cruauté, ils abattent les hommes d'un coup à la tête. Et avant de tuer les femmes, ils les déshonorent. »

Bien que ces paroles donnent la chair de poule à Mary, une partie irrationnelle de son esprit veut en entendre davantage, sonder chaque horreur. Elle se mord l'intérieur de la lèvre pour empêcher sa langue de quémander de nouvelles histoires.

« Si les Indiens viennent à Lancaster, dit-elle d'une voix ferme, je ne les laisserai pas me capturer vivante. Plutôt mourir que me soumettre à leurs perversions.

— Prions Dieu pour que nous soyons toutes épargnées, murmure Ann en croisant les mains sur l'enfant grandissant dans son ventre.

— Je ne pense pas qu'ils viendront, dit Hannah. Pourquoi viendraient-ils en hiver, avec la neige qui les ralentirait ? S'ils attaquent Lancaster, je suis convaincue qu'ils attendront le printemps pour pouvoir frapper rapidement. Et de toute manière, nous aurons bientôt des soldats pour nous défendre.

— Espérons-le, répond Mary. Car je n'ai jamais entendu parler d'Indiens mus par la raison, et encore moins le bon sens. »

Le silence se fait. Des semaines durant, elles ont ressassé dans leur mémoire les horreurs du mois d'août comme on tamponne une blessure qui refuse de guérir. Elles ont répété les détails encore et encore : les corps gonflés et mutilés, le bois carbonisé de la maison des MacLoud, les pauvres enfants Benet orphelins de père. Elles entretiennent leur effroi comme elles mélangent un potage, continuant de le remuer malgré la chaleur qui leur brûle les mains.

Lorsqu'il ne subsiste du feu que quelques braises, Mary le couvre et les femmes vont se coucher – Mary dans le lit où ses filles dorment déjà, serrées l'une contre l'autre, et ses sœurs et voisines sur leur grabat. Malgré l'heure tardive et sa grande fatigue, Mary ne dort pas, fixant les ombres qui se meuvent sur les rideaux. Elle entend les soupirs et gazouillis des enfants endormis, la respiration lourde des adultes. Elle se demande comment va Bess Parker. Elle pense aux Indiens et à leur violent mode de vie païen, à leur inquiétante capacité à se mouvoir furtivement, à l'insu de tous. Il n'est pas impossible qu'en ce moment même ils soient en train de rôder dans les bois alentour. Ou de tendre un piège dans lequel tomberont Joseph et Henry dès leur retour de Boston.

Il commence à neiger, des rafales de grésil qui viennent cogner contre les fenêtres et s'amalgamer sur le seuil de la porte. Mary murmure une prière de protection et son esprit se vide enfin, la laissant trouver le sommeil.

Le vent se lève avant le jour, et gémit contre le toit et les bardeaux. Le bruit réveille Mary d'un rêve agité dans lequel Joseph s'était égaré dans les terres sauvages. Pris dans un enchevêtrement de plantes rampant sous de grands arbres, il hurlait tandis que des bêtes sauvages et des Indiens formaient un cercle de plus en plus resserré autour de lui. Elle ne pouvait rien faire pour le sauver, condamnée à le regarder implorer grâce.

Elle se redresse en sursaut, priant pour que ce rêve ne soit pas une prophétie envoyée par Dieu. Marie est étendue à l'autre bout du lit, près de Sarah qui gémit dans son sommeil. Mary écarte les rideaux et se lève, ignorant le tiraillement familier dans son dos et ses genoux. Elle se soulage dans le pot de chambre et enfile rapidement son corsage et ses jupes par-dessus sa chemise. Puis elle attrape son tablier et sa poche suspendus au crochet près du lit, qu'elle fixe autour de sa taille, avant de se diriger vers l'âtre, où les chiens se lèvent à contrecœur pour lui laisser la place. Seules quelques braises rougeoient encore, que Mary attise longuement avant de parvenir à ranimer le feu. Agenouillée sur la pierre glacée, elle réarrange soigneusement les morceaux de charbon, souffle et nourrit d'écorces les braises pour faire naître les flammes.

Elle est toujours accroupie devant l'âtre lorsqu'elle perçoit un premier cri strident. Convaincue que ce n'est que le vent sifflant contre les bardeaux, elle jette une nouvelle poignée d'écorces dans le petit feu. Quand elle l'entend de nouveau, cette fois suivi d'un tir de mousquet, elle comprend que ce n'est pas le vent.

Les chiens lèvent la tête, les oreilles dressées. Mary se hisse sur ses pieds, priant pour que ce ne soit qu'un chasseur d'une autre garnison pistant un cerf dans la neige fraîche. Et puis un nouveau coup de feu retentit, et un autre, qui lui rappellent le bruit d'une branche sèche craquant sous un pas lourd. Elle s'approche de la fenêtre, enjambant prudemment ses voisins endormis, et se sert de son ongle pour gratter le givre qui s'est formé sur un des petits carreaux en losange. Une ride à la surface de la glace déforme sa vision, mais la fumée noire qui s'élève derrière la palissade surmontée de neige ne laisse aucun doute. Elle vient de la maison des Kettle. Mary recule d'un pas, une main devant la bouche, et balaie du regard la pièce plongée dans l'obscurité. Tout le monde dort.

Le son des mousquets se fait de plus en plus puissant, de plus en plus proche. Elle tâche de se souvenir des consignes de Joseph en cas d'attaque des Indiens, mais son esprit est aussi embrumé que l'aube naissante. À ses pieds, une pile de couvertures se soulève et le mari de Hannah, John Divoll, en émerge. Elle ne distingue que vaguement ses traits dans la pénombre, mais elle le voit se frotter le front et incliner la tête en direction du bruit.

« Ils sont là, dit-elle dans un murmure, incapable de donner plus de force à sa voix. Les Indiens, ils sont là. »

Il se lève d'un bond. « Debout ! rugit-il en enfilant son pantalon et son manteau. L'ennemi est arrivé ! »

Tandis qu'il se hâte vers le meuble où sont rangées les armes, tous bondissent hors de leurs couvertures et de leurs grabats. No entame un chant inquiet. Mary voit Ann Joslin empoigner Beatrice, qui semble avoir perdu tous ses moyens. Un gémissement d'enfant retentit dans le petit salon, suivi de la voix tonitruante d'un homme aboyant des ordres.

Hannah apparaît à son côté, repoussant un fouillis de cheveux noirs de son visage, une couverture enroulée autour d'elle. « Mary ? » dit-elle d'une voix étranglée. Celle-ci ne trouve rien à répondre, aucune parole fraternelle qui puisse lui apporter réconfort ou consolation.

Joseph devrait être là, songe-t-elle, et une flèche de colère se fiche dans sa gorge. Elle parcourt la pièce du regard à la recherche de Joss tout en courant vers le lit, où elle trouve Sarah toujours endormie, et Marie assise recroquevillée dans un nid de couvertures.

« Venez, dit Mary en repoussant les couvertures. Habillez-vous, les filles. Vite.

— On sort de la maison ? demande Sarah, les sourcils froncés.

— Non, pas encore. Mais nous devons nous tenir prêtes au cas où nous devrions nous enfuir.

— Nous enfuir où ? s'enquiert Marie. Pourquoi ?

— Le Seigneur nous guidera et nous protégera, chuchote Mary en guise de réponse, n'ayant rien de plus convaincant à lui offrir. Allez, vite. Préparez-vous. »

Les balles de mousquet s'abattent sur la maison comme autant de grêlons tandis que les hommes font claquer les volets en hurlant des ordres. Le peu de lumière disparaît, plongeant la pièce dans l'obscurité la plus totale. Mary cherche un peu d'espoir au fond de son cœur, s'agrippant au fait que les Indiens ne se sont pas encore introduits dans la maison. Peut-être qu'en ce moment même Joseph revient à Lancaster avec les troupes qui repousseront l'ennemi.

Elizabeth apparaît soudain à côté d'elle, interrompant ses réflexions. « Nous devons prier ! » murmure-t-elle.

Mary hoche la tête, bien qu'elle se sente incapable de tourner son cœur vers Dieu avant d'avoir localisé Joss.

Elle se fraie un passage à travers la pièce bondée et gravit l'étroit escalier menant à la chambre où son fils dort. Elle contemple sa paillasse vide, la couverture rejetée sur le côté, et son cœur tambourine un peu plus vite contre sa poitrine. Jetant un coup d'œil à l'échelle conduisant au grenier, elle voit une ombre glisser entre les chevrons.

Elle reste un instant perplexe, les sourcils froncés ; puis elle sent la fumée et entend le sifflement des flammes sur le bois.

Elle descend les marches si précipitamment qu'elle manque à plusieurs reprises de tomber. « Les Indiens ont incendié la maison ! hurle-t-elle. Le toit est en feu ! » Elle court jusqu'au lit et en arrache Sarah, ignorant les protestations de la petite fille désorientée. Marie apparaît tout à coup à côté d'elle, se déplaçant aussi furtivement qu'une ombre. Mary pose son bras libre sur l'épaule de sa fille aînée et la serre rapidement contre elle. Et puis, enfin, elle voit Joss qui transporte un seau d'eau, fendant la foule d'un pas décidé avant de disparaître à l'étage. Elle n'admire qu'un instant sa bravoure avant de prendre conscience du danger immense qu'est en train de courir son fils.

Ann Joslin, à présent accroupie contre le mur, commence à sangloter violemment. Mary s'agenouille près d'elle pour tenter de la calmer. « N'aie crainte, dit-elle. Je suis certaine que mon mari arrivera bientôt avec les soldats. Je gage qu'en ce moment même il n'est qu'à quelques kilomètres de Lancaster. » Elle veut y croire – elle *doit* y croire –, car elle voit clairement sa propre peur se refléter sur le visage de l'autre femme. Les sanglots d'Ann se muent en gémissements, et puis il n'y a plus que les détonations des mousquets indiens tout proches et le bruit sourd des balles transperçant la porte d'entrée, comme si le poing du diable en personne cognait sans répit contre le panneau en bois. Mary comprend alors qu'elle est condamnée. Qu'ils sont tous condamnés.

Joss dévale les escaliers, poursuivi par un nuage de fumée. De l'eau dégouline des planches du plafond. Il se poste devant Mary en toussant et, les yeux brillant d'excitation, confesse qu'il n'est pas parvenu à contenir les flammes.

« Nous devons sortir ! s'exclame-t-elle. La maison est en feu ! » Devant elle, John Divoll recule en titubant, la main plaquée sur le cou. Du sang court entre ses doigts et goutte sur le sol. Il tombe sur un genou.

« John ! » Le cri de Hannah affole les enfants, qui hurlent de plus belle. Les chiens gémissent dans un coin, mais, curieusement, n'aboient pas.

Mary se tourne vers la masse d'enfants regroupés au milieu de la pièce, qui toussent et sanglotent dans la fumée. Elle saisit le bras de Sarah et la main de Martha, sa nièce de quatre ans. « Vite ! Si nous ne partons pas immédiatement, nous allons brûler vifs ! » crie-t-elle par-dessus les pleurs des enfants et les hurlements païens s'élevant à l'extérieur. La fumée envahit la pièce, menaçant de tous les étouffer. Elle se plie en deux et crache ses poumons dans son tablier.

Lorsqu'elle se redresse, le feu dévore déjà l'arrière de la maison et les flammes rugissent au-dessus de sa tête. « Joss ! Marie ! lance-t-elle, entraînant les deux filles vers la porte. Tout le monde ! Hâtez-vous ! » Elizabeth gémit et se laisse retomber contre le mur de la cheminée.

Sarah fond en larmes et tend sa main libre en direction de la fenêtre, où la cage est toujours suspendue à son crochet. Mary n'arrive pas à discerner l'oiseau, mais elle craint que la fumée ne l'ait depuis longtemps asphyxié.

« Mère ! crie Sarah. Sauve No ! »

Mary crie à son tour pour se faire entendre par-dessus le vacarme.

« Non, Sarah ! Viens. Nous devons partir.

— Non ! »

Sarah arrache son bras à la main de Mary et part en courant, disparaissant dans la masse de gens rassemblés derrière eux. En voyant que Martha semble sur le point de fondre en larmes, Mary la prend dans ses bras. « Chh, mon enfant. Je suis là. » Elle cherche Elizabeth du regard, mais ne la voit nulle part.

Sarah apparaît soudain devant elle, la cage à la main, qui est presque aussi grande qu'elle. À la surprise de Mary, le moineau vit toujours, qui volette et bat des ailes contre les barreaux. Mary repose Martha, saisit la cage et ordonne aux deux petites filles de s'accrocher à ses jupes. « Ne lâchez pas », leur intime-t-elle d'une voix menaçante qu'elle-même ne reconnaît pas en les entraînant vers la sortie.

Le fils cadet des Kettle est accroupi près de la porte. « Ouvre ! hurle Mary. Vite ! » Le garçon s'empresse d'obéir. Elle jette un dernier regard derrière elle pour s'assurer que Joss et Marie la suivent, puis elle prend une profonde inspiration, attire les deux petites filles à elle et franchit le seuil de la porte d'un pas décidé.

Malgré sa résolution, elle est convaincue que cet instant sera son dernier. Que la dernière chose qu'elle sentira sera un gourdin lui brisant le crâne, ou une balle de mousquet perforant ses poumons avant qu'elle ne s'écroule dans une épaisse flaque de son propre sang.

Et puis elle prend conscience qu'elle se tient immobile sur le large perron en granit, la cage toujours à la main, miraculeusement indemne. Toutes ses perceptions lui semblent décuplées. La terreur a rendu le monde farouchement lumineux, comme si la moindre de ses particules vibrait autour d'elle, soudain chargée de sens.

5

Le ciel est d'un bleu impie. Le vent a chassé les nuages lestés de neige, et le soleil levant flambe au-dessus du temple. L'odeur âcre de la poudre remplit l'air. Festonnée de neige fraîche, la palissade brisée est grande ouverte. Curieusement, la clôture blanchie à la chaux au fond de la cour est toujours debout, son portail verrouillé.

De la fumée se déverse du toit, déployant un rideau noir devant la porte ouverte. La chaleur étincelle dans les poumons de Mary. John Divoll, courant tant bien que mal vers la cour avec son fils Josiah dans les bras, la heurte au niveau de la hanche, et la cage lui échappe, roulant sur le perron avant de s'enfoncer dans la neige. Mary court cahin-caha derrière John, incapable de détourner son regard du sang qui continue à jaillir du cou de l'homme, striant sa chemise en lin. En sentant la main de Sarah s'emparer de la sienne, elle saisit celle de Martha. Et elle avance, entraînant les filles avec elle, ses chaussures s'enfonçant dans la neige.

Les Indiens sont partout, comme une invasion de vermine, qui remontent la côte depuis les marécages et descendent la longue colline derrière la maison, assaillant les garnisons avec l'agressivité de rats affolés. Ils ont infesté la grange, se tiennent sur son toit, guettent à ses fenêtres ; ils sont accroupis derrière le moindre tronc d'arbre, la moindre pierre ; ils se transforment en souches d'arbre dans l'arrière-cour, en monticules, en arbustes, ils deviennent la terre elle-même.

Au pied de la pente, le coin nord-est de la grange est dévoré par les flammes. De grandes boucles rouge et jaune cinglent le ciel. D'épais filaments de fumée s'élèvent des corniches et s'abattent sur le toit, comme des cordes grises. La vache titube dans la neige en beuglant ; les cochons courent dans toutes les directions en poussant des cris perçants. Mary aperçoit Brindle, un des bœufs, qui tangue derrière le portail, son gros ventre fendu déversant ses intestins sur le sol.

L'estomac de Mary se soulève ; elle se penche en avant et vomit dans la neige, vaguement consciente que la main de Martha n'est plus accrochée à la sienne. Lorsqu'elle se redresse, elle aperçoit l'enfant qui court vers la maison. Elle hurle et commence à la suivre mais la perd immédiatement de vue dans la fumée et la confusion. Elle serre un peu plus fort la main de Sarah, qui tente de l'entraîner vers la cage.

Mary sent une lame de colère sourde se glisser entre ses côtes, jusqu'à ce qu'il lui vienne à l'esprit que l'enfant est trop jeune pour comprendre leur péril. D'un mouvement rapide, elle s'empare de la cage de sa main libre et l'éloigne de la maison. Sarah, qui consent enfin à obéir, tente de courir à côté d'elle, mais la neige est épaisse, et leur progression lente et difficile. Mary s'arrête derrière un tonneau, s'accroupit et attire Sarah près d'elle. « Nous devons laisser partir No », dit-elle en posant la cage dans la neige et en ouvrant la petite porte.

En glissant sa main dans la cage pour attraper le moineau, elle se rend compte de l'absurdité de son acte. Pourquoi prend-elle le temps de libérer un oiseau alors que le monde est en train de s'effondrer autour d'elle ? Que ses enfants et elle courent un terrible danger ? Elle saisit fermement le moineau, sent le petit cœur palpiter dans sa paume. Elle baisse les yeux vers Sarah pour voir si celle-ci va protester, mais l'enfant a enfoui son visage dans les lourds plis des jupes de sa mère.

Mary ouvre la main. Le moineau ne bouge pas. Derrière elle, des femmes hurlent et le feu gronde telle une bête énorme. Elle lance l'oiseau dans les airs, mais celui-ci retombe sur la neige, bat deux fois des ailes et volette vers la cage.

Mary contemple l'oiseau avec lassitude. Elle aurait dû se douter qu'il réagirait ainsi, la cage étant la seule maison que No ait connue depuis plus de trois ans. Sans réfléchir, elle se lève et, de toute la force qu'il lui reste, donne un coup de pied dans la cage, qui roule en direction de la maison en feu tandis que le moineau interloqué volette au-dessus de sa tête. L'oiseau s'élève, tourne à l'ouest, puis au nord, survole le toit de la maison et disparaît dans le lointain.

Percevant un gémissement, Mary se tourne pour voir Ann Joslin se diriger péniblement vers elle. Elle porte Beatrice, qui se balance étrangement sur son ventre gonflé. Soudain, un Indien bondit devant elle, brandissant son gourdin. Elle hurle et se recroqueville. Instinctivement, Mary se penche vers Sarah pour l'empêcher de voir ce qui va suivre mais, à sa grande surprise, l'Indien ne tue pas Ann. Il l'attrape par le bras et la pousse à travers une ouverture dans la palissade.

Mary jette un rapide coup d'œil au-dessus du tonneau, à la recherche de Joss et de Marie. Tout lui paraît vague et lointain dans la fumée qui transforme les formes en ombres. Dans un rugissement mêlé au craquement du bois se brisant en éclats, la grange s'effondre et un nuage noir s'élève à la place. Mary se détourne. Le bonnet de Sarah est tombé, libérant ses boucles blondes qui ondoient autour de sa tête. Sa mère lève la main pour les discipliner – un geste simple, idiot dans ce tourbillon de terreur, mais qui, curieusement, l'apaise. La sensation du petit crâne de sa fille sous sa paume, la masse duveteuse de cheveux soyeux, sa peau douce, réchauffée par le sommeil. Elle attire Sarah à elle et se tourne vers l'ouest, regardant au-delà du champ la ligne où commence la forêt.

Combien d'autres Indiens se cachent entre les arbres ? Elle prie pour que Joss et Marie soient parvenus à se mettre en sécurité. Peut-être ont-ils gravi la colline pour rejoindre le temple. Il lui paraît inconcevable que les Indiens mettent le feu à un lieu de culte. Elle commence à marcher dans cette direction, mais à nouveau Sarah la retient, secouant la tête, refusant de bouger.

« Allez ! » Mary entend la peur dans sa propre voix et tente de la chasser. « Ce n'est pas le moment de me désobéir ! » Mais Sarah reste obstinément campée sur ses pieds. Finalement, Mary la soulève et la porte à moitié, l'entraînant aussi vite que possible vers le trou dans la palissade. Ses bras tremblent sous le poids de l'enfant et ses jupes traînent dans la neige. Chaque pas lui paraît atrocement lent et pénible.

Entendant un homme hurler, elle se retourne et voit le mari de Hannah, John, qui se tient au fond de la cour, à mi-chemin entre la maison et la grange en feu. Il ne porte plus Josiah dans ses bras mais titube vers la route, sa silhouette sombre se dessinant sur la neige. Sous les yeux de Mary, il s'effondre.

Les Indiens se ruent alors sur lui en psalmodiant et en criant. Ils arrachent son pantalon et sa chemise, qu'ils agitent tels des étendards. D'un geste sec, ils le remettent sur pied, nu, avant de le pousser de nouveau au sol. L'un d'entre eux brandit un couteau. Tandis que ses entrailles se déversent sur la neige, les hurlements de John se mêlent aux chants glaçants des Indiens.

Mary pousse un cri, qui s'élève à la manière dont un merle effrayé quitte sa branche – aussi soudain que fugace. L'instant d'après, elle reçoit un coup au côté gauche et titube en arrière. Pendant une seconde, son corps entier est comme engourdi, puis la douleur la poignarde.

Il lui faut un moment pour comprendre qu'elle a été touchée par une balle de mousquet ; sa jupe est déchiquetée au niveau de la taille, révélant la chair ensanglantée. Une seconde plus tard, Sarah fond en larmes. Mary baisse les yeux et voit la main de sa fille constellée de sang.

Une vague de nausée la submerge et ses jambes fléchissent sous son poids. Elle s'effondre, entraînant Sarah avec elle. Elle arrache le tablier de Sarah et s'en sert pour bander la main de la petite fille, laquelle se débat en hurlant.

« Chut ! murmure Mary, plaçant sa bouche contre l'oreille de sa fille. Aide-moi, Sarah. Je dois étancher le sang. »

Sarah s'affaisse et l'odeur métallique du sang emplit les narines de Mary. C'est à ce moment-là qu'elle prend conscience que ce n'est pas seulement la main de Sarah qui saigne, mais aussi son abdomen. Mary se mord la lèvre pour réprimer un gémissement, déchire ce qu'il reste du tablier de la petite et le presse fermement contre la chair déchiquetée. Le sang sature immédiatement le tissu et commence à former une flaque sur ses genoux. Mary sent une noirceur profonde l'engloutir. Si la balle a pénétré dans les intestins de Sarah, elle mourra. Une torpeur froide se propage en elle, comme si la neige avait envahi son cœur. Elle déchire une longue bande de tissu de son propre jupon et l'enroule autour de l'estomac de Sarah, puis elle soulève la petite fille contre son sein.

Mary voit passer trois des fils d'Elizabeth, à quelques mètres seulement de l'endroit où elle est agenouillée sur le sol glacé. Henry et William sont armés de mousquets. William est penché en avant, presque accroupi, traînant la jambe qu'il s'est blessée quelques semaines plus tôt en tombant de la grange. Joseph, qui n'a que six mois de plus que Sarah, court à leur côté, ses pieds projetant des caillots de neige dans son sillage, jusqu'à ce qu'un Indien surgi de derrière une charrette l'envoie au sol d'un unique coup à la tête. Allongé sur le dos dans la neige, l'enfant ne bouge plus. Ses yeux sont écarquillés, rivés sur le ciel comme sous l'effet d'une immense surprise, bien que Mary sache qu'ils ne voient plus rien.

William se retourne et agite furieusement son mousquet devant l'Indien, lequel pousse un cri effarouché et s'éloigne. Un autre guerrier apparaît, qui bondit sur le dos de William. La jambe valide du garçon cède et il s'effondre. Les deux Indiens lui tombent dessus d'un même mouvement, lui broyant le crâne et le cou à coups de gourdin.

Mary regarde toute la scène, à la fois abasourdie et écœurée. William se débat brièvement, puis son corps s'affaisse. Le plus grand des deux Indiens s'accroupit sur lui, extirpe un couteau de son pantalon et découpe le cuir chevelu du garçon. Il se met ensuite à sautiller autour de lui, brandissant son horrible trophée. Des gouttelettes de sang ruissellent de sa main et émaillent la neige.

Mary ne voit plus Henry. S'est-il enfui ? Entendant une violente quinte de toux, elle se retourne brusquement pour voir Elizabeth tituber hors de la maison dans des tourbillons de fumée. Ses cheveux bruns se sont échappés de son bonnet et elle serre un bébé contre sa poitrine. Mary se demande un instant à qui appartient cet enfant.

Elizabeth avance d'un pas chancelant avant de tomber à genoux. L'espace d'une seconde, Mary craint qu'elle ne soit morte, et puis elle la voit tenter courageusement de se relever. Un Indien surgit alors de derrière un tonneau, sans autres vêtements qu'une courte cape et des jambières. Il brandit son mousquet et tire sur Elizabeth. Ses bras s'ouvrent, comme pour se tendre vers un sauveur invisible, et l'enfant tombe dans la neige. Mary voit l'horreur se dessiner sur le visage livide de sa sœur avant que ses traits ne se figent, dépourvus de toute expression. Elle bascule en avant dans un mouvement presque gracieux, s'effondrant lentement à côté du bébé.

D'une main, l'Indien s'empare de l'enfant par la jambe et le jette violemment contre le mur de la maison. Son crâne se brise, faisant éclore sur la neige des fleurs aux pétales rouge sang. Le guerrier repousse avec dédain le minuscule corps du bout du pied, comme s'il ne s'agissait que d'un fruit pourri, puis se tourne vers son ami en poussant un cri de triomphe.

Quelque chose se débloque alors dans l'esprit de Mary. Couvrant le visage de Sarah de sa manche, elle soulève la petite fille dans ses bras et se remet péniblement debout. Elle se dirige vers Elizabeth, qui n'a toujours pas bougé. Son visage est enfoncé dans la neige et il vient à l'esprit de Mary qu'elle doit tourner la tête de sa sœur pour lui permettre de respirer. Alors qu'elle n'est qu'à quelques centimètres d'Elizabeth, Mary aperçoit un Indien qui contourne la maison dans leur direction.

Son esprit est lent et trouble, comme si la fumée s'était insinuée dans son crâne. Elle s'arrête, vacille, commence à se tourner. Tout à coup, un gourdin s'agite devant son visage et Mary se retrouve à observer les curieux motifs païens gravés dans le bois.

Le guerrier respire bruyamment, si près de son visage qu'elle sent son souffle fétide qui se mêle à la puanteur du bois carbonisé. Son crâne est rasé d'un côté, les cheveux restants coiffés en une longue tresse qu'ornent des plumes retombant sur sa poitrine. Il l'étudie, son regard parcourant lentement son corps de haut en bas avant de se fixer sur Sarah. L'esprit de Mary s'éclaircit enfin et elle comprend qu'il est en train de soupeser leurs vies, de décider s'il va ou non les tuer.

« S'il vous plaît », dit-elle. Sa langue est brûlante et a un goût de fumée. « Je vous en prie, ne la tuez pas. »

Leurs regards se croisent et il baisse son gourdin. Mary recule d'un pas pour s'éloigner de lui, mais, avant qu'elle puisse en faire un second, il la stoppe de sa main libre et arrache son bonnet. Il le jette dans le vent, qui l'emporte en tourbillonnant vers la grange carbonisée. Ses cheveux retombent sur son dos et ses épaules. Il les observe, peut-être surpris par leur couleur, puis en saisit une poignée qu'il porte à ses lèvres. Tel un serpent, sa langue sort de sa bouche et lèche une mèche. Mary tressaille de dégoût, mais lorsqu'il rejette la tête en arrière et part d'un rire joyeux, elle comprend que ses cheveux ont peut-être sauvé la vie de Sarah.

Il saisit le poignet de Mary et l'entraîne à travers la cour. Lorsqu'elle ralentit, ployant sous le poids de Sarah, il tire impatiemment sur son bras. Ils traversent la cour nappée de sang et de neige barattée, passent à côté des corps mutilés de ses neveux, William et Joseph, et du cadavre nu et ensanglanté de John Divoll. Ils frôlent le corps d'un garçon gisant le visage contre un rocher, les bras tordus dans un angle impossible. Mary reconnaît les cheveux ébouriffés ; c'est Josiah, le fils de Hannah. Elle détourne le regard, mais ne peut empêcher son estomac de se soulever. Ils longent la grange et rejoignent le chemin, où fourmillent une multitude d'Indiens. Quelqu'un tend à son ravisseur un morceau de corde tressée. Il forme une boucle et la noue autour du cou de Mary, fixant l'autre extrémité à sa propre taille. Elle est soulagée qu'il n'essaie pas de lui prendre Sarah des bras. L'enfant gémit toujours. Le sang s'écoule de son estomac, tombant en gouttes épaisses sur la neige. La propre blessure de Mary continue de la poignarder sans cesse, mais elle se force à se tenir droite, consciente qu'attirer l'attention sur elle pourrait signifier la mort immédiate de sa fille.

Ses yeux brûlent, son esprit tourbillonne, sans qu'elle soit capable de former la moindre pensée. Sa gorge lui fait mal, comme si les sanglots coincés à l'intérieur étaient des barbelés. Elle tente de se concentrer sur ce qui est en train de se passer, mais tout est confus, fragmenté. N'a-t-elle pas juré qu'elle préférerait mourir plutôt qu'être capturée par les Indiens ? À présent que l'heure est arrivée, où est passé son courage de résister à ces païens ? Pourquoi ne parvient-elle pas à rassembler ses forces pour s'enfuir ?

Les chants et les cris s'estompent, et l'espace d'un instant le seul son est celui du feu crépitant et murmurant le long des murs de la bâtisse. L'air empeste la laine et les cheveux brûlés. Mary tourne la tête pour contempler la maison, où les flammes lèchent avec zèle les trois tonneaux de linge entreposés près de la porte. Un des tonneaux s'embrase et s'ouvre, ses douves tombent sur le perron, recouvrant les jambes d'Elizabeth. Mary est incapable de regarder plus longtemps. Elle détourne ses yeux du corps de sa sœur au moment où les flammes s'emparent de sa jupe.

Alors que le cri d'un corbeau perché dans l'arbre près du temple vient se mêler aux sanglots des femmes, elle aperçoit Hannah qui se tient à quelques mètres d'elle. Elle aussi a une corde autour du cou et tient dans ses bras son fils de quatre ans, William. Mary voudrait lui faire signe, mais Hannah ne regarde pas dans sa direction.

Les Indiens commencent à pousser les captifs de façon à ce qu'ils forment une longue file. Les guerriers sont partout, les encerclant par centaines. Finalement, Mary voit, dans un mélange de chagrin et de soulagement, que Joss et Marie se tiennent tous deux dans la file, loin devant elle avec les autres enfants. Deux des enfants de Hannah sont là, ainsi que les trois filles d'Elizabeth. Tous ont une corde autour du cou. À quelques mètres de là, le jeune Henry Kerley se tient affaissé, flanqué de deux guerriers. Ses bras sont tirés derrière son dos et attachés à un piquet

73

en travers de ses omoplates. Mary sent une vague de désespoir inonder son corps. Son neveu ne s'est pas enfui comme elle l'espérait. Selon toute vraisemblance, personne n'est parvenu à s'enfuir.

Elle se met à frissonner, secouée de tremblements si puissants qu'elle doit lutter pour retrouver son souffle. Quelle quantité de sang a-t-elle perdue ? Elle voit Elizabeth Kettle qui sanglote, le visage enfoui dans les mains. Elle aussi est attachée à son ravisseur. Un peu plus loin, Ann Joslin se tient la tête courbée, agrippée à Beatrice, dont les petits bras sont fermement serrés autour du cou de sa mère.

En entendant une femme hurler derrière elle, Mary se tourne et voit Priscilla Roper tituber et tomber sous les coups d'un Indien, qui abat son gourdin sur sa tempe. Priscilla ne lâche pas sa petite fille en tombant. Mais l'enfant, piégée sous le corps de sa mère, se met à hurler. L'Indien l'extirpe d'un geste brusque, et, l'espace d'un instant, Mary pense qu'il va la confier à une autre femme, et elle tend même son bras libre pour recueillir la petite fille. Au lieu de quoi, il la lance dans les airs, agite son gourdin et lui brise le crâne. L'enfant tombe morte à ses pieds.

Le ravisseur de Mary tire si violemment sur sa corde qu'elle manque de perdre l'équilibre. Elle tremble de plus en plus fort, au point qu'elle craint que ses jambes ne puissent plus la soutenir longtemps. Elle tente de calmer Sarah, qui gémit de plus belle. À mesure que la file avance, Mary perd de vue Joss et Marie, qui deviennent les maillons d'une longue chaîne de personnes en mouvement. Les Indiens semblent pressés de faire avancer leurs captifs, qu'ils tirent en direction du sud comme du bétail qu'on conduit au marché. Puis ils tournent à l'ouest dans le champ, les tirant vers la forêt. Tout est étrangement silencieux ; le seul son qu'entend Mary en dehors des pieds se traînant dans la neige est le cri d'avertissement d'un geai.

Mary chancelle sous le poids de Sarah, qui la ralentit aussi sûrement que si elle avait des fers aux pieds. Elle sent le sang de sa propre blessure couler le long de son côté gauche, cependant que le vertige la submerge par vagues successives. Elle trébuche de nouveau en posant le pied sur un trou rempli de neige. L'air empeste toujours la fumée. Ils se traînent en une longue colonne désordonnée à travers le champ, de la neige jusqu'aux chevilles.

Mary ne regarde derrière elle qu'une seule fois. Au-delà de la neige sur laquelle leur sang a dessiné une longue traînée rose, elle voit les murs et le toit de sa maison qui se sont effondrés. La fumée d'un bûcher funéraire s'élève à l'endroit où gît le corps de sa sœur.

Puis ils s'enfoncent dans la forêt, et Mary a l'impression d'être arrivée aux confins du monde.

6

Sous les arbres, la couche de neige n'est plus aussi épaisse. Elle a été tassée par les pieds des Indiens et des captifs marchant devant elle, aussi Mary n'a-t-elle plus à craindre de trébucher sur une congère. Ils progressent lentement, pourtant, suivant une piste que seuls les Indiens connaissent, entre les troncs d'arbres qui, noirs contre la neige, lui rappellent les pieux d'une palissade.

Ils commencent à gravir un sentier escarpé parsemé de racines et de rochers. Les enfants gémissent et appellent leur mère, mais ils ne cessent de marcher dans cette longue file d'Indiens et de captifs reliés par une corde, qui ondule tel un serpent à travers les arbres. Mary voit un groupe d'hommes guider des cochons et un bœuf. Certains portent des poulets morts et des outils – des bouilloires, des râteaux et des pelles. Un jeune guerrier tient un fléau en plumes dans sa main gauche, qu'il agite négligemment d'avant en arrière en marchant. Manifestement, les Indiens ont pillé de nombreuses maisons.

Elle les entend parler dans leur langue mystérieuse. L'esprit troublé par la peur et la fatigue, elle commence à imaginer que les guerriers vont les forcer à marcher jusqu'à ce qu'ils tombent raides morts, sans jamais avoir atteint leur destination. La blessure à son flanc l'élance et sa poitrine et ses bras souffrent du poids de Sarah. La corde lui brûle la peau du cou et menace de l'étrangler chaque fois qu'elle trébuche. Elle sait qu'ils sont certainement en train de gravir George Hill, bien qu'elle ait l'impression d'avoir parcouru largement plus d'un kilomètre. Elle a grand-peine à discerner le chemin dans la lumière tamisée par les arbres, en particulier avec Sarah dans ses bras.

Enfin, le terrain commence à s'aplanir et elle aperçoit le toit d'une construction qui pointe derrière le sommet de la colline. C'est le vieux poste de traite, ou ce qu'il en reste, puisqu'il est depuis longtemps à l'abandon. Mais c'est un abri malgré tout et, en ce moment d'épuisement, la vision d'un bâtiment anglais donne à Mary de l'espoir, surtout lorsqu'elle voit les Indiens se préparer à faire halte pour la nuit. Apparemment, même les diables ont besoin de dormir.

Mary est toujours attachée à son ravisseur, lequel s'est arrêté pour discuter avec un guerrier enveloppé d'une couverture rouge. Elle regrette de ne pas parler leur langue et songe à Timothy, le jeune serviteur nashaway qui s'est enfui de chez eux. Elle n'aurait jamais dû le réprimander pour avoir parlé dans sa langue natale. Ces mots qu'elle refusait d'entendre lui auraient peut-être été d'une grande aide aujourd'hui.

Elle cherche du regard Joss et Marie, mais ne les voit nulle part dans la demi-pénombre. Elle dépose délicatement Sarah au sol et place un peu de neige dans ses mains en coupe, qu'elle réchauffe jusqu'à ce qu'elle fonde pour en faire couler quelques gouttes dans la bouche de sa fille. Sarah ne cesse de gémir et semble à moitié endormie, bien qu'elle sorte de temps en temps de sa torpeur pour demander où elle se trouve. Le sang continue de suinter de la plaie à son estomac ; la tache s'est propagée à l'ensemble de son corsage et à l'avant de sa jupe, imbibant jusqu'au tablier de Mary.

Celle-ci soulève de nouveau Sarah, qu'elle place un peu plus haut contre sa poitrine dans l'espoir vain de soulager la douleur dans ses épaules. Sa propre blessure continue de palpiter et de brûler tandis qu'elle marche vers son ravisseur.

« S'il vous plaît, dit-elle. Laissez-nous utiliser la maison. » Elle désigne le toit affaissé dans l'espoir qu'il comprenne quelques mots d'anglais. « Pour dormir. Pour les femmes et les enfants. »

Il fronce les sourcils, crache par terre, puis s'essuie la bouche du revers de la main. « Quoi, vous aimez encore Anglais ? » Il forme lentement les mots derrière ses dents serrées, produisant des sons gutturaux qui, bien qu'elle n'ait aucun mal à les comprendre, rappellent à Mary l'aboiement d'un chien.

« Oui, je les aime, répond Mary. Je suis anglaise, après tout. Et quel rapport cela a-t-il avec le fait de trouver un refuge ? »

Ses sourcils se soulèvent et il part soudain d'un rire tonitruant évoquant un grognement. L'homme avec lequel il discutait se joint à eux. Son ravisseur dit quelque chose dans sa langue et rit à nouveau. L'autre Indien se met à sautiller autour d'eux en gloussant comme une poule hystérique.

Un troisième Indien s'approche. Il est grand, avec un visage aux traits réguliers et un regard droit. Il porte des jambières en peau de daim et une couverture bleu marine sur son épaule droite. Mais son visage n'est pas peint, et lorsqu'il lève le bras, Mary aperçoit un gilet anglais sous la couverture. Il discute avec les guerriers dans leur langue, puis il la regarde.

« Comprenez-vous votre situation ? demande-t-il dans un anglais excellent, teinté seulement d'un discret accent.

— Ma situation ? »

Malgré le froid, les spasmes de douleur incessants font perler la sueur à son front.

« Dites-leur que je suis la femme du pasteur de Lancaster. Ma fille est gravement blessée.

— Ils savent qui vous êtes. Ils ont reçu l'ordre de vous emmener. »

Elle fronce les sourcils. « Quelqu'un a planifié ma capture ? Comment savent-ils qui je suis ? »

Il regarde ses cheveux. « Vous êtes facilement reconnaissable. Ils cherchaient une femme dont les cheveux ont la couleur d'un renard. » Il sourit.

Son ravisseur l'observe et prononce un torrent de mots incompréhensibles. Elle pose un regard interrogateur sur le grand Indien. « Kehteiyomp dit que vous n'êtes plus importante, désormais, lui explique-t-il. Vous ne devez pas oublier que vous êtes une esclave. »

Une *esclave*. Le mot lui fait l'effet d'un coup de fouet. Elle pense immédiatement à Bess et à son amant, un esclave, à l'enfant qui lui a été arraché. Elle se souvient de Bess affirmant que l'esclavage était un mal terrible aux yeux de Dieu, ce à quoi elle avait répliqué que c'était au contraire la volonté divine. À présent, le jugement du Seigneur s'est abattu sur elle avec une punition taillée sur mesure. Elle-même réduite en esclavage, elle s'apprête à découvrir les rigueurs de cette vie.

« Il veut savoir où se trouve votre mari, poursuit le grand homme. Il veut savoir pourquoi il ne vous a pas défendue. »

Mary étudie le visage de son ravisseur en se demandant si elle doit leur révéler la vérité. « Il est parti à Boston, dit-elle. Il me sauvera à son retour. »

Son ravisseur éclate de rire et, du doigt, fait mine de se trancher le cou. « Lui pas sauver vous, dit-il. Nous tuer lui quand il vient. » Il tire d'un coup sec sur la corde et Mary titube en avant. Sarah pousse un cri. Son ravisseur tourne les talons et marche rapidement le long de la crête, forçant Mary à courir après lui en serrant Sarah un peu plus fort.

Devant la maison vide, plusieurs hommes ont creusé un trou et allumé un feu immense. Mary tremble de froid et de faim. Mais au lieu de la conduire à l'abri, le guerrier l'entraîne vers une grande pierre à dix mètres du feu, et essuie la neige qui s'y est accumulée.

« Ici, dit-il en désignant la pierre. Vous dormez ici. »

Mary est convaincue qu'elle ne trouvera plus jamais le sommeil, d'autant moins sur un rocher glacé sans même une couverture. Elle secoue la tête. « S'il vous plaît, dit-elle. Laissez-moi dormir dans l'abri avec mes enfants. »

Il la frappe alors avec une telle violence qu'elle perd l'équilibre et bascule à la renverse sur le rocher. Sarah, paniquée, tombe sur elle. Mary reste étendue en maudissant sa propre stupidité. Elle a réagi impulsivement, sans réfléchir aux conséquences – comme si Sarah et elle ne couraient pas un danger mortel.

D'un geste, son ravisseur lui fait comprendre qu'elle doit dormir à l'endroit où elle est tombée. Mary attire Sarah contre elle et étend la cape sur elles deux, piètre protection contre le froid glacial de la nuit. La tête lui tourne et elle a l'impression qu'un fer brûlant est pressé contre son flanc, s'enfonçant un peu plus profondément dans sa chair à chaque respiration. Elle ferme les yeux et prie – pour que son mari rentre sain et sauf et que Dieu Se montre miséricordieux envers elle et ses pauvres enfants captifs.

Mary se réveille en sursaut. Des cris perçants et mystérieux tourbillonnent dans l'obscurité, qui font dresser le duvet sur sa nuque. Elle lève la tête. Les Indiens se sont rassemblés en cercle autour du feu. Certains poussent les curieux cris et glapissements qui l'ont réveillée pendant que d'autres se contorsionnent devant elle dans des poses grotesques. *Comme des créatures de l'enfer*, songe-t-elle. Ils sautent et tournoient autour du feu, leurs silhouettes noires se dessinant contre les flammes éclatantes. Il lui faut un moment pour déchiffrer ce qu'elle voit, pour comprendre que les cris sont une musique impie, que leurs mouvements alambiqués sont une forme barbare de danse. Elle est témoin d'une célébration, une action de grâces païenne.

Les hommes ont tué du bétail. La jambe d'une vache – peut-être sa propre vache laitière – rôtit sur une broche au-dessus du feu. La tête d'une truie gît près d'un tas de poules non plumées. Mary ne bouge pas mais, face à ce tableau, sa colère grandit. C'est de la nourriture *anglaise* qu'ils mangent, le fruit de son dur labeur *à elle* dont se repaît l'ennemi, sans qu'elle ait reçu la moindre miette pour nourrir son enfant.

Elle se redresse entièrement et prend Sarah sur ses genoux. Les paupières de la petite fille papillotent, s'ouvrent puis se referment. « Mère », gémit-elle. Sa jupe et son corsage sont déchirés au niveau de la taille, et le tissu est trempé de sang. Mary tente d'examiner la plaie sans lui faire mal, mais chaque fois qu'elle essaie d'ouvrir le corsage, Sarah gémit et agite les bras. Après plusieurs tentatives, Mary s'avoue vaincue. Même si elle pouvait voir distinctement la blessure, elle n'a aucun baume pour la traiter. Elle attire Sarah contre sa poitrine et la berce lentement pour qu'elle se rendorme.

Les chants et les danses se poursuivent longtemps. Mary a la sensation de glisser dans une sorte de transe tandis qu'elle ressasse ce dont elle a été témoin aujourd'hui et se demande ce que demain lui réserve. Elle ne doit pas oublier que c'est grâce à la providence divine que Sarah est toujours en vie, et qu'elle-même a été sauvée afin qu'elle puisse s'occuper de sa fille. Peut-être le Seigneur veut-Il que Mary l'emporte sur les païens. N'a-t-Il pas montré à de multiples reprises au peuple d'Israël que leur force était en Lui ? Ne les a-t-Il pas guidés hors d'Égypte ?

Dans la lumière dansante, Mary voit que la corde attachée à son cou a été jetée au-dessus d'une branche et fixée à son autre extrémité à un arbre à quelques mètres de là. En étudiant cet arrangement, elle ne peut s'empêcher de remarquer son ingéniosité – il lui permet quelques mouvements limités, mais si elle tente de s'éloigner, elle s'étranglera rapidement.

Elle scrute les arbres qui se dressent derrière la lueur du feu. Les Indiens, concentrés sur leur célébration, ne lui prêtent aucune attention. Si elle agit lentement et en silence, peut-être parviendra-t-elle à défaire le nœud, emporter Sarah à l'abri des arbres et trouver le chemin de chez elle.

Chez elle. Elle n'a plus de chez-elle. Sa maison n'est plus qu'un amas de poutres carbonisées gisant sur la terre gelée. Pourtant, se dit-elle, il doit bien rester un bâtiment ou même un simple abri qui n'ait pas été détruit, un endroit où Sarah et elle pourraient se réfugier jusqu'à ce que les troupes promises par son mari viennent à leur secours. Elle regrette de ne pas savoir où se trouvent Joss et Marie, qu'elle n'a pas vus depuis leur marche forcée à travers le champ.

Elle se rallonge et fouille de ses doigts l'épais nœud à l'arrière de son cou. Lentement, elle parvient à le desserrer. Lorsqu'un Indien regarde dans sa direction, elle ferme les yeux et déplie ses doigts, faisant mine de dormir. Elle s'affaire longtemps sur le nœud, sans jamais parvenir à se libérer. Son ravisseur a noué la corde avec une telle habileté que sa seule échappatoire possible est la mort.

Les danses et les chants se poursuivent tout au long de la nuit. Allongée à côté de Sarah, sous sa cape, Mary s'efforce de ne pas bouger. Elle se souvient du récit biblique de la captivité de Joseph en Égypte, de la manière dont Dieu l'a protégé et lui a permis de s'élever. Au bout de quelque temps, elle sombre dans un sommeil troublé.

À son réveil, le ciel s'est éclairci, brillant d'une teinte gris perle. Ses jambes et ses épaules sont douloureuses et la blessure à son flanc palpite toujours. Elle soulève la cape et regarde Sarah. Ses yeux sont fermés et elle ne fait aucun bruit, mais ses joues sont roses, et lorsque Mary pose un baiser sur son front, elle sent la chaleur sèche de la fièvre. Elle se redresse sans que Sarah se réveille. Son corps est aussi mou que celui d'une poupée sur le granit froid. Mary prononce son nom, prie pour recevoir de la force, bien qu'elle sache que nul en ces lieux ne peut lui fournir le moindre réconfort, en dehors du Seigneur. Et Il lui semble très loin.

Elle pense à l'Indien qui parle anglais, se demande où il se trouve. Peut-être peut-elle le convaincre de l'aider. L'aisance avec laquelle il s'exprime suggère qu'il a vécu parmi les Anglais. Peut-être est-il un Indien chrétien, un de ces nombreux indigènes païens convertis par John Eliot, le pasteur de Roxbury. Celui-ci les a regroupés dans de petits villages au cœur des terres sauvages, où seuls vivent les Indiens chrétiens.

Des braises rougeoient dans le feu de camp. Les formes sombres d'Indiens endormis parsèment les alentours. Certains ont commencé à s'affairer. Un Indien trapu s'approche d'elle, un homme aux épaules larges et aux yeux noirs. Il désigne Sarah. « Très malade ? »

Mary a entendu des rumeurs selon lesquelles certaines tribus mangent les enfants anglais lors de cérémonies obscènes, et tuent même leur propre progéniture si celle-ci montre un quelconque signe de faiblesse. « Elle est forte, dit Mary. Elle va vite se rétablir. » L'Indien baisse la main, soulève le coin de la cape pour révéler la tête et les épaules de Sarah, et pose sur le cou de la petite deux doigts noirs de saleté. Elle ressent un frisson de dégoût en les voyant toucher la peau claire de Sarah. Va-t-il l'étrangler ? Au bout d'un moment, il retire sa main. Il fronce les sourcils mais ne dit rien. Lorsqu'il s'éloigne, Mary laisse échapper l'air qu'elle retenait sans s'en rendre compte dans ses poumons.

Elle se lève et place de nouveau la cape sur Sarah. Le soleil monte à l'horizon. Elle marche aussi loin que la corde l'y autorise et se soulage derrière un buisson. En se relevant, elle se tourne vers l'est et, à travers les arbres, aperçoit au loin, à flanc de coteau, ce qu'il reste de Lancaster : les débris de maisons brûlées, les arrière-cours jonchées de taches sombres. Des taches qu'elle sait être les corps des êtres qu'elle aime.

Lorsque Mary revient à son rocher, la cape gît en boule sur le sol et Sarah a disparu.

Elle se met à courir en tous sens, aussi loin que la corde le lui permet, hurlant sans relâche le nom de sa fille. Elle sait que Sarah n'a pas la force de s'éloigner toute seule. Que quelqu'un l'a emmenée. Mary tombe à genoux et commence à gratter la pierre de ses mains nues, comme si elle pouvait arracher Sarah à ses entrailles glacées.

Elle sent la présence de quelqu'un derrière elle, puis une main se poser fermement sur son épaule. Elle lève les yeux et reconnaît le grand Indien qui parle anglais.

Mary l'observe tandis que sa main se porte à l'étui en peau de daim accroché à sa ceinture. Il en sort un couteau.

Instinctivement, elle pousse un cri désespéré évoquant le bêlement d'un agneau.

« N'ayez pas peur », dit-il.

Mais elle a peur. Elle est terrifiée. Lorsqu'il pose la pointe du couteau sur sa gorge, Mary est certaine de vivre ses derniers instants. Le chagrin qui l'enveloppe tel un linceul n'est pas seulement pour elle-même, mais pour les enfants qu'elle laissera derrière elle, abandonnés à leur sort. Pour Sarah en particulier.

« S'il vous plaît, murmure-t-elle en courbant la tête pour regarder le couteau. Je vous en prie, ayez pitié. » Elle ferme les yeux.

Elle sent la lame se poser sur sa gorge, s'enfoncer dans sa peau. Elle est certaine à présent qu'il va la torturer en la tuant à petit feu. Le couteau continue d'appuyer sur sa gorge, si fort qu'elle en a le souffle coupé.

Lorsque la pression se relâche et que la corde glisse au sol, il lui faut quelques secondes pour comprendre que l'Indien ne lui a pas fait de mal. Il l'a libérée.

Elle prend trois longues inspirations. « Merci. » Sa voix érafle l'air et elle sent soudain un froid brutal l'envahir. Sa mâchoire tremble si fort que le claquement de ses dents résonne dans son crâne. L'Indien soulève sa cape et la lui tend. Mary l'enveloppe autour d'elle, quoiqu'elle prenne conscience, à mesure que le froid s'installe dans sa moelle, que ce n'est pas seulement l'air glacé de l'hiver qui la paralyse, mais aussi celui de la mort.

« Savez-vous où se trouve ma fille ? s'enquiert-elle, peinant à former les mots. Savez-vous où ils l'ont emmenée ? »

Il range son couteau dans son étui. « Le fils de Monoco la transporte sur un cheval. »

Le nom *Monoco* lui est familier. C'est le sachem borgne de la tribu nashaway qui a vendu des terres à son père et aux autres propriétaires de Lancaster. Mary l'a vu parader à travers les villes comme s'il les avait lui-même construites. « Où ? Où puis-je la trouver ? »

Il lui indique la direction et, sans un regard en arrière, Mary part en courant, ignorant les Indiens massés le long du sentier. Elle passe à toute vitesse devant eux, moulinant la neige de ses jambes. À l'extrémité d'une crête, elle distingue un cheval et son cavalier. Ses jambes s'affaissent sous son poids et elle s'agrippe à un jeune arbre pour retrouver l'équilibre, s'adossant un instant à lui avant de reprendre son chemin. Un Indien l'interpelle, se moquant de sa tentative de fuite, et un autre lui saisit le bras, mais elle s'arrache à son emprise. Lorsqu'elle rattrape enfin le cheval, elle découvre un jeune Indien de l'âge de Joss monté sur la jument des Kettle, qui tient Sarah par la taille. Sa fille gémit. Mary fait courir sa main le long du flanc de la jument et la tend vers Sarah. Le garçon l'observe d'un regard dénué de toute expression.

« Merci, halète Mary. Merci de la transporter. »

Il ne répond pas. Elle ignore s'il est fier, stupide, ou ne comprend tout simplement pas l'anglais. Peu importe. Tandis qu'elle marche à côté du cheval, la main posée sur la jambe de Sarah, un sentiment de gratitude l'envahit. Envers le Seigneur, qui a préservé la vie de Sarah et donné à Mary une raison d'espérer. Envers le garçon qui transporte sa fille. Et envers le grand Indien qui l'a libérée.

7

Ils marchent vers l'ouest à travers la nature sauvage et gelée, ne s'arrêtant que pour dormir à la tombée de la nuit. Mary avance péniblement, s'efforçant de garder le rythme de la jument des Kettle pour rester aussi près que possible de Sarah. Le troisième jour, le jeune cavalier lui offre sa place. Sa gentillesse la surprend et, l'espace d'un instant, elle se demande s'il ne s'agit pas d'une ruse, si chevaucher la jument ne lui coûtera pas davantage que ce qu'elle est prête à payer. Pourtant, elle accepte immédiatement, incapable de résister à la possibilité de tenir et réconforter sa fille, bien que les mouvements de son torse lorsqu'elle grimpe maladroitement sur le cheval rouvrent la plaie à son flanc.

Le moindre mouvement fait souffrir Sarah. Elle grogne et grince des dents, fait rouler sa tête de gauche à droite sur la poitrine de Mary. Elle répète encore et encore les mots « Je vais mourir ! » tandis que Mary tente à la fois de la faire taire et de la rassurer.

Depuis le dos de la jument, Mary voit la longue file de marcheurs qui s'étend devant elle. Elle regarde les guerriers faire avancer les captifs, les pousser avec leur gourdin dès qu'ils les voient trébucher. Elle cherche en vain Joss et Marie, mais repère Ann Joslin, qu'elle voit chanceler et manquer de lâcher Beatrice. Elizabeth Kettle marche tête baissée et sanglote, s'essuyant sans cesse le visage avec ses manches.

Il commence à neiger. Les flocons tombent rapidement, charriés par le vent. Ils brûlent les joues de Mary et se coincent dans ses sourcils. Elle peine à voir à plus d'une vingtaine de mètres devant elle. Alors qu'ils commencent à descendre une longue colline, la jument trébuche, envoyant voler Sarah et Mary par-dessus sa tête. Elles atterrissent lourdement sur le sol gelé, et, pendant quelques secondes, Mary ne voit plus rien, tendant furieusement les mains pour retrouver Sarah. Elle entend un cri et se demande s'il vient de sa propre gorge. Puis Sarah gémit et la vision de Mary s'éclaircit. Elle tâte le corps de sa fille à la recherche d'os cassés, de nouvelles blessures. La jument a disparu. La neige a cessé de tomber et trois guerriers se tiennent à quelques mètres, qui les montrent du doigt en se gaussant, visiblement amusés par leurs malheurs. Tremblant de douleur et de honte, Mary soulève Sarah et s'insère dans la colonne de marcheurs. Son cerveau cogne contre les parois de son crâne. Depuis l'attaque, elle n'a rien bu ni mangé hormis de la neige fondue. Combien de temps tiendra-t-elle jusqu'à ce que ses forces s'épuisent totalement ? Et que se passera-t-il alors ?

Le guerrier qui a capturé Mary, qu'elle n'a pas vu depuis deux jours, apparaît et lui fait signe de marcher derrière lui. Ils atteignent une zone où le chemin s'élargit et gravissent une petite crête. Devant elle, plusieurs guerriers se sont arrêtés près d'une large clairière et désignent un point dans le lointain. En suivant leur doigt du regard, elle voit un grand village indien qui se déploie en contrebas, des centaines de huttes en forme de dômes et de tailles diverses qui s'étendent le long de la rivière comme autant de nœuds sur une corde. Le mot *wetu* vient à l'esprit de Mary. Elle a entendu parler de ces masures indiennes, mais n'aurait jamais imaginé qu'il pouvait s'en trouver autant regroupées au même endroit. Des volutes de fumée s'élèvent des habitations, se mêlant à l'air glacial. Des arbres immenses longent la rivière gelée, qui scintille de reflets argentés sous le ciel gris.

Le rythme de la colonne s'accélère ; certains guerriers descendent la colline en courant ; d'autres font avancer les captifs. Mary entend des voix de femmes qui chantent des notes aiguës évoquant le cri d'un faucon. À peine pénètrent-ils dans le village que Mary se retrouve encerclée de femmes qui l'observent et jacassent dans leur idiome étrange en tirant sur ses vêtements. Elles plantent leur doigt dans la joue de Sarah pour voir si celle-ci réagit, mais la petite fille pend inconsciente dans les bras de Mary.

Certaines femmes portent des bébés sur leur dos, sanglés si étroitement à des planches qu'ils peuvent à peine bouger la tête. Ils observent le monde autour d'eux comme de minuscules statues. Des enfants plus âgés, vêtus de chemises et de fourrures, se pourchassent en riant entre les jambes des femmes. Mary est choquée de voir que personne ne les réprimande, ni même ne semble les remarquer.

Son ravisseur se fraie un passage à travers les femmes en agitant les bras avec colère. Mary le suit d'un pas lourd, portant Sarah dans ses bras épuisés tout en fouillant la foule du regard à la recherche de Joss ou de Marie. Ils arrivent sur une place ouverte où fourmillent des centaines d'Indiens. À une vingtaine de mètres d'elle, Mary voit un guerrier qui semble en train de vendre le fils d'Ann Joslin à une Indienne. La femme agite les bras, secoue la tête et plante ses doigts dans la poitrine du garçon, dont le visage est empreint d'une peur manifeste. Mary voudrait le réconforter, lui assurer que tout va s'arranger, bien qu'en vérité elle n'en sache absolument rien. Les Indiens lui semblent aussi inconstants que le vent, changeant impulsivement de comportement, pouvant passer de la violence à la charité en une seconde.

Ses réflexions sont subitement interrompues lorsque, un instant plus tard, son ravisseur la vend à un homme. *Comme un bœuf sur la place du marché*, songe-t-elle. Son acheteur est un guerrier au dos droit, dont les longs cheveux sont coiffés en arrière et attachés sur sa nuque par un ruban de perles et de plumes. Ses épaules sont larges et ses bras musclés. Ses traits sont réguliers hormis son grand nez, qui semble avoir été cassé à plusieurs reprises. Ses yeux, presque aussi noirs que ses cheveux, ressemblent à ceux d'un démon.

Il la regarde à peine, mais l'attrape par la manche et l'entraîne sur des sentiers tortueux conduisant à un grand wetu couvert d'écorce. Il écarte les peaux tachées de graisse faisant office de porte et lui fait signe d'entrer. Comme elle ne bouge pas, il la pousse à l'intérieur. Les peaux retombent derrière eux avec un bruit sourd. Sarah gémit. L'odeur de terre, de poussière et de graisse submerge presque Mary. Tout ce qu'elle voit au début est un feu, qui brûle dans un trou tapissé de pierres. La fumée qui s'en élève disparaît à travers une ouverture carrée ménagée dans le toit.

Son propriétaire prononce une rapide série de mots qui évoquent à Mary le grognement d'un cochon. Elle se tient immobile, terrassée par la peur, lorsqu'une femme émerge de l'ombre. Elle a un long visage et un nez droit, des yeux espacés et un menton proéminent. Elle pose sur Mary un regard si dur que celle-ci se sent obligée de détourner les yeux.

La femme prend la mâchoire de Mary dans sa main et tourne son visage de gauche à droite, l'examinant attentivement, comme on le ferait d'une vache ou d'un bœuf sur la place du marché. Elle plante son index dans ses joues, lui ouvre la bouche et passe ses doigts sur ses dents, puis elle enroule sa main autour de son bras et appuie sur les muscles. Elle soulève ses jupes et lui frotte les jambes, touche sa poitrine, examine sa blessure. Lorsqu'elle a enfin terminé, elle semble satisfaite.

« *Mattapsh*, dit-elle en agitant les bras. *Yo cowish.* » Mary ne bouge pas. Lorsque la femme parle de nouveau, le guerrier place sa main sur l'épaule de Mary et la force à s'asseoir sur un tapis de peaux. Elle reste agenouillée sans comprendre ce qu'il lui arrive pendant qu'il la sermonne dans sa langue.

La femme s'approche. « *Quinnapin*, dit-elle en baissant ses épaules vers Mary, comme si une plus grande proximité pouvait l'aider à comprendre. *Quinnapin.* » Elle touche la poitrine de l'homme et hoche vigoureusement la tête.

« *Quinnapin.*

— Quinnapin, répète Mary, ayant fini par comprendre qu'il s'agit du nom de l'homme.

— *Nux*, poursuit la femme en opinant. *Sachem.* »

Mary reconnaît le second terme, qui désigne un titre d'autorité. Elle incline la tête pour indiquer qu'elle est prête à coopérer. Elle n'opposera aucune résistance, ni n'essaiera de prendre la fuite. Pas tant que Sarah se meurt dans ses bras.

La femme place sa main sur sa propre poitrine. « Weetamoo, dit-elle d'une voix ferme. Sachem. » Elle se tapote à nouveau la poitrine. « Weetamoo. » Puis elle se tourne vers Quinnapin et débite un chapelet de mots indiens. Prise de vertige et épuisée, Mary repose Sarah sur ses genoux, convaincue que ni elle ni sa fille ne survivront très longtemps.

Quinnapin quitte brusquement le wetu. Weetamoo s'assoit près du feu et attrape une large bande de peau de daim sur laquelle elle entreprend de coudre des petites perles noires et blanches. Ce n'est pas la première fois que Mary voit une ceinture de *wampums*, un ornement fait de coquillages auquel les Indiens accordent une grande valeur et qu'ils considèrent comme une sorte de monnaie d'échange. Elle a toujours trouvé cela curieux, mais elle ne peut s'empêcher de ressentir une certaine fascination en regardant Weetamoo travailler à son ouvrage. Coudre ces minuscules perles requiert tellement de temps et de soin, sans parler des motifs complexes qu'elles forment, qu'elle se demande si les Indiens n'apprécient pas davantage les wampums pour la patience que leur réalisation nécessite que pour leur valeur intrinsèque.

Mary embrasse et caresse le visage fiévreux de Sarah et examine ses blessures. Si le sang a cessé de couler de la chair rouge et déchirée de son abdomen, l'odeur putride qui s'en dégage alarme Mary. Elle arrache une nouvelle bande de tissu de son jupon et la place sur la chair déchiquetée. Elle prononce une prière, implore la miséricorde divine. Elle ne voit rien d'autre à faire. Elle contemple les grandes nattes de roseaux tressés suspendues de chaque côté du wetu. Des plateformes rudimentaires en bois drapées de peaux d'animaux longent les murs. La puanteur de la terre et des peaux lui monte aux narines. Elle s'allonge sur sa natte et se laisse entraîner loin de la douleur, sombrant dans une noirceur bénie.

À son réveil, Mary prend conscience qu'elle a chaud. Pour la première fois depuis l'attaque. Du temps a passé, bien qu'elle ne puisse dire s'il s'agit de minutes ou d'heures. Le rideau de peaux s'ouvre et une jeune femme entre, portant un enfant fixé à une planche porte-bébé. Elle s'assied à côté de Weetamoo, qui pose son ouvrage, détache délicatement l'enfant de la planche, le place contre son sein et commence à l'allaiter. Weetamoo et la jeune femme confèrent à voix basse. Leurs voix, mêlées au doux bruit de l'enfant qui tète, sont comme une étrange musique aux oreilles de Mary.

Lorsque Weetamoo a fini d'allaiter, elle place l'enfant sur ses genoux et joue longuement avec lui. Mary est incapable de détourner le regard. Elle n'a jamais vu une femme s'occuper d'un enfant avec une telle tendresse. On lui a appris, alors qu'elle n'était elle-même encore qu'une enfant, qu'une femme doit se garder de se montrer trop affectueuse envers son bébé, au risque de mettre son âme en péril. Aussi a-t-elle toujours pris soin de limiter les marques de tendresse envers ses enfants en public. Elle se souvient pourtant des nombreuses fois où elle les a dorlotés en secret, lorsqu'elle était certaine que personne ne la voyait. Elle savait alors qu'elle commettait un péché, mais la douceur de ses enfants lui procurait une telle sensation de bien-être qu'elle ne pouvait s'en empêcher. En regardant Weetamoo, Mary ressent subitement le besoin de bercer encore une fois un bébé contre son sein.

Lorsque Weetamoo a terminé de jouer avec l'enfant, elle l'attache de nouveau à la planche. Elle dit quelque chose à la fille, qui se lève, plonge une écuelle dans une petite marmite au-dessus du feu et la tend à Mary.

C'est une sorte de ragoût – des morceaux de viande flottant dans un épais bouillon à l'odeur légèrement rance. Il y a à peine quelques jours, Mary ne l'aurait jamais porté à ses lèvres, mais sa faim est si pressante qu'elle ne le renifle même pas avant d'enfourner les morceaux dans sa bouche. Elle essaie d'en donner un peu à Sarah, mais l'enfant refuse d'avaler quoi que ce soit. Le gruau coule sur son menton et souille sa chemise et son cou de marron limoneux.

« Où est No ? gémit Sarah. Je veux entendre No chanter.

— Chut, fait Mary. No est sain et sauf, j'en suis certaine. »

Elle pense soudain à Joseph. Pourquoi ne les a-t-il pas secourues ? Elle sent la colère enfler dans sa poitrine, et tente aussitôt de la contenir, se reprochant intérieurement ces mauvaises pensées. Des guerriers attendent de le tuer. Elle doit prier, non pour sa propre délivrance mais pour la sécurité de son mari. Sur le point de s'évanouir de douleur et de fatigue, elle tourne son cœur vers Dieu et le supplie docilement de ne laisser aucun mal lui arriver, de lui épargner des épreuves aussi terribles que celles qu'elle est en train de vivre.

8

Pendant une semaine, Sarah gît inconsciente sur les genoux de Mary, brûlante de fièvre. Sa mère regarde, terrifiée, la plaie suppurer. Elle sait la vitesse à laquelle de telles fièvres peuvent emporter un enfant, et elle n'a ni cataplasme ni baume pour l'apaiser. De désespoir, elle racle la terre, qu'elle mélange à sa propre salive et étale sur la blessure de Sarah afin qu'elle rafraîchisse sa peau. Mais Sarah gémit et s'agite de plus belle. D'un geste de la main, Mary indique à Weetamoo qu'elle a besoin d'un baume, mais la femme l'ignore. Mary reste courbée sur sa fille, convaincue que Sarah est en train de mourir, et rongée par la culpabilité de ne rien pouvoir faire pour la sauver.

Préoccupée par l'état de Sarah, Mary remarque à peine que les Indiens la nourrissent. Plusieurs fois par jour, la jeune femme – qui, comme elle l'apprend bientôt, est Alawa, la servante de Weetamoo – dépose des tranches de pain sans levain, des tasses d'eau et des bols de gruau dans les mains de Mary. Lorsqu'elle est trop distraite pour manger, Alawa casse des morceaux de pain, les trempe dans le ragoût et les presse contre ses lèvres. Elle mâche, sans réfléchir, comme un enfant. Alawa l'encourage d'un geste à nourrir Sarah de la même manière, et Mary s'exécute. Pendant ce qui lui semble des heures, elle tente d'ouvrir la bouche de Sarah d'une main et glisse de minuscules morceaux de pain imbibés de bouillon sur sa langue. La petite en recrache au moins la moitié, mais elle parvient à en avaler une partie, s'accrochant faiblement à la vie tandis que Mary s'agrippe à l'espoir que le Seigneur les sauve toutes les deux.

Elle n'est que vaguement consciente des allées et venues de Weetamoo et de Quinnapin. Elle sait qu'ils dorment nus la nuit, recroquevillés sous de lourdes peaux d'animaux, le bébé de Weetamoo entre eux. Elle l'entend parfois allaiter. Une nuit, elle entend aussi Weetamoo et Quinnapin s'unir comme mari et femme. Le son de leurs ébats fait naître en elle un tel sentiment de manque qu'elle ne peut s'empêcher de pleurer l'absence de Joseph. Dans l'espoir d'étouffer ses sanglots, elle se terre encore plus profondément sous les peaux qu'ils lui ont données. Elle pleure tout ce qu'elle a perdu et tout ce qu'elle craint de perdre, ne sachant pas si Joseph est tombé entre les mains des Indiens, ni même s'il est toujours en vie.

L'état de Sarah empire à vue d'œil, sans que Mary ne puisse rien faire d'autre que la tenir dans ses bras. Elle reste assise pendant des heures à la bercer tout en regardant Weetamoo orner des ceintures et des jupes de perles de wampums. La femme a une posture de reine. Mary se sent étrangement amoindrie en sa présence et supplie le Seigneur de donner à Weetamoo un cœur miséricordieux.

Ses prières ne semblent pas avoir été entendues puisque quelques jours plus tard, en plein cœur d'une nuit glaciale, Weetamoo se dresse tel un démon, tire

Mary de son sommeil et l'expulse du wetu. Mary la supplie, implore sa grâce, et lui répète encore et encore que Sarah est en train de mourir. Mais l'unique geste de compassion de Weetamoo est de jeter une couverture sur les épaules de Mary, enfouir les jambes et les bras de Sarah à l'intérieur, et l'attacher tel un bébé à la poitrine de sa mère.

Il neige, une neige dure et piquante mêlée de grésil qui aveugle Mary et lui griffe le visage. Ses jupes et sa cape volent autour d'elle. Des vrilles de fumée tourbillonnent au-dessus des wetus. Tout est gris et blanc. Mary commence à avancer le long du chemin. Elle n'a nulle part où aller, aucun refuge à rejoindre. Aussi laisse-t-elle Dieu la guider. La neige vole dans ses yeux. Lorsque Sarah s'agite contre elle, Mary la place un peu plus haut pour soulager son fardeau, mais elle ploie sous le poids de sa fille et titube, se demandant jusqu'où elle pourra aller avant qu'elle ne s'effondre complètement et qu'elles ne meurent toutes les deux de froid.

Faiblement, à travers le torrent de neige, elle aperçoit une silhouette. Un spectre aux ailes noires claquant dans la tempête, dont les cheveux fous semblent des flammes blanches gravées dans la nuit.

La silhouette parle et Mary comprend que c'est une femme. Ce qu'elle a pris pour des ailes est en réalité une couverture. Il n'y a pas de flammes mais seulement de la neige. La femme tapote son menton et se penche vers Mary pour se faire entendre par-dessus le rugissement du vent.

« Quenêke, dit-elle.

— Quenêke », répète Mary.

La femme désigne un wetu proche. En voyant que Mary ne bouge pas, elle l'agrippe par le bras et l'entraîne à l'intérieur.

Le wetu est rempli d'Indiens endormis, étendus sur leurs bancs ou regroupés sur des nattes autour du feu. L'air est chaud et piquant. Quenêke désigne un espace vide près d'une plateforme. Les articulations de Mary sont tellement engourdies par le froid qu'elle peine à parcourir les quelques pas qui la séparent du refuge qu'on lui a indiqué, et plus encore à pousser Sarah sous la plateforme et se glisser à côté d'elle. Quenêke s'accroupit, l'exhortant à se dépêcher avec de petits gestes des mains et des grognements sourds. Une fois Mary installée, Quenêke tire une lourde peau d'ours sur elle et s'éloigne.

Mary se demande pourquoi cette étrangère l'a recueillie. Cela signifie-t-il qu'elle est désormais l'esclave de Quenêke ? Ce curieux mélange de cruauté et de gentillesse est-il une coutume indienne ? Bien que la peau sente la fumée et la graisse rance, Mary apprécie la chaleur qu'elle lui procure. Allongée avec Sarah dans ses bras, le visage à vif, le cerveau vidé, elle tente de prier, mais aucun mot ne parvient à se former dans son esprit, et sa langue reste figée dans sa bouche.

Au bout d'un moment, Sarah cesse de gémir et sa respiration devient irrégulière. Mary se redresse et prend sa fille sur ses genoux. Son corps est devenu étrangement dense, presque trop lourd pour bouger. Alors qu'elle la tient dans ses bras, Mary sent un froid lugubre engloutir l'enfant.

Mary ne la relâche pas, même si elle sait que Sarah est morte. Elle presse son visage dans les boucles blondes de sa fille et inhale le parfum de son cuir chevelu à travers la fumée âcre imprégnant ses cheveux. Elle commence à les coiffer avec ses doigts, retirant les brindilles et épillets coincés dans les fines mèches dorées, les lissant, les tressant. Ce n'est qu'une fois qu'elle a terminé qu'elle remarque les traînées de sang laissées par ses doigts dans les cheveux de Sarah.

Les larmes coulent et des images flottent dans l'esprit de Mary : elle se souvient des cris terribles de Bess Parker après que son fils lui a été enlevé. Elle se souvient de la mort de sa première fille. Elle se souvient de la fièvre, des crises, du lustre chaud qui avait recouvert le minuscule corps, les petits membres se débattant, son propre désespoir. Rien ne parvenait à apaiser l'enfant, pas même son sein, qui l'avait pourtant toujours calmée. La colère – la fureur – qu'elle avait ressentie contre Joseph et son austère conseil de soumettre sa volonté à Dieu dans un acte de résignation chrétienne. Elle ne voulait rien entendre. Elle voulait hurler et injurier Dieu. Elle voulait Le maudire, et maudire Joseph pour lui avoir transmis Ses cruelles exigences.

À présent, c'est en vain qu'elle essaie de se souvenir du visage de la petite Marie, bien qu'elle puisse toujours sentir la tête ronde sous sa paume, la peau rose tendue sur le crâne, la chaleur traversant les fins cheveux, aussi doux qu'une asclépiade. Quand Marie est morte dans ses bras, Mary a tendu le corps à sa sœur et n'a plus jamais trouvé la force de toucher l'enfant.

Mais la situation est différente. Tenir le corps de Sarah dans ses bras apporte à Mary réconfort et consolation, car sa fille est son dernier lien avec sa vie anglaise. Ses mains et ses bras sont noués autour du corps de plus en plus froid, comme liés à lui par un nœud marin. Elle prie pour qu'aucun des Indiens ne se réveille et ne découvre qu'elle est morte. Elle prie pour être forte. Ce faisant, elle s'assoupit lentement, acceptant cette fois la délivrance du sommeil. Car elle n'a plus aucune raison de rester éveillée.

Elle rêve que c'est le printemps. Elle se tient sur le perron de sa maison et regarde la grange qui se dresse derrière la cour boueuse. Le ciel au-dessus de sa tête est dégagé mais des nuages gris et bas flottent à l'est. Elle est troublée par la sensation d'avoir une tâche à accomplir, sans qu'elle sache précisément de quoi il s'agit. Petit à petit, elle prend conscience qu'elle est complètement seule. Nul ne s'affaire dans la ferme ni ne marche sur la route. Il n'y a pas d'oiseaux dans les arbres, aucun bruit d'animaux en provenance de la grange. Elle baisse les yeux sur ses mains et voit que celles-ci saignent. La peau s'est arrachée en de longues bandes qui pendent au bout de ses doigts.

Mary se réveille, cligne des yeux. Un filet de lumière pénètre par le trou ménagé dans le plafond pour laisser sortir la fumée. Ses mains sont douloureuses et, au bout d'un instant, elle comprend pourquoi : ses doigts sont agrippés à Sarah, dont le corps gît sur ses genoux, rigide et froid.

À quelques mètres de là, un homme ronfle. Mary voit le sommet de son crâne – un ruban d'épais cheveux noirs – qui dépasse d'une peau de daim. Elle voit Quenêke accroupie près du feu, attisant les flammes avec une aile de dindon.

Quenêke lève les yeux vers elle. Elle parle et Mary secoue la tête – elle ne comprend pas. La voix de Quenêke crépite comme un feu. Elle tend l'aile vers Sarah.

Mary baisse la tête et voit que les yeux de sa fille sont grand ouverts. Elle les couvre de sa main et ferme délicatement les paupières. La peau de Sarah est sèche et glacée. Comme il est étrange de la voir si calme, elle qui était toujours si vive, si pressée de connaître le monde. Et si pressée de le quitter. Soudain, Mary sanglote à nouveau, surprise d'avoir encore des larmes à pleurer.

« Elle est morte, gémit-elle. Je dois l'enterrer. »

Quenêke touche les épaules de Mary. « Vite, dit-elle en anglais. Va. Weetamoo. »

Mary se concentre sur le blanc de ses yeux, ses dents éclatantes. La peur grandit en elle, comme des braises chaudes brûlant ses entrailles. Elle se hisse sur ses pieds et commence à soulever le corps de Sarah, mais Quenêke l'interrompt et secoue la tête, faisant voler ses tresses de gauche à droite.

« Chez Weetamoo, dit-elle.

— Weetamoo ? »

Mary fronce les sourcils.

« Elle m'a bannie.

— Mauvais de mourir dans wetu de sachem, dit Quenêke lentement. Fait venir mauvais esprits. Va maintenant. Ne pas mettre Weetamoo en colère.

— Non. »

Mary secoue la tête. « Non, s'il vous plaît, laissez-moi rester ici. » Il lui faut plusieurs minutes pour comprendre qu'elle n'a pas le choix, que lorsque Weetamoo l'a expulsée de chez elle, ce n'était qu'un exil temporaire. « Vite », dit Quenêke en lui prenant Sarah des bras avant de la pousser à l'extérieur.

Weetamoo ne semble pas surprise lorsque Mary entre seule dans le wetu. Elle commence à donner des ordres, lui assignant ses corvées avec des gestes impatients : elle doit racler des bandelettes de viande d'une peau de daim fumée. Elle doit entretenir le feu. Elle doit remuer le ragoût fibreux qui remplit la marmite en fer. Bien que son esprit soit gelé, le visage de Mary brûle de chaleur. Elle ne peut penser à rien d'autre qu'à Sarah. Sarah se tordant de douleur dans les affres de la mort. Le dernier souffle de Sarah. Le corps de Sarah gisant sur les genoux de Mary, assise sur le sol en terre du wetu de Quenêke. Un désespoir glacial l'envahit. La vie n'a plus aucune importance. Elle a perdu son âme.

Mary sait que le chagrin est un péché. Joseph a souvent prêché contre ses dangers, réprimandant les fidèles pour leurs attachements émotionnels. *Ne vous attachez pas aux choses de ce monde, mais uniquement au ciel. C'est pécher que de placer votre affection dans la chair, car vous appartenez au Seigneur. Renoncez à vos péchés, car en péchant vous renoncez à Dieu.* Il lui avait également fait la leçon en privé, l'avertissant qu'une mère ne doit chérir aucun de ses enfants, car il est alors trop facile de glisser dans le piège du diable en les servant eux plutôt que le Seigneur.

Tout en travaillant, Mary prie. Tout du moins, elle essaie, forçant son cœur à se tourner vers Dieu, implorant Sa miséricorde. Au bout de plusieurs heures, sa prière est exaucée. Weetamoo l'envoie chercher de l'eau à la rivière. En chemin, Mary passe devant le wetu de Quenêke. Elle ne peut s'empêcher d'entrer.

Quenêke est en train de découper des lacets dans une peau de daim. Le corps de Sarah n'est plus dans le wetu. Mary ne parvient pas à cacher sa panique. « Où est ma fille ? Qu'avez-vous fait de son corps ? »

Quenêke lève les yeux et pose son couteau. « *Monchuk*, dit-elle. Fille partie. »

Mary se met à trembler. « Où l'avez-vous mise ? » Elle demande encore et encore, tombe à genoux et supplie, mais Quenêke ne lui donne aucune réponse et retourne à son travail. Finalement, perdant patience, Quenêke la pousse vers la sortie. Mary trébuche, aveuglée par les larmes, et manque de percuter l'Indien parlant anglais qui a coupé sa corde. Il est accroupi sur le chemin, étudiant le sol. D'un bond, il se redresse de toute sa hauteur et pose les yeux sur elle. Elle ne parvient pas à déchiffrer son expression.

« C'est vous », dit-elle. Puis, réalisant à quel point elle doit lui paraître stupide, elle recule d'un pas et s'efforce de retrouver un semblant de contenance en s'essuyant le visage avec sa manche.

Cela ne sert pas à grand-chose, car ses larmes se remettent aussitôt à couler, n'obéissant qu'à leur propre volonté.

« Vous cherchez votre fille », dit-il. C'est une affirmation, pas une question.

Elle le dévisage, stupéfaite, se demandant comment il est au courant. « Oui. » Sa voix est rauque, une sorte de croassement. Comme si elle avait hurlé pendant des heures. Elle déglutit. « Sarah est morte dans la nuit. »

Elle le voit hocher la tête à travers son rideau de larmes. « Ils l'ont enterrée ce matin. »

C'est uniquement à ce moment-là qu'elle prend conscience qu'elle s'était figuré, en guise d'enterrement, quelque profanation païenne de son corps.

« Savez-vous où ? murmure-t-elle.

— Oui. »

Elle détecte une profonde gentillesse dans son expression, qu'elle n'aurait jamais imaginé lire un jour sur un visage indien. Et pourtant, cet homme pose sur elle un regard rempli de compassion. « Je vais vous montrer », dit-il en lui prenant délicatement le bras pour lui faire rebrousser chemin.

Il la guide hors du village, le long d'un étroit sentier serpentant à travers une étendue de ciguë, jusqu'à une petite colline déblayée de sa neige. Il désigne un monticule de terre retournée. « Ici, dit-il. Elle repose avec le Seigneur. »

Interloquée, Mary se tourne vers lui.

« Vous êtes chrétien ? s'enquiert-elle.

— Je l'étais, dit-il lentement. J'ai été baptisé par M. Eliot quand j'étais enfant. »

Mille questions s'engouffrent dans l'esprit de Mary, mais elles s'effacent aussitôt, tels des phalènes dans la nuit. Elle ne pense qu'à une chose, sa pauvre Sarah qui gît sans cercueil ni linceul dans une tombe de fortune en plein cœur du monde des sauvages.

Incapable de se maîtriser, elle se laisse tomber de toute sa longueur sur le monticule gelé et sanglote. Un froid glacial émane de la terre, qui traverse ses jupes, son corsage et sa chemise et se glisse sous sa peau. Lorsque le froid pénètre ses os, Mary ressent un curieux réconfort. L'étrange pensée s'immisce dans son cerveau que si elle reste étendue ici assez longtemps, elle sera réunie avec Sarah. Et la petite Marie. Dans son esprit embrumé, elle a l'impression d'avoir enfin trouvé quelque chose de réel, quelque chose de vrai au milieu de tout ce chaos.

Elle sent une main sur son épaule. L'Indien la soulève par les aisselles pour la remettre sur pied. À contre-cœur, elle se laisse faire. Il chuchote quelques mots et lui caresse la joue, un geste incroyablement tendre qui lui fait pourtant l'effet d'un coup de couteau en plein cœur. Mary craque ; ses jambes vacillent sous son poids et elle s'effondre dans ses bras.

Elle s'agrippe à lui comme un enfant, le visage inondé de larmes, le corps secoué de puissants sanglots. Il la tient, et elle sent sa compassion l'envelopper comme une cape. Lorsqu'elle parvient enfin à calmer ses sanglots, elle lève la tête et voit son propre chagrin se refléter dans ses yeux.

Sans la brusquer, il la ramène à Weetamoo.

9

Pendant des jours, les pensées de Mary ne sont qu'un fouillis de chagrin et de confusion. Elle ne parvient pas à chasser de son esprit la tombe sauvage de Sarah. Ni sa rencontre avec l'Indien parlant anglais et le souvenir troublant d'avoir pleuré dans ses bras. Le réconfort qu'elle y a trouvé. La façon dont elle s'est entièrement abandonnée non seulement à sa présence consolatrice, mais aussi à son corps. À cette pensée, son visage brûle de honte. Mary est une pécheresse non moins misérable que Bess Parker.

Elle se sent hagarde et sauvage, incapable de se concentrer sur les tâches que Weetamoo lui confie, trop fébrile pour rester sagement assise. Ses pieds s'agitent sans cesse et elle ne parvient pas à contrôler ses mains. Elle se lève et fait les cent pas dans le wetu jusqu'à ce que Weetamoo la menace d'un bâton.

Elle marche à travers le village en se tordant les mains, sans but ni raison. Elle arrête les gens qu'elle croise pour leur demander, à grand renfort de gestes et de signes, où se trouvent Joss et Marie, mais ne reçoit en retour que des regards fuyants et des froncements de sourcils. Il lui vient à l'esprit que l'Indien anglais pourrait savoir, mais elle ne le voit nulle part.

Sa poche tape contre sa cuisse comme une main d'enfant réclamant un peu d'attention. Elle songe à ce qu'elle contient – une bobine de laine et une aiguille, ses petites aiguilles à tricoter, un vieux morceau de gâteau qui tombe en poussière entre ses doigts. Les ciseaux à broderie argentés de sa mère, aux pointes plus acérées que les dents d'un chiot. Elle imagine les sortir et faire glisser les courtes lames sur ses poignets. Combien de temps lui faudrait-il pour se vider de son sang ? Elle n'a qu'à s'enfoncer un peu dans la forêt et s'asseoir dos à un arbre pour prendre sa propre vie. Personne ne remarquerait son absence, ni ne ressentirait la moindre contrariété en découvrant son corps.

Il n'y a pas de plus grand péché. Dieu Lui-même semble chuchoter ces mots à son oreille. Elle cesse de marcher et se tient immobile, se remémorant le sermon de Joseph pendant le sabbat après que Martha Bard s'était noyée. C'était d'une voix pleine de rage qu'il avait rappelé aux fidèles leurs devoirs envers Dieu et la communauté. « Qui parmi nous est assez sot pour penser que nous n'appartenons qu'à nous-mêmes, que nous avons le droit de choisir le jour de notre mort ? Qui oserait ainsi tenter le Seigneur de renoncer à nous ? Souvenez-vous, c'est uniquement à la faveur de Sa miséricorde que nous vivons à la frontière ! » Les paroles de Joseph avaient fait trembler toutes les personnes présentes dans le temple, y compris Mary.

Elle est à ce point absorbée dans ses pensées qu'elle entend la voix de son fils avant de le voir.

« Mère ? »

Elle lève les yeux et plaque sa main contre sa bouche. Joss lui paraît plus grand que dans ses souvenirs, bien que deux semaines seulement se soient écoulées depuis l'attaque. Il est trop maigre. Son pantalon et son manteau sont en lambeaux, et son visage est noir de suie et de crasse, mais il sourit. Elle tombe presque à ses genoux.

Tremblante, elle pose les mains sur ses épaules et enfonce ses doigts dans le tissu de son manteau, comme pour s'assurer qu'il s'agit bien de la chair de son fils sous la laine, et non d'un spectre forgé par son esprit fiévreux.

« Sarah ? demande-t-il en s'écartant un peu. Comment va-t-elle ? »

Une vague de désespoir étrangle Mary. Elle ne parvient qu'à secouer la tête. Ses mains, toujours tremblantes, retombent le long de son corps.

« Elle a péri, arrive-t-elle finalement à murmurer.

— Elle est morte ? demande-t-il, les yeux écarquillés.

— Oui, souffle Mary. Elle a été gravement blessée, mais elle est partie comme un agneau. Ma douce enfant. »

Les mots sont comme des sorts, songe-t-elle. *Si on les répète assez souvent, ils deviennent réalité.* « Ils l'ont enterrée, mais je crains de ne pas pouvoir te conduire à sa tombe. J'ignore comment la trouver. »

Il pose sa main sur son bras. « La tombe n'a pas d'importance, mère. » Comme il ressemble à son père ! L'entendre parler ainsi la remplit de fierté.

« J'ai vu Marie, lui dit-il. Nous avons prié ensemble et j'ai promis de faire tout mon possible pour veiller sur elle.

— Oh, mon fils ! »

Elle l'embrasse sans retenue. « Dis-moi – où est-elle ? Peux-tu me conduire à elle ? »

Il secoue la tête.

« Je l'ai croisée par hasard. Sa maîtresse la surveille de près.

— Comment va-t-elle ? »

Mary songe à la carrure menue et au tempérament discret de sa fille, qui a toujours été une enfant agréable et docile. Trop docile, parfois. Elle déteste l'idée de la savoir maintenant captive et s'inquiète particulièrement de ce que sa pureté ait pu être profanée, ce qu'elle ne peut demander à son fils.

« Elle pleure beaucoup, répond Joss. Mais elle dit que c'est simplement parce que sa maison lui manque. Je sais qu'elle aimerait te voir. »

Les yeux de Mary se troublent de larmes, qu'elle s'efforce de contenir, mais lorsque Joss prend sa main et la caresse, son émotion est si forte qu'elles ruissellent sur son visage et dégoulinent de son menton. Il lui tapote l'épaule, murmure un fouillis de mots qu'elle n'essaie pas de démêler. Lorsqu'elle parvient enfin à se maîtriser, elle le remercie et le supplie de lui dire où il loge.

Il lui explique qu'il vit avec une famille dans un autre village, à quelques kilomètres au nord. Ils sont venus à Menameset afin que son maître puisse se joindre aux autres guerriers dans un raid à Medfield. Mary est perturbée par la lueur d'excitation dans ses yeux. « Prions le Seigneur pour qu'ils soient vaincus, dit-elle. Es-tu bien traité ? »

Il hoche la tête. « Oui. Comme un fils. »

La consternation fait naître un nœud dans l'estomac de Mary, qui remonte jusqu'à sa gorge. « Un fils ? » Elle tente tant bien que mal de rassembler ses pensées, de détourner son esprit de ce nouveau péril. « Tu ne dois pas oublier qui sont tes parents, dit-elle. Est-ce que tu pries, Joss ? Sers-tu chaque jour le Seigneur ? »

Elle perçoit une lueur de tromperie dans ses yeux, qui disparaît toutefois aussitôt, si tant est qu'elle ait jamais existé, et il hoche la tête avec sérieux. « Chaque jour, mère, affirme-t-il. Tout mon espoir se trouve dans le Seigneur. »

C'est la réponse qu'elle attend, la réponse dont elle a besoin, et, malgré ses doutes, Mary veut croire que ses prières seront bientôt exaucées. Si ses enfants – tous sauf Sarah – sont libérés du péril de la torture et de la mort, alors il reste de l'espoir pour elle. Il ne fait aucun doute que Dieu épargnera son mari et, grâce à Son aide, Joseph viendra bientôt les secourir.

« Tu dois être fort. » Elle serre l'épaule de Joss.

« Ne te soumets pas à la tentation du diable. La vie païenne peut être séduisante pour un jeune garçon. Reste fidèle au Seigneur.

— Oui, mère, dit-il d'un ton solennel.

— Je prie constamment pour toi. »

En l'embrassant de nouveau, Mary sent la résistance de son fils dans la légère rigidité de ses épaules et la brièveté de sa réponse. Lorsqu'elle le libère de son étreinte, elle tourne les talons et s'éloigne rapidement, incapable de supporter plus longtemps l'idée de ne pouvoir veiller sur son fils. L'idée qu'une autre famille l'a embrassé. L'idée que le seul baume dont elle dispose pour soulager son chagrin est la prière.

Lorsqu'elle regagne le wetu, elle trouve Quinnapin qui se tient devant la porte. En voyant Mary, il agite sa main devant son nez et pointe sur elle un doigt accusateur. « Depuis quand pas lavée ? » demande-t-il.

Surprise de l'entendre parler anglais, Mary le regarde bouche bée, mais lorsqu'il fronce le nez de dégoût, elle baisse les yeux et contemple sa jupe striée de boue et de sang, l'ourlet en lambeaux, ses bas crottés.

« Depuis quelques mois, dit-elle lentement. Il est imprudent de se laver en cette saison. Cela ouvre le corps aux humeurs toxiques et affaiblit la constitution. »

Il souffle d'un air moqueur. « Vous lavez, dit-il fermement. Maintenant. Et tous les jours. » Il l'attrape par l'épaule, ses doigts s'enfonçant douloureusement dans sa lourde cape en laine, et la pousse dans le wetu. Mary comprend immédiatement que quelle que soit l'épreuve qu'elle s'apprête à subir, celle-ci a été anticipée puisque Weetamoo et Alawa l'attendent. Elles s'approchent – une de chaque côté – et commencent à retirer ses vêtements. Mary résiste, s'agite et se débat, mais Alawa tire sur sa jupe tandis que Weetamoo arrache la manche de sa veste. Lorsque Mary pousse un cri de protestation, Weetamoo la gifle si violemment que Mary titube en arrière et tombe à genoux. Sa maîtresse se dresse devant elle, déversant sur elle un torrent de mots indiens qu'elle ne peut comprendre, encore que leur sens soit parfaitement clair – elle doit retirer le reste de ses vêtements. Tremblant de tout son corps, Mary s'exécute, dénouant les lacets et ôtant l'une après l'autre les différentes couches de tissus incrustés de saleté. Elle enlève ses étroites chaussures et déroule ses bas. Lorsqu'elle est finalement nue, Alawa rassemble ses vêtements et les jette dehors. Weetamoo fourre une motte de sphaigne dans la main de Mary, désigne une marmite d'eau et lui indique qu'elle doit se laver. Mary s'accroupit près du feu et commence docilement à frotter sa peau.

Lorsqu'elle a terminé, Alawa lui tend une robe en peau de daim et une paire de mocassins et lui fait signe de les enfiler. La peau est vieille et usée, aussi fine que du lin par endroits. Mary tient la robe contre sa poitrine et lève ses yeux inquiets vers Alawa. « Et ma chemise ? » Elle ne peut souffrir l'idée de porter la peau de daim directement sur son corps nu. Comme tous les Anglais, elle revêt une couche de lin sous ses vêtements depuis qu'elle est née. Alawa secoue la tête. « Pas de chemise », dit-elle lentement en anglais. Weetamoo fronce impatiemment les sourcils et, d'un geste de la main, lui intime de se dépêcher. Mary enfile le vêtement et se relève. La peau glisse sur son corps comme une caresse. Elle est surprise de la facilité avec laquelle elle la porte, qu'elle soit aussi confortable sur sa peau.

Quinnapin entre dans le wetu. Les bras croisés sur la poitrine, il l'observe, renifle profondément et sourit. « Vous propre maintenant », dit-il. Il sort un petit miroir anglais de sa poche et le place devant Mary.

Elle y voit une femme qu'elle reconnaît à peine. Ses traits sont tirés, ses yeux enfoncés dans leurs orbites évoquent deux pierres grises. Ses cheveux mouillés brillent à la lumière du feu. Et elle porte une robe indienne. Un sentiment d'angoisse la submerge. Joseph la reconnaîtra-t-il lorsqu'il viendra la sauver ? Ne croira-t-il pas qu'elle s'est offerte à un guerrier ?

Elle commence à tirer sur la peau, mal à l'aise. « Je ne peux pas porter ça, dit-elle en secouant la tête. Il me faut des vêtements anglais. »

Weetamoo apparaît alors face à elle, brandissant un bâton.

« *Maninnapish !* crie-t-elle en montrant la porte de sa main libre. *Monchish !*

— Allez, dit Quinnapin. Weetamoo veut vous travailler. »

Quel genre de travail ? se demande Mary, sans oser poser la question car Weetamoo brandit de nouveau son bâton. Lorsque Mary commence à marcher péniblement vers la porte, Alawa jette une lourde couverture sur ses épaules.

Ses vêtements sont éparpillés dans la neige devant le wetu. Elle les contemple un moment en songeant aux risques qu'elle prendrait à les récupérer. Elle examine sa chemise et sa veste. La chemise incrustée de crasse est déchirée au niveau de la couture et la veste dépouillée de ses boutons. Ses chaussures anglaises, dures et solides, sont intactes, mais elle n'a aucune envie de les remettre ; les mocassins sont doux et depuis qu'elle les a mis, elle a l'impression que ses pieds sont enveloppés d'une grande main chaude. Elle se penche et fouille dans le tas de tissu jusqu'à ce qu'elle trouve sa poche, qu'elle attache autour de sa taille avant de se mettre en route. Au bout de quelques pas, elle revient en arrière et récupère son tablier, ses bas et sa chemise, qu'elle enroule dans un coin de sa couverture, incapable de laisser derrière elle les lambeaux ensanglantés de son ancienne vie.

Elle erre à travers le village, surprise de découvrir qu'elle se sent relativement à l'aise sans veste ni chemise. La robe est étonnamment chaude et la couverture constitue une barrière efficace contre le froid mordant. Elle s'aventure jusqu'à la rivière et se tient longtemps sur la berge, contemplant l'ombre des arbres qui se dessine sur la glace couverte de neige. Sa surface est constellée de fissures en forme d'étoiles. Près de la rive, elle reconnaît le trou formant un cercle noir dans lequel elle a puisé de l'eau pour Weetamoo. Depuis qu'elle a été faite captive, il lui semble que le temps a ralenti ; elle a plus souvent l'occasion d'observer le monde autour d'elle.

Elle s'approche de la rive et s'accroupit près de l'eau. Avant même que ses mains touchent la surface de la rivière, elle sait que le froid glacial lui brûlera les doigts. Elle dénoue le coin de la couverture et laisse rouler les bas, la chemise et le tablier dans l'eau. Prenant une longue inspiration, elle plonge les deux mains dans l'eau et entreprend de laver les vêtements, les frottant vigoureusement entre ses mains engourdies. Puis elle les sort et les tord aussi fort que possible pour les essorer avant de les faire claquer sur un rocher proche. Elle s'affaire avec une intensité féroce, déterminée à faire disparaître la moindre goutte de sang du tissu. Lorsqu'elle a terminé, elle replace les vêtements mouillés dans la couverture afin de les faire sécher au-dessus du feu du wetu dès qu'elle en aura l'occasion.

La nuit est tombée quand Mary regagne le wetu. Quinnapin est sorti et Weetamoo joue avec son bébé près du feu. Alawa l'accueille comme une amie à qui elle n'aurait pas sauvagement arraché tous ses vêtements quelques heures plus tôt. Mary se demande si son statut au sein de la communauté indienne a changé en même temps que ses vêtements. Elle se sent désorientée et épuisée – et d'autant plus reconnaissante lorsque Alawa plonge une écuelle dans le ragoût et la lui tend. Les deux femmes mangent en silence, côte à côte, en écoutant les gloussements joyeux du bébé que Weetamoo fait sauter sur ses genoux. Plus tard, Alawa confectionne un cataplasme à base de feuilles de chêne et aide Mary à l'appliquer sur la plaie à son flanc.

Mary se lave désormais chaque jour, d'abord à la demande insistante d'Alawa, et finalement de son plein gré, car elle en est venue à apprécier ce rituel, qui l'apaise et la détend. Petit à petit, sa blessure cicatrise. Elle ne ressent plus aucune douleur en attachant sa poche autour de sa taille. Un jour, elle décide de mettre son tablier. Alawa tire dessus et fronce les sourcils, mais personne ne lui demande de le retirer. Le lendemain, elle déroule ses bas et enfile sa chemise sous la robe en peau de daim. En la voyant faire, Weetamoo sourit, et quelque chose dans son visage lui rappelle sa sœur Elizabeth. Elle ressent une courte sensation de plaisir, suivie d'un sentiment d'angoisse. Baissant les yeux, elle constate que l'ourlet de sa chemise dépasse légèrement de sa robe. Ses joues s'empourprent et elle tire sur la robe comme pour la rallonger, honteuse. Elle continue pourtant à la porter, appréciant le confort inattendu que lui apporte cet étrange mélange de tissus.

Mary et Alawa passent tant de temps à travailler côte à côte que, petit à petit, elles communiquent plus facilement. Alawa apprend à Mary quelques mots indiens. Elle lui pose des questions sur sa vie d'avant et Mary lui parle de ses enfants et de ses sœurs. Elle lui raconte son enfance à Salem et à Wenham et lui explique qu'elle est née de l'autre côté d'une mer immense.

Lorsque Mary lui demande de lui parler de son enfance, Alawa lui raconte qu'elle est née mohawk et a été capturée par des guerriers nipmucs quand elle était très jeune. Ils l'ont vendue à un Narragansett, qui l'a lui-même vendue à une famille anglaise cruelle de la colonie de Plymouth. Ils la frappaient et la forçaient à travailler toute la journée et jusque tard dans la nuit. Aussi, un après-midi d'été, lorsqu'on l'a l'envoyée puiser de l'eau, elle s'est enfuie. Un des guerriers de Weetamoo l'a trouvée assise sous un arbre. Elle raconte toutes ces épreuves d'un ton neutre, comme si tout cela n'avait rien de surprenant ni d'extraordinaire. Mais Mary est abasourdie ; il ne lui était jamais venu à l'esprit que les Indiens pouvaient se capturer et se vendre entre tribus.

« Donc tu es une esclave, comme moi ? s'enquiert Mary.

— J'étais esclave avec Anglais, dit Alawa. Mais je m'enfuie pas de Weetamoo. »

En écoutant l'histoire de sa compagne, Mary ne peut s'empêcher de songer à Timothy, et son visage devient rouge d'une honte secrète.

Chaque jour, le wetu de Weetamoo se remplit de femmes venues discuter entre elles, et, parfois, Mary s'éclipse à l'extérieur et s'assoit contre le solide mur d'écorce, frissonnant sous sa couverture. Tout le village attend des nouvelles de l'attaque de Medfield. Les femmes sont inquiètes pour leurs hommes, craignant qu'ils ne reviennent jamais. Leur anxiété rappelle à Mary l'atmosphère qui régnait à Lancaster à la suite du raid des Indiens, les soirées d'hiver qu'elle passait avec ses sœurs, à coudre et discuter. L'idée que les femmes indiennes puissent ressembler autant aux Anglaises la trouble profondément.

Elle est surprise par la fréquence à laquelle Weetamoo la laisse vaquer à ses propres occupations. Elle doit se douter que Mary sait qu'elle ne pourra survivre seule dans la forêt assez longtemps pour retrouver le chemin de chez elle. Cette indifférence permet à Mary de jouir d'une liberté peu commune. Durant toute sa vie, elle a vécu sous une surveillance constante, et l'on attendait d'elle qu'elle travaille du lever au coucher. On lui a appris que l'oisiveté est un péché, et elle a longtemps résisté à sa tentation. Pourtant, dans sa nouvelle position d'esclave, elle n'a souvent d'autre choix que de s'y adonner.

Petit à petit, Mary découvre dans cette oisiveté une étrange dilatation du temps et une conscience de plus en plus grande du monde naturel. Elle commence à observer le vol des moineaux dans l'air hivernal et la danse des écureuils roux sur les branches d'arbre. Elle remarque les changements dans les nuages, l'inclinaison des rayons du soleil lorsqu'ils tombent sur la neige, les bourgeons rouges et serrés mouchetant les arbres en hiver. Toutes ces choses qu'elle a déjà vues, mais qui n'étaient alors que l'arrière-plan de ses tâches quotidiennes. À présent, elle prend conscience que les arbres, les oiseaux, les nuages et les animaux possèdent un sens qui leur est propre, qui ne dépend en rien des activités humaines.

C'est une pensée stupéfiante, qu'elle n'a jamais entendu quiconque exprimer jusqu'alors.

Un après-midi, alors qu'accroupie dans une petite flaque de soleil qui représente toute la chaleur que cette saison a à offrir elle écoute le chant des oiseaux, elle entend un cri au loin. Un deuxième lui fait rapidement écho, puis un troisième, et bientôt c'est un chœur entier de triomphe qui s'élève. Inquiète, elle se relève.

Tout autour d'elle, les femmes se précipitent hors des wetus et courent le long du chemin à travers le village. Mary les suit en prenant soin de garder ses distances. Elle ne veut pas qu'on la remarque, mais elle est déterminée à découvrir la source et la raison de ces cris.

Au centre du village, les femmes ont formé un cercle dans lequel elles chantent, crient et rient en se balançant et en levant joyeusement les bras au ciel. Leur chant est sauvage et dissonant, mais Mary se sent étrangement émue. Elle se surprend à se balancer elle aussi à la lisière du cercle, au rythme de leur musique.

Petit à petit, elle commence à comprendre ce qu'elle voit et entend. Les femmes font écho aux cris des guerriers revenant de Medfield. L'attaque a été un succès. Les Indiens ont tué de nombreux Anglais. Ils ont apporté leurs scalps pour le prouver.

Mary s'immobilise. La vérité pèse comme une pierre sur son cœur. Elle revoit la neige ensanglantée de sa cour, le corps d'Elizabeth gisant brisé devant la porte, sa jupe en flammes. Elle entend à nouveau les cris de William lorsque les gourdins lui fracassèrent le crâne.

Honteuse, elle quitte le cercle et les chants pour regagner le wetu de Weetamoo et le réconfort de ses ombres. Elle ne peut cesser de trembler.

10

Au crépuscule, Weetamoo ordonne à Mary et à Alawa d'assister aux célébrations au centre du village, où une grande fosse a été creusée, remplie de bûches et entourée de pierres. Le bois craque et projette des braises au-dessus des flammes rugissantes, aussi hautes qu'un homme. Une odeur âcre emplit les narines de Mary, qui lui rappelle celle de sa maison en feu.

Des hommes et des femmes fourmillent autour du feu et se réunissent en petits groupes pour discuter. Des enfants se pourchassent en riant, filant comme des flèches entre les jambes des adultes. Quatre hommes sont assis autour d'un tambour formé de peau de daim tannée et tendue sur un tonneau en bois. Ils tapent dessus avec des bâtons, produisant de puissants roulements qui vrombissent dans les oreilles de Mary et font vibrer la plante de ses pieds. Les guerriers s'inclinent et tournoient autour du feu, dans les mêmes poses grotesques auxquelles elle a assisté la nuit de sa capture. Malgré le froid, beaucoup sont torse nu. Ils ont peint sur leur visage et leur poitrine de curieux motifs rouge et noir. Un groupe de femmes se tient près du feu et chante ; l'étrange ondulation de leur voix donne à Mary la chair de poule.

Alawa déblaie la neige près d'un arbre et l'invite à s'asseoir avec elle. Mary est incapable de détourner le regard des danseurs. Leur joie sauvage l'ensorcelle. Elle reconnaît l'homme qui l'a capturée ainsi que celui qu'ils appellent Monoco. Puis Quinnapin entre dans le cercle. *Il y a quelque chose de majestueux*, songe Mary, *presque royal, dans ses gestes à la fois gracieux et pleins d'autorité.* Plus elle les regarde, plus leur danse l'enchante. Les tambours continuent de tonner dans la nuit et elle sent son propre cœur faire écho à leur cadence.

Certains hommes dansent si longtemps qu'ils quittent le cercle en titubant et s'effondrent aussitôt. L'un s'écroule en dansant et ses amis l'emportent hors du cercle. Au bout d'un moment, Mary remarque que ses propres épaules se balancent au rythme des battements de tambour. Perturbée, elle ferme les yeux et supplie Dieu de la sauver de sa captivité avant que son âme ne soit définitivement corrompue.

Elle entend Alawa dire quelque chose et ouvre les yeux. L'Indien anglais se tient face à elle, complètement nu à l'exception d'un pagne et de jambières. Une plume noire est enfoncée dans ses cheveux. Son visage et sa poitrine sont peints de motifs rouges irréguliers. Il s'agenouille et plonge la main dans la poche fixée à une corde autour de sa taille. Il en sort un livre qu'il tend à Mary.

« Tenez, dit-il en posant le livre sur ses genoux. Il vous apportera peut-être un peu de réconfort. »

Elle baisse les yeux dessus, mais ne le touche pas.

« C'est une bible, explique-t-il. Le butin de la bataille. J'ai durement négocié pour l'avoir. »

Elle ressent une confusion terrible, un mélange de gratitude et d'envie teintées de prudence. A-t-il

121

participé à la bataille ? A-t-il massacré des soldats anglais ? Elle veut cette bible, mais craint ce qu'il lui en coûtera d'accepter. « Que voulez-vous en échange ? » demande-t-elle d'une voix rauque.

Elle devine l'agacement crispant son visage sous la peinture. « Je ne veux rien. C'est un cadeau. »

Elle prend le livre dans ses mains et l'ouvre. C'est effectivement une bible, délicatement ouvragée et reliée de cuir, aux pages presque aussi blanches que la neige qui s'étend autour d'eux. « Je vous remercie, dit-elle en levant les yeux vers les siens. Elle me sera d'un grand réconfort. » Elle détourne le regard en sentant soudain son visage s'empourprer.

Alawa bondit sur ses pieds et tire sur son bras pour la relever. L'Indien dit quelque chose à la jeune femme dans une langue que Mary ne comprend pas.

« Soyez appliquée et disciplinée et ils ne vous feront aucun mal », dit-il à Mary lorsque Alawa relâche son bras.

Mary acquiesce. Elle sent la présence d'Alawa derrière elle, qui l'observe.

« Je vous suis extrêmement reconnaissante, répond Mary. Mais je vous en prie, dites-moi, quel est votre nom ? » Il n'hésite que pendant quelques secondes, et elle sent qu'il est en train de la jauger, de chercher des signes de sincérité sur son visage.

« Wowaus, dit-il. Mais il vous sera plus facile de m'appeler James. C'est mon nom anglais.

— James, répète-t-elle. C'est un très bon nom. Celui du frère de notre Seigneur. Vous êtes un Indien converti. »

Il hoche la tête.

« On m'appelle aussi l'Imprimeur.

— L'Imprimeur ? »

Il opine du chef à nouveau, en souriant cette fois. « J'étais l'apprenti d'un imprimeur. »

Elle sait que les Indiens convertis sont des fermiers – des fermiers pauvres, qui plus est. D'après ce que Mary a pu constater, la plupart sont pratiquement des mendiants.

« Je n'ai jamais entendu parler d'Indiens travaillant dans ce domaine.

— Vous ne me croyez pas. »

Elle comprend trop tard qu'il se sent insulté par ses paroles. Un bien piètre remerciement pour sa gentillesse.

« Je ne voulais pas vous offenser, bafouille-t-elle. J'étais simplement surprise.

— Il y a beaucoup de choses chez les Indiens qui vous surprendront – il vous suffit d'ouvrir les yeux. »

Légèrement blessée par sa remarque, elle pose les yeux sur la bible dans sa main. « Serai-je punie s'ils me voient la lire ? »

Il hausse les épaules.

« Je pense que cela leur importe peu.

— Merci, James », dit-elle en tendant la main vers lui avant de la retirer aussitôt.

Car si elle le touche, elle craint de ne plus pouvoir le laisser partir. « Merci pour tout. »

Il hoche encore la tête et tourne les talons. Elle le regarde s'éloigner, observe les muscles de ses épaules et de ses mollets se mouvoir dans les ombres, jusqu'à ce qu'elle ne voie plus que sa silhouette se dessinant dans les flammes.

De fait, la bible lui procure un précieux réconfort. Mary la conserve dans sa poche, heureuse qu'elle soit assez petite pour y tenir. Sitôt qu'une occasion se présente et que l'attention de Weetamoo est ailleurs, elle la sort pour la lire. Elle représente son espoir et sa consolation – un radeau auquel elle peut s'accrocher tandis qu'elle dérive dans cette mer païenne. Elle remercie Dieu d'avoir mis James sur son chemin ; elle se convainc que le Seigneur a envoyé cet homme bon pour la surveiller, tel un ange gardien. Ces pensées l'aident à oublier les sensations troublantes qui l'envahissent en sa présence.

Elle ne le voit pas pendant un certain temps après qu'il lui a donné la bible. Plus les jours passent, plus elle se prend à rêver d'une nouvelle rencontre. Bien qu'elle sache que de tels sentiments sont mauvais, c'est un réconfort de savoir qu'il se trouve quelque part dans le camp.

Quelques jours plus tard, Mary prend conscience qu'un homme la suit dans le village. Lorsque Weetamoo l'envoie puiser de l'eau ou ramasser du bois, Mary le voit rôder furtivement derrière elle. Elle finit par reconnaître Monoco. Il a un nez fort et un front large, la peau lisse et un long cou. Il pourrait être beau si un de ses yeux, probablement abîmé au combat, n'était pas profondément enfoncé dans son orbite. Il ne parle pas à Mary, mais lorsqu'elle risque un coup d'œil dans sa direction, il lui adresse un sourire lubrique. Son visage lui évoque une image du diable qu'elle a vue un jour dans un des livres de Joseph. Elle s'efforce d'éviter les lieux isolés en bordure du camp, ceux où la forêt occulte le soleil, où nul ne peut la voir.

Un après-midi, alors qu'elle puise de l'eau dans la rivière, Mary voit Monoco assis sous un arbre avec Quinnapin. Les deux hommes discutent et rient en fumant de longs calumets, dont le vent charrie la fumée épicée jusqu'à elle. Lorsqu'elle s'approche, ils cessent de parler et l'étudient. Les poils se hérissent sur sa nuque. Elle se sent comme une biche traquée – méfiante, condamnée. Elle accélère le pas et se réfugie dans le wetu, où Weetamoo joue avec son bébé. Mary a appris qu'il aura bientôt quatre mois, un garçon grave aux cheveux noirs, dont le regard sombre s'est souvent posé sur elle. Weetamoo l'a détaché de sa planche et caresse ses bras et ses jambes, les bougeant à un rythme que Mary ne parvient pas à suivre. Il semble si mince, mais glousse pourtant de bon cœur. Elle pense immédiatement à Sarah et un terrible chagrin la submerge à nouveau. Elle tourne les talons et percute Monoco, qui l'a suivie dans le wetu. Quinnapin se tient derrière lui, un grand sourire aux lèvres.

Monoco la saisit par les épaules et prend une mèche de ses cheveux entre ses doigts. Weetamoo lève les yeux de son enfant et lui dit quelque chose. Il répond par un chapelet de mots indiens. Son ton est impatient, mais plein de déférence.

« *Matta !* lance sévèrement Weetamoo. *Monchish !* »

Quinnapin éclate de rire. Monoco relâche la mèche de Mary et s'éloigne à reculons. Son expression rappelle à Mary celle d'un petit garçon qui viendrait de se faire taper sur les doigts. Elle est choquée par ce qu'elle vient de voir – un homme réprimandé en public par une femme. Une chose impensable à Lancaster.

Mary se tourne vers Weetamoo, qui est de nouveau captivée par son bébé. Elle n'en revient pas qu'elle puisse traiter un homme avec une telle insolence et ne subir en retour aucune réprimande publique. Et pourtant, Mary comprend que Weetamoo l'a, d'une manière ou d'une autre, sauvée d'un destin funeste. Elle sent monter en elle, non sans une certaine réticence, un profond sentiment de gratitude qu'elle ne sait absolument pas comment exprimer.

Pendant une semaine, le village est plongé dans une grande quiétude. Puis c'est une période d'effervescence qui commence. Les femmes vaquent à leurs tâches à une allure plus rapide. Les hommes se rassemblent à l'aube en petits groupes et disparaissent dans la forêt, dont ils reviennent avec des animaux fraîchement tués. Cette vitalité nouvelle est contagieuse – Mary sent sa propre paresse se dissiper et accomplit ses corvées avec vigueur et entrain. Elle commence à comprendre les paroles de Weetamoo et apprend à reconnaître ses humeurs. Cette femme a le caractère capricieux d'un tyran, passant en quelques secondes de la satisfaction à la contrariété. Mary ramasse du bois, puise de l'eau, racle les peaux de bêtes et broie le maïs sur une pierre. Elle s'occupe du feu, cherche des noix et des baies. Elle répare les grandes nattes qui doublent l'intérieur du wetu, tressant du jonc et du chanvre à l'aide d'une aiguille à double pointe taillée dans la côte d'un cerf. Elle met à fumer de la viande d'écureuil et balaie le sol en terre du wetu avec une branche de pin plusieurs fois par jour. Son esprit s'affûte à mesure qu'elle se défait de son chagrin.

C'est grâce à la Bible, se dit-elle. La parole divine s'est répandue sur elle comme la pluie sur un désert assoiffé. Le seul fait de savoir qu'elle se trouve dans sa poche apaise son esprit pendant qu'elle travaille.

Lorsque Weetamoo lui en donne la permission, Mary part à la recherche de ses enfants, mais la seule habitante de Lancaster qu'elle retrouve est Ann Joslin, dont le ventre énorme indique qu'elle arrive au terme de sa grossesse. Mary éprouve un élan de pitié en la voyant assise au bord du chemin entre deux vieilles Indiennes, retirant les lentes des cheveux de sa fille Beatrice. Elle pense aux jours difficiles qui ont précédé la naissance de ses propres enfants, lorsqu'elle était constamment maladroite et mal à l'aise.

« Bonjour, Ann, dit Mary dans l'espoir qu'une salutation familière lui remonte un peu le moral. Tu as bonne mine », ajoute-t-elle, alors qu'en vérité il n'en est rien. Ses joues sont creusées, son regard fuyant ; les bras qui dépassent des manches sales de sa robe de serge sont à peine plus épais que des os. Mary sort un morceau de maïs séché du fond de sa poche et le lui tend. Ann s'en saisit tout en regardant avec méfiance les deux Indiennes.

« T'ont-ils fait travailler très dur ? » s'enquiert Mary.

Ann secoue la tête. « Je n'ai pratiquement rien à faire. Pourtant, ils ne me laissent pas une minute sans surveillance. » Elle touche son ventre. « Je crois qu'ils attendent l'enfant. » Le blanc de ses yeux a la couleur jaunâtre d'un morceau de vieux parchemin.

« J'ai peur qu'ils me le prennent dès qu'il sera né. Ils ont un penchant pour la chair de…

— Viens, l'interrompt aussitôt Mary. Allons discuter un peu. »

Elle soulève Beatrice, qui ne proteste pas, et marche un moment avec elle le long du chemin. Ann leur emboîte le pas. Le poids de la petite fille est un doux fardeau dans les bras de Mary, qui lui rappelle Sarah.

« Quand dois-tu accoucher ? » Mary sait qu'Ann doit être terrifiée à l'idée de mettre un enfant au monde en ce lieu, où les risques sont encore plus grands que dans un foyer anglais.

« Une semaine, peut-être. Pas plus de deux. »

Mary tente de la rassurer en lui promettant de demander à Weetamoo la permission d'assister à l'accouchement. De prier pour que tout se passe bien, pour la santé du bébé. Ann acquiesce respectueusement, mais son attention est dispersée et agitée. Finalement, elle avoue dans un murmure qu'elle prévoit de s'enfuir et de rentrer chez elle.

Mary la dévisage. « Tu n'es pas sérieuse. Nous sommes au moins à cinquante kilomètres de la première ville anglaise. » Elle lui prend le bras, comme pour la serrer contre elle.

« Il y a des collines à gravir et des rivières à traverser. Tu n'as aucune chance de survivre seule.

— Je les ai suppliés de me laisser partir. »

La voix d'Ann est congestionnée par les larmes, bien que Mary n'en voie aucune couler sur son visage. « Leur seule réponse est la moquerie. Je ne peux plus le supporter. »

Mary se demande si Ann a perdu la raison. Son agitation n'a rien de l'irritabilité habituelle d'une femme en fin de grossesse. « Tu dois rester. Si tu ne le fais pas pour toi, fais-le pour l'enfant. Ce serait un péché terrible. »

Ann la considère comme si ses paroles n'avaient aucun sens. « Qu'importe le péché ? Dieu nous a abandonnées. »

Les mots font à Mary l'effet d'une gifle. Elle s'inquiète soudain pour son amie. « Ann, tu ne vas pas bien. Ton esprit et ton corps sont faibles. Tu dois m'écouter. » Elle pose Beatrice au sol, sort la bible de sa poche et commence à lire le psaume 27 à voix haute. Ann se tient tête courbée, Beatrice affaissée sur ses jupes. Lorsqu'elle a terminé, Mary lève les yeux et comprend immédiatement qu'Ann n'a pas absorbé ses paroles, car elle secoue la tête.

« Je ne te verrai plus, murmure-t-elle.

— Non ! Tu ne dois pas parler ainsi. »

Mary prend le visage d'Ann entre ses mains. Ses doigts dessinent des striures blanches sur la crasse. « Tu dois faire confiance au Seigneur. »

Ann s'écarte, détournant le visage.

« Promets-le-moi, dit Mary. Promets-moi que tu attendras la délivrance du Seigneur. »

Mais Ann reste muette, immobile, les yeux rivés sur les wetus et la rivière gelée qui s'étend dans le lointain.

Le lendemain, aux premières heures du jour, Weetamoo réveille Mary d'un coup de pied et lui ordonne d'aller chercher de l'eau. En traversant en hâte le village, elle voit des femmes rassembler des couvertures, des pots et des marmites, qu'elles chargent dans des paniers et de petits traîneaux. À son retour, Weetamoo lui donne l'ordre d'aider Alawa à rouler les peaux de couchage et de retirer les tentures recouvrant l'intérieur du wetu. Mary s'exécute docilement et détache rapidement les grandes nattes de roseau tressé. Son cœur bat trop vite. Elle sent la marée d'excitation et d'inquiétude déferler autour d'elle, une sensation d'autant plus déroutante qu'elle sait qu'elle en fait désormais partie. Bientôt, il ne reste plus que des abris vides.

Lorsque Alawa lui explique que toute la tribu quitte Menameset, Mary sent la panique l'envahir. Plus elle passe de temps au même endroit, plus elle aura de chances de retrouver ses enfants. Et plus ils auront de chances d'être secourus par les Anglais.

« Non, dit-elle. Je ne peux pas partir. » Elle secoue la tête et agite les mains dans les airs pour exprimer sa détermination. Elle s'en va plaider sa cause à Weetamoo, la suppliant de l'autoriser à rester. « Laissez-moi ici, sous surveillance. Je ne ferais que ralentir votre progression. » Elle voûte ses épaules et marche d'un pas traînant pour lui faire comprendre à quel point elle sera faible et lente sur la route.

Soudain, Weetamoo la gifle. Avec une telle violence que Mary titube en arrière et manque de tomber. Lorsqu'elle plaque sa main sur sa joue brûlante, Weetamoo la lui arrache et la gifle à nouveau, hurlant des paroles indéchiffrables. Mais Mary n'a nul besoin de mots pour comprendre que sa vie dépend de Weetamoo et qu'elle doit obéir si elle tient à la garder.

Son cœur se remplit de rage à mesure qu'elle charge les grands paniers de transport sous la supervision de sa maîtresse – certains de maïs, d'autres de peaux, d'autres encore de petits pots et de sachets d'herbes et de tabac. Elle n'a jamais été traitée avec une telle cruauté, et encore moins par une autre femme. *C'est contre nature*, se dit-elle, *une perversion de l'ordre divin*. Elle travaille avec une fureur froide et prend conscience ce matin-là que cette indignité est ce qu'a subi Bess pendant son inféodation. Ce que subissent tous les esclaves. Sa situation privilégiée de femme de pasteur et fille du plus riche propriétaire de Lancaster l'a protégée de cette réalité. À présent, elle n'est plus une femme mais une esclave, une bête de somme, un objet dont sa maîtresse capricieuse peut user ou se débarrasser au gré de son humeur du moment.

11

Ils prennent la route à midi, sous un ciel gris chargé de nuages bas. On confie à Mary un haut panier rempli de maïs. Alawa lui montre comment le porter sur son dos et l'attacher à l'aide d'une sangle sur son front. Mary marche derrière elle, dernière du groupe de Weetamoo et chargée du plus lourd panier. Elle a mal aux pieds, aux bras et aux jambes. La sangle lui compresse douloureusement le crâne et la tête lui tourne tellement qu'elle est obligée de s'arrêter et de s'appuyer contre un arbre pour que le monde cesse de tourbillonner autour d'elle. Lorsque Weetamoo, qui se retourne à ce moment-là, voit qu'elle s'est arrêtée, elle hurle et brandit son gourdin. Mary se force à continuer de marcher.

Les arbres se dressent comme autant de piques noires contre le ciel. Mary a l'impression que les cieux sont toujours gris en cette morne saison, que la neige menace constamment de tomber. Elle essaie de prier. Elle pense aux israélites qui ont erré quarante années durant dans des contrées inconnues, se souvient de leurs difficultés à demeurer fidèles au Seigneur, de leurs égarements spirituels. Elle s'efforce de se rappeler que sa seule tâche est de rester vigilante à tout moment afin que le mal ne la rattrape pas alors qu'elle est occupée à vivre sa vie.

À la tombée du jour, ils atteignent une clairière. C'est un lieu désolé – une étendue de rochers couverts de neige, sans arbres ni collines pour faire barrage au vent. Les Indiens fourmillent en tous sens, foulant et aplatissant la neige, et Mary comprend qu'ils se sont arrêtés pour la nuit. Les femmes empilent des branches de pin pour s'y appuyer puis allument des feux et sortent des nattes et des peaux de leurs paniers.

Weetamoo ordonne à Alawa et à Mary de construire un petit abri à l'aide de nattes, juste assez grand pour elle, Quinnapin et leur fils. Après quoi, elle les congédie. Alawa allume un feu et creuse un trou dans la neige, où Mary et elle se recroquevillent, enroulées dans des couvertures. La neige colle au dos et aux cuisses de Mary. Sa robe est mouillée de l'ourlet à la taille et elle a si froid qu'elle tremble de façon incontrôlable. Elle se rapproche d'Alawa pour tenter de se réchauffer, se blottit contre elle et essaie de dormir. La respiration de sa compagne se fait plus lente, plus profonde, sans que Mary parvienne à se détendre. Au bout d'un moment, elle sort sa bible et tente de lire quelques lignes près du feu mais la lumière est trop faible. Elle finit par s'assoupir, la tête sur les genoux. Lorsqu'elle se réveille le lendemain matin, ses bras et ses jambes sont tellement engourdis par le froid qu'elle parvient à peine à les bouger.

Weetamoo semble avoir oublié son existence. Elle ne lui donne aucun ordre, ni ne la laisse accéder à la marmite de ragoût. Mary comprend qu'elle devra se débrouiller seule si elle ne veut pas mourir de faim, aussi traverse-t-elle le camp en quête de restes de nourriture – glanant quelques miettes de gâteau de maïs par-ci, quelques baies sèches par-là, une châtaigne mendiée à une vieille femme.

Elle part à la recherche d'Ann Joslin pour prendre de ses nouvelles, mais celle-ci ne semble pas se trouver dans le camp. Plus tard, Alawa explique à Mary que lorsque les Indiens ont quitté Menameset, ils se sont divisés en plusieurs groupes qui sont partis dans différentes directions, emmenant leurs captifs avec eux. Mary se demande où ses enfants ont été emmenés et si elle reverra Ann un jour. Elle ressent une grande tristesse à l'idée de ne pas pouvoir, comme elle le lui a promis, assister à son accouchement.

Les hommes vont et viennent. Elle en conclut qu'ils sont en train de chasser, bien que la chance ne semble pas leur sourire puisqu'elle ne sent pas l'agréable fumet de gibier rôti, n'entend pas les cris de plaisir qui accompagnent d'ordinaire le retour d'une partie de chasse fructueuse. De fait, le calme qui règne est profondément perturbant.

À l'approche du crépuscule, un guerrier entre dans le camp. Mary sent son moral remonter en voyant que le fils de sa sœur Hannah, John, fait partie du groupe. Elle l'observe de loin – son visage est crotté, mais ses yeux sont brillants et la faim n'a pas encore émacié son corps. Elle le suit et le voit jouer avec des cailloux sur un morceau de terrain déneigé. Lorsqu'elle lui demande des explications, il répond que les fils de son maître lui en ont appris les règles.

« Tu dois te garder d'adopter leurs coutumes, le réprimande Mary. Tu dois rester fidèle au Seigneur, sans quoi tu deviendras païen. Le diable est extrêmement rusé. »

Il hoche la tête, mais ne la regarde pas. Il semble complètement absorbé par son jeu.

« As-tu vu ta mère ? » Penser à Hannah lui cause une grande peine, car elle n'a pas vu sa sœur depuis le jour de l'attaque.

John secoue la tête et, soudain, lâche ses cailloux et fond en larmes. Mary lui touche l'épaule, regrettant de ne pas avoir parlé avec plus de prudence.

« Qu'est-ce qui te préoccupe ainsi ? demande-t-elle gentiment.

— J'ai vu ce qu'ils font. »

Il essuie farouchement ses larmes.

« Ma mère – je ne pense pas qu'elle soit assez forte pour le supporter.

— Pour supporter quoi ? »

Mary ressent subitement une grande inquiétude pour Hannah. Elle place son bras autour des épaules de John. « Sois fort, dit-elle. Nous devons faire confiance au Seigneur et tout ira bien. »

Il garde les yeux rivés au sol. Lentement, il commence à lui expliquer. Ann Joslin faisait partie des captifs de son groupe lorsqu'ils ont quitté Menameset. Elle se traînait loin derrière les autres à cause de son état, et aussi parce qu'elle devait porter Beatrice. Elle se plaignait constamment de se sentir mal, affirmant que sa fin était proche, suppliant les Indiens de la laisser rentrer chez elle.

« Elle *hurlait*. C'était horrible à entendre, poursuit John. Nous l'avons suppliée de se taire, mais elle ne voulait rien savoir. Elle implorait la miséricorde d'un Indien après l'autre. Aucun n'y a prêté attention. Au bout d'un moment, ils se sont fâchés. » Il ramasse un des cailloux et le laisse retomber. « Nous avons fait une halte pour nous reposer. Ils ont ordonné à tous les captifs de former un cercle. Tout le monde, même les enfants. Puis ils ont placé Ann Joslin au centre.

Deux femmes lui ont arraché ses vêtements. Ils nous ont forcés à chanter et danser autour d'elle. »

Mary parvient tout juste à respirer.

« J'ai dansé, murmure John. Je n'avais pas le choix. Si j'avais refusé, ils m'auraient tué. »

Elle ne veut pas entendre la suite de son histoire. Pourtant, elle comprend qu'il a besoin de la raconter, et qu'elle doit connaître la vérité. « Tu n'as rien fait de mal, lui assure-t-elle. Ce n'est pas un péché de faire ce qu'il faut pour vivre. » Alors même qu'elle prononce ces mots, elle réfléchit, se demandant si elle n'a pas tort. Joseph le croirait certainement. Mais il lui paraît pour l'heure important de consoler le garçon.

« Elle tremblait et sanglotait. Il faisait si froid que sa peau devenait bleue. J'étais incapable de la regarder. » Il inspire profondément. « Après la danse, les guerriers l'ont massacrée à coups de gourdin. Beatrice s'est mise à pleurer, alors ils l'ont tuée aussi. Puis ils ont allumé un feu et y ont jeté les deux corps. Tous les Indiens ont dansé et poussé des cris de joie. » Il renifle. « Ils nous ont forcés à les regarder brûler jusqu'à ce qu'elles ne soient plus qu'un tas de cendres. Puis ils nous ont dit que si nous essayions de nous enfuir, il nous arriverait la même chose. »

Mary a la nausée. Elle ne trouve aucun mot pour le rassurer ou le réconforter. Elle sait à présent que les conseils qu'elle a prodigués à Ann étaient vains ; la pauvre femme n'a pas su endurer l'épreuve que Dieu a placée sur son chemin. *Car c'était au-dessus de ses forces*, pense-t-elle. *Certaines épreuves sont monstrueuses. Parfois, Dieu en demande trop.*

Le lendemain matin, ils reprennent la route dès le lever du jour. Ils marchent la journée entière sans même s'arrêter pour manger. Ils sont censés ne ramasser que la nourriture qu'ils trouvent sur le chemin, mais Mary ne trouve rien. Le soir, ils dressent un camp et, cette fois, ils construisent un wetu. Mary est presque euphorique lorsque Weetamoo l'invite à l'intérieur pour partager le fin gruau qui mijote sur le feu.

Ils restent au camp plusieurs jours. Les Indiens semblent heureux, malgré la faim. La journée, ils s'assoient en petits groupes et bavardent. Mary est surprise de les entendre rire ; dans de telles circonstances, cela lui paraît presque un sacrilège. Comme s'ils riaient de leur propre misère.

Le soir, Mary regarde Weetamoo dénouer ses tresses et les secouer afin qu'elles se déroulent et coulent le long de son dos, jusqu'à sa taille. Elle plonge les doigts dans un pot d'onguent et passe plusieurs fois les mains dans ses cheveux qui, bientôt, scintillent à la lumière du feu. Puis elle les coiffe à nouveau en deux tresses brillantes.

Une nuit, Mary touche sa propre tête, ses cheveux hirsutes et emmêlés. Bien que la tâche lui paraisse impossible, elle commence à les travailler avec ses doigts, les tire et les lisse jusqu'à ce que les mèches se démêlent les unes des autres et retombent sur ses épaules et son dos. Elle prend conscience d'une présence derrière elle, puis sent les mains d'Alawa bouger dans ses cheveux. Mary se met à genoux pendant que sa compagne applique l'onguent, qu'elle étale le long des mèches. Elles ne parlent pas. Le mouvement de ses doigts est presque une caresse, une sensation incroyablement apaisante qui ramène Mary à l'époque où elle et ses sœurs se peignaient mutuellement les cheveux quand elles étaient petites.

Finalement, Alawa divise ses cheveux en trois parties qu'elle coiffe en une longue tresse.

« Merci », dit Mary quand sa compagne se détourne, reconnaissante qu'elle se soit occupée d'elle avec un soin si particulier. Pour la première fois depuis des semaines, elle a l'impression d'être une femme. Ce n'est que lorsqu'elle se glisse sous ses peaux qu'il lui vient à l'esprit qu'elle devient de plus en plus indienne dans son apparence et son attitude. Elle sait qu'elle devrait craindre pour son âme. Pourtant, elle ne ressent que de la paix et du réconfort. Et de la gratitude.

Le lendemain matin, ils lèvent le camp et reprennent la route. Ils marchent pendant des jours, ne s'arrêtant que pour dormir la nuit. Bien que le panier qui repose sur son dos soit plus lourd que tout ce qu'elle n'a jamais porté, Mary sent petit à petit son corps s'endurcir, se raffermir. Elle remarque de nombreuses choses curieuses et bienveillantes dans la manière dont les Indiens veillent les uns sur les autres. Un jour, alors qu'ils gravissent une colline, elle aperçoit James qui transporte une vieille femme sur son dos. Elle se souvient de la gentillesse dans son regard et elle se prend à nourrir le désir immoral qu'il puisse la porter *elle*, qu'elle puisse reposer contre son dos et sentir le rythme et la chaleur de ses muscles bouger sous sa poitrine. Elle se réprimande aussitôt, consciente que de telles pensées contaminent son âme. Elle s'attache à se concentrer sur des souvenirs de son mari. Pourtant, Joseph lui semble bien loin.

Lorsqu'ils atteignent une large rivière bouillonnant de glace et d'eaux blanches, les femmes s'assoient près de la rive tandis que les hommes s'activent furieusement, abattant des arbres à coups de hachette et construisant des radeaux. Blottie dans ses couvertures, Mary les observe, les oreilles remplies du rugissement de l'eau, à la surface de laquelle tourbillonnent de gros blocs de glace.

Leur groupe est si nombreux qu'il leur faut deux jours pour faire traverser tout le monde. Lorsque vient le tour de Mary, elle grimpe péniblement sur une pile de broussailles à l'extrémité du radeau et s'accroupit. À l'autre extrémité, un guerrier guide l'embarcation qui tangue et oscille jusqu'à l'autre rive. Les eaux se déchaînent, assourdissantes, éclaboussant les passagers du radeau de mousse glacée. Par miracle, personne ne passe par-dessus bord.

Dès qu'ils ont traversé, Weetamoo ordonne aux femmes de construire des wetus afin qu'ils puissent tous se reposer et se réchauffer. Mary travaille si vite que ses doigts se craquellent jusqu'au sang ; comme tous, elle est impatiente de retrouver la chaleur réconfortante d'un wetu.

Les hommes creusent un foyer pour le feu et font bouillir une cuisse de cheval dans une grande marmite. Tout le monde est invité à profiter du bouillon chaud. Ils restent dans ce camp pendant près d'une semaine. Mary n'a guère d'occupations en dehors de la recherche de nourriture et de la lecture de sa bible. Un après-midi, pour s'occuper, elle commence à tricoter une paire de bas en coton avec les aiguilles et le fil qu'elle conserve dans sa poche. En la voyant faire, Weetamoo exige qu'elle lui remette les bas. Mary la regarde bouche bée, faisant mine de ne pas comprendre. Alawa, qui est assise près d'elle, tente de lui prendre des mains mais Mary les lui arrache et les enfonce dans sa poche.

« Ils sont à moi, dit-elle. Le fil et les aiguilles viennent de ma propre maison. C'est un don que m'a accordé le Seigneur. »

Weetamoo ramasse son gourdin et l'agite d'un air menaçant devant le visage de Mary. « C'est à moi, dit-elle en anglais. Tout ce que tu fais est à moi. Tu es esclave. »

Mary est choquée d'entendre ces mots anglais dans la bouche de Weetamoo. Lorsque sa maîtresse brandit de nouveau son gourdin, Mary hoche la tête. « Je vais faire ces bas pour vous », dit-elle. Pour l'heure, Weetamoo semble satisfaite.

Le lendemain, peu après l'aube, les guerriers mettent le feu aux wetus afin que les soldats anglais ne puissent s'y abriter. Puis tout le monde se met en route vers le nord. Alors qu'ils gravissent une colline, Mary regarde par-dessus son épaule et découvre avec surprise qu'un groupe de soldats anglais se tient sur l'autre berge de la rivière. Elle se sent gagnée par une bouffée d'euphorie, convaincue qu'ils viendront bientôt la secourir, elle et les autres captifs. Elle se demande si Joseph est parmi eux. Peut-être est-ce même lui qui les a conduits à cet endroit.

Pourtant, les Anglais ne viennent pas, et Mary finit par comprendre qu'ils n'osent pas traverser la rivière en furie. Elle aperçoit des guerriers courir le long de la rive, raillant les soldats qui n'ont pas assez de courage et de vigueur pour accomplir leur devoir, et elle sent une honte noire grandir en elle. Elle sait que les Indiens méprisent les faiblesses en tout genre.

Mais ce qui la trouble plus encore, ce sont les questions sinistres qui sous-tendent toutes ses autres peurs : *Où est Joseph ? Pourquoi n'est-il pas encore venu à mon secours ?*

Des heures durant, l'air est chargé de la fumée des wetus en feu. Depuis le sommet d'une arête, Mary regarde les flammes lécher les arbres jusqu'à la cime. Puis ils reprennent la route, escortés par les guerriers.

Ils progressent péniblement sur la piste escarpée et étroite, tous épuisés et affaiblis par le manque de nourriture. Mary est consumée par la faim et son corps endolori ploie sous son panier trop lourd. Ils gravissent une longue colline, si abrupte qu'elle craint que ses jambes et son cœur ne l'abandonnent en chemin. Lorsqu'ils descendent vers la vallée, les arbres se clairsèment, révélant les champs abandonnés d'une ferme anglaise. Les piques marron des vieilles tiges de maïs transpercent la neige fondante. Les gerbes de blé semblent pétrifiées dans l'air glacé.

Les femmes se dispersent à travers les champs pour glaner ce qu'il reste de blé et de maïs. Mary suit prudemment Alawa. Au bout d'un moment, elle trouve un épi de maïs cassé, puis un second, qu'une femme lui arrache aussitôt de la main. Lorsque Mary proteste et se lance à sa poursuite, un groupe de femmes l'encercle pour lui barrer la route, se moquant d'elle en la pointant du doigt. Elle se tient tête baissée, attendant que la colère qui empourpre son visage se dissipe. Finalement, les femmes se lassent de leurs moqueries et s'éloignent peu à peu.

Ils regagnent la piste et continuent de descendre la colline, qui les conduit cette fois à une zone marécageuse hérissée de souches et d'arbres morts. Des plantes rampent le long du sol et, de leurs branches acérées, enserrent les chevilles de Mary. Plus d'une fois, son pied s'enfonce dans le sol marécageux. Elle a l'impression d'être descendue dans un cachot dont elle ne parviendra jamais à s'enfuir. Elle a entendu dire que les Indiens se cachent souvent de leurs poursuivants dans les marécages, car le sol y est tellement traître que même ceux qui vivent dans la région ont toutes les peines du monde à traquer l'ennemi.

Les hommes explorent la zone à la recherche d'une terre assez ferme pour y ériger de nouveaux wetus en toute sécurité. Ils coupent de jeunes arbres dont ils arrachent l'écorce et qu'ils plient afin de former une arche, enfonçant profondément dans la terre chaque extrémité. Les femmes fendent l'écorce en de fines bandes dont elles se servent pour relier la charpente des wetus. Les hommes découpent des carrés d'écorce dans de vieux arbres que les femmes fixent solidement à la charpente. Le nouveau village s'érige rapidement ; à la tombée de la nuit, le marécage est parsemé de petites huttes. Les hommes creusent un foyer pour le feu et une atmosphère d'excitation flotte dans le camp. Même Mary se laisse surprendre par l'enthousiasme ambiant, et salive en voyant le ragoût mijotant dans les marmites, épaissi de blé et de maïs.

Elle est assise devant le wetu de Weetamoo lorsqu'elle aperçoit James qui marche dans sa direction, un panier posé sur l'épaule. Elle se lève pour le saluer, mais il ne semble pas la voir et rejoint un groupe d'hommes se prélassant près d'un wetu voisin. Il paraît tellement heureux que Mary ne peut s'en empêcher – elle l'interpelle par son prénom. Il se retourne, lui sourit et s'approche d'elle.

« Qu'avez-vous donc dans ce panier ? s'enquiert-elle.

— Ah, madame Rowlandson, je ne vous avais pas reconnue, assise là, aussi docile et silencieuse qu'une servante. »

Il rit et laisse glisser le panier de son épaule pour le poser au sol. Lorsqu'elle voit les pièces de viande entassées à l'intérieur, ses papilles se mettent à saliver, son ventre se tord de faim.

« De la viande de cheval, explique-t-il. Des guerriers ont abattu une jument et on m'a confié la tâche de la distribuer.

— Donnez-moi un morceau, alors. »

Elle tend la main.

« Que voulez-vous ? »

Son regard danse un moment sur le panier.

« Un morceau de foie ?

— Volontiers, dit-elle, si vous voulez bien me le donner. »

Il extirpe du panier une pièce sombre de la taille de sa main, dont dégoulinent de grosses gouttes de sang sur le sol. Il y a encore quelques semaines, cette vision aurait révolté Mary, mais, à présent, elle tend sans hésiter la main pour l'attraper. James le place un peu plus haut, hors de sa portée. Mary devient rouge comme une tomate, agacée par ce jeu enfantin, mais ressent pourtant un frisson d'excitation qui la ramène au temps où Joseph lui faisait la cour – une époque où elle se sentait jolie et heureuse en sa présence, délicieusement vivante.

Finalement, James cesse de la taquiner et lui tend le morceau de foie, que Mary plante aussitôt sur un bâton et fait rôtir à l'extrémité du feu. Le fumet alléchant qui lui monte aux narines la fait presque défaillir. Alors qu'elle ferme un instant les yeux pour savourer l'odeur, une jeune Indienne arrive en courant et arrache le morceau de viande du feu. Mary pousse un cri et s'en saisit, mais la petite voleuse refuse de lâcher prise et le foie se déchire en deux morceaux. La fille part à toutes jambes tandis que Mary, pantoise, tient son morceau de foie déchiré entre ses mains. Pendant quelques secondes, elle se demande si elle devrait finir de le rôtir, puis elle réalise qu'elle risquerait d'y perdre le peu de viande qu'il lui reste. Aussi mange-t-elle le foie à moitié cru, tel un animal. Le sang coule des commissures de ses lèvres et tombe goutte à goutte sur son tablier. Sa bouche et son menton sont barbouillés de sang et de gras. Elle est tellement absorbée par son morceau de viande qu'elle ne voit pas James revenir. Lorsqu'elle lève enfin les yeux, il se tient à quelques pas et l'observe en souriant.

« C'est bien ce que je pensais, dit-il. Vous êtes devenue une véritable Indienne. »

Mary rougit de honte. « Non, dit-elle en secouant la tête et en s'essuyant vigoureusement les mains sur son tablier. Je suis toujours une Anglaise. »

Son sourire disparaît et il se penche pour lui parler à l'oreille. « Il ne faut pas que cela vous fasse peur. C'est votre chemin vers la sécurité. Vous êtes forte et intelligente. Si vous pouvez vous résoudre à renoncer à certaines de vos habitudes anglaises, vous vous épanouirez. J'en suis certain. »

Le visage de Mary s'empourpre de plus belle tandis qu'elle s'éloigne de lui, car elle ressent un étrange mélange de déshonneur et d'excitation. Pourquoi éprouve-t-elle un tel frisson en sa présence ? Un frisson qu'elle ne devrait du reste ressentir que pour son mari ?

12

Mary est constamment tiraillée par la faim. Elle se lève affamée et se couche affamée. Dès qu'elle s'occupe du feu, elle profite de ce que personne ne la regarde pour enfourner des morceaux de ragoût dans sa bouche. Elle refuse de penser à ce qui y flotte. À plusieurs reprises, elle a vu Weetamoo y jeter un écureuil fraîchement tué sans le dépouiller ni même lui enlever la tête. Elle reconnaît les globes oculaires, des morceaux gris d'intestins, les longs tendons parsemés de chair et même des restes de fourrure. Il y a à peine quelques semaines, elle n'aurait jamais pu se résoudre à porter une telle nourriture à ses lèvres, la jugeant trop infâme pour même la jeter aux cochons.

Avant sa capture, elle n'avait jamais souffert de la faim. À présent, sa pitance lui est frugalement distribuée, morceau par morceau, par ses ennemis. Elle reçoit tout juste de quoi survivre. Elle rêve d'une cuillerée de porridge froid ou d'un simple morceau de pain sec. Sur la route, des visions de nourriture riche envahissent son esprit, comme suggérées par le diable en personne. La nuit, elle rêve de tables couvertes de saucisses, de bœuf et de jambon flottant dans un jus épais. Elle rêve de graisse douce et chaude coulant dans sa gorge, de la saveur puissante du fromage fraîchement coupé sur sa langue, de miches de pain déchirées, révélant une mie douce de la couleur de l'herbe hivernale.

Elle est parfaitement consciente que sa souffrance n'est pas plus grande que celle de quiconque dans le camp. Tous ont faim, tous sont au bord de la famine. Elle sait que les autres aussi rêvent de nourriture, car elle les entend parfois marmonner *weyaus* – viande – dans leur sommeil. La nourriture est si rare qu'ils sourient de plaisir lorsqu'ils trouvent une racine dépassant du sol. Mary remarque que, quelle que soit la nourriture qu'ils dénichent, les hommes et les femmes la partagent généralement avec tout le monde, y compris leurs captifs. Elle trouve cela curieux, ayant toujours pensé que la loi de la nature fait qu'un homme ou une femme affamés amasseront autant de nourriture que possible en période de disette. Elle est frappée de constater que, parfois, les Indiens se comportent comme des chrétiens, bien que très peu aient été baptisés. C'est une énigme troublante, à laquelle elle réfléchit souvent en tricotant, sans n'être jamais parvenue à l'élucider.

Un après-midi, alors qu'elle ramasse des branches pour le feu de Weetamoo, elle croise de nouveau James dans les bois. Elle se détourne de lui sans un mot, toujours effrayée par l'excitation immorale qu'elle a ressentie lors de leur dernière rencontre. Mais il prend sa main et glisse quelque chose dans sa paume. Elle baisse les yeux et voit un petit morceau de viande séchée. Dans sa surprise, elle manque de le faire tomber.

« Mangez-le maintenant, dit-il. Avant que quelqu'un ne vous le prenne. » Lorsqu'il sourit, elle comprend qu'il l'a vue se faire voler son maïs et sa viande. Elle rougit et enfourne le morceau dans sa bouche. Il n'est pas plus gros que l'ongle de son pouce et aussi dur qu'une pierre, mais, à mesure que sa salive s'accumule tout autour, il ramollit entre ses dents. Elle le mâche lentement avant de l'avaler.

« Merci, dit-elle. Vous êtes très aimable. » Son cœur bat trop vite. Elle tente de lui rendre son regard, mais s'en trouve incapable. « Je dois y aller. »

Il ne bouge pas.

Un étrange picotement court sur la peau du visage de Mary. Elle tente une nouvelle fois de prendre congé.

« Weetamoo est une maîtresse dure. Elle n'apprécie pas que je ne sois pas à sa disposition lorsqu'elle a besoin de moi.

— Vous devriez lui être reconnaissante. Elle a fait preuve d'une grande charité envers vous. »

Mary repense à toutes les fois où Weetamoo l'a réveillée à coups de pied, à ses gifles brutales, à ses exigences incessantes. « Elle s'est montrée cruelle et impitoyable. Je n'ai décelé aucune charité en elle. »

James secoue la tête. « Elle vous a protégée de la luxure de Monoco. » Lorsqu'il lève la main droite pour ajuster la couverture sur son épaule, les yeux de Mary s'attardent sur ses longs doigts fins, qui semblent danser sur le tissu.

« Il vous aurait prise pour femme si elle l'avait laissé faire, explique-t-il.

— Pour femme ? demande-t-elle en le regardant d'un air ébahi, ayant perdu le fil de leur conversation.

— Monoco admire vos cheveux. Il souhaite vous épouser. Vous n'étiez pas au courant ? »

Elle se raidit soudain, comme si une chaîne glaciale s'était serrée autour de son cou. « Je suis mariée. Je ne peux être la femme d'un autre homme que mon mari. » James ne dit rien, mais la regarde comme si ses paroles n'avaient aucun sens. Une autre pensée subite la frappe. Pendant des semaines, elle s'est inquiétée que Joseph ne vienne pas à son secours. Est-ce parce qu'on l'en a empêché ? Les Indiens l'ont-ils pris dans une embuscade et tué ? Peut-être n'est-elle plus mariée, après tout.

« Est-ce… » Les mots refusent de sortir. « Avez-vous des nouvelles de mon époux ? Lui est-il arrivé quelque malheur ? »

James hausse les épaules, mais il y a une certaine réserve dans son regard.

« N'a-t-il pas essayé de nous secourir, mes enfants et moi ? » Sa voix est beaucoup plus plaintive qu'elle ne le voudrait. Elle plaque sa main sur sa bouche.

« Je n'ai rien entendu de tel. » Il fait un pas vers elle.

« Mais vous avez entendu quelque chose. »

Son regard se pose un instant sur le sol avant de remonter vers elle. Il la regarde droit dans les yeux.

« Il y a des histoires.

— Dites-moi ce que vous savez, dit-elle. Je vous en prie. »

À nouveau, il détourne le regard, cette fois vers les arbres alentour. « Certains disent… » Il marque une pause.

« Ils disent que, vous croyant morte, il a pris une autre femme.

— Non, murmure-t-elle. C'est impossible.

— Ce n'est qu'une rumeur. »

Elle observe un long silence, essayant de digérer ce qu'elle vient d'entendre.

« Et même si c'était vrai, dit-elle d'une voix ferme, je ne consentirais jamais à une union avec un Indien.

— Il n'est pas question de consentir, répond James. Vous êtes une captive, ici. Votre approbation n'est pas nécessaire. Vous serez achetée et vendue selon le bon plaisir de votre maîtresse. »

Achetée et vendue. Mary pense au bébé de Bess Parker et un frisson lui parcourt l'échine, qui n'a rien à voir avec le vent.

« De ma maîtresse ? demande-t-elle faiblement. N'est-ce pas plutôt à mon maître, de me vendre ?

— Vous ne comprenez pas. Vous appartenez à Weetamoo. Elle est plus puissante que Quinnapin. Il vous a offerte à elle en tant que tribut. »

Elle fronce les sourcils. « Ce que vous racontez n'a aucun sens. Il est évident que le pouvoir que détient Weetamoo lui vient de son mari. »

Il secoue la tête d'un air solennel. « Weetamoo est le sachem de tout le peuple pocasset. Elle commande plus de guerriers que Quinnapin. Elle est bien plus respectée que lui. Elle détient une plus grande autorité. » Il se penche vers elle, comme si l'intensité de son regard pouvait l'aider à saisir le torrent d'informations qu'il déverse sur elle. « Sa sœur est mariée à Metacomet – le sachem wampanoag que les Anglais appellent Philip. Weetamoo était autrefois l'épouse de son frère aîné, Wamsutta, qui était sachem avant Philip. Lorsqu'il a été empoisonné par les Anglais à Plymouth, elle s'est remariée, mais a rapidement quitté son nouveau mari quand ce dernier s'est allié aux Anglais. Elle a ensuite épousé Quinnapin, qui cherchait une alliance, bien qu'il ait déjà deux femmes. »

L'esprit de Mary tourbillonne tandis qu'elle tente de comprendre tout ce que James est en train de lui dire. Weetamoo a eu plusieurs maris. Dont un qu'elle a rejeté au simple motif qu'elle ne partageait pas son opinion. C'est parfaitement ridicule. Elle se demande si James n'est pas en train de lui jouer un mauvais tour. Il est inconvenant – et tout à fait effrayant – qu'une femme détienne un tel pouvoir sur les hommes. Cela est contraire à l'ordre de la création – l'ordre selon lequel Dieu a façonné le monde.

« Elle fera ce qu'elle veut de vous, poursuit-il. Et personne – y compris Quinnapin – ne lèvera le petit doigt pour vous protéger. » Il pose délicatement sa main sur son bras. « Le passé ne vous est d'aucune utilité, Mary. Vous devez apprendre à vivre avec ce que vous avez. »

Il l'a de nouveau appelée *Mary*. Elle aime tellement entendre son nom sur sa langue qu'elle baisse presque sa garde. Elle sent le poids de la bible rangée dans la poche contre sa cuisse et il lui vient à l'esprit qu'elle devrait l'en sortir, afin de se protéger de ces troublants sentiments. Elle aimerait pouvoir déclarer qu'elle n'a pas changé, que le passé a fait d'elle ce qu'elle est aujourd'hui, qu'il est sa rédemption et son espoir. Mais elle ne dit rien, car les pensées qui se forment dans son esprit refusent de faire bouger sa langue.

« Vous devriez envisager de prendre un nouveau nom, déclare-t-il. Pour exprimer votre nouveau statut.

— Un nouveau nom ? »

Elle le soupçonne de la taquiner.

« Mais pourquoi ?

— *Chikohtqua*, dit-il. Votre nouveau nom devrait être Chikohtqua. La femme qui brûle. »

Le nom convoque immédiatement dans son esprit l'image de sa sœur morte consumée par les flammes. Mary sent une boule de nausée remonter dans sa gorge tandis qu'elle repousse sa main et s'éloigne à grands pas. Pourtant, elle ne peut s'empêcher de penser aux paroles de James et au nom qu'il a choisi pour elle. Elle tente de répéter les étranges syllabes mais la langue lui fourche.

La femme qui brûle. Pourquoi James pense-t-il qu'un tel nom lui conviendrait ? Est-ce pour lui une sorte de présage ? Ou une étrange bénédiction ? Et qu'en est-il de Joseph ? Est-il possible que son mari la croie morte ? L'homme qu'elle connaît ne mettrait-il pas tous les moyens en œuvre pour s'assurer de sa sécurité ? De la sécurité de leurs enfants ?

Elle s'enfonce plus profondément dans les bois, soulagée par les ombres qui y règnent. Elle en est venue à apprécier la manière dont les arbres tamisent la lumière et adoucissent les couleurs de la nature sauvage. Si le sol est toujours parsemé de flaques de neige, la terre n'est plus aussi dure que de la pierre sous ses mocassins.

Une conversation qu'elle a eue avec Joseph peu après la naissance de Joss lui revient en mémoire. C'était la fin de l'été et une brise d'air lourd l'avait attirée à l'extérieur au moment où Joseph revenait de la grange. Ils étaient restés assis quelque temps sur le banc près de la porte d'entrée, chassant les mouches qui tournaient autour d'eux. Une vague de nostalgie s'était emparée d'elle alors qu'elle pensait à sa mère. Lorsque Joseph s'était étonné de son expression mélancolique, Mary lui avait raconté comment, quand elle était enfant, elle s'asseyait souvent sur le perron en compagnie de sa mère à la fin des journées d'été, où elles bavardaient de choses agréables.

Joseph l'avait contemplée d'un air pensif. « Pourquoi ton père ne s'est-il jamais remarié ? Ta mère est morte il y a maintenant de nombreuses années, et pourtant il n'a pas repris de femme. »

Mary était restée bouche bée.

« Pourquoi devrait-il se remarier ? Ma sœur Hannah s'occupe très bien de sa maison.

— Il n'est pas habituel – ni sain – pour un homme de rester célibataire si longtemps. »

Joseph contemplait les collines basses à l'ouest, n'ayant manifestement pas remarqué sa surprise.

« Peut-être est-il toujours en deuil.

— Oui, certainement », avait répondu Mary, paroles qu'elle avait immédiatement regrettées.

Elle savait que Joseph considérait un deuil trop long comme un péché – le signe d'une incapacité à se soumettre à la volonté divine. « Ma mère était une femme bonne. Rares sont les femmes aussi pieuses qu'elle l'était. »

Il avait lentement hoché la tête tout en continuant à regarder au loin. « Il y a de nombreuses femmes ici à Lancaster qui seraient reconnaissantes d'avoir un mari pour subvenir à leurs besoins. Et ton père est l'homme le plus prospère de la ville – à mes yeux, ce qu'il désire devrait passer au second plan. »

On y revenait. C'était loin d'être la première fois depuis qu'ils étaient mariés que Joseph suggérait que le père de Mary ne se montrait pas assez généreux avec sa fortune. Bien que Joseph ne lui ait jamais explicitement fait part de ses pensées, Mary soupçonnait que sa véritable doléance était que son père n'ait pas été plus généreux à *leur* égard.

« Il doit faire ce que lui dicte sa conscience, avait rétorqué Mary.

— Comme nous tous. Pourtant, les Saintes Écritures établissent clairement que l'homme a le devoir de se marier.

— Donc, si je mourais, tu demanderais rapidement en mariage une jeune fille ? »

Elle avait souri et lui avait décoché un petit coup de coude afin de montrer qu'elle plaisantait. Mais il n'était pas d'humeur à la plaisanterie ce soir-là et, au lieu de rire comme elle s'y attendait, il avait répondu que c'était exactement ce qu'il ferait. Il s'était ensuite placé face à elle.

« Tu dois savoir que ma conscience me dicterait de me remarier rapidement. Mais tu dois aussi savoir que je prie chaque jour pour que tu vives encore très longtemps, Mary. »

Il l'avait alors embrassée, et elle avait rapidement oublié cette conversation. En y repensant à présent, elle se demande si ces paroles ne contenaient pas un présage de sa situation actuelle.

Elle rencontre désormais James tous les jours. Au début, elle pensait qu'il ne s'agissait que de rencontres fortuites. Puis elle a commencé à le soupçonner de les provoquer en l'observant et en prenant note de ses habitudes. Souvent, il apparaît subitement auprès d'elle lorsqu'elle transporte une cuve d'eau depuis la rivière ou cherche des noix à genoux, retournant la terre gelée avec un bâton. Il s'intéresse à sa santé et lui prodigue des conseils afin de satisfaire au mieux Weetamoo. Il lui montre comment fouiller plus efficacement en cherchant des feuilles sèches sous la neige.

Un après-midi, il lui apporte des nouvelles de Marie et de Joss, annonçant qu'ils sont tous deux forts et en bonne santé, qu'ils s'adaptent à la vie indienne. « Comme les enfants ont tendance à le faire », lui rappelle-t-il.

Sa gratitude est telle qu'elle saisit ses deux mains

dans les siennes. « Merci, merci ! crie-t-elle. Je me réjouis de cette nouvelle ! Cela me donne l'espoir que nous soyons un jour réunis. »

Il lui adresse un sourire incroyablement doux. Ce n'est que lorsqu'elle baisse enfin la tête, détournant son regard du sien, qu'elle remarque qu'elle lui tient toujours les mains. Étrangement, elle n'a pas envie de les lâcher.

Petit à petit, sa gêne en sa présence diminue. Il fait preuve d'un grand respect à son égard, et ne lui a jamais manifesté la moindre avance amoureuse. Elle en conclut que l'embarras et l'excitation qu'elle ressentait plus tôt n'étaient dus qu'à son état d'agitation après la mort de Sarah. Il n'y est pour rien si elle était incapable de maîtriser ses sentiments. Elle commence à lui faire confiance, à se sentir en sécurité auprès de lui. Jusqu'à présent, elle n'aurait jamais cru possible qu'un Indien et une Anglaise deviennent amis, mais c'est pourtant ce qui semble en train de se passer.

Il lui parle de Hassanamesit, le lieu où il est né, de ses collines, ses forêts et ses rivières d'eau douce à la surface desquelles bondissent des poissons. Il lui explique que leurs ancêtres y ont creusé des cavernes de pierre si sacrées que seuls les *pauwaus* sont autorisés à y entrer.

Il était très jeune quand les Anglais sont venus pour la première fois à Hassanamesit. « M. Eliot et son ami M. Gookin », précise-t-il. Mary fronce les sourcils lorsqu'il prononce ce dernier nom, certaine de l'avoir déjà entendu. Puis elle se souvient – le propriétaire de l'amant de Bess Parker était un certain M. Gookin. S'agit-il du même homme ?

« Nous les appelions *wautaconog*, les hommes en manteau, explique James. Car ils couvraient leur corps de tissu raide et noir, même pendant les saisons où les Nipmucs ne portent pas de peaux. Ils sont arrivés en été, lorsque nous construisions nos wetus et plantions du maïs dans les champs plats près de la rivière. Après leur départ, mes grands frères se sont moqués d'eux. Les *pauwaus* rêvaient de serpents et de faucons et fumaient beaucoup de tabac pour purifier l'air. »

Il lui raconte que M. Eliot est revenu de nombreuses fois. Lorsque le père de James est tombé malade et que les *pauwaus* ont fait brûler des herbes et chanté pour sa guérison, ce n'est qu'après que M. Eliot eut prié pour lui qu'il s'est réellement rétabli. M. Eliot et son père sont devenus amis, et ce dernier a décidé d'envoyer James vivre avec les Anglais. C'est selon lui une pratique courante chez les Nipmucs, qui ont, depuis plusieurs générations, confié leurs garçons les plus prometteurs à d'autres tribus afin qu'ils apprennent leurs coutumes et leur langue.

James lui parle des années pendant lesquelles il a vécu chez M. Dunstan, le président de la faculté de Harvard, où il a vu pour la première fois une presse d'imprimerie. Il lui raconte son enchantement face à la machine, face à la magie des mots. Un jour, son maître l'a surpris en train de passer ses mains sur les caractères, les doigts noircis par l'encre. Au lieu de le battre, M. Dunstan a déclaré être convaincu que Dieu avait montré à James sa vocation. Il a plus tard travaillé en tant qu'apprenti chez un imprimeur, où il préparait les caractères pour la Bible indienne de M. Eliot. Mary a entendu parler de cette Bible, reconnue dans toute la colonie de la baie comme une œuvre d'une grande érudition, un travail d'amour au service du Seigneur.

Un jour, elle demande à James s'il est marié. Il

contemple les arbres alentour comme s'il n'en savait rien et pouvait y trouver une réponse. « Oui, je l'étais, dit-il posément. Mais Nippesse est morte de la fièvre il y a deux ans. J'ai deux jeunes fils, Ammi et Moses. » Il marque une pause avant de porter à nouveau sur elle son regard sombre et direct.

« Ils ne sont pas ici. Les enfants ont besoin d'une mère. La sœur de ma femme s'occupe d'eux au nord, où ils sont en sécurité, loin des villes anglaises.

— Ils ne vous manquent pas ? demande-t-elle d'une voix tremblante d'émotion.

— L'herbe ne se dessèche-t-elle pas en l'absence de pluie ? Le moineau ne se languit-il pas de l'aurore ? »

Elle baisse les yeux sur ses genoux et pince un pli sur son tablier.

« Mes frères et mon père sont présents dans le camp. Je suis parmi les miens. » Son ton est chaleureux, indulgent. Elle se demande s'il cherche une nouvelle épouse, sans toutefois oser lui poser la question.

Par un après-midi froid et nuageux, lorsqu'elle rencontre James en cherchant des noix, elle lui demande comment il en est venu à rejoindre la tribu de Philip. « Si vous êtes un ami de M. Eliot, pourquoi vivez-vous à présent parmi les guerriers qui terrorisent les Anglais ? »

Son regard se durcit.

« Je ne suis pas un guerrier. Je n'ai terrorisé personne. Avez-vous oublié qui vous a libérée ?

— Je n'ai pas oublié. »

Elle porte sa main à sa gorge, où elle sent encore le poids de la corde contre sa peau.

« Pourtant, vous vivez ouvertement parmi les rebelles, insiste-t-elle. Vous vous habillez comme un Indien ; vous marchez librement parmi eux.

— Tout comme vous », répond-il en souriant.

Elle sent son visage s'empourprer, comme si ses mots avaient touché juste. Elle a, de fait, adopté de nombreuses coutumes indiennes. Elle porte une robe en peau de daim et des mocassins, tresse ses cheveux et s'enveloppe dans une couverture lorsqu'elle sort. Elle étale de la graisse d'ours sur ses mains et son visage pour protéger sa peau des éléments. Elle a appris à transporter des paniers lourds, à confectionner des nattes et à les attacher aux wetus.

« Vous me demandez comment je suis arrivé ici, dit-il lentement. Moi aussi, j'ai été captif. Moi aussi, j'ai senti la corde autour de mon cou. »

Elle le considère avec surprise.

« C'est vrai. » Il désigne son cou, et elle remarque pour la première fois une cicatrice blanche parcourant la peau. « En août, alors que je célébrais une partie de chasse fructueuse avec mes amis, les soldats anglais sont arrivés. Ils nous ont mis des cordes autour du cou et nous ont forcés à marcher jusqu'à Boston. Ils nous ont traînés devant le tribunal pour avoir tué des colons dans la ville de Lancaster. Votre ville. »

Un doigt froid court le long de l'échine de Mary, qui s'écarte immédiatement de lui.

« Vous étiez parmi ceux qui ont attaqué les fermes autour de la ville ? murmure-t-elle.

— Non. Il s'agit d'une fausse accusation imaginée par le capitaine Moseley.

— Je connais ce nom, dit-elle. On dit que c'est un excellent soldat, quoique d'un tempérament très dur. »

Ses yeux se plissent. « Il est plus que dur. C'est un homme cruel. Un diable. Qui nourrit une haine particulière contre les Indiens. Il nous massacre avec l'insouciance d'un loup devenu fou, et avec moins de raison. On raconte qu'il a un jour ordonné à ses soldats d'attacher une grand-mère à un piquet au sol et de lâcher des chiens affamés sur elle. Une grand-mère ! » Il la regarde intensément.

« Alors qu'elle hurlait et implorait la miséricorde, les chiens arrachaient la chair de ses os et en dévoraient chaque morceau. Moseley observait la scène en riant pendant que ses propres soldats s'étaient détournés, dégoûtés par ce qu'ils avaient fait.

— Cela ne peut être vrai, dit Mary. C'est un mensonge inventé par ses ennemis.

— Je sais que ce n'est pas un mensonge, réplique-t-il, car j'ai moi-même été témoin de sa cruauté lorsqu'il a attaché un de mes amis à un arbre et lui a brûlé la chair avec des fers brûlants sous prétexte qu'il refusait de prononcer des mensonges. »

Mary ferme les yeux pour chasser cette image de son esprit.

« À Boston, ils nous ont gardés enchaînés dans une cellule répugnante de saleté pendant deux semaines, poursuit-il. Nous ne voyions ni les rayons du soleil, ni les étoiles, ni le moindre brin d'herbe. On ne nous laissait pas nous laver. Ils nous donnaient de l'eau croupie et du pain infesté de vers. » Il se penche vers elle. « Savez-vous ce qui arrive à l'esprit d'un Indien quand celui-ci est enfermé ? Il se flétrit et meurt. Nous avons commencé à dépérir. Lorsque nous sommes enfin passés devant le tribunal, le juge nous a déclarés innocents. Il a décidé que nous devions être envoyés à Deer Island jusqu'à la fin de la guerre. »

Mary s'efforce de se rappeler ce que Joseph lui a dit au sujet de Deer Island, une bande de terre désolée dans le port de Boston, utilisée pour contenir les Indiens non hostiles. « Je suis convaincue que c'était pour votre protection, dit-elle. Un refuge où vous seriez protégés des attaques des tribus ennemies. »

Il secoue la tête. Elle remarque la manière dont la lumière de la fin de l'hiver joue sur son visage, réchauffant et adoucissant ses expressions.

« Cela n'a rien d'un refuge. Deer Island est une condamnation à mort. Les Indiens envoyés là-bas ne reçoivent ni nourriture ni protection.

— Je suis certaine que la Cour générale a tout mis en œuvre pour leur sécurité, dit-elle, quoiqu'elle n'ait aucune certitude de ce genre. Et il ne fait aucun doute que le Seigneur les protégera. »

Il ne prend pas la peine de répondre.

« Enfin, tout cela n'explique pas comment vous en êtes venu à vivre parmi les guerriers de Philip, ajoute-t-elle. Pourquoi n'êtes-vous pas retourné dans votre village natal pour y vivre en paix ? »

Ses paupières se plissent. « C'est précisément ce que je souhaitais faire. J'ai essayé. J'ai fui Boston et je suis revenu à Hassanamesit. Mais en novembre, des guerriers nipmucs sont arrivés, ont fait main basse sur toutes nos provisions et nous ont avertis que si nous ne venions pas avec eux, les Anglais nous captureraient. Le village entier les a donc suivis, à l'exception d'une famille, qui a fui dans son camp de chasse d'hiver. » Il caresse la cicatrice à son cou et sourit. « Ainsi, vous voyez ce qu'il en est. Bien que les Nipmucs m'aient capturé, je peux marcher librement, car ils savent que l'esprit d'un homme est libre et qu'il se flétrira si on l'enferme. Mais les Anglais ne comprennent pas l'esprit, ils pensent qu'il peut être attaché et enfermé dans une cage. »

Ses paroles la troublent.

« La véritable liberté se trouve dans le Christ, dit-elle.

— Peu importe qu'un Indien soit converti au Christ, aux yeux des Anglais il sera toujours un Indien. »

Il lui adresse un sourire empreint de tristesse. « J'ai vécu de nombreuses années parmi les Anglais. J'ai étudié leurs livres, porté leurs vêtements, résidé dans leurs maisons. Mais cela ne signifie pas que je comprends leur mode de vie. » Il se penche vers elle. « *Votre* mode de vie, *Chikohtqua*. Peut-être serez-vous un jour capable de me l'expliquer. »

À sa surprise, Mary lui répond avec un sourire. « J'en serais ravie. »

Quelques jours après cette conversation, Mary est réveillée par les cris des oiseaux et l'odeur des feux de cuisson. Bien qu'il ne fasse pas encore jour, le camp est déjà en train de s'affairer. Seule dans le wetu, elle entend des voix, des bruits de pas à l'extérieur. Elle se redresse et écarte la lourde peau ; elle sent que le camp est déjà en mouvement. Il est impossible de prédire combien de temps ils resteront en un même endroit. Parfois des jours, parfois des heures. Souvent, à peine l'information commence-t-elle à circuler qu'ils se mettent déjà en marche.

La peau couvrant l'entrée s'ouvre en claquant et Weetamoo pénètre dans le wetu. « *Peyau yeuut* », dit-elle en faisant de grands gestes. Mary, ayant appris à reconnaître l'urgence dans le ton de Weetamoo, hoche la tête pour lui signifier qu'elle comprend qu'elle doit la suivre. Weetamoo lui touche l'avant-bras avec deux doigts et surprend Mary en parlant anglais. « Aujourd'hui nous traversons grande rivière. Rencontrer Massasoit Metacomet. Philip. » Elle crache le nom anglais comme s'il s'agissait d'une insulte, mais Mary comprend ce qui l'attend : elle va être présentée au chef de la rébellion indienne. Son cœur se serre lorsqu'elle pense à la mort cruelle d'Ann Joslin. Un sort similaire l'attend-il ?

Weetamoo, sourde à ses questions, pousse Mary hors du wetu, fixe un panier rempli de rouleaux de fourrure sur son dos et lui fait gravir une colline jusqu'à un affleurement rocheux.

Une large rivière coule en contrebas, serpentant à travers une longue vallée. « *Quinetukqut* », dit Weetamoo, et Mary comprend qu'il s'agit du nom de la rivière. Ce n'est pas la première fois qu'elle agit de la sorte, lui offrant le nom des lieux comme s'il s'agissait de présents, une pratique que Mary n'était jamais parvenue à apprécier. Pour la première fois, elle prend conscience que ces noms confèrent une forme et un sens à sa nouvelle vie d'Indienne.

Elle ressent une étrange palpitation dans sa poitrine et ferme les yeux pour chasser cette idée de son esprit. Elle n'est *pas* une Indienne, mais une Anglaise et une chrétienne. Embrasser le mode de vie païen est un péché.

Weetamoo la gifle. Mary ouvre brusquement les yeux et la suit d'un pas instable, descendant la colline jusqu'à la rivière. De nombreux Indiens se tiennent sur la berge ; certains sont déjà à bord des lourdes embarcations en bois creusées dans des troncs d'arbre qu'ils appellent *canoes*. Weetamoo en désigne un vide que trois guerriers sont en train de pousser dans l'eau.

« Va », ordonne-t-elle en faisant avancer Mary.

Cette dernière est à présent certaine que dès qu'elle aura traversé la rivière, les Indiens la tueront. Elle n'y va pas pour rencontrer Philip, mais sa propre mort. Elle se force à penser que si Dieu a décrété que ce jour serait son dernier, elle se doit d'accepter son sort. Elle ne doit pas s'humilier ou humilier sa foi en s'évanouissant. Pourtant, elle tremble de tous ses membres lorsqu'elle grimpe dans le canoë.

Une clameur s'élève soudain en aval. Un homme l'entraîne brutalement hors de l'embarcation et la pousse sur la rive. Les guerriers commencent à rassembler les gens. À grand renfort de cris et de gestes, ils dirigent tout le monde vers le nord, le long de la rivière. Puis Mary entend une femme hurler « *Inglees* », et elle comprend que les troupes anglaises ont été repérées à proximité.

Serrés et bousculés les uns contre les autres, ils avancent rapidement. Mary se demande brièvement si elle ne pourrait pas profiter de la confusion pour s'éclipser et rejoindre les soldats. Elle regarde autour d'elle, en quête d'une cachette dans les arbres proches où se débarrasser du lourd panier. Elle tire sur sa couverture et fait un pas de côté, en direction de ce qui ressemble à de petits buissons.

Ce faisant, elle aperçoit James, lequel marche en compagnie d'un autre homme plusieurs mètres derrière elle. Bien qu'il ne regarde pas précisément dans sa direction, elle sent qu'il l'a repérée. Elle a la très nette sensation qu'il la surveille. Qu'il sait où elle se trouve à tout moment.

Elle hésite. James continue de marcher vers elle en discutant avec l'homme, toujours sans la regarder. Pourtant, elle est certaine qu'il l'a vue s'écarter du groupe. Ses jambes et ses bras sont faibles et son estomac se remplit de bile. Elle se glisse de nouveau dans la foule pressée.

13

Ils longent la rivière pendant des kilomètres.
Lorsque les guerriers leur font signe de s'arrêter à
midi, Mary se déleste de son panier et s'assoit dos à un
rocher, soulagée de pouvoir enfin s'accorder quelques
minutes de repos. Un souvenir d'enfance surgit dans
son esprit, et elle se revoit surveiller le feu tandis
qu'un jeune cochon rôtit lentement sur une broche. Sa
bouche se met à saliver. Elle pense à tout ce qu'elle
a chéri et perdu – les provisions presque intarissables
de nourriture, le confort et la sécurité de sa maison.
Elizabeth, sa sœur bien-aimée. Ses enfants. Le soutien
et l'amour des autres chrétiens. Pourtant, sa faim est
telle qu'elle serait prête à tout échanger contre une
bouchée de viande rôtie à point.

« Mère ? »

La voix familière la fait sursauter. Joss ! Elle lève
les yeux et pousse un cri en le voyant qui se tient juste
là, tout près d'elle. L'espace d'un instant, elle craint
que ce ne soit qu'un tour de son esprit. Mais non,
c'est bien son fils. Elle se lève d'un bond et le prend
dans ses bras.

« Comment vas-tu ? » Elle le tient à bout de bras
avant de l'attirer de nouveau contre elle. Les larmes

la surprennent et elle doit cligner violemment des yeux pour les maîtriser. « Es-tu en bonne santé ? » Elle est incapable d'arrêter de le toucher – son épaule, son bras, son visage, bien qu'elle remarque que cela l'agace. Ses traits sont tirés et son corps émacié par la faim, pourtant il lui répète en boucle qu'il est en bonne santé. Il s'agite nerveusement en parlant, enfonçant ses mains dans ses manches pour les retirer aussitôt, dansant presque sur la pointe des pieds. Il ne pose aucune question, et elle ne lui avoue pas qu'elle craint d'être tuée dès qu'ils traverseront la rivière.

Il lui semble que quelques minutes seulement se sont écoulées lorsque les Indiens se remettent en marche. Ayant replacé à contrecœur son lourd fardeau sur son dos, Mary embrasse une dernière fois son fils, et le garçon s'éloigne à toutes jambes, disparaissant si vite dans les arbres que leur rencontre lui paraît aussi irréelle qu'un rêve.

Ils atteignent une large étendue plate, où ils dorment sur des couvertures à même le sol. Mary ne ferme pas l'œil de la nuit, écoutant l'eau courir et tomber en cascade sur les rochers. À l'aube, deux guerriers la mettent sur pied et la poussent dans un canoë. Elle se tient parfaitement droite, comme enfermée dans un corset de fer. Elle est déterminée à garder sa foi dans le Seigneur, mais lorsqu'elle voit la foule d'Indiens rassemblés sur la rive opposée, sa résolution s'évapore, et sa colonne vertébrale semble se liquéfier. Elle saisit les plats-bords avec une telle force que ses ongles dessinent des croissants dans le bois.

Comme ils approchent de la terre, elle voit Weetamoo qui se tient sur la rive. Sur un geste de celle-ci, les guerriers sortent brutalement Mary de son canoë. Elle trébuche et tombe en avant, trempant sa robe et sa couverture d'eau glacée. Weetamoo lui fait signe de se dépêcher avant de tourner les talons et de s'enfoncer dans la forêt, comme si cela lui était égal qu'elle obéisse ou non. Les Indiens rient en la voyant se redresser et sortir tant bien que mal de l'eau. Lorsqu'elle atteint la rive, ses jambes cèdent sous son poids et elle s'affale sur le sable.

Elle se met à sangloter, laissant de grosses larmes rouler sur ses joues et son courage quitter son corps aussi sûrement que l'eau dégoulinant de l'ourlet de son tablier. Elle est épuisée, brisée. Elle ne peut pas continuer ainsi. Quelqu'un touche son épaule. Elle lève la tête et voit Quinnapin accroupi près d'elle.

« Pourquoi vous pleurer ? » Sa voix est douce. Elle sent le poids de ses larges doigts à travers sa manche en daim, perçoit l'odeur de la graisse d'ours sur sa peau et dans ses cheveux.

Elle se redresse et s'essuie le visage. L'image de Quinnapin se brouille et miroite devant elle.

« Car je crains que mon heure soit venue, murmure-t-elle. Vous allez me tuer.

— Non. »

Il secoue la tête. « Personne ne fait du mal à vous. » Il se relève, adresse un signe à quelqu'un derrière lui, et une jeune femme s'approche, qui tient dans ses mains un morceau de viande. Il faut à Mary un certain temps pour comprendre que la femme vient le lui offrir. Elle prend la viande et commence à manger tandis qu'une autre Indienne s'avance avec une petite écuelle de farine finement moulue, suivie d'une troisième qui glisse une poignée de pois secs dans son tablier mouillé. Mary ne parvient pas à comprendre ce qui lui arrive. Les Indiens dont elle vient de subir les moqueries partagent à présent généreusement leur nourriture avec elle. Il y a quelques minutes, ils formaient un cercle autour d'elle et se gaussaient de son malheur, et les voilà qui font preuve d'une extrême gentillesse.

Elle voit James qui se tient tout au fond de la foule et la regarde. Au bout d'un moment, il disparaît dans la forêt. Elle se sent étrangement démunie, comme s'il l'avait rejetée et n'était plus son ami. Elle voudrait le suivre, mais deux guerriers se tiennent entre elle et les arbres, et lorsqu'elle se remet péniblement debout, ils posent sur elle un regard si noir qu'elle s'effondre aussitôt au sol.

Petit à petit, les Indiens se dispersent, la laissant seule sur le sable en compagnie des guerriers. Elle reste assise à l'endroit même où elle est tombée et mange la nourriture qu'on lui a donnée dans l'espoir qu'un semblant de vitalité regagne son corps, tout en spéculant en silence sur le sort qui l'attend.

En fin d'après-midi, les guerriers la relèvent et la conduisent au sommet de la colline, dans un wetu si long qu'il possède trois cheminées. Le camp est un brouillard de son et de couleur. De la fumée s'échappe de centaines de wetus. Les rayons du soleil cinglent à travers les arbres, formant des cercles de lumière sur le sol. La neige a fondu sur les clairières, révélant des flaques de terre humide. Des enfants accroupis dans la boue modèlent des animaux à partir de terre noire : des cerfs, des lapins, des chiens. Les femmes sortent des wetus pour observer Mary.

À l'intérieur, les deux guerriers s'accroupissent par terre et Mary se retrouve face à un homme assis en tailleur sur une plateforme couverte de nombreuses peaux. Elle suppose qu'il s'agit de Philip. Bien qu'il y ait dans son regard une immense lassitude, il ne semble guère plus âgé qu'elle. Ses épaules sont larges, sa tête bien formée. Il porte une chemise anglaise et un pantalon, mais sa poitrine est drapée d'un collier d'os et de trois épaisses ceintures de wampums. Il n'a qu'un serviteur – un petit homme dont l'avant-bras droit est enveloppé d'un serpent tatoué et qui observe Mary avec plus de curiosité que de cruauté.

Philip la surprend en parlant anglais. Il lui demande de s'asseoir à côté de lui et lui tend son calumet, qu'elle considère avec convoitise. Pendant des années, le tabac était un des rares plaisirs qu'elle s'accordait, mais elle sait qu'elle ne peut consentir à partager une pipe avec un Indien, quel que soit le statut de cet homme, sans compromettre son honneur. Elle remarque le soupçon de mécontentement qui traverse son visage lorsqu'elle refuse, et disparaît presque aussitôt, comme un éclair à la surface d'une rivière, remplacé par une expression vaguement amusée.

Il tire sur son calumet et se laisse aller en arrière, s'installant confortablement contre la natte de roseaux ornée de plumes suspendue derrière lui. Elle remarque que sa main droite est difforme. « Vous connaître Mohawks ? » s'enquiert-il en se tournant vers elle.

Mary fronce les sourcils et se demande s'il est en train de lui tendre un piège. Alawa, qui est née mohawk, lui a parlé de cette tribu, ainsi que James, lequel a un jour affirmé que les Mohawks étaient un peuple sauvage et belliqueux.

« J'ai entendu parler d'eux, dit-elle avec prudence.

— Mohawks stupides, dit-il. Font choses idiotes. Écoutez. Un jour, il y a longtemps, Mohawks vont voir sachem et demandent : "Hiver sera froid, oui ou non ?" Sachem ne sait pas, mais il dit d'aller chercher bois pour le feu et puis il va visiter *pauwau*. Longue marche jusqu'à wetu de *pauwau*. Sachem doit monter et descendre montagne, beaucoup de pierres. Quand il arrive enfin, *pauwau* dit : "Oui, hiver sera froid." Alors sachem retourne voir les autres et dit : "Vite, il faut ramasser beaucoup de bois."»

Philip tire à nouveau sur sa pipe ; de la fumée blanche s'enroule aux commissures de ses lèvres.

Mary se demande pourquoi il lui raconte cette histoire, et si elle est vraie. Les deux guerriers observent Philip avec un petit sourire aux lèvres.

« Dix jours passent, poursuit-il. Et sachem pense encore à l'hiver et retourne chez *pauwau*. Il demande : "Ce sera hiver très froid ?" et *pauwau* dit : "Oui, ce sera hiver très froid." Alors sachem retourne voir ses gens et leur dit : "Vite, il faut ramasser tous les morceaux de bois de la forêt." Dix jours passent encore et sachem retourne voir *pauwau*. Il est fatigué par longue marche. "Tu es sûr qu'hiver sera très froid ?" il demande à *pauwau*. *Pauwau* dit : "Oui, je suis sûr qu'hiver sera très froid." Sachem demande : "Esprits des ancêtres l'ont dit à toi ?" *Pauwau* dit : "Pas esprits des ancêtres."» Philip marque une pause, les yeux brillants. « "Je suis sûr parce que je vois Mohawks rassembler beaucoup de bois !" »

Il sourit et les guerriers rient de bon cœur, tout comme son serviteur. Puis Philip tire sur le calumet, libère la fumée et éclate d'un rire tonitruant. Il vient à l'esprit de Mary que son récit doit être une histoire drôle et, bien qu'elle peine à y voir quoi que ce soit d'amusant, se force à sourire.

Philip se repositionne sur le banc en se penchant vers elle. Apparemment, sa plaisanterie n'était qu'une formalité puisque son expression amusée disparaît soudain et qu'il commence à l'interroger. Il lui demande si son mari est riche, et lorsqu'elle répond que non, qu'il n'est qu'un pauvre pasteur travaillant au service du Seigneur, il rit de nouveau. Il dit quelque chose à son serviteur qu'elle ne parvient pas à comprendre. Puis il se penche vers elle. « J'ai un plan, dit-il. Pour vous. »

Un frisson d'inquiétude remonte le long de son échine. « Quel plan ? » s'enquiert-elle, mais il ne répond pas. Au lieu de quoi, il lui explique que, tant qu'elle continue de se comporter comme une bonne captive, elle restera en vie.

Elle incline la tête dans ce qu'elle espère être une marque de déférence adaptée à la situation. « Je suis bien traitée par mon maître », dit-elle en songeant à la gentillesse dont Quinnapin a fait preuve à son égard alors qu'elle sanglotait sur la plage.

Le sourire de Philip s'efface. « Weetamoo est ma sœur. » Il se tapote la poitrine. « Vous honorez Weetamoo. »

Elle courbe à nouveau la tête.

« Vous ne fuyez pas, ajoute-t-il. Vous vivez. Peut-être nous vous vendons aux Anglais. »

Elle éprouve soudain une vive confusion. « Vous avez l'intention de me libérer ? »

Il ne répond pas, mais penche la tête sur le côté et demande : « Vous cousez vêtements ? »

Mary glisse sa main dans sa poche et referme ses doigts sur les ciseaux de sa mère.

« Oui, répond-elle.

— Vous cousez chemise pour mon *papoose* ? J'aime vêtements anglais. »

Là-dessus, il tire sur la manche de sa chemise.

« Oui », dit-elle en souriant. Une vague de soulagement la submerge. « Je serais ravie de confectionner une chemise pour votre bébé. »

Il lui rend son sourire avant de la congédier d'une pichenette. Devant la sortie, son serviteur place un carré plié de mousseline entre ses mains, assez pour confectionner une chemise d'enfant. Puis le guerrier l'escorte jusqu'au wetu de Weetamoo, où elle reçoit immédiatement l'ordre de dépouiller un lapin fraîchement tué et d'en nettoyer la peau. Elle s'exécute avec une grande diligence. Son avenir lui paraît un peu plus serein qu'une heure plus tôt, car Philip sait à présent qui elle est. Qu'il décide ou non de la revendre aux Anglais, il lui a donné la possibilité de tirer profit de son savoir-faire avec du fil et une aiguille.

Elle sait que Joseph lui dirait que cette nouvelle opportunité est le signe de la grâce divine, mais Mary a si peu senti le soutien de Dieu depuis sa capture qu'elle en est venue à croire, comme Ann Joslin, qu'Il est absent des terres sauvages.

Ils séjournent dans le camp de Philip pendant près de deux semaines. Lorsque Weetamoo ne trouve aucune corvée à lui confier, Mary s'assoit et coud, ce qui lui laisse de longues heures pour s'adonner à la contemplation. En observant les Indiens aller et venir, elle remarque que certains troquent des objets contre de la nourriture – des petits paniers, des ceintures, des carrés de tissu, des fourrures de renard, des colliers d'os et de plumes. Elle songe à Joss et à Mary, pour lesquels elle se ronge les sangs, craignant qu'ils n'aient été ensorcelés par les Indiens. Lorsqu'elle ne pense pas à eux, elle pleure Sarah. Elle se souvient de son petit corps fiévreux et blessé, un terrible fardeau dans ses bras épuisés, qui l'avait pourtant maintenue en vie. Elle songe aussi à Joseph, se demandant ce qu'il peut être en train de faire en ce moment. Fait-il la cour à une autre femme ? Est-il déjà marié comme le dit la rumeur ? Elle commence à accepter le fait qu'il ne viendra pas la secourir, et l'affection qu'elle ressent pour lui se dessèche peu à peu.

Parfois, elle pense à Bess Parker. Elle se demande ce qui est arrivé à son pauvre enfant. A-t-il été maltraité par son maître ? A-t-il été vendu, non pas une, mais de nombreuses fois ? Comment se porte-t-il, sans sa mère pour prendre soin de lui ? Et comment Bess se porte-t-elle sans son fils ? Elle pense à l'amour et à tout ce qu'on lui a enseigné à son sujet – que c'est un sentiment qui appartient en premier lieu à Dieu, que l'amour mortel n'est qu'une piètre imitation de l'amour divin. Qu'une trop grande affection envers ses enfants et son mari est un péché et un danger car elle risque de diminuer son amour pour le Seigneur. Pourtant, il lui semble aujourd'hui que l'amour est un mystère qui revêt ses propres formes. L'amour va où bon lui semble, et toute tentative de le rediriger ne fait que le corrompre.

Peu d'Indiens lui adressent la parole en anglais, hormis James et Alawa. Weetamoo comprend manifestement Mary, et lui a montré qu'elle était capable de parler anglais. Pourtant, elle ne le fait que rarement, comme si elle ne voulait pas s'abaisser à parler sa langue. Mary sait qu'elle doit apprendre à comprendre l'idiome des Indiens, mais la tâche est difficile, et elle apprend les mots petit à petit, les glanant çà et là tels des morceaux de nourriture ou des miettes de pain.

Elle demande à James de l'aider. Lorsque Weetamoo n'a aucune corvée à lui confier, il lui apprend des mots utiles et lui explique la complexité de la langue indienne, qui réside notamment dans les différentes variétés parlées dans le camp. « Chaque tribu a sa propre langue. Elles sont liées comme une immense toile d'araignée. Pourtant, chacune est différente. »

Elle réfléchit à ce qu'il vient de dire. Cela expliquerait pourquoi certains Indiens semblent faire preuve de méfiance envers d'autres. Pourquoi ils ne paraissent pas toujours se comprendre parfaitement. Pourquoi ils se rassemblent en petits groupes qui se jettent des regards en coin. Peut-être cela explique-t-il aussi pourquoi elle a tant de difficultés à assimiler de nouveaux mots.

« Nos langues ne sont pas comme la langue anglaise, dit-il. Les mots anglais sont comme de petites perles sur une ficelle. Les nôtres sont comme des relations – certaines sont très longues et élaborées car c'est la nature de certaines associations. » Il sourit et la surprend en tendant la main vers elle et en refermant ses doigts sur son poignet. Un frisson parcourt sa peau. « Un bijou qui encercle le poignet d'une femme est, en anglais, un *bracelet*, mais un Nipmuc le voit comme une connexion. Ainsi, nous l'appelons *petehennitchab*, ce qui signifie "là où la main reste glissée". Vous voyez, le mot explique ce que fait la main. Nous savons que les choses n'ont aucun sens si elles sont séparées de leur but. »

Elle sent son visage rougir lentement sous son regard. Ses doigts encerclent toujours son poignet tandis qu'elle tente de réfléchir à ce qu'il vient de dire. C'est une idée tellement curieuse, et son esprit est tellement brumeux et chaud, que ses paroles restent pour l'heure un mystère.

Lorsqu'il retire finalement sa main, elle se sent étrangement démunie.

Quand Mary présente à Philip la chemise qu'elle a confectionnée pour son papoose, il lui remet en échange un shilling. C'est le premier signe que la fortune a tourné en sa faveur. Quelques jours plus tard, Philip lui commande un bonnet pour son garçon, et, bientôt, d'autres Indiens lui apportent du tissu et de la nourriture et lui demandent de leur confectionner des vêtements. Rapidement, son activité devient un véritable commerce. Pour la première fois depuis sa capture, Mary a assez de nourriture pour satisfaire ses besoins.

Un matin, un grand tumulte règne dans le camp. Au début, Mary pense qu'ils se préparent à repartir sur la route, mais après qu'elle a balayé le wetu et empilé les peaux de couchage sur les plateformes, Weetamoo la congédie. Mary traverse le camp en quête d'un lieu tranquille où coudre. Les femmes, d'ordinaire occupées à tresser des nattes ou racler des peaux, sont réunies en petits groupes, absorbées dans des discussions animées. Le soir, ils jouent du tambour et dansent autour d'un grand feu au centre du camp. Intriguée par la cérémonie, Mary s'assoit sous un grand surplomb rocheux et regarde les guerriers danser. Quinnapin, le visage peint de volutes rouges et noires, sa chemise en lin dénouée révélant sa poitrine, danse jusqu'à l'aube.

Lorsque le soleil se lève sur les collines basses à l'est, Mary apprend que les guerriers sont partis au combat. Il lui paraît étrange et même idiot de danser toute la nuit jusqu'à l'épuisement juste avant une bataille. Aussi n'est-elle guère surprise lorsque, le lendemain, les hommes reviennent au compte-gouttes dans le camp, le regard prudent et épuisé. Quelques-uns tirent des moutons et des chevaux capturés. Alawa explique à Mary qu'ils ont attaqué la ville de Northampton, où les Anglais leur avaient tendu un piège derrière la palissade. De nombreux Indiens ont été tués et plus encore blessés. Le sachem narragansett, Canonchet, a été capturé et décapité par des Mohegans alliés aux Anglais.

Ce soir-là, les guerriers se noircissent le corps et forment un cercle autour du feu. Lorsque la lune se lève, ils entament une danse lente et lugubre. La lumière vacille sur leurs têtes courbées et leurs épaules noircies, glissant sur les plaques brillantes de peau mouillée où la peinture a coulé. Mary se sent prise dans le filet de leur chagrin. Elle pense à Sarah qui gît seule dans la terre froide, à Elizabeth étendue morte dans la neige, et sent les larmes lui monter aux yeux.

Elle est sur le point de regagner le wetu lorsque Weetamoo pénètre dans le cercle des danseurs. Elle porte un manteau de tissu grossier entièrement couvert de ceintures de wampums. Des coudes aux mains, ses bras sont gainés de bracelets en métal et en peau, et elle arbore autour du cou des rangs de coquillages, de bois et de gemmes. Des pierres brillantes pendent à ses oreilles, qui captent la lumière et la renvoient en scintillant. Elle porte des chaussures blanches et de fins bas rouges. Son visage est peint de rouge et elle a saupoudré ses cheveux de poudre écarlate. Lentement, elle commence à danser.

D'autres femmes émergent des ombres pour se joindre à elle, formant un second cercle autour des hommes. Les deux cercles se meuvent dans des directions opposées, comme deux grandes roues. Le regard de Mary est captivé par Weetamoo, qui, bien qu'elle danse dans le cercle des femmes, semble malgré tout au centre de toute cette cérémonie. Mary ne peut ni expliquer ni comprendre ce miracle.

Les femmes se mettent à gémir, doucement au début, puis de plus en plus fort, rejetant la tête en arrière et criant vers le ciel. « *Naananto, Canonchet* », scandent-elles inlassablement. Mary pourrait presque se joindre à elles. Elle meurt d'envie de crier le nom de sa fille et de sa sœur dans la nuit aveugle. Elle veut sentir le feu danser sur sa peau. Elle rêve de se fondre dans le double cercle de deuil. Pourtant, elle ne bouge pas. Ses os sont comme enchaînés à la roche sous ses pieds, son cœur enfermé dans une boîte en fer.

Puis elle voit James, qui ne porte qu'un pagne et des jambières. Ses cheveux sont tressés et ornés de trois plumes noires au sommet de son crâne. Sa peau brille à la lumière des flammes. Un collier de coquillages se balance contre sa poitrine. Il lève haut les genoux en dansant et en tournoyant, et ses pieds martèlent le sol au rythme du tambour.

Elle est incapable de détourner le regard, comme ensorcelée. Son cœur commence à battre en cadence avec la musique. Elle sent le chagrin des danseurs pénétrer ses os et dissoudre sa propre peine, leur âme sauvage s'insinuer dans son cœur tandis que ses pieds se mettent à battre la terre.

14

Les Indiens pleurent leurs morts trois nuits durant, noircissant leur visage, dansant et criant le nom du défunt sachem. Quinnapin semble particulièrement dévasté par la nouvelle. Alawa explique à Mary que Canonchet était son cousin, et bien qu'elle sache qu'elle devrait se réjouir de la victoire anglaise, Mary ne peut s'empêcher de compatir à sa souffrance.

Les chevaux capturés lors de la désastreuse attaque sont attachés près du wetu de Weetamoo. Mary les entend piétiner et souffler dans la nuit. Quelques jours après la cérémonie, deux guerriers entrent dans le wetu et Mary est surprise de découvrir qu'elle parvient à comprendre ce dont ils s'entretiennent avec Weetamoo. Ils lui demandent l'autorisation d'emporter les chevaux à l'ouest, dans les collines menant à Albany, afin de les échanger contre de la poudre à canon, mais elle les congédie d'un geste de la main.

Mary sort. Les chevaux – un grand hongre alezan et deux juments grises – hennissent doucement lorsqu'elle s'approche. Elle est surprise que les Indiens ne les aient pas encore tués pour leur viande. Elle frotte le flanc d'une des juments, regrettant de ne pas avoir d'herbe à lui offrir. L'animal lui rappelle le cheval que son père avait acheté lorsqu'elle était toute petite – une jument si douce que Mary pouvait sans risque la chevaucher seule. Elle pense aux guerriers qui veulent se rendre à Albany et se demande s'ils trouveront un moyen de le faire sans la permission de Weetamoo.

Un plan se fait jour dans son esprit, et elle part à la recherche de James. La nuit est presque tombée lorsqu'elle le trouve sur un promontoire dominant la rivière. Le vent chante dans la cime des pins tandis que la lune se lève au-dessus des collines basses de l'autre côté de la rivière, dont la surface brille de reflets argentés. Elle s'approche de lui dans ce qu'elle pense être un silence parfait, ayant appris à poser ses pieds chaussés de mocassins de manière à ce qu'ils ne produisent aucun son. Pourtant, bien avant qu'elle l'atteigne, James se retourne, l'ayant manifestement entendue.

Il sourit et tend la main vers elle. Son regard direct exprime sans honte sa joie de la voir. Elle sent un frisson électrique à la base de sa colonne vertébrale.

« Je ne vous ai pas vue depuis longtemps. Je me demandais si vous étiez partie.

— Partie ? »

Elle ne lui tend pas sa main. « Et où irais-je donc ? »

Il hausse les épaules. « Vous auriez pu être vendue et envoyée dans un autre camp. Ou vous auriez pu vous enfuir pour tenter de rentrer chez vous. »

Elle rit. « Je ne suis pas aussi stupide. Je me suis rendue utile, comme vous me l'avez suggéré. Je confectionne des chemises. » Elle se rapproche de lui.

« C'est ce que j'ai entendu dire. Vous devenez une vraie Indienne. »

Ce n'est pas la première fois qu'il porte contre elle cette accusation, qui, d'ordinaire, l'irrite beaucoup.

Mais cette fois, elle est surprise de ressentir une certaine satisfaction. Ce qui l'amène à se demander si elle n'a pas, depuis le début, essayé de devenir plus indienne. Une pensée déroutante, qu'elle s'empresse de chasser dans un coin de son esprit.

« J'ai une faveur à vous demander.

— Une faveur ? »

Une onde de chaleur remonte lentement jusqu'à son cou. « Ne sommes-nous pas amis ? demande-t-elle prudemment. Et tous deux chrétiens ? » Elle joint les mains devant sa taille en signe d'humilité. « Vous savez que les chrétiens sont censés s'entraider dans les moments difficiles. »

Il grommelle doucement.

« Quel genre d'entraide ?

— J'ai entendu dire que certains guerriers de Weetamoo prévoient une expédition à l'ouest, dans la ville d'Albany.

— Qui vous a dit cela ? »

Elle secoue la tête, ignorant sa question.

« J'aimerais conclure un accord avec vous. Je veux que vous m'emmeniez à Albany et me vendiez aux Anglais. Je vous donnerai la moitié de mon prix.

— À Albany ? »

Son visage est partiellement dans l'ombre, de sorte qu'elle ne peut lire son expression, mais son rire est parfaitement clair. « Seule une Indienne aurait l'audace de négocier son propre échange avec autant de ruse. »

Les joues de Mary s'empourprent.

« Je veux simplement retrouver ma liberté.

— Comment cela, ne jouissez-vous d'aucune liberté, ici ? »

Il y a une nuance inhabituellement dure dans sa voix. « Réfléchissez. Lorsque vous viviez parmi les Anglais, aviez-vous le droit de vous balader à votre guise dans le village ? Aviez-vous assez de temps libre pour bâtir votre propre commerce ? N'étiez-vous pas constamment sous surveillance ? Ne travailliez-vous pas pour votre mari du lever au coucher ? »

Elle ne peut lui répondre, car il exprime précisément les pensées qui, depuis des semaines, se bousculent dans son esprit. « Je vous ai proposé un marché », dit-elle. Les mots sont comme des pierres froides dans sa bouche. « Vous n'y avez pas encore répondu. »

Il détourne le regard vers la lune qui se lève. « Je veux plus, dit-il au bout d'un moment. La moitié n'est pas assez. »

Sa réponse la laisse abasourdie.

« Je vous croyais mon ami.

— Ami ou non, il est peu probable que vous atteigniez un bon prix. Vous devez bien le savoir. »

Il fait un pas dans sa direction. « Vous avez vécu avec les Indiens, dit-il doucement. Vous aurez beau clamer vos vertus, les Anglais n'y croiront jamais. »

Ses paroles sont si cruelles qu'elle reste sans voix, mais elle ne peut nier qu'il a raison.

« Abandonnez vos rêves de rentrer chez vous, dit-il. C'est ici, chez vous, désormais. Votre destin est lié au nôtre. »

Elle lève les épaules, les raidissant comme pour se protéger d'un coup à la nuque. « Donc, vous ne m'aiderez pas ? »

Elle sent son regard l'absorber, bien que ni l'un ni l'autre n'aient bougé. « C'est ce que j'essaie de faire, dit-il. J'essaie de vous convaincre de vous abandonner à votre nouvelle situation. L'acceptation peut être source d'un grand bonheur. » Il observe un silence. « Et il n'est pas aisé d'échapper à l'emprise de Weetamoo. »

Un frisson remonte son échine, comme si James venait de glisser une poignée de neige dans sa robe. Elle tourne les talons et s'éloigne à grands pas, gravissant la colline jusqu'aux wetus.

Le plan de Mary est réduit à néant lorsqu'ils lèvent le camp quelques jours plus tard, traversent la rivière et marchent vers le nord.

Dès qu'ils s'octroient une pause, Mary sort ses travaux de couture. Jusqu'alors, elle s'était toujours considérée comme une piètre couturière, mais son travail plaît aux Indiens. Un vieil homme lui donne un couteau en échange d'une chemise. Une femme lui offre un petit sac de maïs moulu contre des bas. Elle se souvient de ce que Joseph disait si souvent : la main de Dieu se cache derrière chaque opportunité. Son mari lui manque parfois, ainsi que sa vaste connaissance de la Bible et des voies du Seigneur. Depuis qu'ils sont mariés, elle s'est réfugiée en lui, comme il incombe à toute bonne épouse puritaine, bien qu'il ne lui ait pas toujours été facile de tenir sa langue et de soumettre sa nature à l'autorité de son mari. Au fond d'elle-même, elle a toujours aspiré à voler de ses propres ailes, à exprimer ses propres idées et non les siennes. Peut-être que finalement, comme Joseph lui-même l'a un jour suggéré, ses cheveux flamboyants reflètent un tempérament fougueux et insoumis. Pourtant, elle s'est toujours efforcée de se discipliner et d'agir convenablement, afin de ne pas jeter l'opprobre sur sa famille. Afin de ne pas attirer le courroux divin sur toute la communauté.

Mais penser à Joseph ne fait pas naître en elle la nostalgie ou le manque qu'il siérait à une femme dans sa situation de ressentir. Elle a cessé d'implorer chaque jour le Seigneur de la ramener en sécurité sous la protection de son mari. Les quelques prières qu'elle parvient encore à murmurer sont toutes destinées au bien-être et à la sécurité de ses enfants encore en vie. Elle ne sait pas si Joseph lui est resté fidèle. Elle ne sait même pas s'il est toujours vivant. Si oui, est-il en train de reconstruire leur maison à Lancaster ? Est-il en train de labourer le champ ouest ? Une pierre lourde pèse dans son estomac, comme si un enfant y était mort et attendait la triste délivrance du ventre devenu sa crypte.

Les enfants commencent à mourir. Les plus jeunes en premier. Même le propre bébé de Weetamoo se consume. Mary se ronge les sangs pour Joss et Marie. Trouvent-ils assez de nourriture pour survivre ? Souffrent-ils de la fièvre ou de la dysenterie ? Elle supplie le Seigneur de leur donner de la force, de les garder en bonne santé. Elle lit les psaumes en secret, en quête de réconfort, mais il n'y a aucun réconfort possible. La mort marche à travers le camp avec l'autorité d'un sachem, emportant un enfant ici, un autre là, selon son humeur.

Chaque jour, les mélopées des femmes s'élèvent dans le camp. C'est un son terrible, semblable au hurlement des loups. Il fait naître la même terreur dans la gorge de Mary. Son ouïe s'est affûtée depuis qu'elle vit dans les terres sauvages. Elle est de plus en plus consciente des petits bruits et des sons distants. Les ondes de chagrin dans les voix des femmes lui rappellent la violence de son propre chagrin à la mort de Sarah, une blessure aujourd'hui presque aussi vive qu'au moment de sa mort, bien que deux mois se soient écoulés depuis cette funeste journée.

Ils se déplacent de plus en plus souvent. Parfois, ils marchent pendant des heures avant de s'arrêter pour établir leur camp, et repartent sur la route dès le lendemain matin. Parfois, ils construisent des wetus et restent plusieurs jours. Mary ne sait pas pourquoi ils se déplacent de la sorte, ni qui prend les décisions. Il ne semble y avoir aucune logique dans leurs mouvements ou la durée de leur présence en un même lieu.

Mary s'écorche les doigts et les paumes à force d'enrouler les nattes, un travail long et pénible. Elle roule et roule, déposant des gouttes de sang sur les roseaux. Pourtant, cette douleur n'est rien comparée à celle qui lui vrille l'estomac au point de lui faire presque perdre connaissance. Malgré son petit commerce, elle meurt de faim. Ils meurent tous de faim.

Petit à petit, les jours rallongent et le soleil se fait moins distant. La terre commence à dégeler. Des mésanges tournoient dans l'air devant elle. Un jour, tandis qu'ils longent une rivière, Mary entend le roucoulement vrombissant des merles. Puis elle perçoit, en provenance d'un petit arbre, le cri familier d'un moineau. Malgré ses tiraillements d'estomac, le son lui réchauffe le cœur et elle se sent soudain submergée par l'éclat du soleil et la beauté du chant de l'oiseau. Une grande paix s'installe en elle.

Jusqu'à présent, elle n'avait jamais observé que le désordre et la malveillance dans les terres sauvages. Comme sa mère et son père avant elle, elle a toujours cru que c'était un lieu abritant le mal et le danger. Pour la première fois, elle se sent captivée par sa beauté. Elle perçoit quelque chose de mystérieux et de saint tapi derrière le chaos apparent de la forêt.

Mary commence à nourrir des pensées particulières, troublantes. Elle se demande s'il ne s'agit pas d'une crise de délire déclenchée par la marche constante. Si Joseph était là, il lui dirait probablement que Dieu met sa foi à l'épreuve. Auquel cas, elle sait qu'elle a déjà échoué. James a raison – elle s'est habituée aux coutumes indiennes. Bien que ce soit une vie difficile, dépourvue du confort de la civilisation, elle voit une grande beauté dans l'âme sauvage des Indiens, une liberté dans leur mode de vie qui lui permet de suivre sa propre trajectoire. Elle s'est découvert un esprit d'initiative qui la surprend chaque jour. En échangeant ses travaux de couture contre de la nourriture et un abri, elle s'est forgé une petite place dans leur société, où sa valeur et son utilité sont reconnues.

Elle commence à concevoir un plan qui lui permettrait de racheter ses enfants. Elle imagine Joss et Marie vivant avec elle dans un wetu qu'elle aurait elle-même bâti. Bien nourris et reposés, ils vaqueraient tranquillement à leurs occupations au milieu d'une grappe de wetus. Se mêleraient aux Indiens dansant autour du feu. Elle se voit assise en compagnie de Marie, leurs têtes penchées l'une contre l'autre tandis qu'elles tresseraient des paniers. Elle révélerait alors à Marie toutes ces choses secrètes que les mères doivent transmettre à leurs filles : que le sang signifie à la fois la vie et la mort, que les hommes peuvent se montrer fourbes, que le pouvoir d'une femme réside dans sa contenance.

Les journées passées sur la route sont atrocement difficiles. Le lourd panier de Mary lui écorche le dos. Les sangles lui cisaillent le front, traçant sur sa peau des entailles parfois si profondes que le sang ruisselle sur son visage. Elle craint qu'elles ne laissent des cicatrices qui la défigureront à jamais. Mais tout ce qu'elle peut faire, c'est y appliquer des cataplasmes de boue à la fin de chaque journée.

Un matin, lorsque Weetamoo désigne le panier, quelque malice s'empare de Mary, qui refuse de le porter.

« C'est trop lourd, dit-elle en pressant ses mains sur son front et ses épaules pour lui faire comprendre qu'elle ne peut plus supporter un tel poids.

— *Maninnapish !* Silence ! »

La voix de Weetamoo est aussi cinglante que la gifle qui suit. Mary, n'ayant pas vu le coup venir, pousse un cri et recule en titubant, la main plaquée sur sa joue.

« Va ! » tonne Weetamoo en tendant le doigt d'un geste digne d'une reine. Mary se baisse pour parer un autre coup et soulève le panier, attachant docilement les sangles autour de son front. Sa colère infuse en elle une énergie nouvelle. Elle marche sur le chemin avec détermination, comme si elle avait une destination autre que le prochain camp. La matinée touche à sa fin lorsqu'elle prend conscience qu'ils voyagent vers l'est. Vers Lancaster.

La servitude rend le cœur fielleux, le terrain de jeu favori du diable. Mary se souvient du commandement biblique selon lequel l'esclave doit obéir à son maître avec enthousiasme, mais elle est incapable de s'y soumettre, de convoquer la résignation chrétienne qui lui permettrait d'accepter son sort. Elle n'est que résistance, énervement contre son devoir. Son cœur est un chaudron. Elle se demande si c'était ce que ressentait Bess Parker lorsqu'elle était inféodée. Ce que le fils esclave de Bess ressent aujourd'hui, où qu'il soit.

Elle ne comprend pas comment on peut attendre d'un esclave qu'il fasse preuve d'enthousiasme.

Malgré son cœur plein de défi, elle accomplit toutes les corvées que Weetamoo lui confie, s'efforce de satisfaire le moindre de ses désirs. Car le travail physique offre sa propre consolation. Lorsqu'ils installent le camp, Mary se jette tout entière dans les tâches qui lui incombent : reconstruire le wetu, s'occuper du feu, aller chercher de l'eau et du bois. Quand Weetamoo n'a besoin de rien – et les heures d'oisiveté sont longues et nombreuses –, elle sort ses aiguilles. Il n'y a jamais eu servante plus travailleuse dans un foyer anglais.

Malheureusement, ses violentes crampes d'estomac la tourmentent tellement qu'elle ne parvient à tricoter que quelques rangées avant que la douleur ne la pousse à se lever. Elle marche inlassablement d'un bout à l'autre du camp, puis entre les arbres. Son regard balaie frénétiquement le sol en quête de nourriture, et lorsqu'elle aperçoit une châtaigne pourrie, elle bondit dessus et l'arrache au sol comme s'il s'agissait de sa véritable rédemption.

Un jour, elle trouve trois châtaignes et sept glands. Elle mange les châtaignes et un des glands, malgré l'amertume du fruit, et glisse les autres dans sa poche. Sur le chemin du retour, elle ramasse quelques brindilles pour nourrir le feu, car le courant glacial dans l'air lui dit que la nuit sera froide.

Lorsqu'elle repousse la porte en peau de daim, elle est surprise de découvrir le wetu rempli de monde. Il y a la sœur de Weetamoo avec ses enfants et plusieurs femmes que Mary ne connaît que de vue. De nombreuses autres sont présentes qu'elle voit pour la première fois. Elles sont accoudées les unes contre les autres sur les peaux, les jambes étendues vers le feu ou repliées sous elles. Un jeune homme joue de la flûte tandis qu'un peu plus loin une petite fille berce une poupée en bois.

Elle voit James assis près du feu. Un guerrier aboie des paroles que Mary ne comprend pas, et elle se faufile à l'intérieur, laissant la peau retomber derrière elle. La fumée lui écorche la gorge. Immobile, elle cherche des yeux un endroit où s'asseoir, mais il ne reste pas le moindre centimètre de libre. Tout le monde semble occupé à bavarder. Deux guerriers plongent leur bol dans la marmite de bouillon, que Mary sait à peine plus nourrissant que de l'eau chaude. Elle sent le vertige la gagner, et, pour s'empêcher de tomber, s'agrippe à une des nattes suspendues. Son malaise est bien plus puissant que le léger étourdissement dû à la faim qui la traque depuis des semaines. Peut-être est-ce le gland qu'elle a mangé. Ou la fumée des calumets qui lui râpe à présent douloureusement la langue. Sans lâcher les brindilles, elle se laisse tomber à genoux.

Un homme crie dans sa direction. Son cerveau tourbillonne comme de l'eau dans un étang troublé. Quelqu'un lui pousse l'épaule. Elle lève la tête.

« *Mauncheake !* dit l'homme. *Quog quosh !* » Il fait mine de couper quelque chose avec la main.

« Je suis malade, souffle Mary, puis elle se surprend elle-même en prononçant le mot indien signifiant *très faible. Sawawampeage.* »

Un brouhaha de mots indiens s'élève autour d'elle. Une femme glisse une main sous son bras et aide Mary à se lever. « *Netop*, dit-elle. Vous devez partir. » Ses mots anglais sont teintés d'inflexions rugueuses, sauvages.

Weetamoo, dont le bébé gémit contre son sein, parle depuis l'autre côté du feu et, l'espace d'un instant, Mary pense que sa maîtresse va prendre sa défense. « *Weetompaog*, fait-elle en désignant les gens autour d'elle. Mes amis. » Mais au lieu de sourire, elle la foudroie du regard.

« Je ne comprends pas », dit Mary.

C'est James qui répond. « Elle veut que vous sachiez que nous sommes nombreux ici ce soir. Il n'y a pas de place pour vous. »

Il faut un moment à ses paroles pour pénétrer le cerveau embué de fumée de Mary. « Mais où suis-je censée aller ? » Son ton est désespéré, mais aucune réponse ne lui parvient. Elle prend subitement conscience que tous ont cessé de parler. Sa question et le ton de sa voix ont touché la mauvaise corde. Les Indiens ne voient pas d'un bon œil la faiblesse. Elle se met à trembler et ses épaules s'affaissent. La femme qui lui a parlé ouvre le rabat du wetu et commence à l'entraîner à l'extérieur.

« *Mauncheake !* » murmure-t-elle avec urgence. Mais les pieds de Mary refusent de bouger.

Et puis James apparaît devant elle. Comment a-t-il traversé aussi facilement le wetu ? Tant d'Indiens y sont entassés qu'il semble tout simplement impossible de poser le pied où que ce soit. Pourtant, il est là, tout près d'elle, les cheveux luisant de graisse d'ours, les yeux soulignés de bandes noires menaçantes.

« Partez, dit-il. Sortez d'ici avant que je vous transperce. » Il lève le bras et elle voit soudain, à cinq centimètres de son visage, la lame noire et brillante de son couteau.

Elle lève les yeux vers les siens, juste un instant, un regard rapide comme l'éclair, dans l'espoir d'y trouver ne serait-ce qu'une trace de compassion chrétienne. Mais elle ne voit que le regard d'un Indien.

« Maintenant ! » siffle-t-il.

Elle s'exécute. Courbant la tête, elle sort d'un pas chancelant dans l'obscurité.

15

Cette nuit-là, Mary dort dans un refuge qu'elle s'est elle-même construit, tel un lapin dans son terrier, hors de vue, à l'abri des dangers qui errent dans la nuit. Elle se réveille souvent à cause du froid et des crampes d'estomac qui la tourmentent toujours. Le matin, lorsqu'elle regagne le wetu de Weetamoo, elle est accueillie par un tumulte de chagrin. Les hommes ont disparu et Weetamoo est assise dans un cercle de femmes psalmodiant un chant funèbre. Elle a déchiré les manches de sa tunique et noirci son visage de suie. Son bébé, emmailloté dans une couverture, gît sans vie sur le sol devant elle.

Bien qu'elle soit loin de porter Weetamoo dans son cœur, Mary éprouve pour elle une certaine compassion. En regardant le cercle de femmes en pleurs, elle ne peut s'empêcher de penser à Sarah et à la petite Marie, et se rappelle avoir eu l'impression de mourir elle-même, que son cœur avait été vidé, raclé de sa substance jusqu'à n'être plus qu'une coquille vide. Son chagrin était si violent qu'elle en avait presque perdu la raison. Elle se souvient d'avoir voulu pleurer comme ces femmes après la mort de Marie, de la douleur physique qu'elle avait ressentie à force de contenir ses larmes. Son visage l'avait fait souffrir pendant des semaines.

Bien qu'elle sache qu'elle n'est la bienvenue ni pour Weetamoo ni pour sa famille, Mary ne peut se résoudre à partir, craignant que Weetamoo n'ait besoin d'elle pour quelque corvée. Aussi s'assoit-elle dans un coin pour attendre la fin de cette longue et lugubre journée, priant pour Joss et Marie, dont elle ne peut qu'espérer qu'ils sont toujours parmi les vivants.

Le lendemain matin, ils se remettent en marche. Sur le chemin, Alawa montre à Mary comment se coiffer de manière à repousser les insectes printaniers, puis lui explique comment se repérer à l'aide du soleil. Mary en conclut qu'ils se dirigent de nouveau vers le nord-est, vers Lancaster.

Elle voit des guerriers transporter ceux qui, de faiblesse ou de maladie, ne peuvent plus marcher. Certains ont serré des cordes autour de leur ventre. Lorsque Alawa lui explique que cela aide à soulager les crampes dues à la faim, Mary regrette de ne pas avoir sa propre corde. La plupart du temps, ils marchent en silence, la faim ayant même épuisé leur force de parler. Alors qu'ils s'accordent un bref repos au sommet d'une colline basse, Alawa demande à Mary où elle s'est rendue lorsque Weetamoo l'a chassée du wetu. Elle répond amèrement qu'elle s'est fabriqué un abri dans le sol glacé. Elle dit qu'elle considérait autrefois James comme un ami chrétien, mais qu'elle est désormais convaincue qu'il est de connivence avec le diable.

Alawa pose sur elle un regard étrange avant de détourner les yeux pour ajuster les sangles de son panier de transport.

« Femme idiote, dit-elle. Wowaus – James – te protège. Te sauve.

— Me sauver ? Il m'a forcée à sortir du wetu sous la menace de son couteau, dit Mary. Il a menacé de me tuer. »

Alawa fait signe que non. « Tu n'as pas entendu mots de Weetamoo ? Elle voulait prendre ta tête et mettre sur un piquet. »

Mary la regarde d'un air ébahi.

« Il n'a pas trahi toi, ajoute Alawa. Il est toujours ton ami. »

À midi, des murmures d'excitation se propagent le long de la file de marcheurs, et Mary parvient à déchiffrer qu'une rumeur circule selon laquelle Philip prévoit de négocier avec les Anglais. Sa tribu est en train de dépérir – beaucoup sont même déjà morts. Elle entend une femme se lamenter de ce que les grands-mères et les bébés sont toujours les premiers à mourir, comme si les esprits de la guerre voulaient les priver à la fois de leur sagesse et de leurs espoirs.

Ils accélèrent le pas et ne dressent le camp que pour une nuit avant de reprendre la route. Il se met à pleuvoir, et le sol sous leurs pieds se transforme bientôt en boue. Mary pense à toutes ces années pendant lesquelles elle a planté son potager à cette saison, au plaisir qu'elle prenait à sentir la terre glissante et froide entre ses doigts et ses orteils. Elle se demande si Joseph a commencé à planter leurs champs.

En marchant, elle tente de chasser de son esprit toute pensée liée à la nourriture, mais sa faim est si grande que ces pensées importunes reviennent sans cesse. Dans son ancienne vie, des premières heures du jour à la tombée de la nuit, elle travaillait au contact de la nourriture, à traire les vaches, ramasser les œufs des poules et des canards, baratter le beurre, enfoncer le lait caillé dans les moules à fromage, pétrir la pâte à pain, ensemencer et désherber son potager, émincer les oignons, faire bouillir la viande, trancher les navets, découper les saucisses pour la tarte. Son esprit fait naître des images de potages et de fromages, de soupes de poireaux, de tartes aux fruits, de ragoûts de porc et de pommes, de pain et de bols de bouillie de maïs croustillant. Sa bouche se remplit de salive et son estomac bouillonne tandis que ses yeux parcourent inlassablement le sol à la recherche de noix et de restes de nourriture que quelqu'un aurait laissé tomber. Mais elle ne trouve rien d'autre que des coquilles de glands.

Un soir, les guerriers tuent une biche, provoquant une grande excitation dans le camp. Tous se rassemblent pour les regarder ouvrir l'animal et le dépouiller de sa viande. Des cris de triomphe retentissent lorsqu'un guerrier extrait un bébé faon du ventre de la biche et le lève au-dessus de sa tête afin que tout le monde le voie. Ils partagent la viande et Mary en reçoit une petite bande de la taille de son doigt. Plus tard, Quinnapin la surprend en plaçant un gros morceau d'épaule de faon dans ses mains. Elle le remercie d'une petite révérence, geste diffi-cile à effectuer dans sa robe indienne. Lorsqu'il rit et demande aux autres de venir voir, elle se prête au jeu en exécutant une nouvelle révérence. Un groupe d'hommes et de femmes se rassemble autour d'elle ; une des femmes tente de l'imiter mais trébuche et tombe à genoux en riant. Mary fait une nouvelle démonstration, et Alawa s'y essaie à son tour. L'un après l'autre, ils l'imitent. Même Quinnapin se laisse prendre au jeu. Une impulsion espiègle la pousse à les imiter à son tour et, tout en riant, elle commence à se courber et trébucher. Les rires redoublent autour d'elle, et bientôt tout le monde se baisse et se redresse dans des parodies de révérences.

Après ce moment d'égarement, Mary se sent épuisée mais heureuse. Comme si une valve s'était ouverte et qu'un liquide sombre et épais s'écoulait de son corps, la laissant plus légère, plus alerte. Elle fait rôtir le morceau de faon sur une pierre chaude, sans le quitter des yeux afin que personne ne le lui vole. La viande est tendre ; même les os sont assez mous pour être mangés. Malgré tout, elle prend soin de ne pas l'engloutir trop vite, craignant que son estomac, qui n'a plus l'habitude de recevoir autant de nourriture d'un coup, ne se rebelle.

Weetamoo donne ensuite l'ordre de faire bouillir sur le feu une poche de sang de biche. Le craquement des flammes attire tout le monde autour du foyer. Lorsque le sang est bouilli, Alawa le retire du feu et le partage. La substance noire gélifiée rappelle à Mary le boudin noir que sa mère préparait souvent. Elle savoure lentement sa portion en observant les visages des Indiens autour d'elle, qui, dans la nuit, ressemblent à des fantômes.

Des nuages noirs affluent de l'ouest, masquant le soleil. Toute la nuit, une pluie froide et dure s'abat sur le camp. Weetamoo demande à Alawa et à Mary de dresser un wetu d'écorce et ils se reposent au sec, bien que beaucoup dorment allongés dans la boue, leur couverture sur leur visage. Le matin, Mary les voit marcher à travers le camp, mouillés et débraillés, même si ceux vêtus de peaux plutôt que de lin ont bénéficié d'une protection supplémentaire.

Le lendemain, ils entreprennent de faire bouillir de l'écorce avec les quelques noix qu'ils ont ramassées. Mary entend un vieil homme raconter une histoire glaçante d'enfants captifs tués, rôtis et mangés par les Indiens. Elle pense à ses pauvres enfants, Joss et Marie, et ce n'est qu'au prix d'un énorme effort qu'elle parvient à se convaincre que les paroles de cet Indien ne sont qu'un divertissement, que son but est simplement de tourmenter les captifs. Malgré tout, l'histoire lui donne la chair de poule.

Ils continuent leur périple. Chaque matin, ils soulèvent leurs fardeaux et marchent vers l'est. Chaque nuit, ils dressent le camp. Par une soirée particulièrement froide, Mary entend les gémissements d'un jeune Anglais, qui ne doit pas être beaucoup plus âgé que Joss, et qui gît à même la terre, vêtu uniquement d'une chemise et d'un gilet. Un bébé est étendu à côté de lui, nu dans le froid mordant. Il est manifestement en train de mourir. Ses yeux, son nez et sa bouche sont couverts d'une croûte de terre. Mary le soulève, essuie son visage de sa manche et essaie de le réchauffer contre son corps. Il gémit et frémit, et, l'espace d'une seconde, elle savoure la douce sensation de tenir un bébé dans ses bras. Puis une unique convulsion secoue l'enfant et son corps s'affaisse, immobile. Elle tente, en vain, de le ramener à la vie. Des nuages noirs s'amoncellent au-dessus des arbres à l'horizon et le vent se lève. Quelques flocons de neige virevoltent entre les branches. Elle repose le bébé au sol, regrettant de ne pas avoir un tissu à déposer sur son corps nu. Elle ne peut même pas arracher un morceau de son propre tablier, l'ayant récemment perdu.

Son attention se porte sur le garçon. Lorsqu'elle lui dit qu'il doit immédiatement se réchauffer près d'un feu, il lève les yeux et cligne des paupières pour tenter de fixer son regard sur elle. Il secoue la tête et, d'une voix étranglée, lui dit qu'il souffre de la dysenterie et ne peut se lever. Le ton de sa voix rappelle à Mary celui de Joss lorsqu'il feignait d'être malade. Elle trouve en elle la force d'insister. « Si tu ne m'écoutes pas, tu périras sur place. »

Il gémit et roule sur le sol. Agacée, elle se penche et place son épaule sous le bras du garçon pour l'aider à se relever. Ensemble, ils traversent tant bien que mal le camp à la recherche d'une bonne âme qui accepterait de le recevoir, mais tous les Indiens auxquels Mary s'adresse leur refusent l'entrée de leur wetu. Finalement, une vieille femme tend le doigt vers un wetu tout au bout du camp.

« Wowaus, dit-elle. Anglais. Là-bas. »

Le wetu de James. Bien sûr. Mary hésite en repensant à la manière dont celui qu'elle considérait comme son ami l'a chassée du wetu de Weetamoo, mais la souffrance du garçon lui remet immédiatement les idées en place. Rassemblant ses maigres forces, elle reprend son chemin, tout en se demandant si James va de nouveau la menacer de son couteau.

La nuit commence à envelopper le camp tandis que la neige tombe de plus en plus abondamment ; le vent hurle à travers les arbres, charriant sur les deux marcheurs des bourrasques de neige si cinglantes que Mary titube. Un instant plus tard, le garçon trébuche et l'entraîne dans sa chute. Mary le relève avec effort, consciente qu'ils risquent de geler sur place s'ils cessent de bouger.

Ils tremblent tous les deux de froid lorsqu'ils atteignent le wetu. Mary soulève le rabat en peau et pousse le garçon à l'intérieur. Il s'effondre sur le sol en terre alors que James s'extirpe de ses couvertures et se lève en se saisissant d'un gourdin. En le voyant vêtu d'un simple pagne, Mary détourne le regard.

« S'il vous plaît, souffle-t-elle en tombant à genoux. Je vous en supplie, en tant que chrétien, laissez ce garçon se reposer près de votre feu. »

James ne répond pas, mais attrape une couverture au sol et s'y enroule.

Le garçon tente de se lever, en vain. Son corps est assailli de violents tremblements ; ses jambes et ses pieds nus sont bleuis par le froid. « Il souffre de la dysenterie, ajoute Mary en se hissant péniblement sur ses jambes fatiguées et engourdies. Il a été chassé de son wetu. »

James fronce les sourcils.

« Alors pourquoi me demandez-vous de l'accueillir ? Son ravisseur va le chercher et il sera furieux s'il le trouve avec moi.

— S'il vous plaît, dit-elle. Il mourra sans votre aide.

— Qui est-il pour vous ? »

La question la prend par surprise. Elle n'a pas réfléchi à l'identité ou à la situation du garçon, simplement à son état de santé. « Il n'est rien pour moi, si ce n'est un être humain qui souffre, répond-elle. S'il vous plaît. Ne vous inspire-t-il pas la moindre compassion, bien que vous n'en ressentiez aucune pour moi ? »

Il la contemple longuement, de ce regard pénétrant qui l'a si souvent perturbée, avant de porter son attention sur le garçon. Il place une épaisse natte de peaux près du feu et, ensemble, ils transportent le malade dessus. James le recouvre – tendrement, remarque

Mary – d'une lourde peau d'ours. Elle s'écarte lorsque James tend au garçon un bol de fin bouillon. En voyant qu'il est incapable de manger tout seul, James se tourne vers elle.

« Vous êtes sa protectrice, dit-il en fourrant le bol et une cuillère grossièrement taillée dans ses mains. C'est à vous de le nourrir. »

Ainsi, Mary s'agenouille près du garçon, dont elle ignore toujours le nom, et le nourrit patiemment jusqu'à ce qu'il s'endorme sous ses soins. Puis elle pose le bol et se laisse aller en arrière sur ses talons. Un vertige la saisit et elle enfouit sa tête entre ses mains.

« Vous êtes épuisée, dit James. Vous devez dormir. » Elle lève les yeux et le voit qui l'observe, assis sur une natte.

Il désigne les fourrures empilées sur la plateforme. « La tempête durera toute la nuit. Il fait chaud ici, et vous serez en sécurité. »

Son cœur se met à battre trop vite. Elle sait qu'elle ne devrait pas rester ici une seconde de plus. Pourtant, elle ne peut se résoudre à partir.

Le vent strident s'abat en bourrasques sur les parois du wetu, faisant trembler le rabat de la porte. « Restez », dit James d'une voix ferme. Il se lève, suspend une autre peau devant la porte et la fixe solidement afin qu'aucun courant d'air ne s'engouffre, puis il saisit deux autres peaux sur la plateforme et les lui tend en lui faisant signe de s'allonger. Trop épuisée pour refuser, elle roule sur le côté, tire les lourdes fourrures sur elle et laisse son corps se détendre dans leur chaleur. Elle entend la respiration douloureuse du garçon et sent James qui s'affaire en silence dans le wetu. Finalement, il s'allonge à quelques centimètres d'elle. Elle l'entend murmurer des mots indiens dans l'obscurité, qui lui évoquent, alors qu'elle sombre dans le sommeil, d'étranges prières venues d'une contrée lointaine.

16

Mary se réveille au milieu de la nuit. Étendue sur le dos, elle fixe l'ouverture dans le toit et se demande un instant où elle se trouve. Puis elle se souvient. Le vent s'est calmé, mais elle reconnaît le cliquetis rapide de la neige qui continue de tomber. Elle se redresse et se glisse hors des couvertures pour vérifier l'état du garçon. La faible lumière du feu danse sur son visage. Il est toujours inconscient, mais lorsqu'elle pose la main sur son front, elle remarque qu'il est plus froid qu'il ne l'était il y a quelques heures, ce qui signifie que la fièvre est tombée. Elle sort du wetu.

Les flocons virevoltent autour d'elle, s'accrochant aux lambeaux de sa cape et à ses cheveux. Avec un frisson, elle s'enfonce dans la forêt. Ses pieds chaussés de mocassins ne font aucun bruit. Elle s'accroupit derrière un rocher et se soulage.

En se relevant, elle aperçoit une silhouette se déplacer à travers les arbres à sa droite. Elle retient son souffle et reste immobile, ne faisant qu'un avec le rocher et les arbres alentour. Ils sont deux – des sentinelles chargées de surveiller le camp pendant la nuit. Ils parlent à voix basse. Elle ne comprend que quelques mots, mais ces mots l'inquiètent, car ils suggèrent que

Philip est sur le point de se rendre, et que les soldats anglais ne feront preuve d'aucune merci. Ils s'attendent à ce que tous les hommes du camp soient tués et les femmes violées.

Mary regagne rapidement le wetu. Elle tremble, mais ce n'est plus de froid. Elle se souvient de l'avertissement d'Elizabeth la nuit qui a précédé sa mort, aussi clairement que si sa sœur était de nouveau assise près d'elle : « *Avant de tuer les femmes, ils les déshonorent.* » Elizabeth parlait des Indiens. Mary se souvient du dégoût qu'elle avait alors ressenti, de la terreur que lui avait inspirée l'idée d'être capturée, de sa certitude qu'elle serait agressée et violée. Elle se souvient de la promesse qu'elle s'était faite de se laisser tuer plutôt que capturer par les Indiens. Pourtant, elle a été capturée, mais pas agressée. Malgré la faim et l'épuisement, elle est en vie. Malgré son humble condition d'esclave et de captive, malgré l'intérêt charnel de Monoco à son égard, aucun Indien n'a abusé d'elle. Sa vertu est restée intacte.

Elle écarte le rabat de la porte, regagne son lit de fortune et se glisse sous les couvertures, toujours tremblante. Son esprit tourne à plein régime, l'empêchant de trouver le sommeil. Elle tente d'éclaircir les sentiments conflictuels qui se bousculent en elle. Autrefois, elle haïssait et craignait les Indiens, mais, après trois mois en leur compagnie, elle a fini par s'accoutumer à leur mode de vie. Ils partagent généreusement leur nourriture et leur toit – un comportement parfaitement impensable de la part d'un soldat anglais envers un captif indien. Elle a souffert de nombreuses privations, subi de nombreuses épreuves, mais pas plus que sa maîtresse, qui a elle aussi perdu son enfant, et qui n'a pas davantage à manger que Mary. Elle n'a bénéficié d'aucun traitement de faveur, et pourtant, la plupart du temps, elle jouit de la même liberté et du même respect que toute femme indienne.

Dans son sommeil, James se tourne face à elle. Elle le contemple dans la demi-pénombre, étudie les contours de son visage à la chaude lueur des braises. Elle songe à ses nombreux actes de bonté, depuis le jour où il a coupé la corde autour de son cou jusqu'à celui où il l'a protégée de la fureur de Weetamoo. Pourquoi a-t-il choisi de la protéger ? Il ne peut s'agir que d'une intervention du Seigneur, lequel l'a mis sur son chemin afin qu'il devienne son sauveur et son ami.

Ne parvenant pas à calmer ses tremblements, elle s'agite et se retourne sur sa natte, cherchant une position confortable.

« Vous tremblez. » La voix de James la fait sursauter ; elle le croyait endormi. « Venez », dit-il en se rapprochant d'elle. Il passe un bras autour des peaux enveloppant Mary et l'attire vers lui. Elle tente de murmurer une protestation, mais ne parvient qu'à soupirer faiblement. Il écarte la peau d'ours, fait rouler Mary afin qu'elle soit dos à lui, et se serre contre elle, collant sa poitrine à sa colonne vertébrale, ses cuisses aux siennes, ses tibias à ses mollets. Puis il tire une autre peau d'ours sur leurs deux corps.

Elle sait que ce qu'elle fait est mal, que le laisser la réchauffer peut trop facilement conduire au dévergondage et au péché, qu'elle devrait immédiatement se lever et s'enfuir. Mais son corps est chaud et puissant, et le sien est glacé. Aussi reste-t-elle allongée contre lui, absorbant sa chaleur jusqu'à ce qu'elle cesse de trembler.

« Ce sont vos pensées qui vous tourmentent, dit James à voix basse. Vous devez les partager, sans quoi elles ne vous laisseront aucun répit. »

Ses yeux s'embuent de larmes. « Les partager avec vous », murmure-t-elle.

Il garde le silence. Elle sent son cœur battre contre sa colonne vertébrale. Au bout d'un moment, il demande : « Ne suis-je pas ce qui se rapproche le plus d'un ami en cette période de confusion ? »

Elle sait, à cet instant, qu'il est l'ami le plus précieux qu'elle ait jamais eu. Aussi commence-t-elle à parler, à exprimer dans l'obscurité des pensées qu'elle n'avait jamais imaginé pouvoir mettre en mots. C'est la confession la plus intime qu'elle ait jamais faite – cathartique, totale et brutalement honnête. Elle lui parle des sentiments confus qu'elle nourrit à l'égard des Indiens, lui raconte à quel point elle était perturbée au début, mais que nombre de leurs coutumes l'attirent aujourd'hui. Elle lui parle de l'attrait qu'elle ressent pour leurs danses et leurs chants étranges, le pouvoir des tambours, même la violence de leur chagrin. De l'admiration qu'elle éprouve pour leur patience stoïque et leur générosité. Pour les nombreuses libertés dont jouissent les femmes et du sang-froid dont font preuve leurs hommes.

« Vous ne comprenez pas pourquoi vous n'avez pas été violée. » Il exprime la question qui habite son esprit depuis des semaines, avec une telle simplicité et une telle franchise que, l'espace d'un instant, elle se demande si elle n'a pas elle-même prononcé ces mots. Personne, dans ses souvenirs, ne lui a jamais parlé de façon aussi directe de sexualité. Elle tente péniblement de formuler une réponse convenable, en vain.

« N'est-ce pas ? » Elle sent son souffle chaud sur sa nuque. Le bout de ses doigts effleure son bras, aussi léger qu'une aile de papillon. « Ne vous attendiez-vous pas à ce que votre vertu soit corrompue par un païen ? » Sa voix est teintée d'un léger amusement, mais elle n'y détecte pas la moindre dérision. Il est si près d'elle qu'elle sent son haleine, une odeur douce et puissante évoquant le sassafras.

Elle hausse les épaules, autant pour soulager la tension dans sa nuque que pour admettre qu'il n'a pas entièrement tort.

« Les Indiens ne violent pas leurs captives, dit-il. Ils les adoptent en tant que femmes ou filles.

— Je vais donc être adoptée ? » demande-t-elle dans un murmure.

Elle continue à savourer la chaleur irradiant de sa peau, bien qu'elle soit réchauffée à présent et qu'elle sache qu'elle devrait s'écarter.

Il rit doucement. « Je pense que cela vous plairait. Mais il me semble que Philip a d'autres projets pour vous. »

Elle songe à la pauvre Ann Joslin, imagine sa mort brutale. « Vous pensez qu'il va me faire tuer ? » Sa bouche est si sèche qu'elle parvient à peine à parler.

« Non, non. » La main de James enveloppe la sienne. Sa peau est chaude, ses doigts forts et assurés. « Personne ne vous fera aucun mal. N'avez-vous pas remarqué que j'étais toujours là pour vous protéger ? »

Elle ne retire pas ses doigts des siens, les laissant se replier dans la chaleur de sa paume. « Si, murmure-t-elle. Mais je ne comprends pas pourquoi. »

Il garde le silence. Pendant longtemps, elle n'entend que son cœur battre dans ses oreilles. Elle se demande s'il est sur le point de lui avouer ses sentiments lorsqu'il finit par parler. « Autrefois, quelques années après m'avoir baptisé, M. Eliot m'a raconté un secret. Il m'a dit que Dieu pleure toujours quand les hommes et les femmes se montrent cruels – que ce soit envers leurs semblables, envers les animaux ou envers la terre elle-même. Il m'a dit que le royaume de Dieu ne viendra que lorsque nous apprendrons à être profondément bons. Il m'a dit de ne jamais oublier que, tant que nous respirons, il y aura toujours un moyen de faire preuve de bonté. »

Elle ne sait que répondre. Ce n'était pas les mots qu'elle attendait. Pourtant, ils l'émeuvent, comme si elle venait d'assister à un étrange miracle.

« Que vais-je devenir ? demande-t-elle au bout d'un moment.

— Philip va vous vendre aux Anglais. Quand il sera prêt. »

Son esprit s'emballe. *Et nous ?* s'inquiète-t-elle soudain. Qu'adviendra-t-il de cette amitié aussi étrange qu'improbable entre une puritaine de bonne famille et un Indien ? Aucun Anglais ou Anglaise civilisé n'acceptera jamais une telle amitié. Pourtant, elle sait au fond de son cœur qu'elle ne peut vivre sans.

Elle reste si longtemps silencieuse qu'elle entend la respiration de James ralentir et comprend qu'il s'est rendormi, la main toujours repliée autour de la sienne.

Lorsqu'elle se réveille, toujours allongée sur le côté, James n'est plus derrière elle. Elle se redresse et regarde autour d'elle. Le garçon gémit doucement dans son sommeil, mais James n'est pas dans le wetu.

Une grande honte l'envahit lorsqu'elle se rappelle la nuit passée. Bien qu'aucune union charnelle n'ait eu lieu entre eux, l'intimité de sa conversation avec

James la plonge dans le désarroi. Il ne lui vient à l'esprit aucun échange avec Joseph lors duquel elle aurait révélé ses pensées avec une telle franchise.

Elle repousse la peau d'ours et se lève. Elle est penchée sur le garçon afin de vérifier que la fièvre n'est pas revenue lorsque le rabat de la porte s'ouvre et que James pénètre dans le wetu.

« Vous devez partir, dit-il avant qu'elle ait le temps de parler. Weetamoo vous cherche. À ce qu'on dit, elle pense que vous vous êtes enfuie.

— Enfuie ? »

Mary presse une main sur son front. « Où me serais-je donc enfuie ? »

Il hausse les épaules. « Je ne suis pas dans sa tête. Mais vous devez retourner dans son wetu immédiatement. Elle ne doit pas vous trouver ici. »

Elle comprend ce qu'il n'a pas dit : que cela finira mal non seulement pour elle, mais aussi pour lui, si Weetamoo pense qu'il est impliqué dans sa disparition.

« Je suis venue ici pour trouver de l'aide. » Elle désigne le garçon. « Il était mourant. Une vieille femme m'a conseillé de l'apporter ici.

— Je sais parfaitement pourquoi vous êtes venue. »

Son regard ne quitte pas une seconde le visage de Mary. Comme s'il avait dit ce que ni l'un ni l'autre n'oseraient jamais dire à voix haute : *Le garçon n'était pas la vraie raison.* « Vous devez partir. *Maintenant.* »

Sans qu'elle sache pourquoi, ses yeux se remplissent de larmes, comme si les paroles de James venaient d'ouvrir la terre de son cœur et libérer une source cachée. Elle hoche la tête et court vers la porte. Son avant-bras frôle le sien au passage. Elle lève les yeux vers son visage.

« Puis-je revenir demain pour voir comment va le garçon ?

— Bien sûr. Si Weetamoo y consent. »

Il soulève le rabat et elle sort dans la clarté du matin.

Pendant deux jours, victime des exigences de Weetamoo, elle n'a pas le droit de rendre visite à James. Sa libération vient lorsqu'un guerrier lui demande de lui tricoter une paire de bas. Elle se tourne vers Weetamoo pour solliciter sa permission, et celle-ci indique à Mary qu'elle est libre de ses mouvements, qu'elle peut de nouveau aller et venir comme bon lui semble. Mary en conclut que sa maîtresse est peut-être aussi lasse de sa présence que Mary de la sienne.

Elle se rend immédiatement au wetu de James, où elle est ravie de découvrir que le garçon est sorti de sa torpeur et commence à reprendre des forces. Elle s'entretient un moment avec lui et lui conseille d'obéir à James en toutes choses, lui rappelant qu'il serait mort si l'Indien ne l'avait pas recueilli.

« Il est comme déjà mort, dit James, car je n'ai plus rien à manger. Ni mousquet ni flèches avec lesquels chasser. »

Le garçon l'assure de sa reconnaissance, mais quelque chose de funeste dans la courbe de sa bouche inquiète Mary. Elle quitte le wetu, déterminée à dénicher de quoi nourrir James et le garçon. Elle ne trouve néanmoins que deux noix et un morceau de pain si sec qu'il tombe en miettes entre ses doigts. Alors qu'elle arrache une bande d'écorce molle d'un châtaignier afin de préparer un ragoût d'écorce et de noix, Alawa vient la trouver et l'informe que

Weetamoo veut qu'elle rentre sur-le-champ au wetu pour repriser une chemise.

Le lendemain, en traversant le camp, Mary entend une rumeur selon laquelle le jeune Anglais s'est échappé. Elle hâte le pas vers le wetu de James, qu'elle trouve en train de fumer le calumet à l'extérieur. Il lui confirme que le garçon a disparu, qu'il est parti au milieu de la nuit.

« Il nous a remerciés de notre bonté en nous trahissant lâchement, dit-il à Mary. Personne ne semble plus apprécier la bonté de nos jours. Peut-être sommes-nous bien mieux sans lui. Une bouche de moins à nourrir, un corps de moins dans le wetu.

— Non ! »

Elle est incapable d'adhérer à sa vision noire du monde. « La bonté rachète nos cœurs, qu'on nous en soit reconnaissant ou non. »

Il tire sur sa pipe en étudiant pensivement son visage, des volutes grises de fumée s'élevant du fourneau.

Finalement, il retire le calumet de sa bouche et le pose sur la paume de sa main. « C'est également ce que je pensais dans ma jeunesse. Mais le chagrin est arrivé avec les Anglais et a contaminé nos terres. Nous devons apprendre de nouvelles vérités ou mourir. » Ce disant, il contemple les arbres bourgeonnants derrière Mary, comme s'il pouvait lire le futur dans leurs branches.

Pendant les jours qui suivent, James occupe presque toutes les pensées de Mary. Elle se remémore chacune de leurs rencontres, depuis le moment où il a coupé la corde autour de son cou jusqu'à la nuit qu'ils ont passée l'un contre l'autre dans son wetu. Elle songe à l'attirance déroutante qui s'est installée entre eux, à la manière dont il l'écoute avec la plus grande attention, au respect dont il fait preuve à son égard bien qu'elle ne soit qu'une femme et une esclave.

Chaque jour, le parfum émanant de la terre adoucit un peu plus l'air. Des bourgeons éclosent sur les arbres, et de petites fleurs jaunes et blanches se déploient çà et là sous les rayons du soleil. Des moineaux et des fauvettes chantent, cachés dans les arbres. Une montagne se dresse non loin du camp, dont les arbres semblent teintés de rouge, comme si du sang coulait à travers leurs branches nues. Mary contemple la scène, inspirant de grandes bouffées d'air frais. Elle prend conscience avec stupeur que la nature sauvage est devenue pour elle un lieu où règne la beauté, un lieu qui n'est plus seulement synonyme de danger, mais aussi de paix et de mystère.

Ils lèvent le camp le lendemain matin et se remettent en marche, traversant tantôt des fourrés tantôt des plaines désolées, pataugeant dans des marécages et escaladant des rochers. Ils sont contraints de s'arrêter régulièrement car, en ce début de printemps, les rivières sont en crue et le passage à gué est périlleux. Ils s'installent quelques jours sur le bord d'une large rivière, rapide et tumultueuse, qui projette des plumes blanches de mousse en roulant sur les rochers. Lorsque Mary est chargée d'aller chercher de l'eau, elle se tient en extase sur la berge, les yeux rivés sur l'onde dansant dans les rayons du soleil jusqu'à ce qu'elle entende Weetamoo l'appeler.

Le deuxième après-midi, des guerriers reviennent d'une partie de chasse avec deux cerfs et un élan. Les Indiens festoient toute la nuit, mais, étrangement, seuls quelques jeunes hommes dansent autour du feu. Mary tente en vain d'apercevoir James, qu'elle n'a pas vu depuis le matin où le garçon s'est enfui. Il lui manque.

Ils traversent la rivière à gué le lendemain matin, dans une eau glacée qui lui engourdit les jambes et les pieds. La puissance du courant la fait chanceler et c'est au prix d'un énorme effort qu'elle parvient à se frayer un passage à travers l'eau, craignant de tomber à chaque pas. Elle lève les yeux en entendant des rires et aperçoit Alawa en compagnie de deux femmes, qui, déjà sur l'autre rive, la regardent en se gaussant. Une bouffée de colère la saisit, qui se dissipe dès qu'elle réalise à quel point elle doit avoir l'air ridicule à se balancer telle une ivrogne dans le courant. Elle leur sourit, mais lorsqu'elle atteint la rive, son pied glisse sur une pierre et elle s'effondre à genoux. Ses jambes moulinent l'eau dans un déluge d'éclaboussures et de tissu tandis que ses mains s'enfoncent en vain dans la boue au bord de la rivière. À sa surprise, alors qu'elle parvient finalement à saisir une branche d'arbuste et se hisser au sommet de la rive, elle aussi rit de bon cœur. Alawa l'aide à se relever et elles se remettent en route.

Après la traversée de la rivière, une énergie contagieuse se propage parmi les marcheurs et Mary remarque que son cœur est étrangement léger. Elle écoute les femmes bavarder en marchant et apprend qu'ils arriveront bientôt à un grand lieu de rassemblement qu'ils appellent *Wachusett*. Philip et certains de ses guerriers sont partis en éclaireurs et les attendent là-bas.

Ils établissent une nouvelle fois le camp et Mary se jette à corps perdu dans les tâches que Weetamoo lui assigne : aller chercher de l'eau, ramasser du bois, dérouler les nattes de couchage et les placer dans l'abri qu'Alawa a construit. Une fois son travail accompli, elle s'éclipse.

Elle marche sans but à travers le camp, où flotte partout la puanteur de la maladie. Des hommes et des femmes gisent sur la terre nue, grognant de faim. Des enfants pleurent, les mains agrippées à leur estomac. Les rares chiens qui n'ont pas été mangés errent aux abords du camp, à la recherche de nourriture qu'ils ne trouvent pas. Mary ne cesse de marcher, comme pour distancer sa faim.

Elle gravit une petite crête jusqu'à un affleurement surplombant le camp. Des nuages bas flottent à l'ouest, d'une couleur évoquant celle du fumier. Les arbres bourgeonnent. Elle songe à son potager au printemps. Les oignons et les artichauts pousseront tout seuls, mais il n'y aura cette année ni poireaux ni melons, ni carottes ni choux, car elle doute que Joseph – si tant est qu'il soit toujours en vie – ait pris la peine de les planter. La lavande, si elle fleurit, n'aura ni chambres ni draps à parfumer. Elle frotte distraitement entre ses doigts les restes de fleurs séchées qui ont traîné au fond de sa poche tout l'hiver, mais l'odeur n'est plus assez forte pour parfumer sa peau.

Elle repense au printemps dernier, lorsque Marie l'aidait à s'occuper du potager, au sérieux et à la minutie dont sa fille faisait preuve en désherbant les plants, déterminée à arracher la moindre herbe risquant de menacer les jeunes pousses. Mary n'avait jamais vraiment songé à la diligence avec laquelle Marie accomplissait ses corvées, à la grande douceur de son caractère. Elle sent les larmes poindre aux coins de ses yeux, qu'elle essuie immédiatement.

Elle est frappée par l'étrangeté de sa situation. Bien qu'elle soit captive, elle jouit d'une incroyable liberté de mouvement. Elle se souvient de l'époque où, à Lancaster, elle rêvait de franchir la porte de sa maison et traverser le champ toute seule. Rêvait de la liberté de se promener où et quand elle le souhaitait, affranchie des regards méprisants des voisins et des paroles réprobatrices de ses sœurs. Pourtant, elle s'était rarement aventurée seule au-delà de la cour, hormis lors de ses quelques visites secrètes à Bess Parker. Bien qu'aucune chaîne ni entrave ne la retînt alors prisonnière, elle avait tout d'une captive.

Elle pense chaque jour à Joss et à Marie, prie pour qu'ils soient en bonne santé, ne sachant même pas s'ils ont été sauvés ou rendus à la civilisation. Elle sait en revanche que les Indiens ayant perdu un enfant aiment capturer et adopter ceux d'autres tribus pour les remplacer. Parfois, les enfants ne rentrent jamais chez eux. Même lorsqu'on leur offre la liberté, ils choisissent de rester avec leur nouvelle famille. Elle a aussi entendu des rumeurs selon lesquelles les Indiens vendent parfois les enfants aux papistes de la colonie française du Canada.

« Mieux vaut qu'ils meurent plutôt que leurs âmes soient vendues à Rome », murmure-t-elle, répétant l'opinion qu'elle a si souvent entendu Joseph exprimer. Pourtant, alors même qu'elle prononce ces mots, quelque chose frémit à la base de sa colonne vertébrale. La vérité est que tout ce qu'elle désire, c'est que ses enfants *vivent*. Même si cela implique qu'ils deviennent des Indiens ou des papistes.

Est-elle donc prête à abandonner leur âme au diable ? Est-elle la plus mauvaise des mères ? Elle oublie ses terribles crampes d'estomac et tente de trouver en elle quelque remords chrétien, convoquant les reproches les plus sévères auxquels elle puisse penser. Mais elle ne parvient pas à extraire la moindre culpabilité de son cœur. Si elle devait se repentir de quoi que ce soit, ce serait de la dureté des méthodes avec lesquelles elle a élevé ses enfants. Elle se souvient de toutes ces fois où elle a frappé Marie pour quelque impertinence, de la solide baguette de bouleau qu'elle utilisait pour corriger Joss lorsque celui-ci était pris d'une crise de fainéantise aiguë. Si elle punissait jadis ses enfants avec la régularité consciencieuse de toutes les mères puritaines, elle regrette aujourd'hui chacune des paroles sévères proférées contre eux. Ce qu'elle croyait autrefois nécessaire lui semble aujourd'hui inutilement cruel. Elle voit souvent les mères indiennes rire avec leurs enfants et encourager leurs innocentes facéties. Elle sait que sa vertu devrait lui intimer de condamner un tel comportement, mais la vérité est qu'elle n'aspire qu'à les imiter. Que risqueraient les Anglais à traiter leurs enfants avec bonté et miséricorde ?

Des vrilles de fumée charrient jusqu'à elle une odeur de cuisine. Dans le camp en contrebas, des femmes vont chercher de l'eau à la rivière. Certaine que Weetamoo sera contrariée si elle n'est pas disponible, elle redescend la colline jusqu'au camp.

Il commence à pleuvoir. De grosses gouttes tombent sur sa tête, son cou et ses épaules tandis qu'elle court se mettre au sec dans l'abri de Weetamoo, où la fumée et les corps serrés les uns contre les autres dégagent une agréable chaleur. Elle se faufile jusqu'au mur du fond, sort son matériel de tricot et attend les ordres de Weetamoo. Mais celle-ci est absorbée par sa conversation avec Alawa et, à force d'attendre, Mary s'assoupit.

Un puissant coup de tonnerre la réveille en sursaut. L'abri est plongé dans le silence ; tous attendent, la tête tournée vers le bruit. Mais rien ne suit. Aucun autre coup de tonnerre, aucun tremblement de terre. Mary trouve sa natte dans la demi-pénombre et s'y allonge. Elle s'endort au son de la pluie qui l'enveloppe comme le battement de cent tambours.

17

Le lendemain, ils prennent la direction d'une montagne se dressant derrière les arbres. Alawa explique à Mary que cet endroit a toujours été un refuge pour le peuple nipmuc, un lieu d'espoir, où ils se rassemblent sous la protection des esprits sacrés.

Un sentiment de terreur s'empare de Mary, comme si elle était en train de marcher vers un destin tragique. Pire, elle sent qu'elle n'est pas la seule, que tous les êtres qui l'entourent sont aussi perdus qu'elle ; ce n'est pas l'espoir qui les rassemble, mais le désespoir.

Tout le monde est affamé, comme le montrent les visages ravagés autour d'elle, la foulée épuisée des guerriers émaciés et le chagrin dans les yeux des plus âgés. Ils mangent désormais tout ce qui leur tombe sous la main : des insectes, des larves, des vers, de l'écorce, de la peau de bête et même des os. Un soir, Mary reçoit un fragment de sabot de cheval bouilli, qu'elle suce et mâche assise par terre jusqu'à ce qu'il n'en reste rien. On dit dans le camp que la faim peut dompter le plus fort des guerriers lorsqu'elle s'est installée parmi le peuple.

Elle commence à entendre des bruits circuler selon lesquels Boston aurait offert de racheter les captifs.

On raconte que Philip acceptera certainement, ayant besoin de mousquets, de balles et, surtout, de nourriture pour sa tribu. Mary sent un poids à la base de sa colonne vertébrale, une lourdeur dans son cœur. Comme si, ayant déjà péri, elle n'avait plus besoin d'être secourue.

En fin d'après-midi, ils atteignent une palissade inachevée. Derrière, la terre s'élève vers la montagne. Alawa annonce à Mary qu'ils ont enfin atteint Wachusett. Plusieurs wetus ont déjà été érigés, qui projettent leur ombre sur la prairie verdoyante. Mary est sur le point de défaillir de faim et de fatigue après cette longue marche, mais tous les marcheurs sont dans le même état. Aussi ne proteste-t-elle pas lorsque Weetamoo lui ordonne d'aider à construire un nouveau wetu.

Mary ne revoit James que deux jours plus tard, lorsqu'il vient à sa rencontre alors qu'elle ramasse du bois pour le feu.

« J'ai des nouvelles », annonce-t-il.

Elle sent les battements de son cœur accélérer et lève des yeux pleins d'espoir vers lui. « S'agit-il de mes enfants ? Est-ce qu'ils sont dans le camp ? »

Il fronce les sourcils.

« Je ne sais rien à leur sujet, désolé.

— Rien ? »

Les branches lui semblent soudain trop lourdes pour ses bras. Elle se penche et les pose délicatement au sol. Chacun de ses mouvements est une épreuve.

« Alors je vous écoute, dites-moi de quelles nouvelles il s'agit.

— Les sachems sont en train de débattre de votre situation. On dit qu'ils vous vendront bientôt à votre peuple.

« — Me vendre ? »

Son regard se perd dans le vide.

Il hoche la tête. « C'est presque certain. Ils attendent la décision de Philip. »

Elle tente de digérer cette information, sans parvenir à se départir de la terrible sensation de perte qui vient de naître en elle. Finalement, elle réussit à parler, bien que sa langue lui paraisse molle et épaisse sans sa bouche.

« Joss et Marie seront-ils vendus en même temps que moi ?

— Je vous l'ai déjà dit – je ne sais rien de leur sort. »

Il penche la tête. « Allons, *Chikohtqua*. N'est-ce pas la nouvelle que vous attendiez désespérément ? »

Ses joues s'embrasent. Aucune réponse ne lui vient à l'esprit qui ne l'accablerait pas de honte. Il y a encore quelques semaines, elle le suppliait de l'aider à s'enfuir à Albany. Elle passe sa langue sur ses lèvres. « Je ne peux pas… » Sa phrase reste en suspens. Elle ne sait même pas ce que c'est, ce qu'elle ne peut pas faire. *Retourner aux Anglais sans ses enfants ? Quitter le monde sauvage ? Retourner à son mari ?*

James la regarde comme si elle était un être étrange, une créature venue d'un autre monde. Puis son expression s'attendrit. « Vous ne voulez pas partir, dit-il doucement. Vous appréciez trop le mode de vie indien. »

Elle ne répond rien, bien qu'elle sache qu'il s'attend à ce qu'elle nie cette accusation. La confusion dans son cœur ne peut venir que de la faim et de la fatigue. Car depuis le moment de sa capture, elle a haï les Indiens et leur sauvagerie. N'est-ce pas ? Ces étranges pensées s'enroulent telles des cordes autour de sa poitrine, qui, se resserrant lentement, l'empêchent de respirer.

Cette nuit-là, Alawa conseille à Mary de se laver avec un soin particulier, car elle sera conduite aux sachems le lendemain.

« Metacomet a convoqué un conseil, dit-elle. Les sachems décideront de votre sort.

— De mon sort ? » murmure Mary avec inquiétude, le cœur serré comme un poing dans sa poitrine.

Alawa fronce le nez.

« Vous les Anglais, vous avez toujours peur. C'est parce que votre Dieu est si cruel ?

— Le Seigneur est bon et miséricordieux, et doit être loué avec la plus grande dévotion. »

Les mots sortent automatiquement de sa bouche, tel un bouclier contre l'hérésie. Elle sait pourtant, alors même qu'elle les prononce, qu'ils ne sont rien de plus qu'un réflexe. Elle se sent malade et misérable à l'idée de passer devant le conseil. Ce ne sont pas les sachems qu'elle craint. C'est la perspective d'être rendue à la civilisation.

Elle est convaincue d'avoir trop changé pour pouvoir un jour se réadapter à la société anglaise. Le monde sauvage, qui lui semblait une abomination avant sa captivité, est devenu sa maison. Elle sait interpréter les cris des oiseaux et déchiffrer les motifs changeants des nuages, percevoir la beauté dans la forêt vierge. Elle a vu des paysages qui lui ont coupé le souffle. Elle a appris à mener une vie nouvelle et libre, à faire preuve d'initiative et à vivre en ne comptant que sur elle-même. Elle en est arrivée à considérer l'esclavage comme un mal terrible. Alors que d'autres captifs ont perdu tout espoir ou sont morts vaincus, elle a survécu par la ruse et la persévérance.

Au prix de beaucoup d'efforts et de discipline, Mary sait qu'elle survivra à un retour à la vie anglaise. Pourtant, alors même qu'elle formule ces pensées, la tristesse et le désespoir s'agrippent à son cœur.

18

C'est James qui vient chercher Mary le lendemain, qui l'escorte au sommet de la colline jusqu'à la cabane où les sachems se sont réunis pour le conseil. Ils sont tous là, Philip, Monoco, Quinnapin, Weetamoo et les autres, installés en un grand cercle autour du feu de camp. De nombreux guerriers sont présents, assis derrière les sachems ou perchés sur les longues plateformes.

James lui dit de s'asseoir en silence près de la porte jusqu'à ce qu'on l'appelle. Lorsqu'elle cherche autour d'elle afin de voir si d'autres captifs sont présents, son cœur bondit de joie, car elle reconnaît, accroupie dans l'ombre, sa sœur Hannah, qu'elle n'a pas vue depuis le jour de leur capture. Sans réfléchir, elle commence à se décaler vers elle, jusqu'à ce que James lui agrippe fermement l'épaule et siffle qu'elle ne doit regarder personne. Aussi Mary s'assoit-elle sur ses talons pour écouter les sachems discuter de son sort. Philip déclare que les Anglais ont reçu une leçon d'humilité et souhaitent à présent lui payer tribut. Ils cherchent à racheter leurs prisonniers et veulent que les sachems fixent un prix raisonnable.

Chaque sachem parle à tour de rôle, certains insistant sur le fait qu'ils ont avant tout besoin de nourriture, tandis que d'autres réclament de l'alcool et de l'or. Un autre affirme même qu'ils devraient tous se rendre et demander l'amnistie, mais les protestations des guerriers le réduisent au silence.

Philip lève la main et tous cessent de parler. Il allume un calumet et le fait circuler dans le cercle. En voyant chaque sachem tirer solennellement sur la longue pipe, Mary prend conscience qu'ils sont plongés dans une sorte de prière. Lorsque tous les sachems ont fumé, Philip demande que les captifs passent, un à un, devant le conseil. Mary est la première. Sans se faire prier, elle s'empresse d'aller s'asseoir devant lui, la tête courbée en signe de respect.

« Debout ! » intime Philip en faisant signe à deux de ses serviteurs, qui la relèvent immédiatement. « Ici conseil. Comme tribunal anglais. Vous debout. » Il se tourne vers James. « Vous traduire. » Puis il prononce des paroles dans sa langue natale que Mary ne parvient pas à comprendre.

James entre dans le cercle.

« Dites au conseil ce que votre mari est prêt à donner pour vous récupérer, dit-il.

— Mon mari ? »

Elle pose les yeux sur Philip. « Il est donc vivant ? » Le sachem reste impassible, ce qu'elle prend pour une confirmation. Elle se demande s'ils le savaient depuis le début.

« Mary. » La voix de James est douce. « Combien de livres ? »

Elle le regarde sans ciller. La voilà de nouveau vendue en tant qu'esclave. Mais pourquoi lui demander à elle de fixer un prix ? Elle n'a aucune idée de ce que

Joseph paiera pour la récupérer. Le simple fait qu'ils lui posent la question la perturbe.

« Donnez un prix, la presse James calmement. Le conseil attend. »

Elle perçoit un soupçon de tristesse et d'inquiétude dans ses yeux. Il est donc sérieux. Peut-être est-ce la manière dont les Indiens négocient toujours les rançons, mais cela lui paraît inutilement cruel. Il se penche vers elle.

« Maintenant ! murmure-t-il.

— Vingt livres », lâche-t-elle sans réfléchir.

La somme a surgi de nulle part dans son esprit.

Un murmure de surprise parcourt le cercle. Du coin de l'œil, elle voit Quinnapin lever un sourcil et sourire à Weetamoo.

Elle comprend immédiatement qu'elle a fait une erreur. « Peut-être est-ce trop, ajoute-t-elle. Je me suis trompée. »

Philip rit. « Vingt livres, dit-il en anglais. Bon prix. » Elle commence à dire que son mari est loin d'être riche, mais il la congédie d'un geste de la main. « Partez. » Il se tourne ensuite vers James et lui ordonne de rédiger la demande de rançon.

Toute la journée, les Indiens dansent. Mary les regarde, assise à l'extérieur du cercle. Quinnapin, vêtu d'une chemise en dentelle anglaise ornée de wampums et de pièces, fait exhibition de sa force sans jamais se reposer, dansant encore bien après que les autres hommes ont titubé hors du cercle pour s'écrouler au sol. Weetamoo danse, elle aussi. Mary l'observe, enchantée par la vigueur et la grâce de ses mouvements.

Soudain, James apparaît devant elle. Elle ne lui a pas parlé depuis le conseil. Elle capte son regard et sent une énergie jaillir entre eux, étincelant comme un feu. « Le conseil a-t-il pris sa décision ? demande-t-elle. Savez-vous ce qu'il va advenir de moi ? » Sa voix se brise en prononçant les derniers mots.

Il fait signe que non. « Ils disent que Philip est opposé à l'échange. Mais je pense qu'il se laissera persuader. »

Elle incline la tête.

« Vous avez donné une somme trop élevée, dit-il. Avec vingt livres, on peut acheter beaucoup de terres. Votre mari est-il un homme riche ? »

Mary regarde les flammes bondissantes et les danseurs qui se contorsionnent devant elle.

« Non. J'ai parlé sans réfléchir.

— Vous ne souhaitez pas être rachetée, répond James doucement. Vous avez peur de rentrer chez vous.

— Bien sûr que je veux rentrer chez moi, réplique-t-elle aussitôt avec colère. Que pourrais-je désirer d'autre ? »

Il garde longuement les yeux posés sur elle. Puis il prononce un mot qu'elle ne parvient pas à saisir, avalés par le battement des tambours. Ce n'est que lorsqu'il le répète juste avant de s'éloigner qu'elle comprend qu'il a simplement prononcé le nom qu'il lui a donné : *Chikohtqua – la femme qui brûle*.

Mary sent les larmes lui monter aux yeux tandis qu'une boule dure se coince dans sa gorge. Elle doit faire appel à toute sa volonté pour ne pas bondir sur ses pieds et courir après lui. Elle porte de nouveau son attention sur le cercle autour du feu, où elle découvre avec surprise que Weetamoo est la seule sachem qui danse encore. Elle tourbillonne dans ses bas anglais rouges et ses mocassins blancs tandis que sa cape de wampums et de plumes se déploie autour d'elle telles les ailes d'un grand faucon.

Mary ne parvient pas à trouver le sommeil. Elle passe la nuit à se retourner sur sa natte ; seuls ses sursauts réguliers marquent le passage des minutes et des heures. Elle entend le cri d'une chouette effraie tout près du wetu ; dans le lointain, un loup solitaire hurle. James a raison – elle ne veut pas retourner à son ancienne vie de femme puritaine soumise aux contraintes de la surveillance mutuelle, conformiste dans ses pensées comme dans ses attitudes. Elle redoute les regards suspicieux qu'elle recevra, l'interrogatoire auquel la soumettront les doyens de l'église, la distorsion de son expérience pour créer des leçons de piété chrétienne qu'ils martèleront dans leurs sermons. Pourtant, elle ne sait pas ce qu'elle veut à la place de cette vie. Pourrait-elle tourner entièrement le dos au monde anglais et embrasser le mode de vie indien ? Qu'adviendrait-il de ses enfants ? De sa foi ?

Elle pense à James, à sa bonté protectrice et sa compassion envers elle, la douceur de ses manières, l'affection légèrement taquine dans son sourire. Tellement différent de son mari. Malgré le froid, elle transpire. Elle rejette les peaux qui couvrent son corps, se lève, enroule une couverture autour de ses épaules et s'éclipse dans la nuit. Elle traverse le village, la lune gibbeuse éclairant son chemin. Elle accélère le pas, comme si ses pieds la portaient seuls vers la destination de leur choix, ignorant elle-même où elle va. Soudain, elle se trouve devant le wetu de James.

Pendant plusieurs minutes, elle attend devant l'entrée, s'efforçant de rassembler ses pensées. Pourtant, lorsqu'elle finit par écarter le rabat et pénétrer à l'intérieur, elle n'a toujours aucune idée de ce qu'elle va dire, de la manière dont elle expliquera cette invasion inappropriée et inconvenante de la maison de son ami en plein cœur de la nuit.

Son regard met quelques instants à s'adapter à l'obscurité et à trouver la forme endormie de James, allongé sur une plateforme. Elle traverse le wetu. « James ! » murmure-t-elle en s'accroupissant près de lui.

Il se redresse d'un bond, brandissant un long couteau. Elle reconnaît l'arme avec laquelle il l'a menacée dans le wetu bondé de Weetamoo. Elle lève les mains, plaçant ses paumes devant son visage.

« C'est moi. Mary, chuchote-t-elle. Je ne vous veux aucun mal.

— Vous ne devriez pas être ici. »

Sa voix est dure. « J'aurais pu vous tuer. » Il se baisse et glisse le couteau sous la plateforme.

« Je suis désespérée, dit-elle. Vous êtes mon seul ami ici.

— Que voulez-vous ? »

Elle hésite. Ses oreilles s'emplissent du soupir des braises, des battements inquiets de son propre cœur. « Je ne veux pas retourner aux Anglais, supplie-t-elle. Je vous en prie, laissez-moi rester avec vous. » Aussitôt, un sentiment de honte l'envahit ; elle courbe la tête, évitant son regard. Pourtant, elle se sent aussi étrangement libérée par ses paroles. Pour une fois, elle a dit ce qu'elle avait réellement sur le cœur.

« Et votre mari ? » demande James.

Elle ne peut répondre. Car il n'y a aucune réponse

convenable à cette question, aucune réponse qu'elle pourrait forcer ses lèvres à prononcer. Elle l'entend bouger et sent ses mains sur ses épaules. « Vous êtes inquiète, épuisée et affamée. Vous n'avez pas les idées claires. »

Bien qu'elle sache qu'il a raison, ses paroles déclenchent en elle un incendie de colère. Elle se détourne brutalement et le regrette aussitôt, car la pression de ses mains est la sensation la plus agréable qu'elle ait ressentie depuis plusieurs semaines. « Mes idées n'ont jamais été aussi claires », rétorque-t-elle. Mais il est trop tard. Il a déjà enfilé sa chemise et se dirige vers la porte.

« Même si je voulais cela pour vous…

— Pour *nous*, dit-elle en se levant et en s'approchant de lui. N'ai-je pas déchiffré correctement vos sentiments ? »

Il secoue la tête. « Cela ne change rien, répond-il. Je n'ai aucun pouvoir, ici. Comme vous, je suis un serviteur. Si vous voulez rester, vous devez faire appel à Philip ou Weetamoo. Mais… » Il tend la main pour l'empêcher d'approcher et de le toucher. Elle sait, à ce moment-là, qu'elle ne s'est pas trompée quant à ses sentiments, bien qu'il refuse de l'admettre. Car pourquoi résisterait-il à ses mains si celles-ci n'avaient aucun effet sur lui ? « Je pense qu'il est trop tard. Je crois que votre sort a déjà été décidé. » Il tend la main vers le rabat de la porte.

Alors qu'elle s'apprête à sortir, il lui touche le bras. Aussitôt, ses narines s'emplissent de son odeur. Elle ressent le besoin impérieux de s'appuyer contre lui, mais elle reste figée, incapable de bouger. La main de James ne quitte pas son bras, et elle ne la retire pas. Elle se tient tête baissée, cherchant désespérément quelque chose de pertinent à dire, en vain. Aucun mot ne lui vient. Elle prend lentement conscience qu'aucun mot n'est nécessaire – qu'il connaît et comprend déjà son cœur.

« Vous ne pouvez pas échapper à votre destin, *Chikohtqua*. » Elle perçoit la gentillesse dans sa voix, la compassion qui y a toujours résidé. « Aucun de nous ne le peut. Je sais que vous voulez rester. Mais il n'y a aucune vie possible pour vous ici. Il n'y a pas de nourriture, pas de village où vivre en sécurité. Le mode de vie indien est en train de s'évaporer comme la brume matinale. »

Elle se tourne face à lui en hochant la tête pour lui signifier qu'elle ne comprend que trop bien ce qu'il ressent. Car ils sont pris dans la même toile d'événements, soumis aux volontés à la fois des sachems et des magistrats. James ne peut s'en extirper. Elle non plus.

Elle se colle à lui, aussi facilement et naturellement qu'un enfant, et il referme ses longs bras autour d'elle, comme s'ils n'existaient que dans ce but. Son corps est parcouru d'ondes de désir, qui, elle le sait, ne sera jamais assouvi.

Elle éprouve la sensation déchirante d'être enfin arrivée chez elle – et de ne pas pouvoir rester.

19

Lorsque Mary se réveille le lendemain matin, le soleil s'est levé dans un ciel bleu, et Weetamoo est déjà penchée sur la marmite de ragoût. Elle porte toujours les bas rouges et les bracelets de wampums dont elle s'est parée pour les célébrations. « Viens ! Dépêche-toi ! » dit Weetamoo en faisant signe à Mary de la rejoindre. Elle lui montre une pile d'écureuils morts et lui explique dans un anglais parfaitement clair que Quinnapin les a piégés et que Mary doit les nettoyer, les découper et les jeter dans la marmite. Mary s'attelle à sa tâche. À sa surprise, après avoir mis la viande à mijoter, Weetamoo vient l'aider à racler les peaux. Depuis que son papoose est mort, elle passe la majeure partie de son temps à confectionner des colliers de wampums. Les deux femmes n'échangent aucun mot, mais Mary sent une chaleur nouvelle se dégager d'elle, une étrange camaraderie. Bien qu'elle soit consciente que l'attitude de Weetamoo est probablement liée au fait que Mary lui rapportera bientôt beaucoup d'argent, elle ne peut empêcher son cœur de se serrer.

Quinnapin pénètre dans le wetu en milieu de matinée, visiblement ivre. Il entre et sort de la hutte en titubant, criant le nom de ses différentes femmes. En voyant Mary, il sourit et pose sur elle un regard lubrique. Weetamoo semble contrariée, mais ne dit rien, et lorsqu'il titube jusqu'à elle, elle lui présente son postérieur.

C'est la première fois que Mary voit un Indien ivre, et elle trouve le tableau effrayant. Le comportement de Quinnapin contraste violemment avec les manières et le maintien d'ordinaire discipliné des Indiens. Elle prend à présent conscience qu'une telle rectitude serait impossible s'ils s'imbibaient régulièrement de la bière et du cidre des tables anglaises. Néanmoins, il lui vient à l'esprit qu'elle peut utiliser l'ébriété de Quinnapin à son avantage.

Dès la fin d'après-midi, Mary est épuisée, ayant passé des heures à racler des peaux et moudre le maïs ramené par Alawa. Lorsque Weetamoo la congédie enfin, Mary quitte le wetu avec une seule idée en tête – plaider sa cause auprès de Quinnapin. Elle demandera au sachem – le suppliera même, si nécessaire – la permission de rester parmi les Indiens.

Quinnapin est seul dans le wetu, étalé sur une peau d'ours près du feu, vêtu uniquement de jambières et d'un pagne. Il lève les yeux vers Mary et sourit. Ivre mort, il est manifestement incapable de tenir debout. Si elle doit prendre la fuite, elle doute qu'il soit en état de la suivre.

« Assieds-toi », dit-il en tapotant la natte à côté de lui.

Elle s'assied près de lui. Bien qu'il ne la touche pas, sa peau frissonne comme sous la caresse d'une plume. Elle sent son haleine – une odeur musquée mêlée aux effluves de tabac et de bière. Il touche sa nuque et laisse sa main descendre sur son épaule. Lorsque ses doigts glissent vers ses seins, Mary se prend à penser à James et sent ses parties intimes gonfler de désir. La honte la submerge, une humiliation si profonde qu'elle se met à trembler. Elle s'écarte de Quinnapin, qui laisse retomber sa main et grogne. « Pourquoi tu n'aimes pas Quinnapin ? » Ses mots déteignent les uns sur les autres, comme s'ils avaient été prononcés sous l'eau. Il lève une pinte de bière jusqu'à sa bouche et boit une longue gorgée, puis se lèche les lèvres et lui sourit. « Pourquoi tu viens ici, si ce n'est pas pour amour ? »

Elle retrouve enfin sa voix. « Je suis venue car j'ai une faveur à vous demander », dit-elle.

Il hoche la tête, lentement. Ses yeux commencent à se fermer et il s'étire de toute sa longueur. Comprenant qu'il est sur le point de s'endormir et que son plan est en train de tomber à l'eau, Mary se tourne vers lui et pose la main sur son bras. Ses yeux s'ouvrent, mais il semble avoir du mal à les fixer sur elle. « Quelle faveur ? » demande-t-il. De la salive mousse aux coins de ses lèvres.

« Je vous en prie, ne me vendez pas aux Anglais. Je veux rester ici. Avec votre peuple. »

Il cligne des yeux, commence à se redresser et retombe aussitôt sur la natte. Puis, soudain, il éclate de rire, un rire puissant, remontant de son ventre et traversant sa poitrine. Il rit et rit sans plus pouvoir s'arrêter.

Elle se lève, prenant conscience qu'il est bien trop ivre pour la comprendre. Inutile d'insister. Son fou rire finit par se calmer et il la contemple à travers ses paupières mi-closes. Alors qu'elle le croit endormi, il relève le haut de son corps et s'appuie sur ses coudes.

« Pars. » Il cherche à tâtons la pinte de bière et

recommence à boire, de longues et amples gorgées. « Retourne chez Anglais, à ta place. » Il sourit toujours lorsqu'il la congédie d'un claquement de doigts.

Mary regagne le wetu de Weetamoo, s'abritant dans les longues ombres de la fin d'après-midi. Elle est une femme sans peuple, sans réconfort ni refuge autre que celui de son propre cœur corrompu.

Le soir, James se rend au wetu de Weetamoo pour annoncer que les sachems ont décidé des conditions de la libération de Mary.

« Vingt livres de marchandises et une pinte d'alcool pour Quinnapin, dit-il. Qui devront être livrées par son mari. »

Ses doigts se mettent à trembler et la chemise qu'elle est en train de repriser lui tombe des mains, formant une petite pyramide de mousseline sur ses genoux.

« Je ne pense pas que mon mari sera en mesure de récolter cette somme.

— C'est la somme que vous avez suggérée. »

James la considère d'un air pensif, comme pour essayer de déterminer si ses paroles cachent des intentions plus sombres. « Il a certainement des amis qui pourront l'aider. Et je pense que vous devez être rachetée, que vous le vouliez ou non. » James esquisse un sourire. « La rédemption nous attend tous d'une manière ou d'une autre en cette sombre période. »

Elle est terrifiée. Et en colère. « Vous avez tout organisé, dit-elle. Depuis le début, vous êtes le sbire de Philip. »

Le visage de James s'assombrit et, lorsqu'il quitte brusquement le wetu, elle prend conscience qu'elle a parlé sans réfléchir et, pire encore, que rien de tout cela n'est vrai.

Entre ce moment et celui de sa libération, Mary n'est jamais laissée seule. Où qu'elle aille, Alawa la suit comme son ombre. C'est perturbant, après toutes ces semaines de liberté – un douloureux rappel que, finalement, elle est bien une prisonnière, que son sentiment de liberté n'était que fugace et illusoire. Elle ne le sait que trop bien, dès qu'elle sera rendue à la société anglaise, les restrictions seront encore plus grandes. Elle sera constamment surveillée. Elle ne sera plus jamais libre de marcher seule dans les bois ou de vagabonder à flanc de colline pour regarder une tempête déferler ou étudier les rayons du soleil jouant sur la rivière. Le monde naturel, devenu contre toute attente son plus grand réconfort dans cette captivité, deviendra à nouveau son ennemi. Et les palpitations sauvages de désir, les étranges élans de joie qu'elle a éprouvés en observant les Indiens danser, seront perdus à jamais.

Un matin, Alawa annonce à Mary que l'heure est venue. Elle ne pense pas être capable de partir sans ses enfants. Le corps de Sarah gît abandonné dans la forêt sauvage. Joss et Marie, si tant est qu'ils soient toujours en vie, se trouvent toujours avec les Indiens. Elle n'a plus sa place parmi les Anglais. Ni un quelconque futur parmi les Indiens.

Deux guerriers viennent lui attacher les mains. Alawa lui dit de ne pas avoir peur, que cela fait partie du rituel de la rançon. Ils glissent une corde autour de son cou et la conduisent au grand rocher derrière la cabane du conseil. Tous les sachems sont présents hormis Philip. Quinnapin a revêtu sa robe en peau de daim et son bandeau, tous deux ornés de queues de renard, ses cheveux tombant sur ses larges épaules. Weetamoo ressemble à une reine dans ses longues ceintures de wampums. Elle distingue James parmi un groupe de guerriers proche. Mary parcourt du regard la clairière à la recherche de son mari, mais il n'est pas là. Le seul Anglais présent est le *squire* Hoar, un avocat originaire de Concord.

Les Indiens font de sa libération une grande cérémonie, partageant un calumet et échangeant des présents tandis qu'elle se tient devant eux, immobile et attachée. Elle courbe la tête, le visage bouillonnant de honte. Elle cherche des yeux James, lequel regarde ailleurs. Finalement, ils rompent ses liens et Quinnapin lui ordonne de partir.

« Mes enfants ! gémit-elle, hésitante. Je ne peux pas partir sans mes enfants ! » Quelqu'un la pousse, elle ne voit pas qui, et elle avance en titubant, se dérobant à la main tendue du *squire* Hoar, dont elle finit par se saisir dans l'unique but de ne pas s'écrouler. Elle ne peut s'empêcher de jeter un coup d'œil derrière son épaule. Telle la femme de Lot, elle regarde en arrière, n'ayant pas assez la foi pour regarder en avant.

Quinnapin est là, qui la contemple d'un air solennel. Non loin de lui, Weetamoo pose sur elle un regard noir évoquant celui d'un faucon surveillant sa proie blessée. Derrière eux se tient James, dont le regard empli de tristesse la transperce comme une flèche.

Le *squire* Hoar l'attrape par le bras et siffle dans son oreille. « Ne manifestez aucune réticence. Nous devons quitter cet endroit au plus vite. Les sachems sont capricieux et pourraient changer d'avis d'un instant à l'autre. » Il la guide en bas de la colline, où il a laissé son cheval, sur lequel il l'aide à monter. Elle garde la tête baissée afin de ne plus croiser le regard de James. Tandis que la jument descend prudemment le long chemin et que le rocher s'évanouit peu à peu dans le lointain, Mary commence à pleurer.

20

Peut-être le *squire* n'a-t-il pas remarqué ses pleurs, car il n'offre à Mary d'autre réconfort qu'une épaisse tranche de pain. Tout en mangeant, elle contemple à travers ses larmes le dos de l'homme, où un œil semble se dessiner dans la laine usée de sa cape grise. Au bout d'un moment, elle retrouve sa voix et s'enquiert de savoir s'il a des nouvelles de Joss et de Marie. Ont-ils été rachetés, eux aussi ? Il répond que les autorités ont bon espoir que d'autres captifs soient libérés, mais qu'à ce jour elle est la seule. Sa réponse lui fait l'effet d'une pierre tombée dans ses entrailles, qui la réduit au silence. Son nez coule et elle s'essuie le visage avec le coin de sa couverture. Sa robe est tachée de graisse et de terre, et sa bouche lui semble tout aussi souillée. Seul le mouvement chaud de la chair de la jument sous ses cuisses lui procure un réconfort inattendu.

Son regard est attiré par un moineau voletant de branche en branche au-dessus de sa tête, par les rayons obliques de la lumière de la fin d'après-midi, qui transpercent les arbres. Lorsqu'ils font halte pour abreuver la jument, elle contemple longuement les touffes d'herbe fraîche et les rochers mouillés bordant le ruisseau.

Deux Indiens les accompagnent, aussi silencieux que les arbres qui les enveloppent. Ils portent le costume des Indiens convertis, un mélange hétéroclite de vêtements anglais et indiens. Mary les soupçonne d'être des espions, bien qu'elle ignore pour le compte de quel peuple ils agissent.

Au bout d'un moment, le *squire* commence à parler et, une fois lancé, il semble ne plus pouvoir s'arrêter. Il lui explique que les soldats anglais sont arrivés à Lancaster avant la tombée de la nuit le jour même de l'attaque. Sa maison – ou ce qu'il en restait – se consumait toujours. Les soldats ont dénombré quatorze cadavres, dont deux brûlés au point de ne pas pouvoir être identifiés, et en ont conclu que vingt personnes avaient été capturées. Le *squire* annonce ces choses d'un ton sec et direct, comme s'il parlait d'arbres abattus. Il évoque les hostilités et la récente victoire des Anglais à la frontière de l'Ouest, où les Indiens ont été attaqués par surprise dans un grand campement et où beaucoup ont été tués. Il explique en détail les arrangements conclus à Boston pour sa rançon, mais elle ne parvient plus à se concentrer sur ses paroles. Elle pense à James et se demande ce que vont devenir ses enfants. Elle pense à Joseph et se demande comment vont se passer leurs retrouvailles. Comment réagira-t-il en la voyant ainsi accoutrée ? Comment le saluera-t-elle en sachant qu'il n'est pas venu à son secours ?

Elle ne peut s'empêcher de penser à la réaction de Joseph lorsque, l'été dernier, les autorités lui ont proposé le poste d'aumônier pour les troupes anglaises. C'était un bon poste, une marque de respect de la part des membres de la colonie de la baie. Il l'avait pourtant refusé. « Je me dois d'être prudent, avait-il répondu lorsqu'elle lui avait demandé des explications. J'ai une congrégation à servir, ici. »

En fin d'après-midi, ils atteignent une clairière que Mary reconnaît au long terrain légèrement incliné conduisant à une rivière. Des champs non labourés s'étendent de part et d'autre telle une mer d'herbes pâles. La rivière s'entortille en un large ruban noir à travers le paysage désert. Un trou noir dans la terre constitue le dernier vestige d'une grange réduite en cendres.

Lancaster a disparu. Aucune ruine n'est visible, comme si Dieu Lui-même avait balayé la ville de la surface de la terre. Seuls les pâturages demeurent, s'étendant sous le ciel de mai, aussi pâles que des coings. Le *squire* se confond en excuses, comme s'il était personnellement responsable de la destruction. Il regrette, dit-il, qu'il n'existe pas d'autre route qui leur éviterait de traverser ce lieu de dévastation. Il éperonne son cheval lorsqu'ils s'approchent de l'étendue de terrain où se dressait autrefois la maison de Mary, comme si la vitesse pouvait soulager son chagrin.

« Oh, fait-elle dans un gémissement sourd et profond. S'il vous plaît, j'aimerais jeter un œil. »

Il se tourne légèrement pour la considérer par-dessus son épaule. « Il se fait tard. Il fera bientôt nuit. Et nous ne sommes pas encore en territoire sûr. »

Mary observe un instant de silence, mais le désir impérieux de voir sa maison triomphe de ses doutes. « S'il vous plaît, *squire*. Je ne vois pas quel mal pourrait nous arriver si nous nous attardons juste un instant. Je veux aller voir. » Sa voix se brise lorsqu'elle prononce les derniers mots et elle le sent tirer sur la bride de la jument, cédant à sa demande.

Il ne reste de sa maison que l'ouverture de la cave, une tache noire sur la colline désolée. Mary met pied à terre et traverse la parcelle d'herbe verdâtre qui était autrefois la cour de sa maison.

« Vous devez vous dépêcher. Nous ne pouvons rester après la tombée de la nuit. » Le *squire* ne bouge pas, demeurant droit sur son cheval comme s'il y avait pris racine. Les Indiens, qui n'ont pas de chevaux, se tiennent en retrait, le visage dissimulé dans l'ombre des arbres.

Elle marche jusqu'à la large pierre plate qui constituait autrefois le seuil de sa porte. Lorsqu'elle pose le pied dessus, l'esprit de quelque diable s'empare d'elle et ses pensées s'égarent, la projetant dans le passé comme un enfant dévalant une colline. Elle revoit le sang sur la neige, entend les cris appelant à la miséricorde arrachés aux gorges de sa famille et de ses amis, sent son cœur se débattre dans sa poitrine comme s'il essayait frénétiquement d'en sortir. Elle se tient comme ensorcelée, se souvenant de toutes les horreurs survenues en cette terrible matinée.

Mary ne sait pas combien de temps elle est restée ainsi lorsque la voix discordante du *squire* Hoar la sort de sa transe. Le soleil est déjà descendu derrière George Hill, et les longues ombres de l'après-midi ont laissé place au crépuscule. Elle le regarde comme une femme en proie à des visions. Elle perçoit tout juste ses traits, tant les souvenirs ont infesté son esprit.

« Madame Rowlandson ? » Il descend de cheval et place sa main sous son bras pour l'aider à garder l'équilibre. De toute évidence, il pense qu'elle a été victime d'une sorte de crise ; peut-être s'attend-il à ce qu'elle s'effondre au sol, prise de convulsions. Et peut-être a-t-il raison, car Mary semble avoir perdu l'usage de la parole. Comme si sa langue, arrachée à sa racine, ne pouvait plus bouger dans sa bouche.

« Nous devons trouver un endroit où passer la nuit », dit-il. Mary perçoit une tension, une agitation dans sa voix qu'elle n'avait pas entendue jusqu'alors. « Nous ne pouvons pas voyager dans le noir. »

Elle veut demander pourquoi. N'a-t-elle pas parcouru à pied des kilomètres et des kilomètres de sentiers escarpés dans une obscurité plus dense encore ? Mais sa langue paralysée refuse de la laisser poser la question. Elle parvient à hocher la tête, le suit jusqu'à sa monture et remonte maladroitement sur son dos. Tandis que le *squire* guide la jument le long de la route, elle ne cesse de regarder derrière son épaule.

Ils s'abritent dans les ruines de la maison de garnison ayant appartenu à Cyprian Stevens. La palissade a été détruite et la moitié du bâtiment soufflée. La porte d'entrée est grande ouverte ; des éclats de bois pointent comme des dents sur le seuil. Lorsque Mary examine les briques noircies de la cheminée, le *squire* lui explique que les Indiens sont revenus après l'attaque et ont terminé leur travail à grand renfort de poudre à canon.

Ayant allumé un feu dans ce qu'il reste de l'âtre, il sort du pain et du fromage de sa sacoche de provisions et les lui tend. Les ombres se lèvent et retombent sur le plâtre brûlé tandis qu'ils mangent. Au bout d'un moment, il l'interroge quant à la manière dont les Indiens l'ont traitée. Sa voix la surprend par sa sollicitude pleine de douceur et elle se retrouve bientôt à s'épancher sans retenue, lui racontant en détail les douloureuses épreuves qu'elle a traversées. Elle parle de la mort de Sarah et de la lente cicatrisation de sa propre blessure. Elle relate les longues journées de marche, où elle se forçait à continuer alors qu'elle était au bord de l'évanouissement. Elle lui raconte comment la faim et la privation lui ont appris à apprécier la nourriture des Indiens.

Il l'écoute avec un sourire plein de pitié. Finalement, elle se trouve à court de mots. « Pardonnez-moi, dit-elle. Je crains que cela ne fasse trop longtemps que j'ai parlé à un Anglais. »

Il hoche lentement la tête, puis il dit : « Vous n'avez pas encore demandé de nouvelles de votre mari. »

La phrase lui fait l'effet d'une violente gifle. Et bien que ses joues s'empourprent, elle est incapable de feindre la contrition. « Il n'est pas venu », dit-elle. Les mots lui écorchent la gorge comme s'ils étaient hérissés de piques. « Je pensais... » Elle s'interrompt et déglutit. « J'ai entendu des rumeurs affirmant qu'il s'était remarié. »

Il courbe la tête comme s'il était complice de quelque conspiration, mais elle comprend immédiatement qu'il s'efforce seulement de contenir un sourire. « Je crains que les Indiens ne vous aient dupée, dit-il. Ils aiment beaucoup jouer des mauvais tours, bien qu'en réalité ils ne pensent pas à mal. Non, votre mari ne s'est pas remarié. Il vous attend à Boston. »

Elle lâche un soupir.

« Donc il va bien ?

— Assez bien, oui. Je sais qu'il sera ravi de vous revoir. »

Il sort une pipe de sa sacoche, verse du tabac dans le fourneau, l'allume et tire une longue bouffée. Mary revoit Philip tirer sur son calumet après lui avoir raconté l'histoire des Mohawks ramassant du bois. Elle sourit en se demandant pourquoi elle n'a pas compris l'humour de cette histoire à l'époque. Sans doute avait-elle encore beaucoup à apprendre des Indiens.

« Il a été très occupé à récolter l'argent de votre rançon », dit le *squire*.

Elle contemple avec envie les rubans de fumée.

« Les sachems ont dit qu'il serait présent à ma libération.

— Madame Rowlandson. »

Il pose avec soin sa pipe sur ses genoux. Puis il se penche en avant, à la manière d'un roi dispensant sa sagesse à un sujet. « Ils ont demandé un prix très élevé pour vous. Cela n'a pas été aisé, de rassembler vingt livres. »

Le lendemain matin, ils découvrent que les deux guides indiens sont partis pendant la nuit, ce qui ne semble pas surprendre le *squire* outre mesure. Ni d'ailleurs Mary, qui sait les Indiens farouchement indépendants et ne connaît que trop bien leur manière de se déplacer furtivement sous le couvert de la nuit.

Le *squire* lui apprend que c'est dimanche, et lui demande si elle souhaite rester dans la maison détruite des Stevens afin de respecter le sabbat. Elle secoue la tête. « Je n'ai pas respecté le sabbat depuis de nombreuses semaines. Il vaut mieux reprendre la route. » Elle sait que s'ils s'attardent davantage, elle sera tentée de disparaître dans la forêt comme les guides indiens afin de retrouver le chemin du camp de Philip.

Tandis qu'ils longent la colline où le temple monte

la garde sur les pierres du cimetière, Mary se souvient de la dernière fois où, assise sur le banc de l'église, elle a écouté prêcher son mari. Le monde est depuis devenu si confus qu'il lui semble que plusieurs années, et non quelques mois, se sont écoulées.

Ils longent des granges et des maisons vides. Le *squire* lui explique que toutes les fermes situées à la frontière ont été abandonnées. Tous les habitants ont fui à l'est, trouvant refuge chez des amis ou de la famille vivant dans les villes près de la mer. Il décrit la manière dont les Indiens ont massacré les Anglais et brûlé des villages entiers, lui raconte qu'à présent, seuls les soldats s'aventurent au-delà des cours de leurs maisons.

Lorsqu'ils atteignent Concord, le *squire* met pied à terre et traverse le village, guidant Mary et le cheval. Au début, elle pense que l'endroit est abandonné, mais elle voit bientôt des visages qui l'observent depuis de minuscules fenêtres et des portes entrouvertes. Deux jeunes garçons jouent aux cailloux accroupis au bord du chemin. Un homme sort d'une maison, un joug à la main, tandis que sa femme attend derrière lui, cachée dans l'ombre de l'entrée. Le *squire* les interpelle gaiement et l'homme répond à sa salutation d'un hochement de tête solennel. Peu après, le *squire* arrête le cheval devant une grande maison à charpente de bois adossée à la colline.

« Nous voici chez moi, annonce-t-il. Nous allons faire halte ici, afin de nous reposer un peu et de profiter de la compagnie d'amis chrétiens. Ce qui, ajoute-t-il en l'aidant à descendre de cheval, a certainement dû cruellement vous manquer ces derniers mois.

— En effet », dit-elle, bien qu'un frisson d'inquiétude accompagne sa réponse.

Les visages de ces « amis chrétiens » seront-ils remplis de jugement ? Ou de pitié ? Au lieu de suivre le *squire* jusqu'à la porte, elle reste immobile, contemplant la palissade en bois qui se dresse à quelques mètres à l'est.

« Ah, dit-il. Je vois que ma garnison vous intrigue. Mais vous n'avez rien à craindre, madame Rowlandson. Vous êtes en sécurité, à présent. » Il traverse la cour en sens inverse pour venir se tenir près d'elle. « Je l'ai fait construire pour mes amis indiens convertis, qui vivaient ici sous ma protection. Bien que de nombreux villageois eussent préféré les voir morts. » Certains des piliers hauts de trois mètres ne sont plus tout à fait droits, mais penchés vers l'intérieur, comme en signe de découragement. L'enclos ne couvre pas une zone très grande, pas plus de quatre mètres carrés. Elle se demande combien de personnes y vivaient.

Mary pense à James. À l'exil de sa famille à Deer Island. « Que sont-ils devenus ? Ont-ils rejoint les guerriers de Philip ? »

Le *squire* secoue la tête. « Je me dis parfois qu'il aurait mieux valu pour eux que ce soit le cas. Mais le capitaine Moseley est arrivé un jour en ville et les a tous arrêtés. Les femmes, les enfants et les vieillards tout comme les hommes les plus vaillants. C'était le jour du Seigneur, aussi étions-nous tous au temple. Et voilà qu'il s'y engouffre suivi de ses soldats tel le diable et ses suppôts, et annonce ses funestes intentions. »

Mary fronce les sourcils en entendant cette histoire peu crédible.

« Il a interrompu l'office ? N'est-ce pas réprimé par la loi ?

— Moseley n'a cure de la loi. Il est entré pendant le prêche, a annoncé la terrible raison de sa présence et a menacé quiconque chercherait à l'en empêcher. Je me suis éclipsé et j'ai couru jusque chez moi pour défendre mes amis. Malheureusement, mes efforts ont été vains. »

Il tourne le dos à la palissade, comme pour fuir plus rapidement ses souvenirs. « Le capitaine Moseley et ses semblables sont un terrible fléau sur ces terres, ajoute-t-il. C'est une chose de se montrer valeureux au combat. C'en est une tout autre d'infliger des tortures à des femmes et à des enfants innocents. On raconte qu'il a ordonné à une de ses captives indiennes de retirer tous ses vêtements et qu'il a lui-même appliqué des lames de couteau chauffées à blanc sur ses seins. »

Mary se remémore la description faite par James des tortures du capitaine Moseley et sent une amertume noire sur sa langue. Elle contemple les pieux de la palissade. L'écorce a été arrachée par endroits, et des pics ont percé des trous dans le bois en quête d'insectes et de vers.

« Venez, dit le *squire* en lui prenant le bras. Nous devons entrer et nous préparer, car j'attends des invités. Je sais que vous serez ravie de les voir. » La manière dont il lui sourit suggère qu'il lui réserve une surprise. Elle détourne le regard, songeant à James se tenant debout près du rocher où elle a été libérée, les yeux remplis de chagrin.

Le *squire* Hoar la conduit dans une pièce meublée d'une table et d'un banc installés devant la cheminée. Deux petites fenêtres laissent filtrer des triangles de lumière sur le plancher. Il invite Mary à s'asseoir sur le banc, quitte la pièce et revient en compagnie d'une femme qui tient un paquet dans ses bras. Avec ses cheveux longs et raides, son visage triangulaire et son menton pointu, elle pourrait être la sœur de certaines Indiennes que Mary a croisées dans le camp. Elle dépose son paquet sur la table.

« Des vêtements anglais, chaussures, peignes, tout ce dont vous aurez besoin pour rafraîchir votre apparence. » Le *squire* désigne le paquet. « Delores vous aidera. » Il quitte la pièce, refermant énergiquement la porte derrière lui.

La femme sourit et baisse les yeux sur ses mains avec déférence. Mary se lève, curieuse de découvrir les vêtements, se demandant s'ils lui iront. À peine s'est-elle levée que Delores bondit sur le paquet pour le déballer et, quelques instants plus tard, déploie sur la table une chemise, un corsage, une jupe, un tablier, un bonnet et une paire d'étroites chaussures en cuir.

Mary caresse la jupe, dont le tissu est de la nuance d'indigo la plus profonde qu'elle ait jamais vue. Quelqu'un a payé de nombreuses livres pour faire confectionner ces vêtements. Elle regarde Delores. « D'où viennent-ils ? »

La femme hausse les épaules. Elle n'a pas encore prononcé un seul mot. Mary songe qu'elle faisait certainement partie des Indiens convertis que le *squire* Hoar a abrités.

Elle dénoue sa poche et la laisse tomber au sol. Puis, ravalant les larmes qu'elle sent affleurer, elle retire sa robe en peau de daim et sa vieille chemise. Rapidement, elle enfile la nouvelle. Le lin est froid et doux contre sa peau. Un instant plus tard, Delores enferme Mary dans son nouveau corset et boutonne ses jupes. Lorsqu'elle attache un tablier blanc et frais autour de sa taille, un discret parfum de lavande se dégage du tissu et Mary soupire presque de plaisir.

Delores recule d'un pas et l'examine de pied en cap. Puis elle fait un geste de la main, agitant ses doigts au-dessus du bonnet qui couvre ses propres cheveux noirs. Mary comprend alors qu'elle ne peut pas parler.

Elle acquiesce. « Oui, je suppose que mes cheveux doivent être présentables à présent que je suis revenue à la civilisation. »

Un sourire se dessine sur le visage de Delores, qui extraie immédiatement un peigne en bois de sa poche et commence à détresser et coiffer la chevelure de Mary. Son geste lui rappelle la sensation d'intimité et de confort que lui avaient procurée les doigts d'Alawa tressant ses cheveux. Il lui faut un certain temps pour venir à bout des nœuds mais, finalement, Delores semble satisfaite. Elle lui tend un bonnet en lin de la blancheur de l'hiver, que Mary pose sur sa tête. Cela fait trois mois qu'elle n'a pas porté de bonnet, et elle s'y sent à la fois réconfortée et prisonnière.

Delores l'examine une nouvelle fois des pieds à la tête, et lui signale son approbation d'un hochement de tête solennel.

Mary passe ses mains sur son nouveau tablier et lisse ses jupes. « Ma poche ! » dit-elle soudain avant de l'extirper de sous la robe en peau. Bien que le lin soit souillé de graisse, elle la fixe à sa taille, refusant d'en être séparée, car elle contient tout ce qu'elle possède au monde – ses ciseaux et aiguilles, ainsi que la petite bible que James lui a offerte.

« Merci, dit Mary. Je pense être de nouveau respectable. »

Delores opine du chef, rassemble les vieux vêtements, marche d'un pas rapide vers la porte, soulève le loquet du coude et laisse Mary en compagnie du *squire*.

Assis côte à côte sur le banc, ils mangent un repas simple fait de pain et de lait. « J'aimerais vous nourrir moins frugalement, dit-il, mais les bonnes dames de Concord m'ont mis en garde de ne pas vous donner de nourriture trop riche pour votre estomac encore sensible. »

L'estomac de Mary bouillonne comme pour exprimer son accord avec ces mystérieuses dames. Ses hanches et ses cuisses sont douloureuses. Pendant sa captivité, elle a pris l'habitude de s'asseoir sur le sol, de sorte que se percher sur un banc demande à son corps un effort nouveau. Elle se repositionne sans cesse, cherchant en vain à s'installer plus confortablement.

Elle questionne le *squire* sur Delores et il lui confirme que c'est une Indienne convertie – une Nashaway devenue veuve il y a plusieurs années lorsque son mari est mort de la fièvre. « Elle a fait vœu de silence, dit-il. Et, pour autant que je sache, ne l'a jamais rompu. » Il secoue la tête. « Mais je me fais du souci pour sa santé. Elle n'a pas la vigueur habituelle des Indiens. C'est la raison pour laquelle elle est toujours sous ma protection. »

Mary voudrait en savoir davantage sur cette femme, aussi commence-t-elle à poser des questions, mais le *squire* se met à parler de sa propre épouse, partie s'établir à Ipswich avec sa cousine. De nombreux habitants de Concord ont déménagé à Boston, explique-t-il à Mary, car depuis que Sudbury, Groton et Lancaster ont été ravagées par les flammes, Concord est devenue une ville frontalière.

Mary n'a pas encore terminé son repas lorsqu'elle entend des voix suivies de coups frappés à la porte. Tandis que Delores se hâte d'aller ouvrir, le *squire* se lève avec empressement. Un groupe de quatre hommes et sept femmes pénètrent dans la pièce. Le *squire* les accueille avec enthousiasme et les encourage à partager leur modeste repas. Delores pose un plateau de pain devant eux. Résistant à l'envie d'en fourrer des morceaux dans sa poche, Mary se force à rendre leur sourire aux femmes qui se bousculent autour d'elle, s'adressant à elle d'un ton apaisant et plein de compassion, comme si elle était souffrante. Elle pense reconnaître l'une d'entre elles, dont le nom ne lui revient pas. Elle se sent un instant prise de panique lorsqu'elles se massent autour d'elle, comme si elle risquait de se retrouver piégée, asphyxiée. D'instinct, elle se lève et recule de quelques pas pour s'éloigner de la table. Mais les femmes l'acculent au fond de la pièce, et elle comprend avec désarroi que la porte et sa promesse de liberté sont désormais hors de portée.

Elle fait un pas de côté, se heurte à un grand monsieur, s'excuse, et se décale de l'autre côté, prise du besoin urgent de retrouver l'air frais de l'extérieur. Elle se fraie tant bien que mal un passage vers la sortie, qu'elle a presque atteinte lorsque la porte s'ouvre sur deux hommes.

En voyant le premier, Mary pousse un cri et plaque ses deux mains sur sa bouche avant d'être emportée dans les bras de son frère Josiah.

« Mary ! » Sa voix est rauque, presque un sanglot. Il la libère, recule d'un pas, prend son visage entre ses mains. « Dieu soit loué, tu es en vie ! » Son regard est si plein d'inquiétude que Mary ressent immédiatement le besoin de l'apaiser et de le rassurer.

« Je vais bien, mon frère. » Elle sourit, bien qu'elle sente une nouvelle fois ses yeux s'embuer de larmes.

« Et toi ? Et nos sœurs, Joanna et Ruth ?

— Tout le monde va bien. Elles sont impatientes de te revoir. Mais, ma sœur, il y a quelqu'un d'autre qui est très impatient de te retrouver. »

Lorsqu'il prononce ces paroles, Mary est convaincue qu'il parle de Joseph. Son cœur martèle sa cage thoracique et ses paumes deviennent moites. Puis Josiah se décale sur la gauche, révélant l'homme qui l'accompagne.

C'est Henry Kerley, le mari d'Elizabeth, qui se tient dans l'embrasure de la porte, ses longs bras tombant le long de son corps, le regard plein de détresse.

Désorientée, Mary fronce les sourcils et se tourne vers Josiah. « Mais où est mon mari ? Ne t'a-t-il pas accompagné ? »

Josiah lui touche l'épaule. « Non, Mary, il avait des affaires à régler. Mais sois assurée qu'il est extrêmement impatient de te revoir. »

Pas assez impatient pour venir jusqu'à Concord, songe-t-elle avant de chasser cette pensée inconvenante de son esprit, car Henry se tient à présent devant elle, l'implorant de ses yeux sombres.

« Henry. » Elle place ses deux mains dans les siennes, tendues vers elle. Déjà, ses yeux s'emplissent de larmes.

« Mary, souffle-t-il d'une voix empreinte de souffrance. Je t'en prie, dis-moi. As-tu des nouvelles de ma femme et de mes filles ? De Henry ? Comment vont-ils ? »

Elle le fixe des yeux, cherchant péniblement une manière de formuler sa réponse.

« Henry et les filles ont été capturés lors de l'attaque, dit-elle lentement. Mais je ne les ai pas vus depuis.

— Et Elizabeth ? »

Il lui tient les mains si fermement qu'elle craint qu'il ne brise les os de ses doigts.

Elle retire ses mains. « Oh, Henry », murmure-t-elle d'une voix étranglée. Elle est vaguement consciente du silence qui s'est installé autour d'elle, du regard de tous les convives qui l'écoutent, pleins d'attente. Elle secoue la tête et recule d'un pas, incapable de regarder plus longtemps dans ses yeux remplis de crainte. Aussi contemple-t-elle le plancher lorsqu'elle lui dit, d'une voix hésitante, que sa femme est morte.

Il ne prononce pas un mot, mais ses mains se serrent et se desserrent tandis que Mary relate le courage avec lequel Elizabeth a défendu la garnison. Elle lui parle du feu et de la fumée suffocante qui les ont contraints à quitter la maison. Elle lui raconte comment ils ont réuni les enfants, comment les Indiens ont massacré John Divoll sous ses yeux, et comment Elizabeth est sortie de la maison avec le bébé d'une autre femme dans les bras, faisant preuve à la fois d'une grande charité et d'un immense courage. Tout en parlant, Mary commence à trembler.

« Elle a été touchée immédiatement, dit-elle. Dès qu'elle a franchi le seuil, elle s'est écroulée. Juste devant la porte. »

Les épaules d'Henry s'affaissent si lourdement que Mary craint qu'il ne s'effondre. Son visage est blême, maladif.

« Je t'en prie, continue, dit-il d'une voix rauque, détournant le regard.

— Je suis certaine qu'elle est morte sur le coup. Elle ne bougeait plus. Quelques instants plus tard, le feu l'a engloutie. »

En voyant le pauvre homme sur le point de défaillir, Josiah l'attrape par le bras et l'aide à s'asseoir sur le banc. Henry lève les yeux vers elle, hébété. « J'étais là, dit-il d'une voix étranglée. Avec les autres soldats. La maison fumait encore quand nous sommes arrivés. Des corps gisaient dans la cour. J'ai vu deux de mes enfants, William et Joseph, nus et mutilés. » Il place ses mains devant son visage. « Comme je n'ai pas trouvé les autres, ni Elizabeth, j'ai espéré, j'ai voulu croire qu'ils avaient été faits prisonniers. » Il garde un moment le silence, ravalant ses sanglots. « Ça doit être elle que j'ai enterrée, murmure-t-il. Je n'en avais aucune idée. » Ses mains retombent. « Il y avait deux corps impossibles à identifier – un des deux était près de la porte. Je n'imaginais pas – comment aurais-je pu savoir ? » Il lève vers Mary de grands yeux vides, comme s'il voyait à travers elle, comme si elle n'était pas là. « Son corps était carbonisé, aussi noir que la terre. » Sa voix est éraillée, brisée. « Une partie de son bras s'est cassée quand je l'ai soulevée. »

Transpercée par un éclair d'horreur, Mary le rejoint et prend ses mains dans les siennes. Il courbe la tête et ses larmes dégoulinent sur le plancher. Elle ne trouve rien à dire qui puisse le réconforter, si ce n'est qu'elle aurait aimé mourir à la place de sa sœur.

21

Josiah et Henry offrent à Mary de l'accompagner à Boston, où elle sera enfin réunie à son mari. Le *squire* leur prête une charrette attelée de deux chevaux, et Mary s'installe sur le large siège, serrée entre son frère et son beau-frère. Elle tente de réconforter de son mieux Henry, lequel est accablé de chagrin. Il ne parvient pas à se débarrasser du sentiment d'horreur qui le ronge à l'idée d'avoir enterré Elizabeth sans le savoir. Pendant trois mois, il s'est accroché à l'espoir qu'elle soit en vie parmi les Indiens, et l'anéantissement de cet espoir lui a porté un coup terrible.

Ils passent devant de nombreux vestiges des raids indiens – les ruines carbonisées de granges et de maisons, des champs que plus personne ne laboure. Josiah la presse de questions. Savait-elle que les Indiens se livraient à ce genre de déprédations contre les biens du bon peuple anglais ? Qu'ils massacraient les chrétiens comme des porcs pendant la moisson ? Mary secoue la tête, bien qu'elle garde un souvenir vivace des danses de célébration qui avaient lieu autour du feu à la suite de chaque bataille. Du plaisir que lui procurait le rythme sauvage des tambours. Elle cherche dans son cœur la honte qui devrait s'y tapir, mais n'y trouve que torpeur, une absence de toute sensation. Elle n'est qu'un corps transporté dans une terre étrangère.

Comme ils approchent de Boston, elle reconnaît la longue étendue grise de marais salants à gauche et Gallows Bay à droite. Pourtant, la ville lui paraît étrange, presque inconnue. Elle resserre la couverture autour d'elle, bien que le soleil brille dans le ciel et que l'air soit doux. Josiah a beau lui répéter inlassablement que Joseph attend leur réunion avec impatience, elle ne peut s'empêcher de se demander pourquoi il n'a pas pris la peine d'accompagner le *squire* Hoar sur le lieu de la rançon, ou même simplement de venir la rejoindre à Concord ?

Elle remue sur son siège pour trouver une position plus confortable. Le craquement rythmique du bois irrite ses cuisses à travers le tissu épais de ses jupes. Sa main s'égare dans sa poche pour vérifier que sa bible, ses ciseaux et ses aiguilles s'y trouvent toujours.

Les fortifications de pierre et la porte de Boston se dessinent enfin à l'horizon, ainsi que la haute potence de bois installée à l'entrée de la ville. L'après-midi touche à sa fin. Alors qu'ils franchissent la porte, Mary sent sa poitrine se comprimer, comme si son corps était ligoté par une épaisse corde. Elle tente de chasser ce sentiment qu'elle sait insensé. Elle n'est ni une prisonnière ni une esclave. Elle est assise entre deux hommes qui l'aiment. Elle devrait se sentir libre.

Pourtant, son cœur tambourine contre sa poitrine. Furieusement. Bêtement. La peau de son visage lui semble douloureuse, irritée par la brise pourtant douce et chaude. Elle aperçoit quelques personnes au loin – un vieil homme guidant cinq porcs le long de la route, une femme assise sur le seuil de sa porte, trois enfants courant dans un champ en riant.

Elle pense soudain à James et une vague de chagrin l'engloutit. Une semaine seulement a passé depuis qu'elle s'est allongée contre lui dans le noir, lui livrant ses pensées les plus intimes en se laissant réchauffer par son corps. Il y a quelques jours à peine, ils s'étreignaient avec une telle force qu'il lui semblait qu'ils ne seraient plus jamais séparés. Puis il a organisé sa rançon. Et il a désormais quitté sa vie. Pour toujours.

Elle retrouve enfin l'usage de la parole. « Où loge Joseph ? » Sa voix est voilée, usée. « Avec toi, Josiah ? » Elle se demande pourquoi elle n'a pas posé la question plus tôt.

Son frère se tourne vers elle en souriant. « Je vais te conduire directement à lui. Il loge avec M. Mather, qui a eu la générosité de l'accueillir chez lui durant cette douloureuse épreuve. »

Mary hoche la tête. Increase Mather est l'ami et conseiller de son mari, un homme jouissant dans la communauté d'une reconnaissance que Joseph a toujours aspiré à atteindre.

Le temple apparaît devant eux, ses grands murs gris et carrés se dessinant contre le ciel. Mary remarque que des nuages se sont formés, qui, tel un mauvais présage, occultent désormais le soleil. Elle lisse son tablier et, lorsque Josiah guide la charrette dans la cour des Mather, commence à frissonner.

Les deux hommes sautent à terre et Josiah aide Mary à descendre. Elle entend un loquet se soulever, puis une porte grincer sur ses gonds. Elle se tourne et voit Increase Mather qui se tient dans l'embrasure, son petit corps penché en avant. Vers elle. Il sourit et tend une main amicale. Malgré cet accueil chaleureux,

Mary ne peut se résoudre à avancer. Elle reste pétrifiée, comme si une pluie glaciale venait de s'abattre sur elle.

Derrière lui, dans l'ombre, se tient son mari.

Mary a l'impression d'être enchaînée aux pavés. Elle sait que son cœur devrait se réjouir. Une prière devrait jaillir de ses lèvres, remerciant Dieu de l'avoir sauvée du monde des sauvages. Au lieu de quoi, tandis qu'elle observe son mari, une douleur lui transperce le crâne, si violente qu'elle peine à garder les yeux ouverts.

« Mary ! » Joseph passe devant Increase, souriant et ouvrant les bras dans un grand geste qui rappelle davantage à Mary celui d'un pasteur que celui d'un époux. « Loué soit le Seigneur, qui t'a guidée saine et sauve hors des terres sauvages ! » Les rayons du soleil qui brillent sur sa peau confèrent à son visage un aspect cireux et pâteux.

« C'est le *squire* Hoar qui m'a guidée », murmure-t-elle, mais il ne semble pas l'entendre. Il prend son visage entre ses mains et pose un baiser sur son front. Elle perçoit à la fois de l'inquiétude et de la pitié dans ses yeux. Bien qu'elle sache depuis longtemps que toutes ces semaines de famine ont transformé son corps, elle réalise pour la première fois qu'elle a l'apparence d'une femme moribonde.

Elle a vaguement conscience qu'Increase est en train de discuter avec Josiah et Henry et de demander à un domestique de venir donner de l'eau au cheval. Son épouse, Maria, apparaît dans l'embrasure de la porte, un bébé posé sur sa hanche. C'est une femme rondelette au visage avenant dont les yeux gris semblent chargés de compassion.

« Entrez. » Elle sourit à Mary et lui tend sa main libre. « Venez vous délasser à ma table. »

Mary esquisse un pas incertain vers la porte.

« Nous devons remercier le Seigneur ici même, déclare bruyamment Joseph d'une voix assez forte pour porter dans toute la rue. Loués soient Ses actes puissants ! » Il courbe la tête et commence à psalmodier une longue prière d'action de grâce et de supplication, louant Dieu pour Sa miséricorde et Le suppliant de leur en accorder davantage.

Peu après la prière, Josiah et Henry prennent congé, et Joseph guide Mary jusqu'à la porte. Elle prend appui sur son bras, car les maigres forces qu'elle était parvenue à rassembler ont fini par la déserter et ses jambes sont aussi instables que les pattes d'un veau tout juste sorti du ventre de sa mère.

« Quelle joie que le Seigneur t'ait rendue à nous le jour du sabbat », dit Joseph lorsqu'elle franchit le seuil de la porte. Le triomphe qu'elle perçoit dans sa voix fait monter de nouveaux sanglots jusqu'à ses lèvres.

« Sarah est morte, murmure-t-elle.

— Suffit ! »

Il prend les deux mains de Mary dans les siennes. Ses paumes sont chaudes et lisses. « Le temps pour les larmes est révolu, déclare-t-il. Tu as été rachetée. »

Elle le dévisage. « Sarah », dit-elle en se forçant à articuler afin que le nom ne reste pas coincé dans sa gorge. Malgré tout, sa voix ressemble à un sifflement dans l'air.

« Je sais, je sais. » Il lui tapote la main. « C'est la volonté du Seigneur, Mary. Elle repose avec Lui, désormais. »

Ainsi, il est déjà au courant. C'est un choc – et une délivrance. Mary a l'impression que sa colonne vertébrale s'est changée en poussière ; elle s'affaisse contre lui et se laisse guider jusqu'à l'unique chaise devant la table. Aussitôt, elle éclate en sanglots.

Maria place une serviette propre entre ses mains et pose devant elle un pot fumant orné de vignes bleues et d'oiseaux. L'odeur de bière et de crème mêlée aux épices du grog plonge Mary dans un état second, presque onirique. Alors qu'elle contemple les oiseaux, son esprit retourne à cet après-midi où, occupée à tricoter devant le wetu de Weetamoo, elle avait longuement regardé un moineau sautiller de branche en branche. Un bosquet de pins d'un vert profond se dessinait contre le ciel tandis que dans le lointain une ligne de collines bleues ondulait telle la surface d'un océan.

« Mary, vous devez manger. » Les mots de Maria la tirent brusquement de sa rêverie. « Ma pauvre. Votre peau repose sur vos os comme du linge en train de sécher. » Elle soulève le pot. « Allez, buvez. » Elle place le bec devant les lèvres de Mary. « Voilà, doucement, murmure Maria. Encore un peu. C'est fini, Mary. Vous êtes libre. »

Libre. Clignant des paupières, Mary lève ses yeux embués de larmes vers elle. Elle ne se sent pas du tout libre. Elle se sent comme un oiseau qui se serait enfui de sa cage pour qu'aussitôt un chasseur l'attrape dans son filet et lui coupe les ailes. Elle se sent doublement prisonnière, ayant à la fois trouvé et perdu un nouveau monde.

Docilement, elle boit une gorgée.

« Nous devons trouver Joss et Marie, dit-elle faiblement.

— Faisons confiance au Seigneur. »

Debout à côté d'elle, Joseph incline la tête et recommence à prier, plus longuement cette fois – remerciant Dieu pour Sa gracieuse miséricorde et Le suppliant d'épargner les vies et les âmes de ses enfants. Alors qu'il continue de psalmodier, l'esprit de Mary s'égare. Peut-être est-elle incapable de s'adonner à la prière commune, ne l'ayant plus pratiquée depuis si longtemps. Au lieu de cela, elle pense à Quinnapin et à Weetamoo tels qu'ils étaient la dernière fois qu'elle les a vus, grands et fiers parés de leurs perles et plumes. Elle pense au cercle de feu et aux guerriers dansant autour. Elle pense à James et à son regard perçant et plein de compassion. Elle est douloureusement consciente des murs qui l'entourent. Elle se sent piégée, étouffée.

Lorsque Joseph dit enfin « Amen » et qu'elle ouvre les yeux, il la regarde en fronçant les sourcils. « Tu n'as pas l'air bien, dit-il. Peut-être souhaites-tu t'allonger un peu ? »

Elle est surprise par une telle prévenance de sa part. A-t-il à ce point changé depuis les trois mois qu'elle ne l'a pas vu ? Ou sa sollicitude n'est-elle destinée qu'aux regards d'Increase et de Maria ? « Non », répond-elle, soudain envahie par cette agitation qui ne la quittait pas durant sa captivité. Elle se lève. « J'aimerais aller marcher un peu dehors. »

Il hoche la tête comme s'il comprenait, bien qu'elle doute que cela soit possible.

Pendant près d'une heure, ils arpentent la rue devant la maison des Mather. Un nouveau banc de nuages se forme, qui engloutit le soleil, chargeant l'air d'un froid humide, mais ils continuent pourtant à marcher. Dans un sens, puis dans l'autre. Le mouvement l'apaise, lui donne l'impression d'être de nouveau elle-même, ses jambes ayant pris l'habitude de parcourir plusieurs kilomètres par jour.

Ils ne se regardent pas, ni ne se touchent. Mary voudrait demander à son mari pourquoi il n'est pas venu la chercher à Concord, mais elle ne parvient pas à délier sa langue. Toute sa force, toute sa volonté, réside dans ses jambes. C'est donc Joseph qui lui pose des questions. Il la prie de lui raconter la mort de Sarah, et lorsqu'elle la lui décrit d'une voix hésitante, il prend trois courtes inspirations, mais ne lui fait aucun reproche. Il lui demande si elle a pu surveiller Joss et Marie. Il réclame les détails de l'attaque de leur maison. Il souhaite savoir si sa foi a faibli pendant ces mois passés dans le monde sauvage. Mais elle ne parle que très peu, car sa langue est comme pétrifiée dans sa bouche, visiblement contaminée par la réticence indienne.

« Je souhaite connaître les détails de ton traitement par les sauvages », dit-il finalement. Elle connaît la raison de cette question, sait qu'il s'inquiète plus précisément de sa pureté.

« C'est un peuple chaste, dit Mary. Je n'ai pas été déshonorée. »

Il s'immobilise sur la route et la regarde en plissant les yeux. Elle comprend alors qu'il ne la croit pas. Elle-même n'aurait pas cru à ces paroles si elle les avait entendues prononcer par quelqu'un d'autre quatre mois plus tôt, avant sa captivité.

« Je te le promets, affirme-t-elle. Je n'ai pas été déshonorée. »

Il ferme un moment les yeux. « Loué soit le Seigneur », murmure-t-il.

Une rafale de vent souffle depuis la mer, faisant claquer la cape que Maria lui a donnée.

« Oui », murmure-t-elle en resserrant la cape autour d'elle, à la fois pour se réchauffer et pour cacher la douleur soudaine qui lui assaille l'estomac, comme si le grog de Maria venait de se changer en bile.

La soirée est consacrée à la prière. Dans la maison, tous se rassemblent autour de l'âtre de la cuisine. Increase et Joseph rendent une nouvelle fois grâce à Dieu et prient pour le retour de Joss et de Marie ainsi que pour les autres captifs n'ayant pas encore été rachetés. Increase lit un long passage des Saintes Écritures concernant la miséricorde divine – l'exode des Hébreux d'Égypte, la libération de Jonas par le grand poisson, Jésus apaisant la tempête. Pour finir, guidés par Joseph, ils chantent le psaume 124.

Assise sur un banc, Maria berce son bébé dans ses bras, ses cinq autres enfants assis à ses pieds. La fille aînée lui rappelle tellement la sienne que le cœur de Mary se serre douloureusement. Le fils aîné, Cotton, doit avoir le même âge que Joss, mais son tempérament est aussi calme et solennel que celui de Joss est vif et enjoué.

Plus tard, ils prennent place autour de la table, les femmes et les hommes ensemble, afin de partager le modeste repas préparé par Maria, fait de pain, de fromage et de bière chaude. Mary mange peu et ne prononce pas un mot, car chaque morceau de pain devient aigre dans sa bouche.

Son esprit est aussi tourmenté que son ventre. Elle ne peut s'empêcher de penser à Marie et à Joss, qui vivent toujours dans la forêt, prisonniers des Indiens. Elle pense à Alawa et se rend compte que la jeune femme lui manque. Elle regrette de ne pas lui avoir dit adieu. Elle se remet à sangloter. Il lui semble que les larmes ne cesseront jamais de couler. Maria fait de son mieux pour la consoler tandis qu'Increase offre une prière, mais c'est Joseph qui parvient finalement à l'apaiser. Il prononce son nom d'une voix sévère, place sa main sur son épaule et prie pour que le Seigneur lui donne la force de contrôler ses larmes de femme.

Les Mather les laissent utiliser la chambre au-dessus de la cuisine pour la nuit, offrant à Mary et à Joseph un peu d'intimité et un lit à partager. Un feu brûle dans le petit âtre, devant lequel ils tirent un banc et s'assoient un moment pour se réchauffer. Mary se laisse captiver par les flammes tandis que Joseph lui parle du travail accompli en son absence, de la manière dont il s'est occupé des différents membres de l'église de Lancaster qui ont fui après l'attaque, les a aidés à trouver un logement à Boston et dans les villes environnantes.

« Nous allons nous installer à Charlestown, l'informe-t-il. Nos amis Thomas et Anna Shepard ont accepté de nous accueillir.

— Le faut-il vraiment ? »

Après son long périple à travers les terres sauvages, Mary n'a pas la moindre envie de devoir partir à nouveau. Elle se rappelle, honteuse, avoir pensé que sa mère manquait d'esprit d'aventure car elle se plaignait sans cesse de tous les déplacements que le père de Mary lui imposait. À présent, Mary comprend enfin sa détresse.

« J'ai profité de la générosité d'Increase pendant de longues semaines déjà, à attendre de tes nouvelles. Et il apprécie peu d'avoir des visiteurs, qui dérangent son étude. Charlestown n'est que de l'autre côté de la rivière. Le déplacement ne t'éprouvera pas.

— Nous pourrions loger chez ma sœur à Wenham »,
dit Mary.

Elle n'apprécie guère Thomas Shepard, pas plus
que sa femme Anna qui lui a toujours semblé être une
femme revêche. Elle répugne à l'idée d'accepter leur
charité. « Je suis certaine que nous serons les bienvenus chez Joanna jusqu'à ce que nous ayons reconstruit
notre maison à Lancaster. »

Joseph baisse les yeux vers ses mains, qui sont
toujours croisées sur ses genoux. « J'ai décidé que
nous ne retournerons pas à Lancaster. C'est désormais
un lieu défendu, peuplé de dangers. Trop près des
sauvages. » Elle frémit à ces mots et se demande s'il
a remarqué.

« Je ne me sens plus appelé à remplir une mission
à la frontière, ajoute-t-il. Increase m'a suggéré de me
tourner vers des villes plus stables, peut-être dans la
colonie du Connecticut.

— Du Connecticut ? »

Mary retrouve enfin toute sa voix.

« Devons-nous réellement partir si loin du peu de
famille qu'il nous reste ? N'aurai-je donc jamais aucun
répit ?

— Mary, Mary. Calme-toi. »

Son ton est doux, destiné à l'apaiser, et il se tourne
vers elle avec bienveillance, sans toutefois la toucher.
« Tu n'as pas à remettre en question la volonté du
Seigneur. S'Il m'appelle dans une nouvelle paroisse,
nous irons. »

Elle détourne le regard. « Promets-moi que nous
ne partirons pas avant que nos enfants nous soient
rendus », répond-elle d'une voix qu'elle s'efforce de
rendre aussi ferme que possible.

Il lui offre la réponse à laquelle elle s'attendait. « N'est-ce pas à Dieu d'en décider ? Ne t'a-t-Il pas rendue à nous pour Sa gloire ? »

Il n'y a rien qu'elle puisse dire, aucune réponse possible à ces questions, hormis de pieuses paroles. Qu'elle se trouve incapable de prononcer. Aussi garde-t-elle le silence. Le silence est une grâce que lui ont apprise les Indiens.

Au bout d'une longue pause, il parle de nouveau. « Je crains de devoir aborder une autre question délicate. Celle de ta rançon. Vingt livres est une somme énorme. »

Mary sent un frisson lui parcourir l'échine, comme si quelqu'un venait d'y poser une main glacée. Elle ne répond pas immédiatement, mais garde les yeux fixés sur ses genoux. Comme elle aurait aimé l'entendre dire qu'elle est une perle d'une valeur inestimable, et qu'il aurait vendu tout ce qu'il possède pour la récupérer.

« Ils m'ont dit de fixer un prix, dit-elle. Je pensais avoir donné une somme juste. Je craignais qu'une somme trop basse ne cause ma perte.

— Pourtant, Elizabeth Kettle a été libérée peu après toi. Et elle n'a pas eu l'orgueil d'évaluer à un prix aussi élevé sa propre personne. »

Mary ferme les yeux. Elle ne trouve rien à répondre qui pourrait le satisfaire. « J'ai fait ce que je pensais être nécessaire, murmure-t-elle. On ne m'a pas donné la possibilité de comparer les prix. » Les prix. Pourquoi se sent-elle soudain bien plus esclave que durant toutes ces semaines de captivité ?

« N'éprouves-tu donc aucun regret ? » Sa voix est chargée de reproche. « Tu as placé un lourd fardeau sur mes épaules.

— Des regrets ? »

Elle pense soudain à James et un chagrin immense l'engloutit, qu'elle ne parvient pas, malgré tous ses efforts, à réprimer.

« De fait, j'ai plus de regrets que tu ne peux l'imaginer, murmure-t-elle en commençant à trembler.

— Du calme, Mary. »

Il se lève. « Pardonne-moi. Le moment est mal choisi pour cette discussion. Pour l'heure, tu dois te reposer. » Délicatement, il l'aide à se lever du banc, la guide jusqu'au lit, et remonte les couvertures sur elle avant de la rejoindre. Puis il tire les rideaux et s'étend sur le lit, parfaitement immobile, sans la toucher. Au bout d'un moment, elle comprend qu'il s'est endormi.

Elle fixe le motif que dessinent les flammes sur les rideaux tout en pensant à ses enfants, à James et aux danses tristes des Indiens pleurant la mort de Canonchet.

22

Moins d'une semaine après l'arrivée de Mary chez les Mather, ils partent s'installer chez Thomas Shepard et sa femme. Joseph et Thomas ont tous deux étudié à Harvard, où ils se sont liés d'amitié. L'épouse de Thomas, Anna, se soumet à toutes ses volontés d'une manière assez agaçante, mais Mary est déterminée à l'apprécier, puisqu'elle jouit d'une réputation de femme bonne et charitable, et que son amitié pourrait grandement l'aider à retrouver une place dans la société anglaise.

Les remparts de Charlestown se dressent juste derrière la maison des Shepard, et l'odeur puissante des marécages flotte dans leur cour le matin et la nuit. Mary, qui n'a pas vécu près de la mer depuis son enfance à Salem, trouve ces effluves fétides des marées très désagréables. Elle se languit du parfum doux et frais des pins et des prairies, rêve de sentir le vent souffler dans ses cheveux libres et de pouvoir admirer des forêts et des montagnes à perte de vue.

Peu après leur installation, Joanna, la sœur de Mary, vient lui rendre visite. Mary lui raconte la mort d'Elizabeth et les deux sœurs tentent de se consoler mutuellement, bien qu'aucune parole ne parvienne à étancher leurs larmes. Ils n'ont toujours pas de nouvelles de Hannah et de son éventuelle libération. Mary assure à Joanna que lorsqu'elle a aperçu Hannah pour la dernière fois – dans la loge du conseil des sachems –, celle-ci semblait aller relativement bien.

Alors qu'elles partagent un moment d'intimité dans le jardin, Mary lui avoue sa déception que Joseph n'ait pas pris la peine de venir la chercher à Concord, mais Joanna la met en garde de ne pas s'appesantir sur de telles broutilles. « Ce qui compte, c'est que tu sois revenue parmi nous, dit-elle. Pourquoi te tourmenter avec un simple affront à ta fierté, après tout ce que tu as subi ? » Ce disant, elle saisit tendrement Mary par les épaules et pose un baiser sur sa joue. « Je t'en prie, raconte-moi les épreuves que tu as traversées dans le monde sauvage, dit-elle. Parler de ton calvaire te soulagera. » Une étrange excitation transparaît dans sa voix, une sorte de curiosité malsaine qui irrite Mary. Lorsqu'elle tente de répondre, elle découvre que sa langue s'est changée en pierre.

« Ce n'est rien, Mary, la rassure finalement Joanna en essuyant son visage avec une serviette. Tu as tout le temps de raconter ton histoire. Dieu te guidera. Tu dois prier pour. »

Mary hoche la tête. Elle ne lui avoue pas que ses prières se sont taries comme une source en été, qu'elle est incapable d'y trouver le moindre réconfort.

Joseph ne touche plus Mary de la manière dont un homme touche sa femme. Bien qu'ils dorment côte à côte nuit après nuit dans le même lit, il ne la prend pas dans ses bras, ni n'explore son corps de ses doigts. Elle qui espérait trouver une consolation à son retour dans l'union avec son mari, elle ne peut s'empêcher de se demander si son corps émacié le répugne. Il semble consumé par l'idée qu'elle ait pu renoncer à Dieu lorsqu'elle vivait dans le monde sauvage. « Je crains que le Seigneur nous retire à tous Ses faveurs, dit-il. Tu dois me raconter ce qu'il t'est arrivé, Mary. Pour le bien de notre famille. »

Quelle famille ? se demande-t-elle. Il n'y a plus qu'eux deux. « Je n'ai pas sciemment renoncé au Seigneur, répond-elle. En revanche, j'avais parfois l'impression qu'Il avait renoncé à moi. » Elle se détourne de son regard moralisateur. Pourtant, lorsqu'elle réfléchit ensuite à ses paroles, elle est frappée par l'idée que c'est Joseph, et non Dieu, qui a renoncé à elle.

Le jour du sabbat suivant son retour, Mary assiste au culte. C'est une sensation étrange que de s'asseoir en compagnie des autres femmes, et non seule au premier rang. Sa vie avec les Indiens l'a rendue agitée, inapte à rester perchée pendant des heures sur un banc dur. Elle est consciente que les regards de la congrégation se tournent souvent vers elle, en particulier lorsque M. Shepard évoque son rachat dans ses prières. Il parle longuement de la divine providence dans un sermon qui semble à Mary étrangement fastidieux.

Après l'office, les femmes surexcitées encerclent Mary et la harcèlent de questions. Que mangent les Indiens ? Possèdent-ils une odeur d'animal ? Est-il vrai qu'ils dansent nus lors de cérémonies scabreuses ? A-t-elle rencontré Satan dans les terres sauvages ? A-t-elle pu respecter le sabbat ? A-t-elle vu les Indiens faire rôtir des enfants ? Combien de fois a-t-elle été déshonorée ?

Elle reste un moment abasourdie par ce déferlement de questions, mais finit par tenter d'y répondre. Les

Indiens mangent ce qu'ils trouvent, des racines par exemple, et chassent le cerf et l'ours. Effectivement, ils dansent, mais cela n'a rien d'obscène. Elle n'a jamais vu le moindre signe de Satan. Les femmes froncent les sourcils en secouant la tête et continuent de l'assaillir de questions. Manifestement, ses réponses n'ont pas satisfait leur curiosité. Elle lève les mains dans un geste de supplication.

« S'il vous plaît, si vous voulez bien me laisser parler, je vais vous raconter ce que j'ai vu, dit-elle.

— Chut, laissez-la parler ! crie quelqu'un.

— Oui, nous voulons entendre la vérité, si terrible soit-elle », renchérit quelqu'un d'autre.

Les expressions des femmes sont avides, excitées, presque obscènes. Soudain, Mary comprend qu'elles ne veulent pas la vérité. Elles veulent entendre des histoires qui confirmeront leurs idées fausses, qui valideront leurs peurs. Pendant un instant, elle ressent de la colère. Puis un esprit malicieux s'empare d'elle.

« J'ai vécu des épreuves terribles, confesse-t-elle. On m'a forcée à écouter chanter les oiseaux et à m'asseoir sans rien faire au soleil. J'ai dû observer des cérémonies indiennes et partager leurs repas. J'ai dû construire leurs abris et transporter leurs affaires quand nous marchions d'un lieu à un autre. Ils se sont moqués de moi avec une grande cruauté quand j'ai failli tomber en traversant une rivière. C'est un miracle que je sois là aujourd'hui pour vous raconter tout cela.

— Par la grâce du Seigneur », souffle une femme, visiblement impressionnée.

Ses compagnes hochent la tête. Manifestement, elles la croient à présent.

Mary craint cependant qu'aucune d'entre elles n'ait compris qu'elle plaisantait. Lorsqu'elle répète ce qu'elles croient déjà, elles ne remettent pas en question la véracité de ses paroles.

« Combien de fois avez-vous été déshonorée ? demande une femme à l'arrière de la foule.

— Oui, dites-nous ! » s'exclament en chœur plusieurs autres.

Mary secoue la tête. « Je crains de ne rien pouvoir dire, répond-elle. Cela m'est impossible. » Les femmes échangent des murmures entendus, prenant ses mots comme une confirmation que le nombre est trop grand pour être avoué. Elle regrette aussitôt sa plaisanterie, mais il est trop tard pour revenir sur ses paroles. Son trouble est si manifeste qu'une femme lui prend gentiment le bras pour la rendre à la protection de Joseph, lequel la raccompagne en silence à la maison des Shepard. Elle n'assiste pas au service de l'après-midi avec lui, mais s'assied dans le petit salon et tente de prier. Bien que sa bible soit ouverte sur ses genoux, Dieu lui semble bien loin. Il lui vient à l'esprit que sa plaisanterie n'était pas bien différente de celles qu'elle a entendu les Indiens raconter durant sa captivité. Le mode de vie indien a non seulement influencé sa tenue et ses actions, mais aussi son sens de l'humour.

Elle est distraite par les rayons du soleil printanier qui dansent à travers la fenêtre et dessinent des motifs en forme de diamant sur le mur, à la manière dont le soleil traversait les jeunes feuilles des arbres lorsqu'elle marchait avec les Indiens sur le chemin de Wachusett. L'espace d'un instant béni, le poids de son chagrin se dissout.

Un jour, la nouvelle leur parvient que Hannah a été rachetée avec ses deux enfants. Dès qu'elle la voit,

Mary se jette dans les bras de sa sœur et la supplie de lui donner des nouvelles de Joss et de Marie, mais Hannah ne peut rien lui dire.

Bien qu'elle soit faible et émaciée, son tempérament enthousiaste ne l'a pas désertée et elle s'adapte rapidement à sa nouvelle vie dans la société anglaise. Mary peine à comprendre pourquoi elle est elle-même incapable de pareils ajustements. Son âme est comme déchirée. En privé, elle pleure l'absence de ses enfants, se laissant consumer par l'inquiétude. Bien que Joseph la mette sévèrement en garde contre les dangers d'une trop grande tristesse, elle ne peut s'empêcher de se lamenter.

Elle commence à faire des rêves terribles, des cauchemars de mort qui la réveillent au milieu de la nuit. Bien que l'air dans la chambre à l'étage de la maison des Shepard soit lourd, d'une chaleur presque suffocante, elle ne se débarrasse que rarement de sa couverture. Le froid l'a tourmentée pendant si longtemps qu'elle ne peut se plaindre de ce nouveau désagrément. Elle force ses pensées à se diriger vers Dieu, Le remercie que les gouttes qui collent à son dos et à sa nuque ne soient pas du sang mais de la sueur. Les rideaux de futaine ne frémissent pas lorsqu'elle s'agite et se retourne sans cesse dans le lit. À côté d'elle, Joseph dort, ronflant doucement, indifférent à sa détresse.

Elle appréhende de se laisser aller au sommeil. Elle écoute les bruits de la nuit – le ululement des hiboux, les cris réguliers du gardien de nuit qui arpente les rues en annonçant l'heure. Certaines nuits, elle se lève et prend un bain en secret, soulagée de se sentir propre et rafraîchie. Elle pense à James, se remémore leurs longues conversations et la nuit passée dans son wetu. Le réconfort que lui avait apporté sa présence, la proximité de son corps. Elle sait que toute vertu qu'elle possédait avant sa captivité s'est envolée, car elle vendrait volontiers son âme pour revivre un tel moment.

Une nuit, elle tend la main et caresse la cuisse de son mari. Elle pense au plaisir animal de l'union conjugale, à la douce sensation de bien-être qui l'envahissait parfois lorsqu'il prenait son temps avec elle. Sa main remonte jusqu'à ce qu'elle effleure son membre du bout des doigts. Il remue, sensible à sa caresse, et pendant un instant elle pense qu'il va la prendre dans ses bras et la toucher tendrement comme il le faisait autrefois. Au lieu de quoi il repousse sa main et lui tourne le dos. Elle ravale alors un sanglot en se demandant si elle connaîtra de nouveau un jour la passion.

Elle prend le parti de fournir davantage d'efforts pour s'adapter à la vie civilisée, pour redevenir une bonne épouse pour son mari. Elle se plie consciencieusement aux règles et manières de la société anglaise, mais cette vie retrouvée l'épuise. Chaque matin, elle s'enferme dans son corset et cache ses cheveux sous son bonnet. Elle enfile ses jupons et revêt un tablier propre par-dessus sa jupe, regrettant la douceur et la liberté des robes indiennes. Lorsqu'elle déroule ses bas sur ses jambes et glisse ses pieds dans ses étroites chaussures, elle rêve du confort des mocassins. Elle noue sa poche autour de sa taille, l'unique objet qu'elle a conservé de sa vie à Lancaster, auquel elle s'est accrochée comme à un talisman pendant ses mois de captivité. Alors qu'elle glisse sa main à l'intérieur et sent les aiguilles et les ciseaux, il lui vient à l'esprit que ce n'est pas seulement la Providence qui lui a sauvé la vie, mais son propre esprit d'initiative et le contenu de cette poche. Une pensée mauvaise qu'elle n'ose avouer à personne, et surtout pas à son mari.

Elle vit dans la maison d'une autre femme et cuisine à ses fourneaux, et bien qu'Anna Shepard ne se soit jamais montrée désagréable ou impolie envers elle, Mary voit dans ses fréquents regards en coin qu'elle la surveille, guettant dans le moindre de ses gestes le signe d'une nature sauvage. Mary l'aide de son mieux, pétrissant le pain et surveillant le feu, lavant les vêtements et les draps et filant le lin. Elle aide à entretenir le potager, et à plumer les oies de leur duvet pour en faire des oreillers et des lits de plume. Mais ses doigts sont étrangement malhabiles et les oies gloussent bruyamment leur désapprobation. Le pain refuse parfois de lever, et le corset et le tablier de Mary finissent souvent souillés de graisse.

Elle mange avec un désespoir solennel. Si elle craignait, les premiers jours, de ne jamais retrouver l'appétit, elle redoute désormais de n'être jamais rassasiée. Il y a en elle une voracité nouvelle, une faim qui ne se limite pas à la nourriture, comme si elle voulait dévorer la vie elle-même. Elle se souvient du foie de cheval qu'elle a mangé dans le camp indien, du sang dégoulinant de son menton et souillant ses vêtements. Elle se souvient du plaisir immense que lui avait procuré ce repas obscène, du bonheur de ne pas avoir à se soucier le moins du monde de son apparence ou du fait qu'elle était devenue aussi sauvage que les bêtes habitant la forêt autour d'elle.

Joseph se montre patient, lui laissant le temps de modifier son comportement, de se débarrasser de ce qu'il appelle les « habitudes sauvages » qui l'ont contaminée. Il insiste simplement pour qu'elle se joigne à lui pour la prière chaque matin et chaque soir, convaincu que lui imposer cette discipline l'aidera à corriger son esprit.

Malgré tout, son regard se fait de plus en plus dur, et Anna émet des remarques sur son apparente agitation. Un jour de sabbat, après le service du matin, elle prend Mary à part et la met en garde contre les bruits qui commencent à circuler selon lesquels elle aurait été ensorcelée durant sa captivité. Certains affirment même que le diable en personne l'a possédée alors qu'elle vivait dans le monde sauvage.

Les joues de Mary s'empourprent de rage, de la même manière que lorsque Weetamoo lui donnait des ordres. Pourtant, elle tient sa langue, courbe la tête et remercie humblement Anna de l'avoir prévenue. Au fil des jours, Mary commence à prendre conscience qu'elle ne redeviendra jamais la femme qu'elle était. La route vers son ancienne vie est bloquée, non seulement par sa nouvelle nature désordonnée, mais aussi par les citoyens de Charlestown. Où qu'elle aille, elle remarque leurs regards méfiants et entend leurs murmures. Elle en vient à accueillir avec bienveillance l'idée de son mari de s'installer dans une nouvelle paroisse, loin des langues médisantes de la colonie de la baie. Elle y voit la possibilité d'une nouvelle rédemption.

Son inquiétude constante, qui tient presque de l'obsession, est de retrouver Joss et Marie. Elle insiste pour accompagner Joseph lorsqu'il parcourt les villes de la colonie au nord et au sud de Boston, invité à prêcher par d'autres pasteurs afin de gagner quelques shillings. Mais le monde sauvage, comme une bête gigantesque, semble avoir avalé leurs enfants et n'être pas encore prêt à les recracher.

Lorsque Increase Mather leur suggère de trouver un moyen de négocier avec les Indiens, Joseph rencontre Daniel Gookin, l'homme en charge des Indiens convertis. Il revient découragé et inquiet, craignant ce que ni l'un ni l'autre n'osent dire – que leurs enfants ont été tués et que, comme Sarah, leur corps gît dans une tombe de fortune qu'ils ne trouveront jamais.

Un jour, Joseph lui annonce que John Eliot, le pasteur de l'église de Roxbury, souhaite la rencontrer. « Il a noué une relation d'amitié avec les Indiens et connaît leurs coutumes, explique-t-il. Il s'intéresse à leurs actions, car il a tenté de les guider vers le Christ. » Elle pense soudain à ce que James lui a raconté au sujet de John Eliot, de sa visite à Hassanamesit lorsque James était enfant, de la manière dont James l'a aidé avec sa Bible indienne. De l'admiration qu'il lui vouait. M. Eliot n'a pas seulement baptisé James, il est également devenu son ami et lui a permis de recevoir une véritable éducation dans une maison anglaise. Si Mary ne partage rien de tout cela avec Joseph, elle accepte néanmoins avec enthousiasme de le rencontrer.

M. Eliot leur rend visite le lendemain. C'est un homme calme et corpulent portant une petite barbe et de longs cheveux gris qui lui descendent jusqu'aux épaules. Il s'assied avec décontraction dans la grande chaise des Shepard près de l'âtre et sourit à Mary tout au long de l'entretien. Joseph est perché à côté d'elle sur un banc à haut dossier, mais demeure étrangement silencieux tandis que M. Eliot lui demande sans la presser de partager avec lui ses pensées et souvenirs.

Elle parle peu, ne sachant pas comment répondre à ses questions. Elle ne pense pas que quiconque, pas même M. Eliot, soit en mesure de comprendre ce qu'elle a vécu. En outre, elle n'ose pas parler de James en présence de Joseph.

« J'ai constaté que les Indiens sont, dans l'ensemble, des hommes tout à fait respectables, dit M. Eliot. Ils sont toujours prêts à expliquer leurs pratiques, et sont pleins de curiosité à l'égard de notre Seigneur. »

Mary hoche la tête tout en s'efforçant d'empêcher ses mains de trembler sur ses genoux et ses pieds de trépigner sous ses jupes. « À dire vrai, je n'ai pas trouvé les Indiens très différents des Anglais », admet-elle.

Joseph hausse les sourcils de surprise. « Chacun sait pourtant qu'ils sont pleins de malice et s'adonnent à l'exercice et à la danse. »

Elle lutte pour tenir sa langue, pour s'empêcher de contredire son mari tandis que M. Eliot se penche vers elle. « Je sais que vous viviez parmi les non-convertis, et il ne fait aucun doute que vous avez souvent craint pour votre vie, mais je suis certain que vous avez senti la providence du Seigneur au cours de ces nombreuses épreuves. Mais j'aimerais savoir, en particulier… » Il marque une pause comme s'il cherchait la meilleure manière de formuler sa question. « Je me demandais si… Dites-moi, avez-vous rencontré des Indiens convertis ? »

Elle pense aussitôt à James. Une vague de chaleur enflamme sa poitrine et son cou tandis qu'une boule se forme dans sa gorge. Elle baisse les yeux vers ses doigts qui s'agitent sur ses genoux. Joseph fronce les sourcils. Il lui prend la main pour l'inciter à répondre, mais elle se met à trembler si fort qu'il n'insiste pas.

Au lieu de quoi, il présente ses excuses au pasteur. « Je vous en prie, pardonnez-la, dit-il. Elle est régulièrement sujette à ce genre de crises depuis son rachat. »

M. Eliot lui souhaite un bon rétablissement et prend rapidement congé, non sans avoir prié à voix haute le Seigneur de délier la langue de Mme Rowlandson afin que Sa lumière puisse briller pour eux d'une lueur plus intense.

23

Le silence de Mary – sa « crise », selon le terme que Joseph insiste pour utiliser – face à la question de M. Eliot la perturbe. Elle y pense constamment, pétrissant le problème comme de la pâte entre ses doigts. Elle sait que la source de son mutisme soudain réside dans son sentiment de culpabilité à l'idée d'avoir voulu rester parmi les Indiens. Non, c'était plus spécifique que cela – elle voulait demeurer avec James. Et ce même après avoir appris que son mari était toujours en vie.

Bientôt, elle se retrouve happée dans la spirale de la dépression et de la peur. Sa détresse devient si monstrueuse qu'elle ne parvient plus à adresser la parole à quiconque hormis Joseph et ses sœurs. Chaque matin, lorsque Anna Shepard lui souhaite une « bonne journée » de sa voix lugubre, Mary ne peut qu'acquiescer et essayer de sourire. Joseph s'excuse en son nom et s'efforce d'expliquer que son étrange comportement est dû au choc provoqué par toutes ces semaines en captivité. Mais Mary a le sentiment que même lui n'en est pas convaincu.

Joseph la prévient que M. Eliot n'est qu'une des nombreuses personnes ayant sollicité une audience avec elle. Elle doit retrouver sa voix afin de pouvoir répondre à leurs questions. Thomas Parker, Urian Oakes, Daniel Gookin et même le gouverneur Leverett en personne ont tous demandé à entendre son histoire. Elle supplie Joseph de repousser la date, au moins jusqu'à ce qu'elle connaisse le sort de leurs enfants. Elle lui explique que sa langue a été liée par quelque esprit malveillant pendant son audience avec M. Eliot ; qu'elle craint de ne pouvoir offrir, en guise de réponse à leurs questions, que de vagues sourires et hochements de tête. Le silence s'est posé sur elle comme une épaisse couche de neige, étouffant même ses larmes.

Joseph, quant à lui, a gagné en célébrité depuis sa libération. Les membres de la communauté ressentent une grande compassion envers cet homme dont l'épouse a passé autant de temps parmi les Indiens. Qui sait à quel genre de dépravations la pauvre femme a été soumise, à quel point la vie parmi les païens l'a souillée ? Ils jugent très noble de sa part d'avoir accepté de la reprendre. On le paie pour venir prêcher dans de nombreuses villes à travers toute la colonie, et les fidèles se massent dans les temples pour l'écouter, curieux d'entendre ce qu'il a à dire. Mary l'accompagne dès qu'elle le peut dans l'espoir de recevoir des nouvelles de ses enfants. Ils se rendent ainsi à Salem et à Rowley, Ipswich et Salisbury. Bien que Joseph soit reçu très chaleureusement, c'est Mary qui attire toutes les curiosités, qui se voit harcelée de questions auxquelles elle est incapable de répondre.

Un après-midi, alors qu'ils voyagent en direction de Rowley, ils sont rattrapés en chemin par William Hubbard, le pasteur d'Ipswich. Celui-ci, les joues rouges d'excitation, leur annonce que Joss a été libéré à Portsmouth. Euphorique, Mary supplie Dieu de lui pardonner d'avoir douté de Sa miséricorde. Elle Lui promet que s'Il lui rend ses enfants, elle répondra à toutes les questions qui lui sont posées.

Comme en réponse à sa prière, la veille de leur voyage pour aller retrouver Joss, on leur annonce que leur fille est arrivée à Providence. Mary ne parvient pas à contenir sa joie. Pour tenter de se vider la tête, elle part marcher le long de la rivière, où elle écoute les oiseaux chanter en chœur et regarde les nuages se refléter sur l'eau. Elle remercie Dieu encore et encore. La détresse qu'elle a ressentie depuis son retour disparaît comme la rosée sur l'herbe d'été.

Ils se rendent à Portsmouth dans une charrette grinçante tirée par un cheval emprunté pour l'occasion. De toute sa vie, Mary ne s'est jamais sentie aussi impatiente. Elle ne tient pas en place, réussissant à peine à rester assise sur son siège.

Portsmouth est un fouillis de maisons rassemblées en grappes près de la mer. De longs quais s'enfoncent dans le port, où trois navires sont à l'ancre. Mary est surprise de voir circuler dans les rues bondées autant de personnes à la peau sombre, qui lui rappellent le fils de Bess Parker. Elle décide qu'il lui faudra localiser la jeune femme afin de lui rendre visite. Joseph part se renseigner dans une taverne, où il apprend que Joss séjourne chez le commandant Richard Waldron, à la périphérie de la ville.

Le commandant est un homme d'une grande prestance, qui insiste pour qu'ils prennent le thé avec lui avant d'envoyer un valet chercher Joss. Malgré sa livrée formelle de couleur verte, le valet est visiblement un Indien – il en a les traits et la haute taille.

Mary se lève d'un bond dès que son fils entre dans la pièce. Le garçon, qui n'a que la peau sur les os, écarquille de grands yeux en la voyant et se fige sur place, aussi pâle que s'il venait de voir un fantôme. « Joss ! » Elle court vers lui, prend sa tête entre ses mains et presse son visage contre sa poitrine. Bien après que Joseph l'a arrachée à lui, les larmes coulent toujours sur le visage de Mary, qui répète sans pouvoir s'arrêter le nom de son fils. Elle refuse de le quitter des yeux. Tout au long de l'après-midi et jusque tard dans la soirée, elle l'observe. Elle ne peut s'empêcher de le toucher, de lui tapoter l'épaule, d'enfouir ses mains dans ses cheveux, de faire glisser sa paume sur son visage. Un fin duvet commence à pousser sur ses joues, sur lesquelles elle ne cesse de passer ses doigts, comme si elle s'attendait à le voir disparaître. Elle lui fait ingurgiter toute la nourriture qu'elle peut, mais sa langue ne parvient à former aucun mot autre que son nom. Parfois, il lui semble détecter une expression de folie dans ses yeux, et ses larmes se remettent à couler.

Ils le ramènent à la maison le lendemain. Joss, que le mutisme de sa mère ne paraît pas choquer outre mesure, parle tout au long du trajet de sa captivité, qu'il décrit comme une grande aventure. Assise de côté sur le siège de la charrette, Mary ne quitte pas une seule seconde son fils du regard.

Dès leur retour à Charlestown, Mary n'a plus qu'une idée en tête – retrouver sa fille. Elle ne veut même pas prendre le temps de se reposer de leur trajet avant de repartir. Mais Joseph décrète qu'ils ne peuvent y aller eux-mêmes.

« Le bruit court que les sauvages se rassemblent dans cette zone pour une nouvelle attaque, lui explique-t-il.

On m'a prévenu qu'il était dangereux de voyager si loin de Boston. Nous allons donc attendre que les soldats nous l'amènent.

— Mais Marie a besoin de nous ! Elle aura besoin de l'aide de sa mère.

— Et elle l'aura très bientôt, dit-il. Le sujet est clos. Tu dois prier pour recevoir la patience et la maîtrise de soi, Mary. Je crains que le mode de vie païen ne t'ait infectée. »

Sur ces mots, il tourne les talons. Elle se demande alors si ce n'est pas la peur des Indiens qui l'a dissuadé de venir la secourir, et la honte l'empêche de poursuivre ses supplications.

Sous la supervision des Anglais, la jeune Marie est conduite à Dorchester, où Joseph la rejoint pour la ramener à Charlestown. Sitôt que la charrette s'arrête devant la porte, Mary sort en courant et attire sa fille dans ses bras. Le visage et le corps de Marie sont encore plus squelettiques que ceux de son frère, pour autant il y a en elle une gaieté qui convainc Mary que son esprit est intact.

Marie leur explique que son ravisseur était un guerrier wampanoag qui l'a offerte à sa sœur. Elle n'a été ni battue ni attachée, bien que, comme Mary, elle ait été forcée de transporter de lourds paniers dès que la femme et sa famille reprenaient la route. Les premières semaines, Marie n'a cessé de craindre pour sa vie, mais, petit à petit, elle a pris conscience que ses ravisseurs ne la traitaient pas différemment de leurs propres filles. Rapidement, elle s'enquiert du sort de Sarah. Alors que Mary décrit les souffrances et la mort de sa fille cadette, sa voix se fait de plus en plus rauque, ses mots de plus en plus rares, jusqu'à ce qu'elle se mure de nouveau dans le silence. Elle attire Marie contre elle, l'étreignant si longtemps que la jeune fille se met à protester.

Comme ce fut le cas avec Joss, Mary est incapable de quitter sa fille des yeux. Tout au long de la journée, elle ne cesse de lui toucher le visage, les bras et les épaules, comme pour s'assurer que Marie est bien là, en chair et en os, qu'elle n'est pas une apparition issue d'un doux rêve.

Le soir, la famille enfin réunie s'assoit devant l'âtre. Après que Joseph a récité plusieurs prières de gratitude, Marie confesse qu'elle n'a pas été sauvée par des soldats anglais, mais par une femme wampanoag.

« Je marchais sur la piste avec d'autres femmes, explique-t-elle. J'étais la dernière dans la file. J'avais mon panier sur mon dos, qui était très lourd. » Elle se touche le front, à l'endroit où la ligne de la sangle du panier marque toujours sa peau.

« Une des femmes – Motuckqua – est venue marcher avec moi. Au début, j'ai cru qu'elle allait me réprimander, mais lorsque les autres ont pris un tournant et disparu de notre vue, elle m'a saisi le bras et entraînée hors du chemin, dans un fourré. Nous sommes restées cachées pendant des heures. J'étais terrifiée, mais elle a réussi à me faire comprendre qu'elle souhaitait me ramener aux Anglais.

— Nul doute qu'elle a risqué sa propre vie, dit Mary. Aux yeux des Indiens, elle a commis une grave trahison. »

Marie hoche la tête.

« Je ne serais pas en vie aujourd'hui sans son aide. Elle a ramassé de la nourriture, nous a trouvé un abri et m'a conduite à Providence.

— Je me demande ce qui l'a poussée à faire preuve d'une telle générosité. »

Mary sent ses yeux s'embuer de larmes.

« C'était la volonté de Dieu, déclare Joseph. Un miracle de Sa grâce. »

Mary courbe la tête tandis qu'il se lance dans une nouvelle prière de gratitude, sans qu'elle puisse s'empêcher de penser à la femme wampanoag et à son courage. Elle n'est pas certaine qu'elle aurait risqué autant pour un enfant indien.

Un mercredi en fin d'après-midi, une semaine après le retour des enfants, Joseph insiste pour emmener Mary rendre visite à Daniel Gookin à Cambridge. Ce dernier, lui explique-t-il, est assistant au Conseil des magistrats et a l'oreille du gouverneur Leverett. Il écrit en ce moment un livre sur le comportement des Indiens convertis pendant les hostilités et voudrait à ce titre lui poser quelques questions. Bien que Mary ne souhaite pas être séparée de ses enfants, ne serait-ce que pour quelques heures, elle obéit à son mari. Comme il le lui rappelle, le Seigneur a fait preuve d'une abondante miséricorde à son égard en la sauvant des terres sauvages et en lui rendant ses enfants. Mary devrait se sentir obligée de Le remercier non seulement en paroles, mais aussi en actions.

Bien qu'elle n'ait jamais rencontré M. Gookin, son nom lui est étrangement familier. Elle l'a récemment entendu évoqué par James, mais également il y a plusieurs années, dans un contexte plus sombre. C'est le nom de l'homme qui a le premier possédé Silvanus Warro, l'amant de Bess Parker.

Comme ils approchent de la majestueuse demeure qui se dresse en retrait du chemin derrière une solide barrière, Joseph déclare qu'il espère qu'elle retrouvera sa langue cette fois. Ils sont accueillis à la porte par une petite servante qui doit avoir l'âge de Sarah et dont les mouvements rappellent à Mary la grâce discrète de sa fille. Après qu'elle les a débarrassés de leurs capes, ils la suivent dans le petit salon de M. Gookin – une pièce longue et propre aux murs fraîchement blanchis à la chaux et au plancher récuré au sable. Une large table est installée devant l'âtre tandis qu'un placard en chêne et ivoire sculptés se dresse contre le mur.

M. Gookin est un homme grand et mince, aux cheveux gris et à la mine joyeuse. En dépit de l'énergie qu'il dégage, Mary estime qu'il a déjà bien entamé sa sixième décennie. Il y a en lui une tristesse peu commune, mais il les accueille pourtant avec un sourire chaleureux et des manières courtoises, les prie de s'asseoir à la table avant de faire signe à la jeune servante d'apporter la collation. Les yeux de Mary suivent la petite fille qui entre et sort tête baissée de la pièce, les bras chargés d'assiettes de petits gâteaux et de bols de bouillon chaud.

Si Joseph mange avec appétit, Mary ne fait que picorer un gâteau, en effleurer quelques miettes du bout des lèvres. Souriant avec bienveillance, M. Gookin s'adresse directement à elle. « Je veux être honnête avec vous, madame Rowlandson, dit-il. Je suis toujours à la recherche d'informations concernant certains de mes amis, des Indiens convertis qui étaient sous ma tutelle avant que ne commencent ces terribles hostilités l'été dernier. »

Mary hoche la tête. James était-il un de ses étudiants ? Elle tente prudemment de formuler une question dans son esprit mais, avant qu'elle ait le temps d'ouvrir la bouche, Joseph commence à répondre à sa place, évoquant sa récente incapacité à parler et sa propre crainte que les Indiens l'aient ensorcelée ou corrompue. Elle garde la tête baissée, fixant ses genoux en silence, se retenant de le contredire.

M. Gookin écoute poliment Joseph avant de s'adresser de nouveau à Mary. « J'aimerais en particulier savoir si vous avez rencontré un Indien qui se fait appeler James l'Imprimeur. »

Elle lève les yeux vers lui, interloquée.

« Je l'ai rencontré, répond-elle prudemment.

— Ah ! »

Son visage s'éclaire et il passe une main sur ses genoux. « Dites-moi, qu'avez-vous pensé de lui ? J'aimerais en particulier savoir où va sa loyauté. Est-il resté fidèle à la cause anglaise ? Ou prête-t-il désormais allégeance à Philip ? »

Des sentiments contradictoires tourbillonnent en elle. Elle ignore ce qu'elle doit répondre, d'autant qu'elle n'est même pas certaine de connaître la vérité.

« Je l'ai rencontré, dit-elle finalement. Mais je crains de n'avoir pas pu me faire une idée de sa loyauté.

— Ah, répond M. Gookin en hochant la tête d'un air solennel. Cela ne me surprend guère, à dire vrai. Il est extrêmement malin. Un des Indiens les plus intelligents qu'il m'ait été donné de rencontrer, mais jamais entièrement converti, malheureusement. »

Bien que son instinct la pousse à protester, Mary parvient à se contenir, consciente qu'une réaction passionnée générerait des questions auxquelles elle ne souhaite pas répondre. Aussi garde-t-elle le silence, portant son regard sur la petite fenêtre orientée ouest. D'épais nuages noirs se déroulent dans le ciel, qui étirent les ombres dans la pièce. Elle est surprise que M. Gookin n'allume pas de bougie ni de lanterne. Joseph lui pose une question, et ils se lancent dans une longue conversation au sujet des Indiens, des hostilités, et des dégâts terribles que la guerre a causés aux ressources et aux vies anglaises. Mary les écoute jusqu'à ce qu'elle ne parvienne plus à discerner comment les mots sont reliés entre eux.

Elle sent un mouvement dans l'angle de la pièce, juste derrière le feu – les ombres qui d'une façon presque imperceptible s'épaississent, lui rappelant la manière furtive et sournoise dont les Indiens se déplaçaient dans le camp la nuit. Ils lui paraissaient toujours n'apparaître qu'à la périphérie de son champ de vision, tels des esprits ou des démons. Au début, elle pense qu'il s'agit de la jeune servante, jusqu'à ce que celle-ci entre dans la pièce les bras chargés d'un autre plateau de gâteaux. Elle perçoit à nouveau le discret mouvement, à sa gauche, et cette fois elle se tourne. Il n'est pas sournois et menaçant comme elle se l'était d'abord imaginé, mais humble, modeste. Elle croit apercevoir l'ombre d'un bras noir derrière les flammes dansantes. Elle prend soudain conscience que Joseph a cessé de parler et que M. Gookin la regarde.

« Madame Rowlandson ? » Il se penche vers elle. « Tout va bien ?

— Oui. »

Elle tente de mettre de l'ordre dans ses pensées. « J'ai simplement cru voir quelque chose… quelqu'un. »

Il sourit.

« Je vous assure qu'il n'y a aucun danger, ici. Vous êtes en sécurité.

— Je crains que les mois passés dans le monde sauvage aient rendu ma femme sensible aux ombres, répond aussitôt Joseph. Elle s'effraie facilement. »

Alors même que Joseph tente de justifier son comportement, Mary se tourne de nouveau pour regarder dans l'angle de la pièce.

« Ah. » M. Gookin a cette fois suivi son regard, et il sourit à présent. « Ce n'est que Silvanus… »

Il continue de parler, mais Mary n'entend plus ses paroles, car le nom *Silvanus* lui a glacé le sang.

« Silvanus ? répète-t-elle à voix haute, coupant court au récit de M. Gookin.

— C'est cela. »

Le vieil homme lui sourit. « Prétentieux, je sais. Mais les esclaves portent souvent des noms curieux. Il ne faut pas lui en tenir rigueur. »

Son cœur se met à battre farouchement contre sa poitrine, si fort qu'elle est surprise que Joseph ne l'entende pas. « J'aimerais lui parler, dit-elle, avec une telle ardeur et une telle excitation qu'elle se lève presque du banc. S'il vous plaît. »

Joseph pose une main sur son bras en guise d'avertissement.

« S'il vous plaît, répète-t-elle. J'aimerais savoir s'il a des nouvelles de Bess Parker, une jeune femme originaire de Lancaster qui était autrefois mon amie.

— À laquelle tu as apporté ton aide, la corrige Joseph. Tu as fait preuve de miséricorde à son égard. Elle n'était pas ton amie. »

Elle aimerait pouvoir balayer ses paroles d'un revers de la main comme une mouche importune.

« Puis-je lui parler ? demande-t-elle à nouveau.

— Bien sûr, bien sûr », répond M. Gookin en se levant.

Il agite la main, et Mary voit un grand homme noir apparaître dans la lumière.

24

Silvanus a la peau aussi noire que les ombres dont il émerge. Pourtant, il se dégage de sa personne un tel éclat que Mary comprend immédiatement ce qui a attiré Bess Parker en lui. Il écoute ses questions avec attention et y répond directement, sans la moindre hésitation, sans la moindre gêne. Il confesse que Bess et lui ont péché, qu'il est le père de son enfant. Il dit que l'enfant a été vendu, il ne sait où.

« Et Bess ? s'enquiert Mary. Savez-vous où je peux la trouver ? J'aimerais beaucoup lui parler. »

Silvanus ne répond pas.

M. Gookin se repositionne sur sa chaise.

« Je crains qu'elle ne soit morte, madame Rowlandson. Elle a elle-même mis fin à ses jours.

— Non ! »

Mary place sa main devant sa bouche.

« Je vous en prie, dites-moi ce qu'il s'est passé.

— Il semble qu'elle se soit noyée peu après avoir repris le service à Salem. »

M. Gookin jette un coup d'œil à Silvanus. « Je ne connaissais pas cette jeune femme, mais peut-être était-ce pour elle une délivrance. »

Mary ignore si les épaules de Silvanus s'affaissent soudain sous l'effet du chagrin ou de la colère.

« Je suis désolée, dit-elle, et c'est à Silvanus qu'elle s'adresse, pas à M. Gookin. Je suis tellement désolée. » Elle ravale ses larmes. Joseph enfonce un mouchoir dans sa main.

M. Gookin semble affligé, tandis que Silvanus refuse toujours de croiser le regard de Mary.

« Je crains que ma femme soit souffrante, annonce Joseph en se levant. Nous devons prendre congé. »

Mary se lève à son tour. Elle est effectivement souffrante, mais ce n'est pas une souffrance qui puisse être soulagée par du repos ou des herbes médicinales. « Que Dieu vous protège, Silvanus », dit-elle, et elle comprend immédiatement au regard accusateur de Joseph qu'il pense qu'elle n'aurait pas dû adresser cette bénédiction à un esclave. Pour autant, elle ne parvient pas à éprouver le moindre regret. Elle se tourne de nouveau vers Silvanus. « Avez-vous cherché votre enfant ? demande-t-elle. Avez-vous quelque espoir de le trouver ? »

Il la regarde fixement. « Je ne suis pas un homme libre, madame. M. Gookin est mon ancien maître, mais j'appartiens désormais à M. Jonathan Wade, de Medford. C'est grâce à sa générosité que je suis ici aujourd'hui pour réparer le toit de M. Gookin. »

Mary remarque que ce dernier ne regarde pas Silvanus. A-t-il honte ? Ce n'est pas une question qu'elle peut lui poser sans se montrer impolie. En outre, Joseph est déjà en train de prendre congé et de la guider vers la porte.

À la suite de sa rencontre avec Silvanus, Mary reste alitée. Fiévreuse et épuisée, elle rêve d'Indiens et d'esclaves noirs, médite des heures durant sur le sort de Bess Parker et de son enfant. Elle ne peut s'empêcher d'imaginer encore et encore le corps de la pauvre femme extirpé, bleu et gonflé, d'une rivière. Elle revit son propre désespoir après la mort de Marie et de Sarah, lorsqu'elle était convaincue que la vie avait perdu tout son sens. Certes, l'enfant de Bess n'est pas mort dans ses bras, mais il a été vendu en esclavage. Était-ce vraiment mieux ? Mary elle-même a été vendue, a été témoin de la brutalité arbitraire d'un maître envers son esclave, a connu la peur d'être battue ou tuée à tout moment. Comment une mère peut-elle vivre en sachant que son enfant est soumis chaque jour à une telle cruauté, seul et sans protection ?

Anna Shepard prépare des bouillons et des grogs médicinaux, que Marie fait patiemment avaler à sa mère. Joseph prie avec elle chaque matin et chaque soir, lui lisant de longs passages édifiants des Saintes Écritures. Petit à petit, elle reprend des forces. Elle gagne peu à peu la certitude que si Dieu a laissé ces terribles épreuves s'abattre sur la Nouvelle-Angleterre, c'est parce qu'ils se sont adonnés à l'esclavage. Au lieu de s'examiner eux-mêmes, les Anglais, dans leur ignorance et leur stupidité, ont cru que tout ce qu'ils faisaient était approuvé par Dieu.

Dès que Mary a recouvré la santé, Thomas Shepard leur fait comprendre qu'ils n'ont ni assez de nourriture ni assez de place pour continuer à héberger toute la famille Rowlandson. Lorsque Mary suggère qu'ils retournent à Lancaster et reconstruisent leur maison, Joseph écarte immédiatement cette idée. « Le Seigneur ne nous a-t-Il pas chassés de cette contrée ? » demande-t-il avant de marquer une pause pour la dévisager de ses yeux plissés, aussi étroits que ceux d'un serpent, songe-t-elle avec une pointe de culpabilité, s'admonestant en silence pour cette pensée mauvaise. « Pourquoi voudrais-tu retourner dans une ville de la frontière, Mary ? Tes contacts avec les païens ne t'ont-ils pas suffi ? » Son ton est dur et tranchant, comme s'il prenait plaisir à lui faire du mal.

Elle se détourne rapidement, avant qu'il puisse l'interroger davantage. Ou remarquer sa peau empourprée.

Une semaine plus tard, Joseph lui annonce qu'Increase Mather est une nouvelle fois venu à leur secours. Il a persuadé M. Whitcomb, un membre de sa congrégation, de les laisser vivre dans une de ses propriétés, une maison inoccupée à Boston, non loin du temple, lui explique Joseph avant de se répandre en actions de grâce. Mary commence aussitôt à emballer leurs rares possessions.

Dès qu'elle passe la porte de la maison de Boston et découvre les murs et le sol nus, son moral s'effondre. Comment peut-elle espérer créer un foyer lorsqu'ils possèdent si peu ? Bien qu'elle soit soulagée de ne plus avoir à partager la cuisine d'une autre femme, ils devront toujours compter sur la charité de leurs amis. Joseph la trouve en pleurs devant l'âtre vide et la réprimande pour son manque de foi. Doute-t-elle que Dieu pourvoira à leurs besoins ? La vérité est que oui, bien qu'elle se garde de le lui dire. Pourtant, moins de deux jours plus tard, les voisins viennent frapper à leur porte, et avant la fin de la semaine ils possèdent un lit, des draps, une table, un banc, ainsi que des marmites et des bouilloires. Mary s'accommode du peu qu'ils ont et s'efforce de se rappeler chaque jour que, encore récemment, elle ne possédait rien du tout.

Elle prend conscience, alors que la maison se remplit, qu'elle n'aurait besoin que de très peu de ces objets si elle vivait toujours en terre sauvage.

Elle passe de nombreuses heures à réapprendre les tâches d'une femme au foyer anglaise, mais se sent étrangement à l'étroit dans la maison, et remarque qu'il en va de même pour ses enfants. Marie ouvre fréquemment la porte et se tient sur le palier, les yeux levés vers le ciel. Dès que sa mère le lui permet, la jeune fille emporte son travail dans la cour et il n'est pas rare que Mary la suive. Assises sur un banc, elles discutent de leur captivité. Joss ne tient pas en place, quittant la maison pour vagabonder dès que Mary a le dos tourné. Elle ignore où il va, et s'inquiète qu'il ne lui prenne l'envie de retourner avec les Indiens, son fils ayant lui-même admis que sa vie parmi eux lui manque cruellement.

Le propre regard de Mary s'égare parfois vers une porte ou une fenêtre, et il lui arrive de laisser ses pieds la guider dans la rue, vêtue de son tablier. À plusieurs reprises, alors qu'elle coud, pétrit du pain ou prépare un bouillon, elle a l'impression d'entendre un battement de tambour lointain ou le vrombissement d'un chant indien. Elle s'interrompt alors et ferme les yeux, comme en prière.

Mais elle ne prie pas. Elle écoute.

Petit à petit, Mary commence à comprendre avec tristesse que la captivité a changé son fils. Celui qui était autrefois un garçon honnête et plein de vie est devenu sournois et menteur. Il abandonne souvent ses corvées pour s'enfuir Dieu sait où, disparaissant parfois toute la journée pour ne rentrer que longtemps après la tombée de la nuit. Il n'offre que peu d'aide à Mary et absolument aucune à son père. Mary ne peut plus compter sur lui pour aller chercher du bois et de l'eau, ni pour entretenir le jardin derrière la remise. Il agit comme si sa seule obligation était de vagabonder sans entrave. Il est souvent absent des prières familiales et disparaît si fréquemment pendant le sabbat que les anciens de l'église ont commencé à suggérer qu'il soit réprimandé en public.

Joseph autorise cette liberté aussi longtemps qu'il peut la tolérer avant de le mettre face à ses péchés. « Je crains que les sauvages ne t'aient corrompu, dit-il au garçon qui se tient devant lui dans le petit salon presque vide. Il n'y a qu'un seul moyen de subjuguer un esprit rebelle. Je dois te fouetter, faute de quoi tu seras mis au pilori ou au carcan. »

Joss ne dit rien.

« Va chercher le bâton, fils », dit Joseph.

Mary, qui écoute depuis la cuisine, sent son cœur se serrer. Elle pense aux cruels instruments en bois installés sur la place publique. À tous les hommes et toutes les femmes qu'elle a vus piégés dans ces machines pendant des heures, parfois même des jours, alors que leurs excréments coulaient le long de leurs jambes et que les passants leur crachaient dessus. Elle ne peut supporter l'idée que son fils subisse un tel sort. Elle sait aussi qu'elle ne peut rester les bras ballants tandis qu'un de ses enfants est en train de se faire fouetter dans sa propre maison, bien que, des années durant, elle n'ait émis aucune protestation.

Mary entre dans le petit salon et se campe entre son mari et son fils. « Tu ne le fouetteras pas, dit-elle à Joseph. Pas tant que je vivrai. »

Marie, qui file du lin dans un coin de la pièce, laisse tomber sa quenouille.

« Mary… gronde Joseph d'une voix menaçante.

— Non, l'interrompt-elle avant qu'il puisse continuer. Je refuse que mon fils soit battu, que ce soit par toi ou qui que ce soit d'autre. C'est terminé. Fouetter les enfants est une pratique cruelle et inutile. Le Seigneur ne nous ordonne pas de punir, mais d'aimer. »

Sa voix tremble, car elle sait que défier ouvertement son mari est un péché, pour lequel elle risque elle-même une punition sévère. Pourtant, elle ne peut garder le silence.

Joseph la dévisage comme si elle avait perdu la tête. « Tu me désobéis ? » Elle sait qu'il est en colère – furieux, même – et qu'il ne lui pardonnera pas cette offense. Avant sa captivité, bien qu'elle abhorrât déjà de telles punitions, elle s'était toujours soumise à ce qu'elle pensait être la sagesse supérieure de son mari. Cette fois, elle est déterminée à ne pas céder.

« Tu risquerais son âme ? demande-t-il d'une voix à peine plus forte qu'un murmure.

— Je risquerais la mienne », répond-elle, et, au lieu de baisser les yeux, elle soutient son regard.

À sa surprise, Joseph laisse partir le garçon avec une simple réprimande.

Joseph ne peut en rester là. Il en va de son devoir, en tant que chef de la famille, de tous les placer sous les ordres de Dieu. Depuis toute petite, Mary connaît par cœur les mots de l'apôtre Paul tirés de la première épître aux Corinthiens : « Christ est le chef de tout homme, et l'homme est le chef de la femme, et Dieu est le chef de Christ. » Elle a toujours tenu ces mots pour vrais, toujours été convaincue que son seul espoir de salut résidait dans son obéissance à son mari et à Dieu. Lorsqu'ils se retirent derrière les rideaux de leur lit ce soir-là et que Joseph commence sa longue réprimande, elle courbe la tête et écoute dans un esprit de soumission.

Elle ne dit rien, ni ne verse aucune larme. Elle laisse sa colère couler sur elle comme des gouttes de pluie. Lorsqu'il pense l'avoir assez admonestée, il souffle la bougie, tire les couvertures sur lui et s'allonge pour dormir. Étendue à côté de lui, Mary écoute ses longues respirations se muer en ronflements. Bien qu'elle sache qu'elle devrait se sentir contrite, ni larmes ni repentir ne montent en elle. Au lieu de cela, elle a le sentiment d'avoir remporté une victoire dans une longue bataille. Elle aimerait pouvoir danser autour d'un feu de camp au rythme des tambours. En silence, elle se fait la promesse de ne plus jamais laisser un enfant subir le fouet en sa présence. Les Indiens parviennent à élever des enfants bons et respectueux sans jamais recourir à aucun châtiment physique. Si elle a survécu à la captivité, s'est créé une vie dans les terres sauvages, elle doit pouvoir faire en sorte que la miséricorde règne dans son propre foyer.

Son esprit retourne aux nombreuses nuits passées à dormir dans un wetu sous une chaude peau de daim. À la puissance de ses jambes tandis qu'elle marchait sur les pistes indiennes. À la beauté saisissante des paysages sauvages. Elle pense à son séjour dans la forêt non comme un calvaire, mais comme une aventure. Elle se voit comme l'occupante provisoire d'une terre étrange rentrée chez elle plus riche qu'elle ne l'était.

Dans l'obscurité, elle finit par penser, une nouvelle fois, à James.

Son mari refuse toujours de la toucher. Bien qu'ils dorment côte à côte dans le même lit, il ne la prend pas dans ses bras, ni n'explore son intimité. Elle pensait au début que son corps émacié et la manière dont sa peau cireuse pendait sur ses os le répugnaient, mais son buste remplit à présent son corsage, et elle en vient à croire que les réticences de son mari tiennent à une autre raison. Car elle a remarqué qu'il l'observe lorsqu'il pense qu'elle ne le voit pas. Elle sent son regard courir sur son corps nu lorsque, les chaudes matinées de printemps, elle se lave avec de l'eau et un tissu avant d'enfiler sa chemise. Elle voit l'étincelle dans ses yeux lorsqu'elle se penche sur le mortier et que son corsage découvre ses seins, et elle sait qu'il la désire toujours. Alors pourquoi ne se joint-il pas à elle ?

Pourquoi ne lui procure-t-il pas la consolation qu'elle pensait trouver dans son corps à son retour ? Ils savent tous les deux qu'il commet un péché en lui refusant le plaisir conjugal, mais elle n'ose le lui faire remarquer. Elle finit par en conclure qu'il pense qu'elle l'a trahi en ayant des relations avec un Indien et qu'il attend sa confession.

Par une chaude soirée du début du mois de juin, alors qu'ils se préparent à se mettre au lit, Joseph lui parle d'un projet auquel Increase a réfléchi. Mary a passé la journée à faire la lessive avec sa fille, et ses bras sont fatigués, ses mains rouges et irritées. Joseph est inhabituellement joyeux et sa bonne humeur a délié sa langue. Il raconte que Maria Mather attend un autre enfant et qu'un feu a éclaté dans une des maisons de Charlestown.

« M. Mather a conçu un nouveau projet pour aider la communauté à percevoir la Providence divine en Nouvelle-Angleterre. » Il s'assoit sur le lit et Mary retire consciencieusement ses bottes, qu'elle place devant l'âtre. « Il souhaite publier une anthologie de récits relatant les expériences et les épreuves des Anglais au cours de cette dernière guerre. En particulier ceux qui ont été capturés par les païens ou soumis de quelque manière que ce soit à leur influence. Il souhaite montrer que Dieu nous a châtiés vertueusement afin que nous nous soumettions pleinement à Lui. »

Mary courbe la tête comme en signe de soumission, bien que ses sentiments soient tout autres. Elle se demande s'il existe un Anglais capable d'écrire un récit de captivité indienne fidèle à la réalité. Il lui semble que peu de gens savent ce que renferment vraiment le cœur et la vie des Indiens.

Elle chasse cette pensée de son esprit tandis que son mari continue de parler. Sa propre sœur n'a-t-elle pas été tuée par la cruauté indienne ?

Elle se lève, souffle la bougie et grimpe sur le haut lit pour s'y allonger. Le matelas s'incline lorsque Joseph s'étend à son tour. Il se tourne vers elle et, l'espace d'un instant, Mary pense qu'il va la prendre dans ses bras. Elle sent chauffer la peau de son cou, de ses cuisses. Au lieu de quoi, il continue de lui exposer le projet d'Increase. L'attention de Mary s'égare, s'écartant de ses mots ; ses membres deviennent lourds tandis que d'étranges images tourbillonnent dans son cerveau.

« Mary, n'es-tu pas d'accord ? » La voix de Joseph est teintée d'une excitation rare. « Un tel effort nous attirerait la sympathie de tous. Je suis convaincu que je n'aurai aucun mal à trouver une nouvelle paroisse une fois que ton récit sera imprimé ! »

Elle sort immédiatement de sa torpeur. « Mon récit ? » *Mais qu'est-ce qu'il raconte ?*

« N'as-tu rien écouté, femme ? » La colère transparaît dans sa voix. « M. Mather veut que tu écrives le récit de ton calvaire, afin qu'il puisse le faire imprimer.

— Je n'ai jamais envisagé d'en faire un récit, répond lentement Mary. Je préférerais oublier cette période.

— Il souhaite s'en servir pour mettre en lumière les desseins du Seigneur. »

Elle bâille. Le sommeil la réclame alors qu'elle lutte pour comprendre ce qu'il essaie de lui dire.

« Je crains de ne pas avoir le temps de me lancer dans une telle occupation, murmure-t-elle, laissant ses yeux se refermer.

— Mary. »

Il touche son épaule et elle frémit.

« Quoi ? » Elle se force à le regarder en face, bien qu'il ne soit qu'une ombre dans la noirceur encore plus profonde.

« Ne rejette pas cette idée. Cela nous apportera à tous les deux la reconnaissance publique. » Sa main est toujours sur son épaule. Elle sent sa chair se réchauffer sous sa paume. Cela fait si longtemps qu'il ne l'a pas touchée.

« Je n'ai aucun désir de reconnaissance, chuchote-t-elle. Le fait que mes enfants m'aient été rendus me suffit. » Elle lutte contre le sommeil pour tenter de prononcer des paroles dévouées et appropriées, mais il n'est toujours pas satisfait. Il s'agite nerveusement, place sa bouche près de son oreille.

« Promets-moi d'y réfléchir, Mary. Increase est convaincu que c'est un projet d'une grande importance. Je veux que nous en fassions partie. »

Nous, pense-t-elle. N'était-ce pas son calvaire à elle ? Si son histoire doit être racontée, n'est-ce pas à elle de le faire ?

Alors qu'elle sombre dans le sommeil, les traits de son visage restent marqués par la confusion.

Le lendemain matin, Mary ne se souvient que vaguement de leur conversation, comme si tout cela n'avait été qu'un rêve. La lumière du soleil a chassé les ombres, et elle rit de l'excentricité de son imagination. L'idée de rendre compte de sa vie parmi les Indiens lui paraît tout à fait ridicule. De fait, elle ne sait pas comment elle pourrait ne serait-ce que commencer à traduire en mots son expérience.

En outre, quelle utilité Increase Mather pourrait-il trouver à ses pensées ? Même s'il daignait s'y intéresser, elle n'est jamais parvenue à sentir la main de Dieu au cours de son calvaire dans les terres sauvages. Tout ce qu'elle sentait était Son silence. Bien que Joseph lui rappelle chaque jour que si Dieu l'avait abandonnée, elle vivrait toujours parmi les païens, elle se sent parfois plus abandonnée depuis sa libération. Pourtant, elle se demande brièvement si coucher sur le papier ce qui lui est arrivé ne permettrait pas à son esprit de s'en libérer, et peut-être alors retrouverait-elle le sommeil.

Car la vérité est que, depuis son retour, elle ne dort que d'un œil. Nuit après nuit, elle est réveillée par des rêves si ignobles et terrifiants que son cœur tressaute dans sa poitrine comme un oiseau mourant. Elle gît, à bout de souffle, comme si elle était en train de se noyer, baignant dans ses propres larmes.

25

Joseph continue d'insister lourdement pour que Mary écrive le récit de sa captivité, évoquant le projet plusieurs fois par jour, arguant que son expérience est un emblème du châtiment bienveillant de Dieu.

Malgré tout, elle résiste. Elle affirme ne pas avoir le talent nécessaire pour former des phrases. Qu'il y a trop de choses dont elle ne se souvient pas. Qu'une grande partie de ce qu'elle a vécu est trop douloureuse pour être racontée. Elle le supplie de cesser de la harceler. « Pourquoi cherches-tu à me soumettre à cette épreuve ? » lui demande-t-elle un soir.

Il pose sur elle un regard interloqué. « Je ne vois pas cela comme une épreuve, dit-il. Le Seigneur ne nous commande-t-Il pas de ne pas cacher notre lumière sous un boisseau ? Tu ne peux nier que les épreuves que tu as traversées illustrent le châtiment de Son peuple par la main de Dieu. Combien de fois Il a épargné ta vie, comment tes paroles pourront glorifier Son nom. » Il marque une pause. « Mais peut-être as-tu raison. Peut-être est-ce destiné à mettre ta foi à l'épreuve. Ainsi que ta loyauté envers la cause anglaise. »

C'est la première fois qu'il insinue que sa loyauté puisse être divisée, et la violence de la réaction, comme elle s'en rendra compte plus tard, est la preuve que sa question a touché une corde sensible. « Comment peux-tu remettre en question ma loyauté ? » demande-t-elle sèchement en jetant son ouvrage et en se levant du banc. « N'ai-je pas déjà assez souffert pour me voir en plus accusée de déloyauté – *par mon propre mari* ? » Elle regrette de n'avoir rien de lourd à jeter à travers la pièce.

« Mary ! » Il se lève d'un bond.

« Calme-toi ! Je ne t'accuse de rien ! Je t'ai simplement posé une question.

— Eh bien, c'est une question infâme », dit-elle en reculant, s'éloignant de lui.

Elle pense à James. Elle voit ses mains trembler.

« Peut-être pourrais-tu prouver ta loyauté en acceptant de voir Increase. Il aimerait discuter directement de son projet avec toi. »

Elle regarde son mari dans les yeux et comprend dans l'instant qu'elle n'a pas le choix. Joseph l'a ingénieusement manœuvrée dans cette position impossible. « Très bien, dit-elle lentement. J'accepte de lui parler. Mais je ne promets rien. Je dois me laisser guider par le Seigneur. »

Ses yeux se plissent. Puis il sourit. « Naturellement », répond-il. Une fois de plus, elle constate avec stupeur que Joseph ne voit aucune différence entre la volonté de Dieu et la sienne.

Mary est assise en compagnie d'Increase Mather dans son petit salon, entourée de ses livres. Il lui sourit avec bienveillance. « Comment allez-vous, madame Rowlandson ? demande-t-il. Êtes-vous satisfaite de la maison que vous loue M. Whitcomb ? Êtes-vous bien traitée ? » Si sa sollicitude semble sincère, Mary reste malgré tout sur ses gardes.

« Plutôt bien. » Elle songe aux murmures et regards en coin des femmes pendant la prière du sabbat. À la réticence de son mari à poser les mains sur elle.

« Je remercie Dieu que nos enfants nous aient été rendus.

— Et d'avoir retrouvé votre époux ? » réplique-t-il avec un sourire.

Elle le regarde et, sans qu'elle s'y attende, sa vision se trouble. Un instant plus tard, elle fond en larmes et confesse une chose qu'elle n'aurait jamais imaginé prononcer un jour. « Mon mari ne m'a pas touchée, dit-elle en sanglotant, les doigts pressés sur ses yeux. Pas une seule fois depuis mon retour. »

Increase se renverse en arrière dans son grand fauteuil, comme si les mots de Mary l'avaient physiquement heurté. Ses poings se referment sur les accoudoirs sculptés de la chaise et pétrissent les rainures en bois lisse. Un rayon de soleil perce soudain les carreaux en losange avant de disparaître aussi rapidement dans un frisson. Mary sent sa poitrine se serrer, sous l'effet de sa propre détresse autant que de l'étrange jeu de lumière.

« Avez-vous commis quelque offense ? » Sa voix est toujours bienveillante, contrairement à sa question. « Avez-vous essayé de l'attirer à vous par vos charmes féminins ? »

Elle courbe la tête et regarde dans la coupe noire que forment ses mains. « J'ai tout essayé, monsieur. Il me croit souillée. »

Il ne dit rien. Elle sent son silence qui, comme un monstre à la mâchoire immense, se tapit dans l'ombre, pointant sa langue entre ses dents luisantes, prêt à l'engloutir. Increase se penche en avant ; elle entend le bruissement sec de ses manches frottant contre les accoudoirs. Sa question semble provenir d'une distance lointaine. « Êtes-vous souillée, femme ? Toutes vos protestations n'ont-elles été qu'une mascarade ? »

Elle garde la tête baissée. Elle ne parle pas. Elle en est incapable.

« Votre silence vous condamne, dit-il calmement en se renfonçant dans sa chaise, laissant sa tête retomber contre le dossier. Mais bien que vous soyez souillée, ce sont vos propres actions qui en sont responsables. Les sauvages ne connaissent pas le Christ. Ce sont des diables.

— Tous ne sont pas des diables, réplique-t-elle, toujours incapable de lever les yeux vers lui.

— Ah. »

Il soupire. Dans la cheminée, une bûche se consume et tombe, faisant jaillir une pluie d'étincelles dans l'âtre. « Vous avez raison. Pourtant, un bon Indien est si rare que nous devons le considérer comme une anomalie. » Lorsqu'il se repositionne à nouveau, sur le côté cette fois, sa tête se penche en avant, de sorte que son regard solennel se pose de nouveau sur elle.

« Mais cela n'a rien à voir avec vous, femme. Vous devez confesser votre souillure et chercher la rédemption.

— Je n'ai pas été souillée par les Indiens », dit-elle, sa voix rauque flottant dans la pièce sombre.

Le jet de lumière traversant la fenêtre lui indique que les nuages se sont déroulés et qu'une tempête couve au-dessus du port. « Nul ne m'a souillée, si ce n'est moi-même. »

Increase fronce les sourcils. « Vous avouez vous être souillée ? »

Elle ne peut penser qu'à James, à la compassion qu'elle a si souvent lue dans son regard, à toutes ses attentions à son égard. À cette nuit où, allongée près de lui dans son wetu, elle avait senti ses yeux noirs sur elle. Elle se souvient de s'être réfugiée contre lui, de la manière dont elle s'est agrippée à lui tandis qu'il la tenait dans ses bras. Elle songe à la douleur qui a transpercé son cœur le jour de sa libération, une douleur si déchirante qu'elle parvenait à peine à le regarder. Elle s'était pourtant forcée à le faire, ne pouvant supporter l'idée de partir sans un dernier regard.

Elle déglutit, ravalant ce souvenir, se lèche les lèvres qui ont un goût de sel. « Par la pensée, murmure-t-elle. Je n'ai pas été souillée par la chair, mais par mon propre désir. » Elle lève la tête et plante enfin son regard dans le sien.

« Ce n'est pas ce que vous croyez. Les Indiens. Leur mode de vie est différent du nôtre, mais ils ne sont pas des créatures du diable. Ils sont souvent chastes et bons…

— Madame Rowlandson ! »

Les mots meurent dans sa gorge tandis qu'il se lève de sa chaise. « Quand bien même ce serait la vérité, vous ne pouvez affirmer de telles choses. »

Elle se laisse aller contre le dossier du banc.

« Que voulez-vous que je dise ? Un mensonge ?

— Les seuls mots qui importent sont ceux que Dieu décrète. »

Sa voix ondule au-dessus d'elle, telle la surface agitée d'un étang. « J'ai cru comprendre que vous veniez discuter de l'écriture d'un récit de votre captivité. Pour la glorification de Dieu. Pour montrer à un peuple perdu le pouvoir de l'amour divin qui les châtie. La question

qui nous intéresse ne concerne en rien le mode de vie
païen ! » Son doigt se plante sur la table comme si un
manuscrit s'y trouvait déjà, attendant d'être lu, alors
qu'elle n'a pas écrit un seul mot. « Il est évident que
le Seigneur S'est servi des Indiens comme d'un bâton.
La question qui nous intéresse est… » Il se penche en
avant, de sorte que son visage se trouve désagréable-
ment proche du sien. « Acceptez-vous d'écrire votre
histoire afin que Dieu soit glorifié ? Afin qu'un peuple
en errance puisse percevoir la miséricorde de Son
châtiment bienveillant ? »

Elle se lève lentement, se plaçant face à lui. C'est
un homme de taille moyenne, plus petit que son mari,
légèrement plus grand qu'elle, et très mince. « Je n'ai
pas encore pris ma décision, monsieur, dit-elle. J'attends
que le Seigneur me guide. »

Il n'y a rien qu'il puisse répondre à cela, aucun moyen
de réfuter ce qu'elle vient d'invoquer – l'autorité totale
de Dieu sur eux tous.

« Je vous en prie, asseyez-vous », dit-il d'un ton
plus doux, presque mélodieux. Il maîtrise parfaitement
sa voix, bien plus que tous les pasteurs que Mary a
entendus parler. « Peut-être ne comprenez-vous pas
exactement pourquoi je vous demande d'écrire ce
livre. »

Elle se laisse retomber sur le banc.

« Vous avez vécu une épreuve terrible. » Douceur
et compassion émanent à présent de lui, la douceur
du Christ. Son col blanc tranche de façon saisissante
avec son manteau marron foncé. « Pourtant, ce n'est
pas uniquement votre histoire, mais la nôtre – celle
de nous tous en Nouvelle-Angleterre. » Il désigne la
pièce d'un grand geste. « C'est l'histoire *de Dieu*,
l'histoire d'un peuple de l'alliance perdu dans le

désert. Et vous étiez perdue. » Il marque une pause, comme s'il attendait que ses paroles pénètrent son esprit. Peut-être espère-t-il quelque réaction de sa part, un mot ou un geste indiquant qu'elle comprend. Mais elle reste de marbre.

« Ne voyez-vous pas, madame Rowlandson ? Vous êtes notre emblème à tous. Votre histoire est la nôtre, à plus petite échelle. » Sa voix s'élève. « Votre supplice est une preuve de la miséricorde divine. De Sa promesse de rédemption. » À la surprise de Mary, il soupire ; ses épaules s'affaissent. « Nous avons souffert sous Sa verge durant de nombreux mois. Les Indiens ont tué des centaines d'entre nous. » Il marque une pause. « Il n'est jamais facile de percevoir la volonté de Dieu. Nous savons pourtant qu'Il respecte Ses alliances. Je vous invite donc à écrire ce récit afin que nous puissions tous mieux comprendre Ses desseins. » Il la regarde encore en plissant les yeux, et elle se demande un instant si sa vue est défaillante, s'il éprouve des difficultés à la voir dans la lumière tamisée de la maison. « Vous allez mieux, n'est-ce pas ? » De nouveau, cette voix apaisante, ce ton qui adoucit la pierre dans son cœur.

« Vous êtes-vous remise de vos tribulations ? Vous et vos enfants avez un toit au-dessus de vos têtes ? Tous les conforts terrestres dont vous avez besoin ?

— Oui », répond-elle.

Il hoche gravement la tête.

« Et votre mari, il cherche une autre paroisse, n'est-ce pas ?

— Oui, il me semble que oui. »

Elle ne peut s'avancer davantage, car elle n'en a aucune preuve. Depuis son retour, Joseph ne fait que ruminer en sa présence. Le reste du temps, il préfère la compagnie d'autres personnes, multipliant les visites à toute heure de la journée en prenant son ministère pour prétexte, bien qu'elle sache qu'il ne cherche qu'à fuir la captivité spirituelle que le retour de Mary leur a imposée à tous les deux. Elle reconnaît ce sentiment, car ne sait-elle pas mieux que quiconque ce qu'est la captivité ? N'est-elle pas familière de la tromperie et de la fourberie qu'elle engendre ?

« Alors… » Increase se penche de nouveau vers elle et elle sent l'air se déplacer entre eux, comme un tissu froid que l'on presserait sur son visage.

« Allez-vous honorer la volonté de Dieu ? Sa gloire ?

— Je crains que cela soit impossible, monsieur, répond-elle, tant que je n'aurai pas compris Ses voies.

— Dans ce cas, laissez-moi vous dire ce que nous allons faire. »

Sa voix est très basse. « Vous écrirez les détails de votre calvaire, et j'en ferai un témoignage. Vous devez me laisser faire. »

Un goût amer emplit sa bouche lorsqu'elle comprend ses véritables intentions – il souhaite lui prendre son expérience et la transformer en un texte qu'elle ne reconnaîtra pas. Il lui demande de renoncer à son histoire pour la lui confier, tout comme elle s'est vue contrainte de confier le corps de son enfant mort aux Indiens. La nausée enfle en elle, qui fait naître une colère farouche dans son cœur.

« Je vais prier pour que le Seigneur me guide », dit-elle prudemment.

Il hoche la tête.

« Dites à votre mari de venir me voir. J'ai entendu parler d'une paroisse qui pourrait avoir besoin de lui. J'en profiterai pour l'encourager à reprendre ses devoirs conjugaux.

— Non ! l'interrompt-elle brusquement, paniquée. Il ne doit pas savoir que je vous ai parlé de cette difficulté que nous traversons. Il en mourrait de honte ! »

Elle tend la main vers lui, l'implorant du regard. « Je vous en prie, promettez-moi que vous ne direz rien. Ne vaut-il pas mieux laisser ce problème entre les mains du Seigneur ? »

Il joint les mains et les pose sur la table, sous le regard de Mary. Elles ressemblent davantage à un poing énorme et menaçant qu'à des mains en prière. « Je vous ferai cette promesse si vous m'en faites une également. »

Elle ne dit rien, préférant le laisser continuer, mais il semble attendre son approbation. Finalement, elle incline docilement la tête.

« Promettez-moi que vous n'allez pas seulement réfléchir à ce projet, mais aussi demander la bénédiction et les conseils du Seigneur, afin qu'il vous aide à ouvrir votre cœur. »

Elle lève les yeux vers lui. « Je ferai de mon mieux, monsieur. » Elle voit à son expression que ce n'est pas la réponse qu'il attendait. Pourtant, ils sourient tous deux, feignant d'ignorer qu'elle ne s'est engagée à rien.

Joseph la harcèle de questions au sujet de l'entretien. Increase l'a-t-il persuadée de l'importance de la tâche qui lui incombe ? Quand commencera-t-elle à écrire son récit ? Pendant combien de temps va-t-elle repousser l'échéance ? Lorsqu'elle répond qu'elle a accepté d'y réfléchir et de demander conseil au Seigneur, il l'informe qu'il priera lui aussi, qu'il priera pour qu'elle comprenne enfin le bien-fondé du projet. Pour qu'elle comprenne enfin que le salut de la Nouvelle-Angleterre dépend de sa bonne volonté.

De fait, elle prie. Tout du moins, elle essaie. Mais Dieu est silencieux. Si elle procrastine effectivement son devoir, comme le suggère Joseph, le Seigneur n'a pas encore jugé nécessaire de la corriger, ni d'ouvrir son cœur à ce projet. Ou à son mari.

Tout comme elle ne remarque aucun signe que Dieu ait adouci le cœur de son mari envers elle.

Lorsque arrive l'été, tout Boston affirme que les hostilités sont presque terminées ; les Indiens ont été vaincus. Ne reste plus qu'à réunir et punir les derniers rebelles. Beaucoup sont capturés et exécutés, parmi lesquels des Indiens convertis. Mary pense souvent à James, se demandant s'il a été arrêté, s'il sera pendu. Ou pire.

Joseph décrète qu'elle devra assister aux exécutions des Indiens jugés coupables de trahison.

« Cela te fera le plus grand bien de voir la justice punir nos ennemis, dit-il. Je suis certain que cela apaisera ton esprit.

— Non, Joseph, je t'en prie, ne n'impose pas ce nouveau devoir. »

Elle le regarde, luttant pour empêcher l'horreur qu'elle ressent de transparaître sur son visage.

« J'ai assisté à assez de souffrances pendant ma captivité. Je ne veux plus voir de telles choses.

— Ce sont ceux responsables de toutes ces souffrances qui seront pendus, lui assure-t-il.

— Si certains sont effectivement coupables, dit-elle prudemment, beaucoup n'ont commis qu'un seul crime, celui d'être nés indiens. Ce qui n'est d'ailleurs en soi pas un crime.

— Mais ce sont eux qui t'ont souillée, réplique-t-il. À cet égard, il me semble que la potence est une peine bien trop clémente.

— Personne ne m'a souillée ! » crie-t-elle, mais il lui fait signe de se taire, refusant de l'écouter davantage.

Aucune de ses supplications ne parvient à le faire changer d'avis. Aussi l'accompagne-t-elle aux pendaisons pour regarder les bourreaux traîner les coupables sur la plateforme où le gibet les attend. Elle les entend crier leurs derniers mots ; elle les voit tomber dans le vide, leurs corps se convulsant au bout d'une longue corde.

Pendant tout ce temps, elle refuse de se joindre aux acclamations de la foule ou aux prières de grâce de Joseph. Le spectacle l'écœure et la hante. Lorsqu'elle passe devant la place publique, où les têtes des condamnés sont exhibées, plantées sur des piques, elle détourne le regard de crainte que son cœur ne cesse de battre.

Le conseil d'administration déclare une amnistie pour tout Indien prêt à se repentir de son association avec Philip et à se rendre à Boston. En apprenant la nouvelle, Mary frémit d'excitation, animée d'un sentiment proche de la joie. « Dieu est miséricordieux », dit-elle à Joseph avant de lui demander ce qu'il pense de cette amnistie. Elle veut savoir comment les choses vont se dérouler. Les Indiens auront-ils le droit de rentrer chez eux ? Seront-ils soumis à quelque épreuve de loyauté ?

« Je ne peux pas dire que j'approuve cette décision, lui dit-il. Il me semble qu'elle nous fait courir à tous un grand risque. Heureusement, la période d'amnistie est courte. Et... » Il pose sur elle un regard éloquent. « J'ai entendu dire que tout Indien acceptant l'amnistie doit en apporter dix autres avec lui. Ensuite, il sera inféodé à une famille anglaise ou servira dans une réserve jusqu'à ce que la menace indienne disparaisse. »

Mary sent sa gorge se serrer. « Asservi ? » murmure-t-elle, ne pouvant s'empêcher d'imaginer James enchaîné. Elle secoue la tête, comme si cela pouvait chasser cette image de son esprit.

« Non, j'ai dit inféodé, répond Joseph. Tu y trouveras un certain réconfort, je pense. Pour chaque Indien rendu, le sort d'une famille anglaise s'améliorera. »

L'espace d'un instant, elle ressent pour lui une haine féroce.

Deux semaines plus tard, toute la baie du Massachusetts dépérit sous un fléau de trois jours de canicule intense et humide. Le soleil orange brûle dans un ciel cramoisi. Sous la chaleur torride, même les hommes les plus robustes s'écroulent en travaillant. Mary se souvient du jour où Bess Parker a donné naissance à son fils – elle se souvient du soleil brûlant, de l'air si chaud et épais qu'elle peinait à respirer, de sa chemise trempée de sueur qui avait toute la journée collé à son dos et à ses cuisses.

Elle passe autant de temps que possible à la maison, se limitant au rez-de-chaussée quand elle le peut, se réfugiant parfois dans l'air frais de la cave. Marie travaille à son côté sans se plaindre. Joss, en revanche, se lamente constamment de son confinement à la maison, regrettant la fraîcheur qui règne probablement dans les terres sauvages. Le manque d'activité porte sur ses nerfs, au point qu'il commence à évoquer l'idée de retourner vivre parmi les Indiens.

Le sommeil de Mary reste agité, rempli de rêves. Elle se réveille souvent au milieu de la nuit avec l'impression de suffoquer, d'être prise au piège. Le matin, elle sort de la maison et inspire de grandes bouffées d'air chaud chargé de l'odeur de la mer. Parfois, elle s'imagine être de retour dans les terres sauvages et respirer son air glacial.

La troisième nuit, longtemps après que Joseph et les enfants se sont endormis, elle se faufile hors de la maison et arpente la cour pieds nus, vêtue de sa seule chemise. La lune est pleine, évoquant une bulle jaune de crème dans le ciel noir ; les étoiles clignotent doucement dans la brume. Elle voudrait qu'il pleuve.

Elle entend un bruit de pas derrière elle et se fige. Combien de fois Joseph l'a-t-il mise en garde contre les Indiens renégats qui rôdent dans les rues de Boston la nuit, insistant sur le fait qu'elle devait rester à l'intérieur, où il pourrait assurer sa sécurité ? Elle retient son souffle.

« *Chikohtqua.* » Le nom prononcé par cette voix délicieusement familière fait courir un frisson dans ses bras et ses jambes. Elle se tourne, la main sur la bouche. James émerge de l'ombre de la haute clôture entourant la propriété.

Elle recule, chancelante, les yeux écarquillés. Il porte un pantalon anglais, mais sa poitrine nue n'est couverte que d'un collier de perles noires. Ses cheveux, plus longs qu'avant, sont tressés de plumes.

Il avance d'un pas prudent vers elle, comme si elle était un cerf qu'il ne voudrait pas effaroucher. Elle ne recule pas, ni ne le quitte du regard.

Un instant plus tard, il se tient devant elle, si proche qu'il lui suffirait de lever les bras pour les refermer autour de son cou et l'attirer à elle dans un baiser. Au lieu de quoi elle serre les poings. Elle ne le touche pas.

26

« James… » murmure-t-elle. Elle entend un bruit en provenance de la maison, qu'elle ne parvient pas à identifier – le craquement du plancher peut-être, ou le discret frisson du bâtiment s'affaissant sur ses fondations –, et il lui vient soudain à l'esprit que, depuis une fenêtre proche, quelqu'un pourrait les voir, James et elle, se tenant dans la cour. Que le prochain son qu'elle pourrait entendre pourrait être une voix donnant l'alarme.

Elle prend sa main, l'attire rapidement dans l'étable vide, puis referme la porte et se place devant lui dans l'obscurité. Son cœur bat trop vite, et son esprit est troublé par la proximité de son corps. « Comment m'avez-vous trouvée ? » demande-t-elle, sans parvenir à chasser la pensée folle et mauvaise qu'il est venu la chercher pour l'emmener.

Dans la faible lumière, elle détecte le soupçon d'un sourire.

« Ce n'était pas très difficile. Vous êtes la femme la plus célèbre de la colonie, désormais.

— Vous ne devriez pas être ici, dit-elle aussitôt. Une prime est offerte pour tout Indien capturé. »

Il hoche la tête. « Je sais. C'est pour cela que je voyage la nuit, car vous, les Anglais, vous considérez l'obscurité comme votre ennemie. N'est-ce pas la raison pour laquelle vous blanchissez à la chaux l'intérieur de vos maisons ? Fabriquez sans cesse des bougies et pressez de l'huile pour vos lampes ? Parlez continuellement de lumière ? »

Elle se demande pourquoi il prend le temps de prononcer son petit laïus, comme s'il se préparait à débattre devant un tribunal et voulait s'entraîner avec elle.

Elle secoue la tête, ignorant ses questions qu'elle sait de toute façon rhétoriques.

« D'où venez-vous ? Que faites-vous ici ?

— Je suis venu vous demander de l'aide. Si vous parlez aux bonnes personnes, vous pourrez me permettre de vivre. »

Elle sent son odeur dans l'air moisi de la grange. « Quelle influence croyez-vous que je possède ? » Un rayon de lune s'insinue à travers une planche fêlée et se pose sur la courbe de son épaule gauche. Les yeux de Mary s'étant ajustés à la noirceur, elle voit à présent son visage.

« Avez-vous oublié que je ne suis qu'une femme modeste et docile ?

— Je ne pourrai jamais oublier que vous êtes une femme. »

À nouveau, ce soupçon de sourire. « Mais vous n'êtes certainement pas modeste. Ni docile. Autrement, vous n'auriez pas aussi bien vécu votre captivité. »

Elle ne peut le nier. Et elle n'en a pas envie. Son cœur bat furieusement, stupidement, dans sa poitrine.

« Et pourquoi devrais-je vous aider ?

— Vous n'avez tout de même pas oublié que je vous ai porté secours, dit-il. À de nombreuses reprises. À présent, c'est à votre tour. »

Elle sent une vague de chaleur la submerger, qui empourpre son visage. Pourtant, elle reste de marbre, étant depuis longtemps habituée à cacher ses émotions. Elle plisse les yeux.

« Je me souviens surtout que vous m'avez refusé votre aide. Lorsque je vous ai supplié de m'aider à me rendre à Albany, vous avez refusé.

— J'ai coupé la corde autour de votre cou, répond-il. Je vous ai abritée pendant la tempête. »

Elle frissonne légèrement, un mouvement des épaules tout juste perceptible. « Vous m'avez trahie et vous avez organisé mon rachat par les Anglais », murmure-t-elle, si doucement qu'elle pense d'abord qu'il ne l'a pas entendue. Mais son froncement de sourcils, la discrète souffrance dans son regard lui disent autre chose.

« *Chikohtqua*, dit-il d'une voix pleine de reproches, où la déception se mêle à la tristesse. Vous savez pertinemment que je ne vous ai pas trompée. Vous savez que j'ai fait tout ce qui était en mon pouvoir pour vous aider. Il n'y avait aucun futur possible pour vous parmi les Indiens, car il n'y a aucun futur possible pour aucun d'entre nous. Notre seul espoir est de vivre parmi les Anglais. »

Elle courbe la tête tandis que sa colère, ses doutes et le ressentiment qu'elle éprouvait à son égard s'émiettent lentement. Elle lutte contre l'envie de le toucher, de caresser son visage ou sa poitrine, de se réfugier dans ses bras.

Elle entend le son de sa respiration, puis le bruissement d'une souris dans un coin de l'étable. « Ne pouvez-vous pas vous rendre dans le cadre de l'amnistie ? » L'air moisi s'enfonce dans ses narines.

« L'amnistie est réservée à ceux qui ne sont coupables que de s'être trouvés au mauvais endroit au mauvais moment. Je… » Il marque une pause. « Je n'entre pas dans cette catégorie. Mon cas est particulier. Nombreux sont ceux qui voient en moi un suppôt du diable, qui me considèrent comme le pire des traîtres et ne rêvent que de me voir pendu au bout d'une corde. »

Elle songe à Joseph, à ses acclamations pleines de ferveur après chaque exécution.

« À leurs yeux, je suis plus coupable que la plupart de ceux qui ont été pendus.

— Coupable ? »

Elle tente d'imaginer de quoi il pourrait être coupable.

« Quel tort avez-vous causé ?

— J'ai accompagné les Nipmucs lors de raids. J'ai porté un mousquet. J'ai rencontré Philip.

— Mais le Conseil ne sait rien de tout cela. Quelles preuves ont-ils ?

— En vérité, je leur ai fourni une preuve de ma propre main. Bien que le Conseil n'ait besoin d'aucune preuve pour pendre un Indien.

— Comment cela, de votre propre main ? »

Il soupire. « Après que nous avons brûlé Medfield, j'ai posté une lettre écrite de ma main avertissant les Anglais que s'ils continuaient à combattre, ils perdraient non seulement leur vie mais aussi leurs maisons et leur bétail. J'ai écrit que nous nous battrions pendant vingt et un ans si nécessaire. »

Elle garde le silence, digérant l'information.

« Mais vous devez bien connaître quelqu'un susceptible de vous aider mieux que moi ? Vous avez parlé de M. Eliot.

— Je lui ai déjà rendu visite. La nuit dernière, je l'ai surpris dans sa cuisine et lui ai demandé son aide. Il m'a informé qu'il avait déjà adressé une pétition aux autorités en mon nom, et qu'elles ont refusé de l'écouter. La guerre est une miséricorde sévère, a-t-il dit, mais c'est la miséricorde divine.

— D'après moi, cela n'a rien d'une miséricorde, murmure-t-elle.

— En effet, répond-il doucement. Je suis d'accord avec vous. Mais M. Eliot avait raison sur un point, car il m'a dit ce que je vous ai dit : que le mode de vie indien ne peut prévaloir. Que, bien que Dieu châtie les Anglais, Il les protège aussi. Car ils Lui appartiennent. Ils sont Son peuple. »

Elle ne voit aucune preuve que les Anglais soient davantage le peuple de Dieu que les Indiens, les Irlandais ou les Espagnols, mais aucune réponse valable ne lui vient à l'esprit. Les paroles de M. Eliot sont semblables à celles de Joseph – des proclamations qu'elle ne tient plus pour vraies, qui reflètent une vision de Dieu qui lui semble désormais cruelle et fantasque, un Dieu dont la colère ne peut être enrayée par aucun homme, que ce soit par la prière ou tout autre moyen. Un Dieu qu'elle ne peut vénérer.

« Et vous pensez que je connais quelqu'un qui pourrait se laisser persuader de vous sauver de la corde ? demande-t-elle lentement. Quelqu'un qui aurait plus d'influence que M. Eliot ? »

Il hausse les épaules. « Je sais que vous avez été entendue par de nombreux hommes puissants depuis votre retour. Je vous demande simplement d'essayer de les persuader de faire preuve de miséricorde. »

Ses paroles résonnent entre eux tandis qu'elle cherche dans son esprit le nom des hommes qu'elle a rencontrés et qui seraient assez puissants pour aider James.

« Je vais faire de mon mieux, dit-elle. Mais je crains qu'aucun Anglais n'accepte d'écouter une femme.

— En vérité, vous êtes mon dernier espoir, *Chikohtqua*. »

Il prend sa main et presse sa paume au centre de sa poitrine. Le désir traverse son corps avec une telle violence qu'elle en a presque le souffle coupé. Sa peau est chaude et humide. Elle brûle de l'embrasser, de sentir ses bras autour d'elle. Elle nourrit un instant l'espoir immoral et dépravé qu'il lui demande de tout quitter pour partir avec lui. Mais elle ne dit rien, car elle sait aussi bien que lui qu'ils sont tous deux pris au piège de circonstances dont ils ne sont en rien responsables, mais auxquelles il leur est impossible d'échapper.

Ils restent ainsi en silence pendant plusieurs minutes. Finalement, elle prend une longue inspiration et retire sa main de sous la sienne. Les perles de son collier brillent à la lumière de la lune.

« Vous feriez bien de partir, dit-elle. Avant que quelqu'un ne vous voie et ne donne l'alarme. »

Il ne dit rien, mais effleure sa joue de son pouce, d'un geste aussi léger que l'aile d'un papillon. Puis il sort furtivement de la grange et disparaît dans la nuit.

Elle reste seule dans l'étable, humant l'odeur de sa peau au bout de ses doigts. Elle doit trouver un moyen de l'aider. Elle sait être son dernier espoir.

Pendant des jours, Mary se demande qui elle devrait contacter pour implorer l'amnistie de James. Elle a rencontré plusieurs magistrats influents depuis son retour et elle a un jour dîné avec un groupe de pasteurs et leurs épouses. Elle se souvient avoir été présentée à d'importants fonctionnaires de Boston qui l'ont étudiée comme si elle était une curiosité rapportée d'une lointaine contrée. Pourtant, aucun ne lui semble plus apte à aider James qu'un autre, d'autant qu'elle ne parvient même pas à se rappeler leurs noms.

Elle envisage de demander à Joseph de lui présenter un membre du Conseil. Si elle aborde intelligemment le sujet, il pourrait y consentir. Toute l'astuce est de le faire se sentir important et puissant.

Finalement, elle cherche conseil auprès de Dieu, bien qu'elle ne soit plus guère convaincue de Sa capacité à influencer les événements. Elle prie, sollicitant Sa grâce plusieurs fois chaque jour. Elle sait que ce regain de piété plaît à Joseph. S'il ne discerne pas la raison de ses prières, il loue sa dévotion et sa patience, lui assurant qu'elles seront récompensées en temps voulu.

Mais Mary sait que c'est précisément le temps qui lui fait défaut.

Contre toute attente, une solution se présente à elle lorsque Joseph lui annonce qu'Increase, de plus en plus impatient de recevoir une réponse à sa proposition, exige une audience. Et Mary sait enfin comment elle va pouvoir aider James.

Assise sur un banc contre le mur, elle fait face à Increase, lequel est installé dans sa grande chaise près de la cheminée vide de son petit salon. Bien que les rayons du soleil ornent de paillettes les carreaux en losange des fenêtres, la pièce est plongée dans l'obscurité. Il presse les paumes de ses mains l'une contre l'autre.

« Mes prières ont donc été entendues. » Il sourit à Mary.

« Dieu vous a convaincue d'écrire le récit de votre calvaire. De faire briller Sa lumière sur la Nouvelle-Angleterre.

— J'ai effectivement été guidée par Dieu, dit-elle. Bien que ce ne soit pas tout à fait de la manière que vous pensez. »

Il hausse un sourcil. « Je ne comprends pas. »

Elle humidifie ses lèvres et prend une profonde inspiration.

« Le Seigneur m'a clairement fait comprendre qu'Il exige de la Nouvelle-Angleterre un sacrifice. Sans quoi tous mes efforts seront vains.

— Un sacrifice ? »

Il tapote le bout de ses doigts l'un contre l'autre, et elle perçoit de l'agacement dans son geste. « N'avons-nous pas déjà fait assez de sacrifices ? Je vous en prie, expliquez-vous. » Elle comprend qu'il la soupçonne de vouloir contrecarrer ses plans. Aussi doit-elle lui faire croire que sa proposition est la volonté de Dieu, pas la sienne.

Elle pose ses mains sur ses genoux, s'efforçant de garder son calme. Puis elle lève les yeux vers lui. « Je dois confesser que parfois, durant ma captivité, je me suis éloignée, non, j'ai douté, de la providence divine. J'en suis arrivée à croire qu'Il n'était pas présent dans les terres sauvages. »

Increase secoue tristement la tête. « Notre Seigneur réside dans chaque lieu. » Sa voix est teintée de douceur et de compassion. « C'est à nous de discerner Sa présence, pas à Lui de discerner la nôtre. »

Elle acquiesce. « Je comprends cela à présent. Mais j'ai subi une véritable épreuve et je souhaite en inclure la signification dans mon récit. »

Il hoche la tête. « Et vous le ferez. J'y veillerai. »
Il baisse la tête, posant un instant sa bouche sur ses
index joints. Puis il la regarde.

« Mais quel est donc ce sacrifice supplémentaire
que nous demande d'après vous le Seigneur ?

— Un sacrifice de miséricorde », dit lentement
Mary, choisissant chaque mot avec soin.

Sa bouche et ses lèvres lui semblent soudain très
sèches. « Il y a un Indien converti – James l'Imprimeur... » Elle s'efforce d'ignorer la grimace qui se
dessine tout à coup sur le visage de l'homme. « ... qui
doit être rendu à Boston pour exercer son métier. » Elle
marque une pause, attendant que son visage recouvre
son expression habituelle. « Le Seigneur a une mission
particulière pour lui. »

Increase opine du chef, mais ses lèvres sont pincées ;
de toute évidence, il n'accepte pas ses paroles. « Le
Seigneur Se montre rarement aussi explicite. » Il place
ses mains sur ses genoux. « En particulier avec des
personnes telles que vous. »

Vous voulez dire : en particulier avec une femme,
pense-t-elle. Comme animés d'une volonté propre, ses
poings se serrent. Pourtant, elle acquiesce comme si
elle comprenait, avant de dire prudemment : « J'ai
entendu dire que vous étiez capable de lire Sa volonté
dans les signes et les présages, tels que la forme des
nuages ou la position des constellations. Que vous
avez prophétisé la rébellion des Indiens. »

Il la regarde en plissant les yeux, mais elle aperçoit
sur son visage un soupçon de sourire et comprend
qu'il est flatté, qu'elle a cerné avec justesse l'objet
de sa fierté secrète.

« Vous ne pouvez donc nier qu'il arrive à Dieu de
se montrer à la fois clair et précis dans Ses messages. »

Il hoche lentement la tête.

« C'est votre exigence ? La liberté pour James l'Imprimeur ? En échange de votre récit ?

— Ce n'est pas *mon* exigence. C'est la volonté de Dieu, dit-elle de la voix la plus calme qu'elle puisse trouver.

— Vous le connaissez bien, ce James ? demande-t-il, le regard brillant de soupçons.

— C'est un des nombreux Indiens que j'ai rencontrés pendant… »

Mais il ne l'écoute pas. « Savez-vous que c'est un traître perfide et un fauteur de troubles ? Que sa tête a été mise à prix ? »

Elle le regarde sans mot dire. Elle ne peut laisser son visage trahir une quelconque émotion.

« Vous demandez la miséricorde en son nom. L'amnistie. » Il secoue la tête. « Je crains de ne pouvoir vous accorder une telle demande.

— Pas même si c'est la volonté de Dieu ? »

Alors même qu'elle pose la question, elle sait qu'elle risque d'être accusée d'hérésie. Elle n'a pas oublié Ann Hutchinson. Dans le meilleur des cas, il considérera sa question comme irrespectueuse et insolente. Elle pourrait finir au pilori. Voire bannie de la colonie. Ce qui ne l'empêche pas de continuer. « Je pense que vous pourriez m'accorder cette demande, si vous le vouliez. Je pense que les autorités vous écoutent. »

À nouveau, elle remarque qu'il est flatté, qu'il aime se considérer comme un homme jouissant d'une grande influence, qu'il *veut* la croire. Elle se penche vers lui, comme si elle s'apprêtait à lui confier un secret.

« L'Imprimeur a fait preuve de miséricorde à mon égard, déclare-t-elle calmement. Il est le serviteur de Dieu.

— De la miséricorde, murmure-t-il.

— Oui, à plusieurs reprises. Il me semble que le Seigneur souhaite le récompenser pour sa fidélité. Il me semble que c'est précisément pour cette raison qu'Il m'a commandé d'écrire ce récit – une fois que l'Imprimeur aura reçu l'amnistie. »

S'ensuit un long silence, et Mary a l'impression que le soleil s'est glissé derrière les nuages, car la pièce est soudain plongée dans le noir.

« Je dois y réfléchir, dit Increase. Et en discuter avec certaines personnes. » À présent, il se penche vers elle. « Je pense que vous ne saisissez pas l'impact profond qu'aura votre histoire. Pas seulement sur ses lecteurs, mais également sur vous et sur votre place dans la société. Je pense que cela signifiera votre rédemption. »

Elle sent ses membres se mettre à trembler. Il est en train de lui dire qu'il acceptera son marché.

27

Quelques jours plus tard, Increase convoque de nouveau Mary dans son petit salon. Il pleut, une bruine chaude qui traverse sa cape et rend les pavés glissants sous ses chaussures. Elle songe à la robe en peau de daim qu'elle portait pendant sa captivité et qui l'avait toujours protégée de la pluie, et à la manière dont ses pieds adhéraient sans peine au sol à travers les semelles de ses mocassins.

Increase ne lui sourit pas cette fois ; son visage est sévère et pâle. Il ne l'invite même pas à s'asseoir. Lui-même installé sur sa chaise, il parle d'une voix basse, choisissant chaque mot avec le plus grand soin.

« Des arrangements ont été pris pour que James l'Imprimeur reçoive une amnistie exceptionnelle. Il doit se rendre à nous pendant la période de deux semaines fixée par le Conseil. Et du fait de son passé, il est soumis à une obligation supplémentaire.

— Quelle est-elle ? »

En voyant sa mâchoire se serrer, elle se demande s'il est en colère.

« Il doit présenter les têtes de deux de ses compatriotes indiens aux autorités de Boston. En gage de sa loyauté. »

Mary le regarde sans expression. Sa bouche semble soudain remplie de poussière. Elle tente d'imaginer la réaction de James à ce décret. Comment pourrait-il accepter un tel arrangement ? Il ne le fera pas, mais fuira vers le nord, au plus profond des terres sauvages.

« Vous ne pouvez pas lui demander une telle chose, dit-elle d'une voix rauque, râpant contre sa gorge sèche. Il n'acceptera jamais. Vous devez renoncer à cette exigence. »

M. Mather secoue la tête. « Ce n'est pas ma décision. Elle vient des autorités, par le biais de Daniel Gookin en personne. »

Daniel Gookin. L'homme chez qui elle a rencontré Silvanus. L'homme qui jadis possédait Silvanus. Un frisson court le long de son échine.

« Il a accompli un travail énorme avec les Indiens convertis, poursuit Increase. Vous devez savoir que, sans son plaidoyer, les autorités n'auraient même pas pris la peine de réfléchir à la demande d'amnistie de James l'Imprimeur. »

Mary ne trouve rien à répondre. Elle est certaine que James ne se pliera jamais à une telle exigence. Doit-elle revenir sur son marché et finalement refuser d'écrire le récit de sa captivité ? Il lui faut s'entretenir avec James, savoir ce qu'il pense de cette nouvelle stipulation.

Mais M. Mather n'attend aucune réponse de sa part. « Vous commencerez immédiatement la rédaction de votre récit, dit-il. J'éditerai vos pages et vous prodiguerai tous les conseils que vous jugerez nécessaires afin que votre travail devienne un emblème de l'édification de la Nouvelle-Angleterre. »

Elle le dévisage sans un mot. Elle sent palpiter une douleur sourde derrière ses yeux – le début d'une migraine.

« Il y a une condition supplémentaire à notre accord. » Il se penche en avant, son dos s'inclinant en travers de l'espace qui les sépare. Les pieds de Mary remuent avec gêne sous ses jupes, tapotant le plancher en bois. « Cela vous concerne plus particulièrement. Une condition dont dépend la liberté, et même la vie, de l'Imprimeur. »

Elle se sent piégée. Bêtement, elle n'a pas anticipé la possibilité que les autorités lui demandent davantage qu'un manuscrit de son histoire.

« Vous avez promis de lui laisser la vie sauve en échange de mon récit, articule-t-elle lentement.

— Certes, répond-il. Mais cela ne sera possible que si nul n'a jamais vent de notre accord. Cet échange doit rester un secret absolu. Vous ne pouvez même pas en parler à votre mari.

— Je ne comprends pas. »

Sa bouche et ses lèvres sont très sèches.

Le regard d'Increase Mather se durcit. Mary a l'impression d'avoir échoué à un examen auquel elle ignorait qu'elle était soumise.

« Il est hors de question que l'on me sache prêt à marchander la vie d'un *sauvage*, dit-il dans un sifflement. Ne me dites pas que vous ne pouvez pas le comprendre !

— Je ne pensais pas…

— Non, visiblement, vous ne pensiez pas. Alors laissez-moi vous expliquer : il ne peut y avoir le moindre murmure d'une quelconque implication de ma part – ou de la vôtre – dans son amnistie. Si vous voulez que James l'Imprimeur vive, vous ne pouvez avoir aucun contact avec lui. Jamais. Vous ne chercherez pas à le rencontrer afin de savoir comment il va. Vous ne lui parlerez pas si vous le croisez dans la rue. Vous ne communiquerez avec lui ni par lettre, ni par message, ni par quelque autre moyen que ce soit. »

Il marque une pause et se laisse retomber en arrière, de sorte que sa tête repose contre le nœud des volutes décoratives au sommet de la chaise. « Pour vous, il sera comme mort. Sans quoi, il le sera réellement – arrêté, torturé et exécuté. Comme il le mérite. »

Elle le fixe sans mot dire, tentant d'absorber ses paroles. Elle se sent étourdie, nauséeuse. Le prix qu'elle doit payer pour la liberté de James, pour sa vie, sera sa disparition complète de la sienne. Ce qui n'est rien en comparaison du prix épouvantable que lui devra payer.

Elle ne pense pas en être capable. Ne jamais le revoir. James – *l'homme qu'elle aime*. Elle est abasourdie par cette pensée, qui l'ébranle si violemment que, l'espace d'un instant, elle ne voit plus qu'un ovale vide à la place du visage du pasteur. Depuis l'enfance, on lui a appris que l'amour appartient à Dieu, que l'amour des choses et des personnes est un des chemins les plus sûrs vers la damnation. C'est la raison pour laquelle Joseph l'a mise en garde contre la trop grande affection qu'elle pourrait ressentir envers ses enfants, la raison pour laquelle lui-même ne lui a jamais dit qu'il l'aimait. La raison pour laquelle il lui a interdit de jamais lui dire qu'elle l'aimait.

Et de fait, elle comprend à présent, assise face à M. Mather dans son petit salon sombre, qu'elle n'a jamais aimé Joseph. Elle n'a jamais rien ressenti de semblable au mélange de passion et de dévotion, de gratitude et de désir qu'elle éprouve envers James. Le sentiment d'être incapable de vivre sans lui.

Jusqu'à ce moment, elle n'avait aucune idée que ses sentiments envers James avaient quoi que ce soit à voir avec de l'amour. Car elle avait rigoureusement évité de sonder ses sentiments. Avait-elle peur de la vérité qu'elle risquait d'y trouver ?

Étourdie, elle parcourt la pièce des yeux avant de fixer péniblement son regard sur le long visage de M. Mather.

« Il est chrétien, dit-elle calmement.

— Je vous demande pardon ? »

Il semble sincèrement dérouté par sa déclaration.

« James l'Imprimeur est un vrai chrétien. Baptisé par le Seigneur. Ce n'est pas un sauvage. Il s'est montré bon envers moi. »

Il secoue la tête. « Je crains que cela n'ait aucun rapport. Cet accord sera conclu entre vous et moi. Et vous devez vous engager à le respecter. Il ne peut être rompu sans conséquence. Vous devez l'accepter aujourd'hui – maintenant – ou il n'y aura aucune amnistie possible pour l'Imprimeur. »

Elle se sent transie des pieds à la tête. Comme si la pluie qui a trempé ses vêtements s'était transformée en glace contre sa peau. Elle se tient parfaitement droite afin de ne pas trembler.

« J'accepte, dit-elle. Je vais de ce pas commencer à écrire mon histoire. »

Mary taille une des plumes de Joseph avant de s'asseoir à la table du petit salon, sur laquelle elle a déjà disposé la bouteille d'encre noire et les deux précieuses feuilles de papier qu'elle a achetées au marché. La table, un don d'un membre de la congrégation d'Increase, est si bancale qu'elle ne peut être utilisée qu'en la poussant contre le mur. Elle place une feuille sur la surface en bois, qu'elle lisse soigneusement sous sa main tout en s'efforçant de chasser James de ses pensées. Comme il est étrange qu'à présent qu'on lui interdit de le voir, elle se languisse plus que jamais de lui. Il y a à peine un mois, elle ne ressentait que colère et amertume envers lui, le considérait comme un de ceux qui l'avaient trahie. Aujourd'hui, elle sait qu'il est le seul homme qu'elle ait jamais aimé. Son esprit s'emballe, inventant une ruse après l'autre pour déjouer les plans d'Increase et revoir James. Elle *doit* trouver un moyen de le revoir. Elle doit savoir s'il se pliera aux macabres exigences envoyées par les autorités de Boston. Et elle doit être certaine qu'il sache ce qu'elle a accepté de faire, qu'elle lui a rendu sa gentillesse, s'est acquittée de sa dette envers lui. Qu'elle lui a sauvé la vie. Comme il a sauvé la sienne.

Elle baisse les yeux sur la feuille vierge posée devant elle. En premier lieu, elle doit respecter sa promesse afin que M. Mather n'ait aucune excuse pour ne pas remplir sa part du marché.

Elle plonge la plume dans l'encrier tout en se demandant par où commencer. Par l'ordre des conseillers municipaux de placer des garnisons dans la ville ? Par le départ de son mari pour Boston ? La tempête de neige la nuit précédant l'attaque ? Le hurlement qu'elle a d'abord pris pour le vent ? Le moment où, accroupie devant l'âtre, elle a entendu le premier tir de mousquet tandis qu'elle essayait de ranimer le feu ?

L'encre ayant séché sur la plume pendant qu'elle réfléchissait, elle la plonge de nouveau dans l'encrier et commence à écrire. Les mots viennent difficilement, avec une lenteur douloureuse, un ou deux à la fois.

Elle commence par le jour de l'attaque, cette terrible matinée de mort et de destruction qui hante toujours ses rêves et agite ses nuits.

Le 10 février de l'année 1675, les Indiens arrivèrent en grand nombre à Lancaster. La première attaque eut lieu au lever du soleil.

Ses mots couvrent à peine la moitié d'une page lorsque Marie passe la porte, chargée d'un panier rempli de produits achetés au marché. Mary agite rapidement le papier pour faire sécher l'encre tout en prenant conscience qu'elle n'a bêtement pas réfléchi à un endroit où ranger son récit. Elle ne peut pas le laisser posé sur la table, où tout le monde pourra le lire, et où il risquerait de finir taché de graisse et de diverses autres substances.

Elle se lève et glisse délicatement la page sous le matelas de leur lit. La suite de son récit devra attendre qu'elle parvienne à se libérer quelques minutes. Elle s'essuie les mains sur son tablier et se tourne vers sa fille.

« As-tu trouvé de bons oignons ? » demande-t-elle en lui prenant le panier, qu'elle dépose sur la table.

Marie hoche la tête, mais ne dit rien, et l'estomac de sa mère se noue. Une réaction instinctive, maternelle, née dans le sang et la chair qu'elles partagent. « Que se passe-t-il ? Est-il arrivé quelque chose au marché ? »

Marie baisse la tête – un geste de soumission que toutes les petites filles apprennent sur les genoux de leur mère. *Mais aussi un signe d'évasion*, songe Mary.

« Tu ferais bien de parler, dit-elle en soulevant la serviette du panier, dont elle sort d'un geste vif trois oignons, une petite meule de fromage et une miche de pain. As-tu obtenu un bon prix pour ça ? »

demande-t-elle en reniflant les aliments. Comme elle s'en doutait, ils ne sont pas frais.

Mais Marie ne répond pas. Son regard fuit sur le côté et ses mains semblent un peu trop occupées par son tablier.

Mary pose le pain sur la table et va se placer directement devant elle. « Assez. Parle, à présent, jeune fille. »

Marie fond en larmes et enfouit son visage dans ses paumes. Sa mère lui prend les poignets et écarte délicatement ses mains. « Allons, dis-moi. »

Finalement, Marie confesse ce qu'elle a entendu au marché. « J'ai entendu une femme dire ton nom quand j'étais près de l'étal du tisserand. J'ai regardé par-dessus les rouleaux de tissu. Elles étaient deux, toutes deux élégamment vêtues, avec de grandes manches et des cols en dentelle. Elles ont dit des choses terribles à ton sujet, mère. » Ses yeux sont remplis de larmes.

« Dis-moi, répond Mary, quoique, en vérité, elle n'ait nullement envie de savoir.

— Elles ont dit que tu étais impure. Que tu as ramené des habitudes étranges des terres sauvages. Que tu n'es plus capable d'éduquer tes enfants. Que tu es souillée. »

Mary sent l'air geler dans ses poumons. Elle se mord la lèvre, ravalant les mots qu'elle voudrait prononcer. « Continue, dit-elle à la place. Raconte-moi tout. »

Marie prend une longue inspiration tremblante. « Elles disent que s'il ne s'est rien passé, pourquoi ne parles-tu pas librement de ta captivité ? »

Un éclat de rire remonte dans la poitrine de Mary, qu'elle parvient à réprimer.

« C'est de l'ignorance, tout simplement, murmure-t-elle.

— C'est de la méchanceté, mère, dit Marie, qui la regarde à présent dans les yeux. Et elle contamine les autres. »

Mary ne peut le nier. Elle se souvient des nombreuses conversations qu'elle a eues avec ses sœurs et ses amies au sujet de Bess Parker, de la rapidité avec laquelle les rumeurs et les mensonges avaient circulé d'une femme à l'autre. Elle n'avait jamais considéré ces histoires comme méchantes, mais il est certain qu'elles étaient contagieuses.

« C'est la crainte qui est contagieuse, ma fille, dit-elle. Et une seule chose bannit la crainte.

— "L'amour parfait bannit la crainte, car la crainte entraîne la souffrance, et celui qui craint n'est pas parfait dans l'amour" », récite consciencieusement Marie, dont le visage reste pourtant assombri par la colère.

Il est évident qu'elle ne croit pas en ces paroles.

Ni même ne les comprend, se dit Mary. Mais qui parmi nous le peut ?

Elle songe à sa captivité. À la peur qui l'habitait constamment au cours des premières semaines, à l'espoir qu'elle s'acharnait à garder que Joseph viendrait la sauver. À la crainte que lui avait inspirée James au début. Car elle était alors convaincue qu'elle ne pouvait lui faire confiance, pas à cause de ce qu'il avait fait, mais simplement parce qu'il était *indien*.

Quelle étrange tournure les choses avaient prise. Son expérience avait été bien différente de ses attentes. C'était celui dont elle se méfiait le plus qui l'avait sauvée. Tandis que Joseph, en qui elle avait la plus grande confiance, n'était jamais venu la chercher. Pas même à Concord après sa libération.

L'amour. On attend d'elle qu'elle aime, honore et écoute son mari. Mais que signifie un tel amour ? Ce n'est ni du désir ni de l'affection. *Ce n'est qu'une obligation de plus.*

Mary écrit son histoire lorsqu'elle en a le temps, et, petit à petit, les mots et les phrases s'accumulent sur les pages. Bien que ce soit une obligation, une occupation qu'elle n'a pas choisie, elle découvre avec surprise que plus elle écrit, plus elle a envie d'écrire. Elle réfléchit aux mots qui exprimeront le mieux la terreur qu'elle a ressentie les premiers jours de sa capture, l'intensité de son chagrin à la mort de Sarah. Toutes ses pensées éveillées sont hantées par l'idée de traduire le plus fidèlement possible son expérience.

Elle voudrait que quelqu'un lui dise que James l'Imprimeur a été amnistié, mais n'ose demander à personne. Joseph est manifestement ravi qu'elle ait accepté le projet d'Increase, et se félicite de l'en avoir persuadée. Elle ne le contredit pas. Il est convaincu qu'il profitera d'une manière ou d'une autre du récit de Mary. Et elle est frappée de réaliser que cela lui est égal. Son futur ainsi que sa sécurité sont inextricablement liés à lui depuis le jour de leur mariage. Jusqu'à présent, elle s'est toujours évertuée à rendre sa vie plus facile, car tout ce qui était dans son intérêt était aussi dans le sien.

Elle sait, à la manière dont Joseph l'observe lorsqu'elle écrit, qu'il voudrait lire ses pages. Mais une méfiance farouche la pousse à acheter un coffret en bois équipé d'une clé, dans lequel elle range ses pages et qu'elle ne montre à personne, le cachant derrière une planche du lambris près du lit lorsque nul ne regarde.

Elle sait depuis des semaines qu'elle est au centre de nombreux commérages. Malgré tout, elle doit sortir se mêler aux habitants de Boston et s'efforcer de se faire accepter. Les hommes sont bons et courtois, quoiqu'elle remarque une certaine hésitation derrière leurs sourires. Elle soupçonne que leur bienveillance soit davantage une marque de déférence envers Joseph et ses amis que de respect envers elle.

Mary déchiffre les femmes plus aisément. Leurs regards et leurs murmures affirment clairement leurs doutes quant à sa vertu. Il est désormais de notoriété publique qu'elle a porté assistance à Bess Parker le soir précédant l'attaque de Lancaster. Nombreuses sont celles qui en ont déduit qu'elle s'est livrée à la débauche lorsqu'elle vivait parmi les Indiens.

Par un après-midi de la fin du mois de juillet, Joseph informe Mary d'une rumeur encore plus haineuse. Il la trouve dans la cour, penchée sur le bac à lessive, occupée à frotter un tablier taché, et lui demande de s'interrompre pour l'écouter. Elle secoue les mains pour se débarrasser de l'eau et du savon et les essuie sur son tablier, ravie de pouvoir s'octroyer un moment de répit, si bref soit-il. Les mains jointes derrière le dos, il fait les cent pas entre le jardin et la clôture séparant leur cour de celle des voisins. Sa tête est courbée, de sorte que son regard tombe sur ses chaussures.

Son attitude trouble Mary, qui sent son estomac

se nouer. *Qu'a-t-il entendu ? Est-il au courant de ce qu'elle a fait pour James ?* Cette perspective la remplit d'horreur.

Finalement, il cesse de marcher et se campe face à elle. « Tu as juré que ton corps n'a pas été profané lors de ta captivité chez les Indiens, gronde-t-il. Pourtant, la rumeur circule parmi les bonnes gens de Boston que tu as été la femme d'un sauvage. Que suis-je censé en penser ? »

Elle inspire brusquement. « Tu ne dois rien en penser, dit-elle lentement. Ce ne sont que des commérages, car je n'ai été intime avec aucun sauvage. » Alors même qu'elle prononce ces mots, elle pense à James, à la gentillesse qui a ouvert le cœur de Mary, aux regards pleins de chaleur qui ont éveillé tous ses sens. Elle redresse les épaules afin que son dos soit aussi droit qu'une planche. Elle sait qu'elle doit affronter Joseph avec assurance, sans laisser transparaître la moindre crainte, qu'il interpréterait sans aucun doute comme un signe de sa culpabilité. « Quel est l'homme dont je suis censée avoir partagé la couche ? Ces colporteurs de ragots ont-ils au moins pris la peine de lui trouver un nom ? »

Il pose sur elle un regard dur, convaincu qu'il suffira à lui faire cracher la vérité. « Il y a bien un nom. John le Borgne. Un sachem nashaway, qui a récemment été pendu. Il ne m'est pas inconnu, car il est souvent venu à Lancaster. »

Monoco. Mary se souvient de l'œil abîmé du sachem et de l'impudence avec laquelle il lui a empoigné les cheveux. Elle se souvient des moqueries de Weetamoo. De James lui expliquant que Monoco avait ordonné sa capture et voulait la prendre pour femme. Mais surtout, elle se souvient que c'est lui qui a fourni le cheval qui a conduit Sarah et Mary à Menameset.

« Il se trouvait effectivement dans le camp, dit-elle. Mais je ne suis pas devenue sa femme.

— Ne t'a-t-il pas violée ? »

Les mains de Joseph sont toujours jointes derrière son dos, hors de vue de Mary.

« N'as-tu pas convaincu ce Monoco de te protéger ? N'as-tu pas troqué ta vertu contre de la nourriture ?

— Dieu m'en soit témoin, je n'ai rien fait de tout ça. »

Elle presse ses mains sur sa taille, les forçant à rester immobiles.

« Comme je te l'ai déjà dit à de nombreuses reprises, aucun homme ne m'a violée.

— Alors pourquoi cette histoire ? »

Joseph semble sincèrement perplexe.

« Il doit bien y avoir un peu de vérité dans tout ça, sans quoi la rumeur n'aurait pas circulé aussi loin.

— C'est l'œuvre du diable, dit-elle. Ce ne sont que de vils mensonges. Des rumeurs ! Faut-il que je sois punie pour des crimes que je n'ai pas commis ? »

Elle ignore qui est derrière cette histoire, mais l'intérêt de Monoco n'était un secret pour personne dans le camp. « Les rumeurs n'ont pas besoin de preuves pour enfler, lui rappelle-t-elle. Tout ce dont elles ont besoin, c'est d'une langue mauvaise et d'une oreille pour l'écouter. »

Il ne dit rien. Il semble attendre qu'elle ajoute quelque chose.

Elle baisse les yeux vers le sol et remarque que ses chaussures mouillées sont constellées de poussière grise.

« Je sais que Monoco voulait me racheter à ma

maîtresse, confesse-t-elle au bout d'un moment. Mais elle a refusé de me vendre.

— Ah. C'est donc ça – le grain de vérité qui nourrit le mensonge. »

Il place ses épaules en arrière, se redressant de toute sa hauteur, comme il l'a si souvent fait face à sa congrégation. « Nous devons faire tout ce qui est en notre pouvoir pour réparer ta réputation. Sans quoi nous deviendrons tous deux des parias. »

Elle pense à Bess Parker, chassée de Lancaster. À la cruauté avec laquelle les femmes parlaient d'elle. À présent, Mary est devenue l'étrangère, le sujet de mépris et de ragots, l'exilée. Peut-être ne mérite-t-elle pas moins.

Joseph fait un pas dans sa direction, et ses mains tombent le long de son corps. « Malgré tout, la culpabilité se lit toujours sur ton visage. »

Elle accroche son regard blessé.

« S'il y a de la culpabilité en moi, ce n'est pas parce que j'ai perdu ma vertu, mais parce que je n'ai pas réussi à sauver ma pauvre Sarah.

— Oui, il est dommage que tu n'aies pu la guérir, dit-il. Mais tu ne dois pas te laisser accabler par sa mort. Le Seigneur utilisera sa mort à Ses fins.

— Ses fins ? dit-elle d'une voix ténue. Comment la mort d'un enfant peut-elle L'aider à parvenir à Ses fins ? »

Il pose sur elle un regard lourd. « Il ne nous incombe pas de répondre à cette question. Seules tes prières pourront apporter un peu de lumière à ces ténèbres. »

Elle sait qu'il ne pense pas à mal, mais ses paroles lui brûlent le cœur. Elle revoit le corps inerte de Sarah étendu sur le sol du wetu de Quenêke. Elle songe aux cris atroces poussés par Bess Parker lorsque son fils lui a été enlevé. Elle entend à nouveau la sinistre mélopée des femmes indiennes dont les bébés venaient de mourir. Tout cela semble n'avoir d'autre fin que le chagrin.

28

L'été s'épaissit, qui plonge Mary dans une profonde langueur. Un après-midi, l'air est si chaud qu'elle décide de se débarrasser de ses chaussures et de ses bas. Lorsque Joseph la trouve assise sur le perron en train de repriser un de ses pantalons, il la soulève brutalement et la pousse à l'intérieur de la maison.

« Nous ne sommes pas dans un camp indien, Mary. » Son visage est presque cramoisi.

« Tu sais que leur mode de vie est immoral.

— Que sais-tu du mode de vie indien ? »

Elle arrache son bras à ses doigts possessifs et enfouit avec colère son fil et son aiguille dans sa poche. Elle n'accepte plus de se soumettre passivement à son ignorance.

La surprise de Joseph ne dure que quelques secondes. « Je suis ton mari, dit-il. Ne me fais pas honte. » Il désigne ses pieds.

Elle baisse les yeux sur ses orteils crottés. « Comment le confort de mes pieds pourrait-il te faire honte ? » demande-t-elle, bien qu'elle connaisse la réponse – seules les catins exhibent ainsi leurs pieds et leurs jambes. Pourtant, les Indiens parviennent à s'habiller comme ils le souhaitent, pour leur confort et leur liberté, sans craindre de se faire réprimander par leurs semblables. Les conventions sévères de la tenue anglaise, que subissent principalement les femmes, lui semblent appartenir au passé, les reliques d'une époque datant d'avant sa naissance.

Il secoue la tête.

« Je sais que tu souffres toujours de ton calvaire, Mary. Mais ces charmes…

— Ces *charmes* ? »

Son dos se fait aussi raide que les planches sous ses pieds nus. La menace de sorcellerie est palpable. Elle se souvient de ces fois où Joseph a été appelé pour offrir ses conseils dans des suspicions de sorcellerie aux alentours de Lancaster, de son état d'agitation et même d'effroi lorsqu'il rentrait à la maison. « Je ne suis victime d'aucun charme, crois-moi. »

Il ferme les yeux et se dirige vers la chaise dans le coin de la pièce, celle qui leur a été offerte par les membres de la congrégation d'Increase, sur laquelle il s'assoit. Il pose prudemment ses bras sur les accoudoirs et lève les yeux vers elle. « Je t'en prie, assieds-toi. » Son ton a changé. Il s'adresse à elle à la manière d'un fermier cherchant à amadouer un animal agité – patiemment, gentiment. « J'ai des nouvelles qui devraient t'intéresser. »

Mary se laisse tomber sur le banc près de l'âtre et tente de feindre l'intérêt en dépit de sa colère. Mais son masque se craquelle sitôt qu'il lui explique que les autorités ont récupéré de nombreux enfants indiens devenus orphelins pendant les récentes hostilités. « Certains sont assez âgés pour devenir esclaves », dit-il.

Elle plisse les yeux et serre la mâchoire en entendant le mot *esclaves*. Elle commence à parler, mais Joseph l'interrompt.

« La plupart seront envoyés à la Barbade, naturellement. Mais certains sont… » Il lui sourit. « Certains sont assez jeunes et dociles pour être placés dans des foyers anglais. Et on m'a fait l'honneur… » Il marque une nouvelle pause, une technique qu'il utilise depuis longtemps dans ses sermons pour ménager son effet. « Non, on *nous* a fait l'honneur de nous offrir un de ces enfants. »

Le cœur de Mary s'emballe à l'idée de s'occuper d'un nouvel enfant. D'aimer un nouvel enfant. « Je serais ravie d'en adopter un, dit-elle en hochant la tête avec entrain. Peut-être une fille. Bien qu'elle ne remplacera jamais Sarah dans mon cœur. »

Joseph fronce les sourcils. « En adopter un ? Mary, ces enfants sont *indiens*. Ils sont offerts en tant qu'*esclaves*. »

Lorsqu'elle comprend enfin ce qu'il est en train de lui proposer, sa joie se mue immédiatement en dégoût. « Tu veux apporter un esclave dans notre maison ? » Ses doigts s'agitent si violemment sur ses genoux qu'elle doit les glisser sous son tablier pour les calmer. « As-tu déjà oublié que j'ai été une esclave ? Joseph… » Dans son impatience, elle se penche tellement vers lui qu'elle se lève presque du banc. « J'ai été vendue comme un animal sur la place du marché. J'ai été traînée d'endroit en endroit contre mon gré. Forcée d'accomplir les tâches les plus viles sans aucune raison. Menacée de mort de nombreuses fois par ma maîtresse. » Les mots franchissent sa bouche à toute vitesse, au point que lorsqu'elle cesse de parler, elle est à bout de souffle. Ce n'est qu'à ce moment-là, en voyant la mine abasourdie de Joseph, qu'elle prend conscience qu'elle lui en a plus dit sur sa captivité durant ces quelques secondes que pendant toutes les semaines qui ont suivi sa libération.

Il se repositionne sur sa chaise, et elle comprend à son expression qu'il est en train de peser prudemment ses paroles avant de parler.

« Je sais que tu as énormément souffert, dit-il. Mais tu n'es pas d'une race née pour l'esclavage, et tes sentiments sont plus… »

Elle l'interrompt. « Tu penses que les *Indiens* sont nés pour l'esclavage ? Ils tiennent à leur liberté plus que tout. Ils ne s'inclinent devant personne. Leurs enfants sont élevés sans entraves, disciplinés non par la punition mais par l'amour. »

Il soupire et secoue lentement la tête. « Ces manières païennes dont tu parles ne sont pas celles de Dieu, comme tu le sais pertinemment. Leur liberté n'est pas celle du Christ. Ils ne connaissent pas le Seigneur et sont par conséquent prédisposés à la corruption et à la tentation. Réfléchis-y : le joug de l'esclavage pourrait être leur salut. Et tu ne dois pas oublier que Dieu a ordonné l'esclavage, et inscrit Son ordonnance dans les Saintes Écritures. » Il se glisse en avant sur son siège, de sorte que ses genoux semblent braqués d'une manière accusatrice sur elle.

« Et Timothy ? Ce garçon nashaway dont nous avons subi le mauvais service pendant des mois avant qu'il ne s'enfuie ? Tu n'avais pas de tels remords, alors. Penses-tu à présent que nous l'avons oppressé ? Que nous n'étions pas de bons maîtres ?

— Je sais que l'esclavage est inscrit dans la Bible. »

Elle courbe la tête, honteuse du rôle qu'elle a elle-même joué dans cette pratique. « C'est pourtant mal. Je *sais* que c'est mal. C'est du sang sur nos mains. » Elle lève les yeux vers lui. « Et je sais que Dieu Lui-même m'a donné cette certitude. »

Elle voit ses sourcils se froncer et comprend qu'elle l'a contrarié.

« Tu condamnerais tous les bons chrétiens de cette colonie qui possèdent et vendent des esclaves. » Sa voix est un sifflement. Les ombres de la pièce, repliées sur son visage, masquent entièrement ses yeux.

« Cela inclut le bon M. Whitcomb, qui nous permet d'utiliser cette maison.

— M. Whitcomb ? »

Les mains de Mary tremblent sous son tablier.

« Que vient-il faire dans cette histoire ?

— Il les envoie à la Barbade et les vend à profit. L'ignorais-tu ? C'est son affaire la plus lucrative. »

Mary songe à M. Whitcomb, qui lui a toujours paru être un homme bon et charitable. Récemment, elle lui a confectionné une chemise de lin pour le remercier de sa générosité. Pourtant, lorsqu'elle apprend qu'il fait commerce d'esclaves, sa gratitude se transforme en dégoût.

« Dans ce cas, nous ne demeurerons pas ici plus longtemps. » Elle se lève. « Je ne peux supporter cette idée. » Comme elle prononce ces mots, sa voix s'élève et elle se met à trembler.

« Nous devons immédiatement trouver un autre logement.

— Quelle sottise racontes-tu ? »

Joseph se lève. « Nous ne pouvons absolument pas nous permettre de refuser la charité de M. Whitcomb, surtout pour une raison aussi ridicule. On pourrait croire à t'entendre jacasser de la sorte que tu n'as jamais mis le nez dans la Bible. Tais-toi donc ! »

342

Mais Mary est incapable d'obéir. Sa langue semble s'être arrachée à son palais tandis que l'indignation se déchaîne en elle. « Il n'y aura plus jamais d'esclaves dans ma maison. Pas tant que je vivrai ! C'est le plus grand des péchés ! » Elle sait que ses paroles ne sont pas seulement insubordonnées, mais aussi hérétiques, et qu'une telle rébellion a coûté la vie à plus d'une femme. Pourtant, elle n'est pas plus capable de tenir prudemment sa langue qu'elle l'était dans le campement indien quand elle s'emportait contre les ordres de Weetamoo. Lorsque l'indignation s'emparait d'elle alors, elle pensait que c'était un effet de la faim. Mais peut-être y avait-il une autre cause.

Joseph reste bouche bée et la regarde comme si elle avait tout à coup perdu la tête. En deux grandes enjambées, il traverse la pièce pour la rejoindre. « Tais-toi », dit-il en plaçant ses mains sur ses épaules, un geste qui jadis l'apaisait. Cette fois, ses doigts brûlent la peau de Mary à travers ses vêtements.

« Tout ce temps passé parmi les Indiens t'a rendue folle.

— J'ai toute ma tête, réplique-t-elle. J'ai juré – au Seigneur – de ne plus jamais avoir d'esclave. C'est humiliant, méprisable. Ce n'est pas une vie pour qui que ce soit, homme, femme ou enfant.

— Mary, ce sont des Indiens. Calme-toi.

— Non, ce sont des Indiens, mais nous les traitons comme des animaux. Et je refuse une telle abomination sous mon toit. »

Sur ces mots, elle tourne les talons et sort de la maison, le laissant seul dans l'obscurité.

Ce soir-là, Mary ne se couche que bien après Joseph, prétextant devoir finir de repriser la chemise de Joss.

C'est donc le lendemain matin, à la suite des prières en famille, que Joseph la réprimande. Elle se tient docilement devant lui, la tête baissée, et l'écoute lire de longs versets des Écritures justifiant l'esclavage. Pourtant, elle ne cède pas. Elle refuse de présenter ses excuses ou de revenir sur ses paroles. Alors qu'il lui ordonne de prier pour le pardon de Dieu, elle se sent de plus en plus forte, de plus en plus déterminée à résister à l'outrage de l'esclavage.

Les jours qui suivent, Mary ne peut chasser de son esprit l'idée que l'esclavage est le plus vil des péchés. Elle n'est plus capable de traverser la maison dans laquelle ils vivent sans se souvenir que son propriétaire fait le commerce de chair humaine.

Elle espère que Joseph trouvera bientôt une autre paroisse. Vivre dans cette maison la rend malade et les gentillesses initiales des femmes de Boston se sont muées en murmures et regards en coin. Chaque minute de plus que Mary passe dans cette ville nourrit les commérages. Elle sait – elle l'a toujours su – que le plus infime soupçon suffit à ternir la réputation d'une femme et qu'une fois celle-ci détruite, il est impossible de la reconstruire.

La seule consolation qu'elle trouve est dans ses enfants, dont elle s'occupe avec une férocité animale. Elle ne laisse pas Marie échapper une seule seconde à sa vue et supplie chaque jour Joss de ne pas trop s'éloigner de la maison. Le fait qu'il n'en tienne pas compte la tourmente tout l'été. Son agitation le pousse à fréquenter les quais, où elle craint qu'il ne fraie avec des hommes et des garçons peu recommandables. Il néglige ses corvées et va et vient comme bon lui semble. Il commence à adopter des habitudes indiennes, passant des heures dans la forêt et les marécages au-delà des portes de la ville, installant des pièges astucieux pour les écureuils et les lapins. Il prend des couteaux dans la cuisine afin de nettoyer les animaux et arbore leurs peaux à sa ceinture. Mary se garde toutefois d'en parler à Joseph, car elle sait qu'elle sera incapable de tolérer son remède.

Joss, qui durant les premiers jours ayant suivi son retour parlait sans cesse de sa captivité, est désormais si peu présent que Mary n'a quasiment plus d'échanges avec lui. Marie, en revanche, est toujours auprès d'elle, et elles discutent fréquemment de leur vie parmi les Indiens, comparant leurs maîtres et leurs wetus, parlant du goût de la nourriture indienne. Marie évoque souvent une jeune Indienne avec laquelle elle s'est liée d'amitié, confessant qu'elle prie toujours pour elle. Un jour, alors qu'elles cousent assises dans la cour, Marie avoue qu'elle appréciait beaucoup sa maîtresse, qui la traitait avec bienveillance, lui glissait de temps en temps de la nourriture en plus, et lui a même appris quelques mots wampanoag. Lorsque Mary lui parle d'Alawa et de Weetamoo, sa fille écarquille de grands yeux.

« Ma maîtresse et les autres femmes parlaient souvent de Weetamoo ! » Dans son excitation, Marie bondit sur ses pieds, laissant tomber les bas qu'elle reprisait. Son corps est toujours marqué par les privations de la captivité, mais elle a retrouvé sa vitalité d'enfant, et Mary est ravie de constater qu'elle devient plus forte chaque jour. « Elles disaient que c'était une reine guerrière, connue partout pour son courage. Dis-moi, mère, comment était-elle ? Était-elle très belle ? »

Mary cligne les yeux de surprise. Il ne lui était jamais venu à l'esprit que sa fille ait pu entendre parler de Weetamoo. « Peut-être était-elle belle aux yeux des Indiens, répond-elle. Je n'ai été témoin d'aucun acte de courage, quoiqu'il fût évident que beaucoup la vénéraient. » Elle se souvient du jour où James l'a mise en garde contre le pouvoir de Weetamoo. Elle n'avait accordé que peu de crédit à ses paroles, car il lui semblait alors absurde qu'une femme puisse jouir d'une telle influence.

« Mais elle devait être très courageuse, répond Marie. De nombreux récits circulent sur les actes héroïques qu'elle a accomplis lorsqu'elle guidait ses guerriers au combat. »

Mary fronce les sourcils, s'efforçant d'imaginer une telle scène, en vain. Weetamoo, bien que dotée d'une immense fierté, restait une femme. Elle avait un enfant, dont Mary l'a vue s'occuper avec amour. Elle ne peut se la représenter armée d'un mousquet. Elle se demande ce qu'il est advenu d'elle. S'est-elle cachée dans un refuge sordide au milieu des marécages ?

« Viens donc t'asseoir et finir ton travail, ordonne-t-elle à Marie. Assez parlé des Indiens aujourd'hui. »

Mary rend visite à ses sœurs aussi souvent qu'elle le peut, mais le voyage jusqu'à Wenham, où Hannah vit avec Joanna, n'est ni sûr ni facile, aussi ne l'entreprend-elle que rarement. Hannah pleure toujours son mari John, ainsi que son fils Josiah, tous deux massacrés pendant l'attaque. Deux de ses enfants étant encore en captivité, il ne lui reste que son fils de quatre ans, William, libéré au même moment que Joss. Lorsque Mary lui rend visite, elle n'a malheureusement que peu de réconfort à lui offrir. Elles passent généralement leurs soirées à pleurer en se souvenant de leurs morts.

Après le troisième voyage de Mary à Wenham, Joseph lui interdit toute nouvelle visite. Lorsqu'elle proteste, il argue qu'elle revient toujours à la maison remplie de désespoir. « Tu dois laisser le passé de côté et te préparer pour le futur, lui dit-il. Pleurer ainsi les morts est un affront à la volonté divine. » Mary sait qu'il dit vrai, mais l'idée que son mari détienne sur elle une autorité si puissante qu'il puisse lui interdire de rendre visite à sa propre sœur la remplit de colère.

Elle commence à rêver d'un nouvel enfant, convaincue que si elle pouvait de nouveau tenir un bébé dans ses bras, la souffrance qui a envahi son cœur après la mort de Sarah serait enfin apaisée. Quand son mari cherchera-t-il à nouveau la tendresse de l'union maritale ? Joseph est un homme devant respecter ses devoirs et la loi, et elle sait parfaitement qu'un mari a l'obligation de satisfaire les besoins charnels de sa femme. Pourtant, il ne s'est toujours pas uni à elle, ne l'a même jamais embrassée. Au fil des jours, ce qui était au début un simple agacement se mue en désolation. Un soir, alors qu'ils se préparent à se mettre au lit, elle décide d'aborder une bonne fois pour toutes le sujet.

« Tu ne me touches plus comme un homme touche une femme », dit-elle. Elle est assise sur un tabouret près de la fenêtre dans la chaleur étouffante de la nuit, et un film de sueur recouvre ses doigts tressant ses cheveux.

Joseph a un mouvement de recul, comme si les paroles de Mary lui avaient fait l'effet d'un coup de poing en pleine poitrine. Ses doigts se replient sur les manches de sa chemise de nuit, malaxant le tissu. La bougie sur le manteau de la cheminée s'embrase brusquement avant de s'affaisser dans un tremblement. Mary sent sa poitrine se serrer sous le regard affligé de Joseph.

Mais elle est déterminée à découvrir ce qui peut être fait pour réparer leur mariage.

« Ai-je fait quoi que ce soit qui te déplaise ? T'ai-je donné une quelconque raison de cesser de me désirer en tant qu'épouse ? demande-t-elle.

— Non, répond-il doucement. Je ressens toujours un désir marital pour toi.

— Alors pourquoi refuses-tu de t'unir à moi ? »

Elle pose son peigne. « Me penses-tu contaminée ? »

Joseph soupire. « Tu m'as juré ne pas l'être, aussi dois-je te croire. » La lueur de la bougie danse sur son menton et l'arête de son nez. « Pourtant le Seigneur m'a fait savoir que l'heure de notre réunion n'était pas encore arrivée. J'ai prié longuement et ardemment pour cela. » Il se décale sur le côté, et sa tête s'incline en avant, de sorte que son regard solennel repose à présent sur son visage. « Tu dois faire confiance au Seigneur, comme moi. »

Elle ne trouve aucune réponse à ces paroles. S'il croit que Dieu lui a commandé de s'abstenir de toute relation charnelle, il ne prêtera aucune attention à ses arguments. Elle est distraite par le ver de lumière qui se dessine sur son visage et le bruissement sec de ses manches lorsqu'il croise les bras. Elle repense alors à la manière dont James l'a regardée après sa libération, au désir ardent qui brûlait entre eux.

« … les seules actions qui comptent sont celles dictées par Dieu, dit Joseph, dont la voix ondule autour d'elle comme l'eau à la surface d'un étang. Tu me reproches de ne pas accomplir mon devoir marital, pourtant tu ne réponds pas à mes questions. »

Ravalant sa salive, elle chasse le souvenir de James et lèche le goût de sel sur ses lèvres. « Je t'ai dit tout ce que je pouvais. » Elle se lève et se place face à lui.

Bien qu'il ne soit pas un homme grand, il semble la dominer de toute sa hauteur lorsqu'il lui dit : « Pourtant, chaque nuit, tu te débats dans notre lit, et parfois tu te réveilles en sanglots. » Il tend les mains. « Viens, Mary, mettons ces vétilles de côté pour ce soir. Nous avons besoin de repos. »

Elle le dévisage. Elle n'avait pas conscience qu'il avait remarqué sa détresse nocturne, les rêves terribles, les étranges crises de larmes qui l'assaillent dans le noir. « J'aimerais que nous concevions un autre enfant », dit-elle à voix basse, et elle se sent soudain soulagée – elle a exprimé le désir qu'elle nourrit en secret depuis des semaines.

Mais il ne semble pas l'avoir entendue. Il sourit gentiment, prend sa main, et la conduit jusqu'au lit, parlant d'une voix que l'on utiliserait pour calmer un cheval effarouché. Elle n'est pas surprise qu'il n'essaie pas de se joindre à elle cette nuit-là, se contentant de lui caresser les cheveux jusqu'à ce qu'elle s'endorme.

29

Par une chaude journée de sabbat du mois d'août, Mary est assise devant le temple en compagnie des autres femmes de la congrégation. L'office du matin est terminé et celui de l'après-midi n'a pas encore commencé. Les femmes, installées sur deux bancs à l'ombre du bâtiment, profitent des rares brises soufflant de temps en temps depuis la mer qui viennent rafraîchir l'air lourd et immobile. Elles s'éventent en discutant de la probabilité d'une tempête, contemplant les nuages sombres et chargés de pluie qui menacent à l'ouest. Finalement, Eliza Rogers commence à partager des nouvelles des Indiens dont lui a fait part son mari, qui s'est récemment rendu à Plymouth.

« Il m'a assuré que la rébellion est bel et bien terminée. » Elle sort un carré de lin de sa manche avec lequel elle se tamponne le front.

« Partout, les sauvages ont commencé à se rendre. Et ceux qui refusent sont capturés ou tués.

— Dieu soit loué, murmure Constance Hobart, une petite femme aux mains minuscules et au visage rond.

— Oui, renchérit Maria Mather en se tournant vers Mary. Mme Rowlandson doit être particulièrement satisfaite de voir nos ennemis vaincus. »

Mary garde la tête courbée. Sa bible est ouverte sur ses genoux, bien que ses yeux refusent de se fixer sur les mots.

« On raconte qu'ils ont trouvé le corps d'une reine indienne, dit Eliza. Elle s'est noyée dans une rivière en tentant de s'enfuir.

— Une reine ? s'étonne Constance en riant. Les Indiens n'ont pas de reine.

— Détrompez-vous, répond Eliza. On raconte qu'elle guidait ses hommes sur le champ de bataille. »

La nuque soudain parcourue de picotements, Mary lève la tête. « Connaissez-vous son nom ? » s'enquiert-elle.

Eliza secoue la tête.

« Non, je ne l'ai pas entendu.

— Qu'importe, dit Constance. J'ai entendu dire que les sauvages se donnent de nombreux noms. Pour nous perturber. »

Mary se penche en avant. « Y avait-il quelqu'un avec elle ? Une jeune servante, peut-être ? »

Eliza se tourne vers elle. « Je n'ai rien entendu de tel. Mais que cela vous importe-t-il ? Ce sont tous des diables, n'est-ce pas ? »

Maria tend la main et la pose sur le bras de Mary.

« Êtes-vous souffrante ?

— Non. »

Mary essaie de se forcer à sourire mais ses lèvres semblent pétrifiées en une grimace. Elle songe à Alawa, à ses doigts habiles attachant une natte de roseaux au mur du wetu, à leur douceur lorsqu'ils lissaient et tressaient ses cheveux.

« Je me disais que peut-être la chaleur vous avait…

— Je vais très bien. »

Mary écarte son bras afin que la main de Maria retombe. Elle imagine Weetamoo emportée par le courant dans une rivière déchaînée, son corps disparaissant sous la surface de l'eau.

« J'ai entendu dire que les femmes païennes épousent qui bon leur semble, dit Constance. Celle-ci était une ribaude avec de nombreux maris, dont l'un était le frère de Philip. Le dernier en date était un roi narragansett.

— Lui aussi a été capturé et exécuté, ajoute Eliza. Sa tête a été portée au bout d'une pique jusqu'à Hartford.

— En effet, j'ai entendu parler de cette histoire, fait Constance. Il portait un de ces noms païens que personne ne peut prononcer. Quinny-nap ou Quinny-hog. »

Ses traits se plissent en un sourire narquois.

« Peut-être était-ce Quinny-ninny, suggère Eliza, et toutes de se mettre à glousser.

— Quinnapin », dit Mary.

D'un même mouvement, les femmes se tournent vers elle.

Elle se lève, car ses yeux brûlent et son cœur s'emballe dans sa poitrine. « Son nom était Quinnapin, dit-elle. Il a été très bon envers moi. » Sur ces mots, elle s'éloigne, laissant ses compagnes bouche bée. Elle ne va nulle part en particulier, ayant simplement besoin d'être seule.

Comme elle marche vers le port, elle songe à Weetamoo jouant avec son bébé et dansant autour du feu. Elle songe à Quinnapin, à ses épaules larges et son port altier, aux longues ceintures de wampums se balançant sur son torse lorsqu'il dansait. Elle se souvient de sa générosité quand il l'avait trouvée sanglotant sur la rive. Elle imagine sa belle tête tranchée et plantée au bout d'une pique. Son estomac se retourne.

Elle se plie en deux et vomit dans le caniveau.

Elle ne peut avouer sa détresse à quiconque dans cette ville, car personne ne compatira. Elle envisage brièvement de se confier à sa sœur, mais elle sait que Hannah est en ce moment courtisée par un homme de Wenham, et Mary doute qu'elle ait envie de ressusciter des souvenirs de sa captivité. Et même si Mary décidait finalement de lui en parler, il est peu probable que Hannah voie d'un bon œil son attachement à James.

Elle prie pour une guérison prompte de son esprit, mais les jours passent et elle continue de se morfondre. Une nuit, elle rêve qu'elle accompagne Weetamoo dans son village natal.

Alawa est assise à côté d'elle sur un radeau pris dans les remous d'une rivière déchaînée. Soudain, une vague déferle, qui les emporte toutes les deux. Elles sont aussitôt aspirées dans le courant bouillonnant et gris. Mary regarde Weetamoo et Alawa se débattre dans l'eau, leurs longues tresses se tordant autour de leurs visages figés de terreur, tandis que Mary elle-même coule dans sa propre tombe.

Elle se réveille pantelante et trempée de sueur, le cœur battant à tout rompre. Il lui faut un moment pour prendre conscience qu'elle est bien vivante, que ces images si réelles ne sont pas le fruit de ses souvenirs mais d'un cauchemar. Pourtant, cette impression de suffoquer la poursuit toute la journée, ne lui laissant aucun répit. Le rêve lui semble être plus qu'un rêve ; elle est désormais convaincue qu'il s'agit d'une sorte de punition divine – un avertissement de ce qui aurait pu lui arriver si elle était restée parmi les Indiens. Vers le milieu de l'après-midi, il lui vient soudain à l'esprit qu'en organisant cette libération dont elle ne voulait pas, James lui a une nouvelle fois sauvé la vie. Elle serait probablement morte aujourd'hui sans son intervention.

Bien que l'idée d'avoir fait la promesse de ne plus jamais le revoir lui déchire le cœur, elle parvient à se consoler en songeant qu'en concluant cette alliance avec Increase, elle s'est finalement acquittée de sa dette envers lui.

Les pendaisons publiques d'Indiens continuent. Mary entend dire que nombre d'entre eux, dont la femme et le fils de Philip, ont été capturés et vendus en esclavage. Puis la nouvelle circule que Philip lui-même a été tué – abattu par un Indien dans un marais près de Providence. Que son corps a été écartelé et sa tête plantée au bout d'une pique et exhibée à Plymouth.

Finalement, le Conseil déclare que les hostilités indiennes sont terminées.

Mary reste sans nouvelles de James. Elle a désespérément besoin de savoir qu'il est sain et sauf et ne manque de rien. Mais elle ne peut poser de questions à son sujet, ni même montrer un quelconque intérêt pour le sort des Indiens qui se sont rendus dans le cadre de l'amnistie. La seule chose qu'elle puisse faire est se concentrer sur l'écriture de son récit, comme elle s'y est engagée. Toutes les informations concernant les événements actuels doivent désormais glisser sur elle, comme si rien de tout cela n'était arrivé.

Pourtant, dès qu'elle entend murmurer des informations au sujet des Indiens convertis, elle ne peut s'empêcher de tendre l'oreille, brûlant de poser des questions mais retenant sa langue de peur que tout signe d'intérêt de sa part ne mette en péril la vie de James. Elle pense souvent aux Indiens confinés à Deer Island pendant les hostilités, se demandant si ceux qui ont survécu ont été autorisés à rentrer chez eux. Puis, un jour de septembre, alors qu'elle est au marché, Mary surprend une conversation entre un cordonnier et la femme d'un constructeur de bateaux. La femme se vante qu'un des navires de son mari a été utilisé pour transporter des Indiens à la Barbade, où ils seront vendus en tant qu'esclaves.

« Si vous voulez mon avis, la plupart ne survivront même pas à la traversée, dit-elle. On raconte que les Indiens font de piètres esclaves et de plus piètres marins encore. »

Le cordonnier hoche la tête et feint un rire poli, bien que Mary ne remarque que très peu d'intérêt sur ses traits.

« Les plus chanceux sont confinés à Natick, poursuit la femme en tripotant une chaussure en velours bleu brodée d'or et d'argent. Mon mari dit qu'ils les surveillent de près, là-bas. Aucun Indien ne peut franchir les limites de la ville, sous peine de mort. Il serait bien trop dangereux de les laisser aller et venir comme bon leur semble. »

Le cordonnier attire l'attention de la femme sur une paire de chaussures de brocart rouge et jaune, et sourit de satisfaction lorsqu'elle émet enfin un « Ahhh ! » enjoué.

Mary passe à un étal de tissus où des rouleaux d'étoffes vives sont empilés, formant un mur coloré derrière le vendeur. Elle prie pour que James n'ait pas été placé sur ce navire. Ses doigts tremblent lorsqu'elle examine une pièce de coton brodé de petites fleurs rouges. Elle n'est même pas certaine qu'il se soit rendu dans le cadre de l'amnistie. Peut-être a-t-il fui vers le nord pour retrouver ses enfants.

Cette loi confinant les Indiens à une seule ville lui semble d'une extrême cruauté. Elle sait à quel point ils abhorrent l'idée d'être enfermés, n'ayant pas oublié la douloureuse description que lui a faite James de son court emprisonnement à Boston, lorsqu'il lui a expliqué que beaucoup d'Indiens sont convaincus qu'ils mourront s'ils ne sont plus libres de marcher où ils le veulent. Au cours de sa propre captivité, Mary a découvert un plaisir singulier à se déplacer à sa guise. Les moments les plus douloureux, en dehors de la mort de Sarah, étaient ceux où elle était confinée dans le wetu de Weetamoo.

Un matin, le crieur public annonce que James l'Imprimeur et deux cents autres Indiens rebelles sont venus se soumettre aux autorités. La ville bourdonne d'excitation, à la grande surprise de Mary, qui ignorait que James était célèbre au point d'éveiller un tel intérêt au sein de la population. Elle brûle d'en savoir plus, de découvrir où il se trouve. Mais il n'y a personne à qui elle puisse poser la question, si ce n'est Increase Mather. Elle envisage de lui montrer ce qu'elle a déjà écrit, sous prétexte de recevoir son approbation. Lorsqu'ils seraient seuls, elle pourrait s'enquérir de la situation de James. Mais avant qu'elle puisse mettre son projet à exécution, Joseph découvre ses pages.

Mary ignore comment il a trouvé la boîte, qu'elle avait soigneusement placée derrière le lambris près de son lit. Elle soupçonne Joss de l'avoir vue la cacher et d'en avoir parlé à son père. Depuis son retour des terres sauvages, le garçon manifeste un comportement de plus en plus imprévisible, se montrant parfois secret, parfois indiscipliné. Joseph a suggéré que les

Indiens lui avaient jeté un sort, mais Mary lui assure que cela n'est pas dans leurs habitudes. « Ce sont encore ces commérages de Boston », répond-elle sans réfléchir, pour se voir aussitôt réduite au silence par un froncement de sourcils menaçant.

« Ces "commérages", comme tu les appelles, partent d'un bon sentiment, lui dit-il. Garde à l'esprit que ce sont ces gens qui ont permis de réunir l'argent de ta rançon. »

Elle ferme la bouche et incline la tête, puisque c'est tout ce que Joseph semble attendre d'elle depuis son retour. Il a depuis longtemps cessé de la harceler de questions au sujet de son calvaire, quoiqu'elle sache qu'il est toujours convaincu que son silence masque une culpabilité si écrasante qu'elle sait qu'elle ne pourra jamais être pardonnée.

Elle le trouve avec la boîte par un après-midi nuageux de la fin septembre, au retour d'une visite à Abigail Whiteman, infirme depuis une vilaine chute. Elle porte un panier d'aliments qu'Abigail a généreusement insisté pour lui donner. Joseph est assis à la table devant la boîte ouverte, absorbé dans ses pages.

Dans sa panique, elle laisse tomber son panier. Un filet de porc s'échappe de son tissu et roule sur le sol, mais elle l'ignore, se ruant vers son mari pour lui arracher les pages des mains. Elle rassemble ensuite celles étalées sur la table, les fourre dans la boîte, qu'elle referme solidement. Elle agit sans réfléchir, aveuglée par la colère, tremblant de rage. Elle serre la boîte contre son sein, tellement indignée qu'elle est incapable de parler.

Joseph se lève. Son visage est devenu très pâle et solennel. Il tend la main vers elle, mais Mary, la boîte toujours serrée contre elle, recule vers la porte ouverte.

Puis il commence à parler, et le timbre de sa voix la surprend par sa tendresse.

« Je ne savais pas, dit-il doucement, et elle pense voir une larme perler au coin de son œil. Pourquoi ne m'as-tu rien dit ? »

Elle secoue la tête, n'ayant pas de réponse à lui donner. Elle sait que son silence ne fait que le blesser davantage, mais elle ne voit rien qu'elle puisse faire pour l'apaiser. Sa bouche est scellée comme une tombe.

« J'ignorais que tu avais vécu de telles épreuves, poursuit-il. Des épreuves réellement terribles. Pourtant, tu as continué à servir fidèlement le Seigneur. » Il contourne la table pour la rejoindre et, cette fois, Mary ne recule pas. Elle le laisse la toucher – son épaule, son bras. Il lève la main et lui caresse la joue. Elle se met à trembler. Pas de peur ni de colère cette fois, mais de tristesse. Un chagrin immense la submerge soudain, et son corps entier se met à trembler de façon incontrôlable.

Il la prend dans ses bras. C'est la première fois qu'il l'embrasse ainsi depuis son retour, et l'émotion est trop forte. Elle presse son visage contre sa poitrine, sanglotant. Elle sent sa main caresser son dos, de longs gestes presque amoureux. Il murmure des paroles à son oreille qu'elle ne parvient pas à entendre. Lorsqu'elle finit enfin par trouver le courage de lever la tête, elle le voit poser sur elle un regard empreint d'un chagrin aussi grand que le sien.

« Je suis désolé que tu n'aies pas senti que tu pouvais me confier ces choses, dit-il. Quelle mère tu as été pour notre enfant ! Avec quel courage tu as pris soin d'elle ! »

Les larmes affluent de nouveau dans les yeux de Mary, qu'elle essuie du revers de la main. Elle se sent aussi molle qu'un tissu mouillé, comme si le chagrin avait fait fondre ses os. Et l'espace d'un instant, elle nourrit l'espoir absurde de pouvoir parler de James à son mari.

30

Alors que l'été laisse place à l'automne, Mary travaille chaque jour sur son récit, déterminée à le terminer au plus vite afin de pouvoir le présenter à Increase. Les arbres se parent de teintes pourpres et dorées et les nuits se font de plus en plus froides ; Joseph passe toutes ses soirées avec des amis. Sitôt qu'il a avalé le simple repas que Mary a préparé, il quitte la maison, affirmant devoir vaquer aux affaires du Seigneur. Parfois, il ne rentre pas avant le petit matin. Malgré sa propre fatigue, Mary l'attend sagement, écrivant aussi longtemps que ses yeux le lui permettent avant de se mettre à coudre à la lumière d'une bougie tandis que Joss et Marie dorment sur leur paillasse dans l'ombre. Elle se demande avec amertume quel genre d'affaires l'oblige à abandonner sa famille nuit après nuit. Peut-être un jour trouvera-t-elle le courage de réclamer des explications.

Un soir d'octobre, alors qu'il s'apprête à rendre visite aux Mather, elle lui demande de transmettre un message à Increase. « Dis-lui que je suis prête à montrer mon récit. »

Joseph la regarde en clignant des yeux. « J'ignorais que tu étais si proche de la fin. Ne devrais-je pas d'abord le lire afin de m'assurer qu'il est satisfaisant ? Nous n'allons pas importuner Increase avec un travail médiocre. »

Elle ressent une pointe de colère. Pourquoi faut-il toujours que Joseph remette en question ses compétences ? Qu'il fasse obstacle à ses désirs ? Elle sait, alors même qu'elle formule dans son esprit ces questions déplacées, qu'il ne fait qu'accomplir son rôle de chef de famille.

« J'ai fait de mon mieux. Il est temps qu'il les lise », finit-elle par dire, consciente qu'il attend d'elle une réponse.

Il fronce encore les sourcils, mais elle comprend aux coups d'œil qu'il ne cesse de jeter vers la porte qu'il est davantage impatient qu'agacé. « Je risque d'en avoir pour longtemps, dit-il. Inutile de m'attendre ce soir. »

Pourtant, elle l'attend, comme il sait qu'elle le fera, assise devant l'âtre, à tricoter une paire de bas à partir de chutes de fil. Bien que la nuit soit froide, elle n'allume pas de feu. Joseph lui a refusé ce confort, arguant que cette maison n'est pas la leur et qu'ils ne peuvent se permettre des excès de commodités.

Ce qu'il entend par là, c'est qu'ils sont pauvres. Avant sa capture, Mary n'avait jamais manqué de chaleur, de nourriture, ni de quoi que ce soit de nécessaire. Depuis, elle s'est retrouvée confrontée à toutes sortes de privations – de nourriture, de confort, de sécurité –, mais elle n'aurait jamais imaginé que cela se poursuivrait après son retour dans la société anglaise. Il ne lui a pas échappé que les conforts dont Joseph la prive sous prétexte d'économies ménagères, il en profite lui-même pleinement lorsqu'il rend visite à ses amis. Une sombre et complexe amertume grandit en elle.

Minuit est passé depuis longtemps lorsque Joseph rentre enfin. Dès qu'elle le voit franchir la porte de la cuisine en titubant, Mary comprend qu'il a consommé plus de bière que d'ordinaire. Elle ne peut s'empêcher de penser à Quinnapin ivre, bien que son mari, lui, tienne encore debout. Ces derniers temps, il se met directement au lit après ses prières, sans échanger ne serait-ce que quelques mots avec Mary. Mais ce soir, il est d'humeur joviale, l'alcool lui ayant visiblement délié la langue. Avant qu'elle n'ait le temps de demander s'il a bien transmis son message, il lui dit qu'il a une bonne nouvelle à lui annoncer – les Mather attendent un autre enfant. La jalousie s'enroule autour du ventre de Mary telle une corde. Joseph sait qu'elle rêve d'enfanter à nouveau, pourtant il semble insensible à l'effet que cette nouvelle a sur elle, et parle longuement de la joie de ses amis. Mary le regarde en s'efforçant de maîtriser ses expressions afin qu'elles ne révèlent rien de ses émotions. Il tangue devant elle tandis qu'elle range ses aiguilles. Finalement, il dit qu'Increase est impatient de lire son récit, présentant cette nouvelle comme si elle n'avait aucun lien avec le message qu'elle lui a demandé de transmettre.

« Il espère vivement que c'est une description fidèle des Indiens », dit-il en s'asseyant maladroitement sur le lit. Elle s'agenouille docilement devant lui et retire ses bottes tout en ravalant les mots qu'elle aimerait répondre. Elle doute qu'un Anglais – ou une Anglaise – soit capable de décrire avec exactitude les Indiens. Il lui semble que seuls les Indiens eux-mêmes connaissent la vérité de leur vie ou de leur cœur.

« Quand pourra-t-il me recevoir ? demande-t-elle. J'aimerais que ce soit le plus tôt possible.

— Demain, tu lui apporteras ton travail. Je pense qu'il est aussi impatient de le lire que toi de le lui montrer. »

En souriant, Joseph tend la main vers elle et entortille son doigt autour d'une mèche de cheveux échappée de son bonnet. « T'imagines-tu que je ne perçois pas ton péché d'enthousiasme ? » Il sourit. « Le fait que tu es une femme impétueuse et têtue n'est un secret pour personne. Inutile de feindre le contraire, femme. L'humilité est une vertu ennuyeuse. »

Elle n'a jamais entendu Joseph parler en ces termes de l'humilité. Elle est surprise qu'il semble s'être lassé de la plus féminine des vertus, celle-là même qu'elle s'est si souvent contrainte à pratiquer. Préférerait-il une femme qui donne des ordres à son mari ? Elle pense immédiatement à Weetamoo et à son comportement impétueux, au pouvoir qu'elle détenait sur Quinnapin, lequel lui obéissait toujours sans un murmure de protestation.

Il place une main sur sa nuque et attire son visage vers son entrejambe en gémissant, et Mary comprend avec horreur qu'il souhaite qu'elle effectue un acte contre nature. Avec un frisson, elle s'arrache à sa main et se lève en titubant.

« Va te coucher, Joseph. Tu es épuisé. » Elle se garde d'ajouter qu'il est aussi complètement ivre.

Il pose sur elle un regard surpris.

« Tu ne viens pas ?

— Non, dit-elle en tournant les talons. Pas pour l'instant. J'ai encore des tâches à accomplir ce soir. »

Mary ne se résout à aller se coucher que lorsqu'elle est certaine que Joseph est endormi. À la fois effrayée et perturbée par ses paroles et son comportement, elle fixe longuement l'obscurité avant de s'assoupir enfin.

Elle est allongée nue dans un petit wetu. La lumière du soleil s'introduit par la cheminée et elle sent une odeur de chevreuil bouillant dans la marmite à ragoût. Elle tourne la tête et voit Quinnapin étendu à côté d'elle. Au début, elle pense qu'il dort. Puis elle constate avec effroi qu'il est mort. Sa tête a été tranchée de son corps et la chair sur son crâne est déjà en train de pourrir.

Mary se réveille en sursaut, son cœur martelant ses côtes, l'estomac retourné. L'espace d'un instant, elle pense que c'est le matin, mais elle n'entend pas les oiseaux chanter et le ciel n'a pas encore pris la teinte gris perle signalant l'arrivée de l'aube. Elle se redresse et tente de prier, de se rassurer, de se convaincre que ce rêve ne signifie rien. Mais aucune prière ne lui vient. Lorsqu'elle s'étend de nouveau, elle est incapable de trouver le sommeil.

Bien qu'elle attende avec impatience son entrevue avec Increase, elle est aussi inquiète qu'il ne lui révèle rien au sujet de James. Et elle craint qu'il ne juge son récit décevant, car elle n'a jamais perçu la main de Dieu pendant son calvaire.

Le matin, Mary emballe la boîte contenant ses pages et marche jusqu'à la maison des Mather. Une servante lui ouvre la porte et l'escorte jusqu'au petit salon, où Increase est en train d'écrire, assis à sa table. Il ne lève pas les yeux.

« Monsieur Mather, j'apporte mon manuscrit. Mon mari m'a dit que vous étiez impatient de le lire. »

Il redresse la tête et la regarde fixement de ses yeux injectés de sang. « Madame Rowlandson. » Il lui fait signe de déposer la boîte sur la table.

« Vous pouvez me les laisser, dit-il simplement en se remettant à écrire.

— Mais j'aimerais vous parler. »

Il continue d'écrire. « Je les lirai bientôt, si Dieu le veut. »

Le bruit du stylo grattant le papier épais l'agace. « J'ai des questions concernant un autre… »

Il l'interrompt. « Soyez assurée que votre travail est entre de bonnes mains. » Il lève les yeux pour lui adresser un mince sourire tandis qu'une charrette passe devant la maison, cliquetant sur les pavés. « À présent, vous devez me laisser en paix, j'ai du travail. » Sur ces mots, il se lève et tend la main pour prendre la boîte.

Mary a l'impression que sa langue est soudain recouverte de poussière.

« Ne me laisserez-vous pas parler ? demande-t-elle d'une voix rauque.

— Ce n'est pas le moment. »

Il se penche par-dessus la table et lui prend la boîte des mains. « N'ayez crainte, je saurai percevoir la main de Dieu là où vous n'avez pas été en mesure de le faire. J'insérerai les extraits appropriés des Saintes Écritures et mettrai en lumière l'aide que Dieu vous a apportée, la manière dont Il vous a élevée pour transcender le mal sévissant autour de vous. » Il plaque la boîte contre sa poitrine comme s'il s'agissait d'un objet aussi précieux que la Sainte Bible et la tapote deux fois de l'index. « Une fois que j'aurai amélioré et publié votre texte, vous recouvrerez votre ancien statut d'épouse pieuse et dévouée. »

Il est en train de lui dire que la remise du manuscrit scelle leur alliance. Il a permis à James de regagner sans danger la société anglaise. Ainsi qu'à elle. James vivra et elle recouvrera le respect et le statut qu'elle a perdus durant sa captivité. Joseph reprendra ses devoirs conjugaux. Il est en train de lui dire qu'elle ne sera plus le sujet des commérages et des soupçons ; elle aura le soutien du pasteur le plus respecté de la colonie.

Pourtant, la vérité est que si elle avait le choix, elle préférerait vivre parmi les Indiens que retrouver sa place dans la société anglaise. Elle ferme les yeux et une sensation de chaleur envahit son cou et son visage tandis qu'elle pense à James. Elle se souvient de ses paroles : *Le mode de vie indien est en train de s'évaporer comme la brume matinale.* Le fait est qu'elle ne peut vivre parmi eux, car c'est désormais un peuple vaincu. Leur mode de vie n'est plus. Un seul chemin s'offre à elle.

Lorsqu'elle ouvre les yeux, Increase sourit comme s'il venait de lui faire un présent. Il est évident qu'il ne la laissera pas s'enquérir de la situation de James. Il lui désigne la porte.

« Que Dieu veille sur vous, dit-il.

— Et vous. »

Elle ne peut s'empêcher de tressaillir lorsqu'il tend la main et touche son épaule avant de s'installer de nouveau sur sa chaise, bien qu'elle comprenne que son geste est une bénédiction et l'assurance qu'il n'a pas oublié sa promesse.

À la maison, elle trouve Joseph d'une humeur inhabituellement joyeuse. Il insiste pour qu'elle lui donne des détails de sa rencontre avec Increase. « Tu es donc certaine qu'il le publiera bientôt ? » veut-il savoir. Il lui explique que les ragots qui circulent sur elle à Boston et à Cambridge deviennent chaque jour plus malveillants. Que certains affirment même qu'elle porte l'enfant de Monoco. Mary a l'impression d'étouffer, comme si une pierre s'était logée dans sa gorge. Encore une fois, elle assure à son mari qu'aucun Indien ne l'a profanée. Que malheureusement, comme il le sait parfaitement, elle ne porte aucun enfant.

Son besoin d'avoir des nouvelles de James se fait de plus en plus pressant. Elle s'attarde au marché dans l'espoir de surprendre une rumeur à son sujet. Elle envisage même de prendre le cheval de Joseph pour se rendre à Cambridge et parcourir les magasins à sa recherche, ou encore jusqu'à Natick où elle aura peut-être une chance de le trouver. Elle demande à Joseph s'ils pourront un jour célébrer le sabbat à Cambridge, mais il refuse catégoriquement, sans qu'elle sache si son refus est dû à sa loyauté envers Increase ou son antipathie à l'égard du nouveau pasteur de la ville.

Puis, comme en réponse à sa prière, une opportunité se présente enfin. À la fin du mois d'octobre, Joseph commence à se plaindre d'une plaie à la jambe. Mary la traite avec des baumes et des cataplasmes, mais la lésion continue à s'envenimer, devenant chaque jour plus étendue et plus douloureuse. Il ne sort plus, mais reste à la maison, assis sur sa chaise avec la jambe posée sur un tabouret. Lorsque Maria Mather apprend à Mary que Hannah Eliot, la femme de John Eliot, est réputée pour ses dons de guérisseuse, Mary n'a aucun mal à convaincre Joseph de l'accompagner à Roxbury.

La maison des Eliot est plus modeste que Mary ne l'avait escompté, M. Eliot jouissant d'une grande réputation dans tout le pays pour son travail de missionnaire auprès des Indiens et la rédaction de la Bible indienne. C'est M. Eliot en personne qui leur ouvre la porte et les invite à le suivre dans le petit salon sombre, et tandis que Joseph fait examiner sa jambe à son épouse près de l'âtre, Mary discute en privé avec le pasteur dans un coin de la pièce. Au-dessus de leurs têtes, des racines et des herbes séchées sont suspendues au plafond, chargeant l'air d'un parfum puissant.

Bien que Mary ne s'enquière pas directement de la situation de James, elle interroge M. Eliot sur celle des Indiens convertis en général. Il secoue tristement la tête lorsqu'elle mentionne Natick, et lui explique que les conditions de vie là-bas ne peuvent être décrites que comme déplorables.

« C'est le dernier village d'Indiens convertis, dit-il. Par conséquent, tous les Indiens chrétiens y sont confinés, quelle que soit leur tribu ou leur terre natale. Et je suis convaincu que beaucoup de non-convertis se sont réfugiés à Natick pour échapper à l'esclavage ou à la mort. Le village est sale et surpeuplé, ce n'est guère mieux qu'une prison pour les pauvres âmes qui l'habitent. » Il soupire. « Je m'y rends aussi souvent que possible pour leur apporter de la nourriture, des vêtements et l'espoir des Évangiles. »

Mary s'efforce d'imaginer les Indiens qu'elle connaissait vivre dans de telles conditions, mais tout ce qui lui vient à l'esprit est le souvenir de leurs danses autour du feu. Elle entend toujours le battement profond et entêtant des tambours, sent son cœur battre au rythme des pieds des danseurs. Elle est tellement absorbée dans ses souvenirs qu'elle ne réalise pas immédiatement que M. Eliot lui a posé une question.

« Madame Rowlandson ? »

Elle le regarde en clignant des yeux.

« Pardonnez-moi. Je crains de ne pas vous avoir entendu, monsieur.

— Je me demandais si vous et votre bon mari souhaiteriez m'accompagner lors de ma prochaine visite, dans quinze jours. »

Son sourire est plein d'espoir et d'encouragement. « Ce serait un très bel acte de charité chrétienne. »

Le visage de Mary est soudain si chaud qu'elle porte ses mains à ses joues. Pour la première fois depuis de nombreuses semaines, elle parle avec son cœur. « Ce serait un honneur, monsieur. »

31

Deux semaines plus tard, Mary est assise sur le siège en bois étroit d'une charrette, enveloppée dans une couverture entre son mari et M. Eliot. Ce dernier a loué la charrette et les bœufs, ainsi que les services du conducteur, Samuel, un membre de sa paroisse. Samuel marche pendant tout le trajet, guidant et encourageant les deux bœufs si mal coordonnés que Mary se cogne régulièrement contre les deux hommes tandis qu'ils roulent lentement de Boston à Natick. Joseph, dont la jambe est désormais guérie, est malgré tout de mauvaise humeur. Il n'a pas caché à Mary ses doutes quant au bien-fondé de ce voyage.

« Quel genre de perversité t'a poussée à vouloir te retrouver de nouveau parmi les Indiens ? » lui avait-il demandé en fronçant le nez de dégoût alors qu'ils rentraient chez eux après leur première visite aux Eliot. Mary n'avait pu cacher sa surprise car, en présence de M. Eliot, Joseph avait feint un grand désir de prêter secours aux Indiens. Elle avait été soulagée qu'il n'exige pas de réponse à sa question, étant incapable de lui dire la vérité, ou d'inventer une raison qui aurait pu le satisfaire.

La charrette transporte deux gros paquets – l'un rempli de couvertures, l'autre de chemises en lin que Mary a récoltées auprès des membres de la congrégation d'Increase afin de les distribuer aux Indiens convertis. Ils passeront la nuit à Natick, une perspective dont elle sait qu'elle remplit Joseph de terreur. Tout au long du trajet, Mary a gardé le silence tandis que Joseph et M. Eliot discutaient des dernières nouvelles de la peste ravageant les rues de Londres. Comme ils descendent une longue colline traversant une forêt de chênes, le conducteur se place devant les bœufs, leur criant de ralentir pour ne pas risquer qu'un essieu se brise en percutant une pierre ou une ornière. Avant même d'apercevoir la clôture de la palissade, Mary sent l'odeur de la fumée des feux de camp, le discret parfum de gibier émanant du ragoût. Les arbres se clairsèment et elle discerne enfin les dômes des wetus, dont s'échappent des tresses de fumée s'entortillant vers le ciel.

La charrette pénètre dans la ville par une large porte et Samuel arrête les bœufs près d'un fouillis de bardanes sous un châtaignier, le seul grand arbre qui n'ait pas été abattu à l'intérieur du périmètre. Les wetus sont entassés les uns contre les autres, le sol gelé est jonché de pierres, et le vent charrie une odeur d'excréments. *Il n'y a pas assez d'espace pour tous ces gens*, songe Mary. *Les conditions de vie sont encore plus déplorables qu'à Wachusett.* M. Eliot descend le premier de la charrette, suivi de Joseph, qui offre sa main à Mary. Son cœur bat si vite que la tête lui tourne. Elle trébuche en posant le pied sur le sol.

« Je pensais que les Indiens convertis étaient censés vivre dans des maisons anglaises », dit Joseph d'un air dégoûté.

M. Eliot l'observe d'un air pensif. « Je pense qu'il vaut mieux qu'ils vivent comme ils l'entendent. Dans les conditions qu'ils jugent les plus confortables. »

Joseph se renfrogne. « Comment peut-on trouver ceci confortable ? »

Mais M. Eliot ne répond pas, s'étant déjà détourné pour saluer deux Indiens tandis que d'autres hommes et femmes émergent des wetus. Un souvenir vif lui revient d'avoir porté Sarah dans le village de Menameset trois jours après l'attaque. Son cœur battait aussi à tout rompre, mais de terreur. À présent, c'est la colère qui l'anime. Les deux hommes interpellent M. Eliot. « *Koonepeam* ! Bienvenue, Eliot ! » Ils s'approchent de lui les deux mains tendues pour montrer qu'ils ne portent aucune arme. Le sourire de M. Eliot est si large que Mary imagine son visage se fendre. « *Dieu wetomuakquish* ! » dit-il en saisissant chaque main tour à tour.

Mary étudie leurs visages, mais ne reconnaît pas ces hommes. Un groupe de jeunes garçons surgit de derrière un wetu pour décamper aussi vite qu'ils sont arrivés. Une petite foule se réunit lentement, formant un cercle autour d'eux. Mary est choquée par ces corps terriblement émaciés enveloppés de vêtements et de couvertures en loques. À présent que les hostilités sont terminées, elle supposait que les Indiens avaient reçu de quoi se nourrir et se vêtir convenablement. Pourtant, il est évident qu'ils souffrent toujours de la faim. Une nouvelle vague de colère la submerge. Elle se revoit assise sur la rive près du camp de Philip, en larmes, entourée d'Indiens. Bien qu'ils se fussent d'abord moqués d'elle, ils s'étaient aussi montrés bons et généreux – partageant leur modeste pitance avec leur captive terrifiée.

Du coin de l'œil, Mary aperçoit une silhouette familière en marge de la foule. Son cœur bondit dans sa poitrine. Même si la lumière est derrière lui et qu'elle ne discerne que les contours de sa silhouette, elle est certaine qu'il s'agit de James – elle reconnaît sa haute taille, ses épaules larges, la manière familière dont sa tête est inclinée en avant. Il ne la regarde pas ; ses yeux sont rivés sur M. Eliot. Elle a l'impression que sa peau est gainée de glace. Elle n'a pas oublié la mise en garde d'Increase – le moindre murmure d'un lien quelconque entre elle et James peut coûter la vie à ce dernier. Aussi se force-t-elle à détourner le regard, à fixer la clôture et à se vider l'esprit. Joseph, qui se tient à côté d'elle, pose sa main sur son bras. Le contact lui fait l'effet d'un tison sur sa peau glacée. Elle recule en sursautant.

« Mary ? » Il se penche vers elle, plaçant sa bouche contre son oreille de façon à ce qu'elle seule puisse l'entendre. « Qu'est-ce qui t'a effrayée ainsi ? As-tu vu un de tes ravisseurs ? »

Elle secoue la tête et risque un dernier regard dans la direction de James, mais celui-ci a disparu. L'espace d'un instant, elle se demande s'il a jamais été là. Était-ce un fantasme de son imagination ? Ou James est-il aussi conscient qu'elle des dangers qu'ils encourraient en se rencontrant ? Elle inspire profondément et sourit à son mari.

« Je vais très bien, dit-elle en s'efforçant de garder une voix égale. J'ai simplement été perturbée par un souvenir de ma captivité. Mais ce n'est rien. » Elle baisse son bras afin que la main de son mari glisse de son coude.

« Je m'inquiète, cependant, qu'ils manquent de nourriture et de vêtements. Ils ne semblent pas s'être remis de leur calvaire.

— Quel calvaire ? »

Joseph fronce les sourcils. « Parles-tu de leur reddition ? Ce sont des *Indiens*, Mary. S'ils souffrent de la faim, c'est le moindre mal qu'ils méritent. Souviens-toi que c'est eux qui ont déclenché les hostilités. Nous, les Anglais, sommes un peuple pacifique. Nous avons toujours traité les païens d'une manière juste. »

Elle ressent soudain le besoin pervers de le gifler. Ses épaules se raidissent et elle se tourne vers M. Eliot. « N'est-ce pas le moment idéal pour distribuer les couvertures ? demande-t-elle. Tant que tout le monde est rassemblé ? »

M. Eliot fait signe à deux jeunes Indiens de récupérer les paquets. Lorsqu'ils grimpent à l'arrière de la charrette, Mary remarque que leurs côtes saillent à travers leurs chemises. *Nous aurions dû apporter plus de nourriture*, pense-t-elle. *Pourquoi n'avaient-ils pas amené un quartier de bœuf ? La charrette était presque vide.*

Les paquets sont déposés sur le sol devant M. Eliot, qui les ouvre, et, pendant les vingt minutes qui suivent, Mary tend les couvertures, l'une après l'autre, aux femmes, avant de faire circuler les chemises. M. Eliot parcourt le cercle du regard, saluant les Indiens par leur prénom, en présentant certains à Joseph. Mary est consciente des regards curieux qui se posent sur elle. Les femmes sont silencieuses. Elles n'échangent pas la moindre parole en l'observant. Baissant les yeux sur ses vêtements propres mais raides et étroits – le corsage et les manches qui lui compressent le corps, les chaussures dures qui lui pincent les pieds –, Mary prend conscience qu'ils l'emprisonnent, contribuent à sa soumission.

Lorsqu'elle a terminé de distribuer les couvertures et les vêtements, M. Eliot se tourne vers Joseph. « Venez avec moi. J'aimerais vous présenter l'un de mes meilleurs Indiens. » Et avant qu'elle ait le temps de demander davantage d'informations, les deux hommes se mettent en route, obligeant Mary à trottiner derrière eux.

Comme ils s'approchent d'un wetu, le rabat s'ouvre en claquant et James apparaît.

« Mon ami ! s'exclame M. Eliot en courant auprès de lui et en saisissant sa main. Ah, quel plaisir de vous voir. Vous avez bonne mine. »

Mary s'arrête net, manquant de tomber à la renverse, soudain fiévreuse. Elle regarde le visage de James, perçoit l'étincelle d'inquiétude dans ses yeux, la légère crispation aux commissures de ses lèvres.

« J'ai de la chance d'être en vie, répond James. Comme nous tous.

— J'ai une requête à vous soumettre, mon ami, entend-elle dire M. Eliot. M. Green souhaite que vous reveniez à Cambridge en tant qu'apprenti. Dès que possible.

— La route est longue depuis Natick », dit-il, et Mary perçoit l'amertume dans sa voix.

Un frisson parcourt son échine. Elle détourne le regard.

M. Eliot rit.

« Non, vous ne vivrez pas ici, mais à Cambridge, comme avant.

— Je suis un Indien, lui rappelle James. Je serai arrêté.

— Vous recevrez naturellement des documents attestant que vous n'êtes pas soumis à cette règle. Cela a déjà été arrangé. »

Mary se penche en avant. Il y a trois hommes entre James et elle. Il secoue la tête. « Je ne peux pas abandonner mon peuple. Pas en ces temps de danger. »

M. Eliot opine lentement tout en triturant les manchettes de sa chemise. « Vous serez payé pour votre travail. Vous prospérerez et pourrez ainsi les aider. » Il marque une pause. « J'aimerais donner à M. Green mon assurance de votre retour. »

James acquiesce.

« Je vais y réfléchir.

— Et je prierai pour que vous preniez la bonne décision. »

M. Eliot place sa main sur l'épaule de James.

« Toutes mes condoléances pour la mort de votre père. Naoas était un bon chrétien.

— Oui, il l'était, répond James, mais sa voix est dure. Assez bon pour quitter le camp de Philip et retourner aux Anglais. Ils l'ont remercié en l'envoyant à Deer Island. »

M. Eliot secoue tristement la tête.

« C'est une grande honte pour mon peuple, admet-il. Votre peuple se souviendra longtemps des dévastations que nous avons perpétrées ici.

— Nous n'oublierons jamais. »

Joseph se racle la gorge. Mary sent son désaccord émaner de lui comme une fumée toxique. Elle est soulagée qu'il ne dise rien.

M. Eliot se tourne vers Mary. « James, peut-être avez-vous entendu parler de Mme Rowlandson, récemment libérée de sa captivité. Elle se soucie grandement du bien-être des Indiens convertis. »

James jette un coup d'œil à Mary, examine Joseph, puis se tourne de nouveau vers M. Eliot. « Nous nous sommes rencontrés », dit-il, sans que son expression ne trahisse le moindre sentiment.

Au prix d'un énorme effort, elle regarde James. « Je n'en ai aucun souvenir », déclare-t-elle. Saura-t-il déchiffrer sa mise en garde ? A-t-il connaissance de l'arrangement conclu entre Increase et les autorités ? Comprendra-t-il qu'elle fait cela pour s'assurer de sa sécurité ?

Lorsque son regard croise enfin celui de Mary, elle se sent comme frappée au sommet de son crâne par la foudre. Ses cheveux semblent en feu, son cuir chevelu palpite. « Nous nous sommes pourtant rencontrés. » Son expression lui rappelle celle qu'elle a lue sur son visage lorsqu'il l'a menacée avec son couteau dans le wetu bondé de Weetamoo.

Elle hoche la tête, une seule fois. « Mon esprit était embrouillé par la fatigue et la faim pendant ma captivité. Nul doute que j'ai oublié beaucoup de choses. »

Un éclair de douleur traverse son regard, qui disparaît si brusquement que Mary n'est pas certaine de ne pas l'avoir imaginé. Elle frissonne. Joseph lui prend le bras et se tourne vers M. Eliot.

« Je crains que ma femme ait un peu froid. Y a-t-il un endroit où elle puisse s'abriter de ce vent glacial ?

— Un wetu a été préparé pour vous », dit un des hommes, qui s'est le premier approché de M. Eliot.

Il semble que ce soit un chef, bien que Mary remarque qu'il n'a pas le maintien habituel des sachems. « Pour tous ceux qui nous rendent visite… » Il désigne un bosquet de jeunes pins le long du mur nord du camp. « Quelqu'un va vous y accompagner », ajoute-t-il, s'adressant à Mary. Sur son signal, une femme émerge de la foule, prend le bras de Mary et l'entraîne rapidement loin des hommes.

Une croix blanche a été peinte sur la porte du wetu, qui a été construit très récemment – Mary reconnaît l'odeur des branches et de l'écorce fraîchement coupées. Les murs sont drapés de nattes tressées, les plateformes recouvertes de peaux. Une fosse a été creusée, garnie de pierres, et un feu y brûle déjà. Elle ne peut s'empêcher de laisser échapper un petit soupir de plaisir.

La femme pose sur elle un regard rapide, avant de dire dans un anglais hésitant :

« Vous chaud ici. Dormez. Soyez contente.

— Merci, répond Mary avant d'ajouter, se souvenant des mots que James lui a appris : *Kuttabot'mish wonk.* »

La femme sourit, visiblement touchée par les efforts de Mary.

« Nous faisons fête ce soir, annonce-t-elle en ouvrant le rabat. Vous venez.

— *Kuttabot'mish wonk* », répète Mary en se demandant s'il y aura des danses.

Les célébrations, qui ont lieu dans un grand wetu bâti tout en longueur, débutent par un sermon et une prière, tous deux prononcés par M. Eliot. Il n'y a pas de danses et Mary ne voit pas James. Pourtant, elle se sent étrangement bien, comme si elle était enfin rentrée chez elle, bien qu'elle soit prise en étau entre Joseph et une petite femme indienne qui la regarde d'un air méfiant. Mary l'écoute parler avec une femme âgée. Elle saisit quelques bribes, sans toutefois parvenir à comprendre le sens général de leur conversation. Il y a de la nourriture ; des tranchoirs de gâteaux de maïs circulent autour de la table, ainsi que des bols de ragoût de haricots, oignons et courge. Pas de viande. Lorsque

Joseph marmonne dans sa barbe que les Indiens sont de piètres hôtes, Mary rougit de colère, car elle sait que c'est avec fierté qu'ils partagent tout ce qu'ils ont. Pour la première fois depuis des semaines, elle mange de bon appétit. À côté d'elle, Joseph touche à peine à son ragoût. Il paraît comprendre que la politesse exige qu'il fasse au moins semblant de manger, mais il est évident que chaque bouchée lui est difficile à avaler, qu'il est inquiet de ne pas digérer cette nourriture dont il n'a pas l'habitude.

Après le repas, une pipe de tabac circule autour de la table, dont la fumée apaise l'estomac de Joseph. Mary est soulagée que nul ne semble prêter attention à elle, car elle se sent chamboulée par des émotions si vives qu'elle craint qu'elles ne se lisent sur son visage. Ce qu'elle ressent, elle n'en est pas certaine – un étrange mélange de nostalgie et de désir.

De larges boucles de fumée flottent à travers la longue maison, que Mary inhale en fermant les yeux. Le murmure des conversations lui rappelle étrangement celui d'une rivière. Les voix ont quelque chose d'apaisant, tant qu'elle n'essaie pas de décomposer chaque mot.

Après qu'ils se sont retirés dans leur wetu, M. Eliot, Joseph et Samuel s'assoient autour du feu et fument une autre pipe. Mary, prétextant la fatigue, s'allonge sur un épais tapis de fourrures et tire une peau de daim sur elle. Les yeux fixés sur la cheminée, elle a l'impression d'être dans un rêve qu'elle a fait cent fois depuis sa libération. Les flammes dansent sur le dôme du wetu. L'odeur de la terre et des peaux se mêle à la fumée. Elle entend les voix graves des hommes. Elle ferme les yeux.

Elle se réveille dans le noir, Joseph à côté d'elle. Il est agité, se retournant sans cesse sur sa natte. Il murmure son nom, se plaint de ne pas réussir à dormir. « Il n'y a aucun confort possible dans ce lieu infect », marmonne-t-il. Il se débat avec les peaux, roule sur lui-même, pestant contre les coutumes indiennes, leur nourriture, leurs vêtements, affirmant que leurs conforts matériels sont ceux du diable. Peu importe qu'ils soient chrétiens. Elle pose sa main sur son bras pour l'apaiser et le réconforter tout en se demandant pourquoi il ne pense pas à prier pour calmer ses nerfs, mais n'ose le lui suggérer, car elle sait qu'il s'en offensera. Elle tente de ressentir un semblant de compassion pour lui, de comprendre sa répugnance devant toutes les choses indiennes. Au lieu de quoi, son agacement ne fait que croître et elle rêve de la paix profonde qu'elle ressentait lorsqu'elle dormait dans un wetu occupé par de nombreux Indiens. Finalement, elle parvient à se détendre suffisamment pour retrouver le sommeil.

Lorsqu'elle se réveille, Joseph ronfle à côté d'elle. Elle se glisse hors de la peau de daim, se dirige vers la porte, écarte le rabat et disparaît dans la nuit.

La lune brille au-dessus de nuages sombres s'étendant depuis l'ouest. Demain, il pleuvra. Elle prend de longues inspirations, s'étire, et se dirige vers une bande d'arbres grêles le long du mur nord du camp. Ces arbres semblent malades ; il n'y en a qu'une douzaine. Elle se retourne pour contempler les wetus formant des monticules denses et noirs dans l'obscurité et comprend que ce n'est pas un village, mais une prison.

Elle reste un moment sous les arbres, et s'y trouve toujours lorsqu'elle entend une branche craquer et des feuilles bruisser à sa gauche. Elle se fige instinctivement avant de prendre conscience que cette personne, quelle que soit son identité, veut qu'elle sache qu'elle n'est pas seule. Aucun Indien ne ferait volontairement autant de bruit. Elle se tourne et voit une silhouette approcher. Lorsque la lune s'extrait brièvement de son enveloppe de nuages, elle reconnaît James.

Son corps entier a conscience de sa présence. Elle esquisse un mouvement minuscule, tournant les épaules et la tête dans sa direction. Il s'arrête à quelques pas d'elle. Ses bras pendent le long de son corps. Elle ne parvient pas à lire l'expression sur son visage.

« Je ne m'attendais pas à vous trouver ici, dit-elle. Et je... » Elle marque une pause. « Je suis heureuse que vous n'ayez pas été pendu.

— Ce n'est pas grâce à vous. »

Les mots sortent tel un sifflement, comme s'ils remplissaient sa bouche depuis des semaines, pressant contre ses dents.

Ils lui font l'effet d'une gifle. Il ne sait donc pas. Il ignore le rôle qu'elle a joué dans sa rédemption.

« Vous n'avez pas idée de ce que cela m'a coûté d'être ici, poursuit James. De ce que cela a coûté à mon peuple. »

Elle se tourne face à lui. « Si, je sais, dit-elle, et elle voudrait lui dire davantage, mais sa dureté l'effraie. Je connais les conditions de votre amnistie. »

Il reste un long moment silencieux. Mary sent son cœur battre dans ses oreilles.

« Pourquoi êtes-vous venue ? demande-t-il enfin.

— Je pensais qu'être parmi les Indiens me permettrait de retrouver la paix. »

Elle crache les mots comme s'ils lui brûlaient la langue et incline la tête, incapable de soutenir son regard.

« Vous ne trouverez aucun réconfort ici, dit-il. Nous ne sommes pas votre peuple. Vous devez rester parmi le vôtre.

— Je n'ai pas de peuple. »

C'est un murmure brisé. Elle n'est même pas certaine qu'il l'ait entendue. Elle veut faire demi-tour, retourner au wetu, mais elle n'en fait rien. Elle sent son parfum – l'odeur familière de musc de sa peau propre, les effluves de graisse d'ours dans ses cheveux, son haleine de tabac sucré. Elle pense à toutes les choses qu'elle aimerait pouvoir dire – en premier lieu, qu'elle a entendu sa demande d'aide lorsqu'ils se sont parlé dans la grange il y a de longues semaines. Qu'elle s'est acquittée de sa dette envers lui, qu'elle a sacrifié ses désirs en échange de sa vie – mais sa gorge est bloquée. Elle ne parvient même pas à faire monter les mots jusqu'à sa langue.

Il grogne doucement. « Moi non plus. Je ne suis ni anglais ni nipmuc, à présent. » Il reste un long moment silencieux. Les larmes brûlent les yeux de Mary. Elle ne doit pas s'autoriser à pleurer. Elle doit être forte, bien que son cœur se brise en entendant ces mots. Elle sent son regard sur elle. « Au moins, vous avez votre église et votre ville anglaise, dit-il lentement. Vous avez l'armée anglaise pour vous protéger. Votre mari est un pasteur, un chef respecté de sa communauté. Au moins, vous êtes une femme libre. »

Elle lève les yeux vers lui – un regard rapide, furtif – avant de les poser sur ses mains. « Non, je ne suis pas libre, rétorque-t-elle. Je ne suis pas libre du tout. » Elle fouille dans sa poche pour en sortir la petite bible qu'il lui a donnée à Menameset et la lui tend.

« Je vous en prie, prenez-la. C'est la vôtre. »

Au début, il ne bouge pas. Ni ne parle.

« Je vous en prie. » Elle s'essuie le visage du bout des doigts. « Vous m'en avez fait cadeau. À présent, je veux vous la rendre.

— Pourquoi ? demande-t-il, toujours sans bouger.

— Car c'est la seule chose que j'ai avec moi qui possède une quelconque valeur. Et parce que vous avez été un vrai ami. »

Lorsqu'elle prononce le mot *ami*, elle voit quelque chose se briser sur son visage ; la façade de pierre se dissout comme un masque d'argile sous la pluie. Il ouvre la main et prend la bible. Puis il tourne les talons, s'éloigne et disparaît dans la nuit.

32

Mary ne retrouve pas le sommeil cette nuit-là. Couchée sur sa natte, elle pense à sa rencontre avec James. Elle se souvient de chaque mot, chaque inflexion, chaque mouvement – l'inclinaison de ses épaules dans la lumière de la lune obscurcie par les nuages, sa main tendue lorsqu'il a pris la bible. Elle repasse en boucle ces détails dans son esprit, les gravant dans sa mémoire, les marquant au fer rouge. Elle se souvient d'autres moments – elle se revoit, tremblant comme une feuille quand il a coupé la corde autour de son cou, puis assise avec lui devant le wetu de Weetamoo, allongée à côté de lui dans la noirceur de l'hiver. Elle repasse tous ces souvenirs dans sa tête jusqu'à ce qu'elle soit certaine de les connaître par cœur, comme si elle préparait soigneusement une histoire à transmettre à ses enfants et ses petits-enfants, tout en sachant qu'elle emportera tous ces récits jusque dans sa tombe.

Comme le ciel commence à prendre la couleur de l'aube, il se met à pleuvoir. Doucement d'abord, puis de plus en plus fort. Lorsque les hommes se réveillent, la pluie martèle le toit du wetu. Mary a l'impression de se trouver à l'intérieur d'un immense tambour.

Elle ranime le feu et ils prennent un rapide petit déjeuner. Un Indien vient leur annoncer que les bœufs ont été attelés à la charrette. Il leur donne des couvertures supplémentaires et une peau de daim pour se couvrir la tête et ils partent sans autre témoin que cet homme. Nul ne sort des wetus pour leur dire adieu lorsqu'ils franchissent les portes du village.

Pendant une grande partie du trajet, seuls les cris de Samuel encourageant les bœufs brisent le silence. Mary est soulagée que la pluie soit trop bruyante pour lui permettre de converser avec M. Eliot et Joseph. Elle n'a aucun désir de parler. Elle se demande si le désir lui reprendra un jour. Le mot *ami* martèle son cœur comme la pluie.

Ils sont encore à une heure de Boston lorsque Samuel pousse un cri. Mary écarte la peau de daim protégeant son visage et regarde dans la direction qu'il leur indique. À travers la pluie, elle discerne une tache sombre à l'horizon, qui se transforme peu à peu en une épaisse fumée noire.

« Je crains qu'un grand malheur ne soit arrivé, dit M. Eliot.

— Oui, répond Joseph d'un ton sinistre. Dieu n'en a pas encore fini avec la Nouvelle-Angleterre. »

Ils gravissent une longue colline du haut de laquelle ils contemplent le désastre : Boston est en feu. À travers la fumée, ils voient les flammes lécher les murs de la ville. Plus loin, ils observent une grande agitation près du bord de l'eau, et de nombreux bateaux sur la rivière.

« Je n'ose pas vous ramener chez vous, dit Eliot. Vous devez demeurer avec moi à Roxbury jusqu'à ce que nous soyons certains que les rues de Boston sont sûres. »

Un spasme de panique secoue le corps de Mary. « Je dois être avec mes enfants ! » s'écrie-t-elle. Elle se lève d'un bond sur la charrette, qui grince furieusement sous son poids tandis qu'ils descendent la colline. Joseph la saisit par le bras et l'oblige à se rasseoir.

« Que fais-tu ? siffle-t-il. Assieds-toi et ne bouge pas, ou tu vas faire renverser la charrette ! » Il se tourne vers M. Eliot. « S'il vous plaît, conduisez-nous aux portes de la ville. Ma femme a déjà vécu trop d'épreuves. »

M. Eliot fait signe à Samuel de continuer, et ils traversent Roxbury sans s'arrêter jusqu'à Boston. Mary doit faire appel à toute sa volonté pour ne pas sauter à terre et partir en courant tandis qu'ils progressent lentement dans le brouillard noir de fumée. Lorsqu'ils atteignent enfin les portes de Boston, il devient évident que la moitié de la ville est en feu. Samuel arrête la charrette, ne pouvant plus lutter contre la marée de gens déferlant hors de la ville. Certains courent comme des dératés, portant parfois des paquets ; d'autres poussent des chariots remplis de leurs enfants et des quelques possessions qu'ils sont parvenus à sauver. De la fumée tourbillonne au-dessus d'une maison près du port.

Mary profite de l'agitation pour descendre de la charrette. Elle commence à courir, se frayant un passage à travers les habitants en fuite. Lorsqu'elle a franchi les portes de la ville, elle part directement vers le nord, où se trouve leur maison. Un trou béant s'est ouvert dans le toit du temple et les rues sont couvertes d'une boue gris foncé dont elle comprend rapidement qu'il s'agit de cendre mouillée. Elle entend Joseph courir à pas lourds derrière elle, mais elle ne se retourne pas, ni ne ralentit pour l'attendre. Elle n'a qu'une idée en tête, retrouver Joss et Marie, déterminée, cette fois, à ne pas les abandonner. Cette fois, elle les mettra en sécurité.

Elle dévale les allées et les ruelles, les rues principales étant bondées de gens. Finalement, elle atteint la maison, qui est – Dieu soit loué – intacte. Elle tombe presque à genoux lorsqu'elle pousse la porte et entre en titubant dans la cuisine. Elle entend Marie crier et voit Joss accroupi dans un coin. Mary passe ses bras autour de ses enfants. Ce n'est qu'une fois qu'elle sent leur chair contre son corps que les larmes commencent à couler.

Lorsque Joseph entre en trombe dans la maison quelques instants plus tard, essoufflé et les mains agrippées à sa poitrine, il les trouve tous les trois agenouillés devant l'âtre, dans les bras les uns des autres. Il s'effondre sur une chaise, mais ne dit rien. Mary ne l'invite pas à les rejoindre.

Quand la pluie cesse de tomber en milieu d'après-midi, ils se risquent à sortir. Les nouvelles sont terribles. Le feu a détruit plus de quarante bâtiments, dont le temple et deux maisons de l'autre côté de la rue. Celle d'Increase Mather a été réduite en cendres, ainsi que tous ses meubles et – plus tragique encore – la plupart de ses livres et de ses documents. Mary se demande si son récit aussi est parti en fumée, une pensée qui la tiraille dans un étrange mélange d'amertume et de soulagement. Les habitants errent dans les ruines fumantes et trempées. La puanteur de cendres mouillées est insupportable. Mary refuse d'être séparée de ses enfants, insistant pour qu'ils restent assez près d'elle afin d'entendre sa voix si elle doit les appeler. Joseph la met en garde contre la bêtise d'une telle affection, mais elle ne s'en repent pas.

La ville est plongée dans le tumulte pendant des mois. Increase, terrassé par une forte fièvre, est contraint de rester alité, incapable de prier. Mary prépare un bouillon de poulet, bœuf et herbes médicinales qu'elle emporte elle-même à la maison où résident temporairement les Mather, dans l'espoir de pouvoir s'entretenir un moment en privé avec l'ecclésiastique. Mais la servante qui ouvre la porte à Mary désigne les fenêtres aux volets clos et lui explique que M. Mather est trop malade pour recevoir des visiteurs. Quelques jours plus tard, Joseph lui annonce avec tristesse que les médecins craignent qu'Increase ne survive pas.

De fait, il lutte contre la mort pendant plusieurs semaines, mais finit par lentement se rétablir. Tout le monde affirme que sa guérison est une réponse aux prières ferventes de la congrégation. Tous sont d'avis que Dieu punit Boston pour quelque péché, sans parvenir à s'accorder sur la nature dudit péché. Certains pensent que la calamité qui s'est abattue sur la ville est un châtiment pour l'adoption par la colonie de l'Alliance intermédiaire, qui autorise les croyants baptisés mais n'ayant pas franchi l'étape de la conversion à faire baptiser leurs propres enfants. Certains y voient le signe qu'ils doivent renforcer les lois contre la débauche. De rares voix affirment que l'incendie est une réprimande pour avoir vendu les Indiens convertis en esclavage.

Mary continue de penser à sa rencontre avec James. Il s'est montré si froid envers elle à Natick qu'elle est convaincue qu'il n'est pas au courant du marché qu'elle a conclu avec Increase. Peut-être pense-t-il qu'elle est restée sourde à son appel à l'aide. Leur brève conversation dans l'obscurité a seulement révélé qu'ils ressentaient le même sentiment de séparation. De la même manière qu'elle affirmait ne plus avoir sa place parmi les Anglais, il disait ne plus se considérer comme un Nipmuc. Ils sont tous les deux sans peuple. Elle regrette à présent de ne pas l'avoir suivi lorsqu'il s'est éloigné, de ne pas avoir essayé de percer son mur de ressentiment, de faire renaître l'affection qu'ils partageaient autrefois. Il a néanmoins accepté la bible, et cette pensée lui procure un certain réconfort.

L'hiver frappe avec violence, apportant le vent et la glace. La neige tombe abondamment, bloquant les rues, dissuadant les fidèles de se rendre dans le nouveau temple encore en construction. Même Joss quitte rarement la maison, préférant rester près du feu avec sa mère et sa sœur. Seul Joseph se risque à sortir pour rendre visite aux malades de la paroisse et solliciter une audience dès qu'il entend parler d'une église cherchant un pasteur.

Pendant des mois, Boston est en proie à la maladie et la peur. Malgré la défaite de l'alliance de Philip, la terreur tourmente la ville, nourrie par des récits de nouvelles déprédations indiennes, d'espions vivant cachés parmi les habitants, de rumeurs d'une autre confédération d'Indiens se formant à l'ouest, une confédération si puissante qu'elle renverra les Anglais dans la mer d'où ils sont arrivés. Même lorsque la neige leur laisse un peu de répit et qu'il est de nouveau possible de sortir, les habitants s'aventurent rarement au-delà des portes de la ville. Personne ne se rend jamais nulle part seul.

Lorsque le printemps arrive enfin, la terreur commence petit à petit à se dissiper. Comme si le soleil faisait fondre non seulement la neige et la glace, mais aussi quelque chose de dur et de froid dans le cœur des habitants. Mary songe à tout ce qui a changé au cours de l'année passée. Elle se souvient du jour de l'attaque et du calvaire qu'a été la mort de Sarah. Elle se souvient de la faim terrible qui la tourmentait, de l'humiliation et de la peur qu'elle a ressenties en tant qu'esclave. Elle se souvient des heures passées sous le soleil printanier devant le wetu de Weetamoo, à confectionner des chemises et des bas. Elle se souvient des conversations longues et profondes avec James sur le rocher à l'orée du camp.

Elle rend visite à ses sœurs, Joanna, Ruth et Hannah. En mars, elle apprend par Joanna que Henry, l'époux d'Elizabeth, s'est installé à Charlestown et se remariera en avril. Bien qu'elle soit heureuse pour lui, Mary sent son cœur se serrer pour Elizabeth en apprenant la nouvelle. Elle espère que sa nouvelle épouse lui apportera le bonheur et le réconfort dont il a besoin, tout en enviant, dans le recoin le plus sombre de son cœur, l'espoir d'une joie future que sa nouvelle vie représente. Mary a l'impression que sa propre vie est devenue plus sinistre et austère depuis sa libération.

Peu après le mariage de Henry, le changement qu'ils attendaient depuis si longtemps arrive enfin : Joseph reçoit une invitation de l'église de Wethersfield dans la colonie du Connecticut. Il déborde d'une joie que Mary ne peut s'empêcher de partager, car la perspective d'une nouvelle vie la remplit d'espoir.

Une nouvelle vie dans un lieu où elle ne sera plus au centre de tous les commérages. Elle emballe leurs modestes possessions dans un coffre et organise des visites d'adieu à chacun de ses frères et sœurs, consciente qu'elle ne les reverra peut-être plus jamais.

33

Wethersfield est une ville agréable située le long d'une vaste étendue du fleuve Connecticut. Réputé pour ses champs d'oignon doux, c'est un lieu où Joseph lui promet qu'elle trouvera un soulagement à ses souffrances. Pourtant, elle ne peut regarder le fleuve sans revoir Weetamoo, debout sur la rive, lui offrant son nom comme un présent. Il semble que les fantômes de sa captivité soient déterminés à la hanter où qu'elle aille.

Elle prend un certain plaisir à installer son foyer dans une maison qui lui appartient. Le presbytère de Wethersfield est deux fois plus grand que le logement que leur louait M. Whitcomb à Boston, et presque aussi grand que leur ancienne maison de Lancaster, avec un appentis derrière la cuisine, un petit salon au rez-de-chaussée et deux chambres à l'étage. Il y a de la place pour un potager derrière la maison et de larges champs leur sont réservés à l'ouest de la ville. Les dépendances comprennent une vaste grange et un hangar. Il y a même une échelle sous une planche dans le salon qui conduit à une petite cave où Mary pourra conserver des légumes racines pendant l'hiver.

Marie est toujours au côté de sa mère, l'aidant à

nettoyer et maintenir la maison en ordre. Joss reste aussi auprès d'eux les premières semaines, participant aux quelques corvées liées au déménagement.

Bien que Mary ait espéré que Wethersfield représente un nouveau départ, où elle serait enfin libérée du fardeau de soupçon né de sa captivité, elle ne tarde pas à découvrir que sa réputation l'a précédée. Les regards pleins de pitié et de désapprobation des femmes de la ville informent Mary que des rumeurs circulent déjà à son sujet. Une semaine à peine après son arrivée, une femme au visage rond se présente à sa porte, apportant une marmite de haricots et un chapelet de questions. Son nom est Esther Allen et elle insiste pour que Mary n'hésite pas à faire appel à elle si elle a besoin de quoi que ce soit. « La moindre chose, vraiment, n'hésitez pas. » Elle gratifie Mary d'un large sourire, révélant un trou si large entre ses dents de devant que Mary parvient à peine à en détacher les yeux.

« Vous devez me dire ce qui vous est arrivé – parmi les sauvages, je veux dire. » Esther pose bruyamment la marmite sur la table et se perche sur le tabouret près de l'âtre. « Cela a dû être une épreuve terrible. Votre courage nous inspire tous. » Elle regarde autour d'elle mais ne semble pas remarquer le désordre qui conduit presque Mary au désespoir : la cuisine encombrée de coffres et de paquets à déballer, les piles de livres de Joseph qui se dressent dans un angle en attendant qu'ils se procurent des étagères.

Il est évident que la femme souhaite échanger des actes de bonté contre des ragots. Mary la remercie de sa visite et avoue qu'elle est trop lasse pour lui parler de son calvaire aujourd'hui, mais qu'elle réfléchira à la meilleure manière de partager ce qu'elle a appris, dans le futur.

Esther hoche la tête, mais sa bouche s'est durcie. Lorsqu'elle finit par répondre, Mary est abasourdie par l'audace de ses paroles. Malgré tous les ragots qui circulaient à son sujet à Boston, peu de gens avaient osé les lui dire en face.

« On raconte que vous avez été forcée à épouser un sauvage, dit Esther. Que vous ne vouliez pas retourner à votre mari. »

Mary la dévisage, son esprit momentanément paralysé. Elle se demande comment répondre à une telle accusation, consciente que les mots qu'elle choisit seront répétés dans toute la ville.

« Non, fait-elle lentement. C'est un mensonge infâme, colporté par un des Indiens qui exerçaient un pouvoir sur moi. »

Esther étudie son visage d'un air sceptique. « Bien sûr, c'est ce que vous êtes obligée de dire aujourd'hui, n'est-ce pas ? »

À nouveau, Mary est choquée par l'impudence de cette femme. Elle ne trouve aucune réponse polie. Un souvenir de Weetamoo traverse son esprit – elle la voit assise à côté de Philip devant le feu du conseil, fière et royale avec ses ceintures de wampums et ses cheveux tressés. Étrangement, Mary se prend à imaginer ce que Weetamoo répondrait dans une telle situation.

Elle se redresse de toute sa hauteur et touche sa poitrine, comme si un collier de wampums y pendait. Elle sent presque les perles froides sous ses doigts. « Madame Allen, dit-elle. Merci de ne pas oublier que vous vous adressez à la femme de votre nouveau pasteur. Et n'oubliez pas non plus qu'un colporteur de rumeurs qui porte préjudice à une personne innocente peut être envoyé au pilori. »

Le visage d'Esther blêmit immédiatement. Elle se

penche en arrière sur son tabouret, si brusquement que, l'espace d'un instant, Mary craint qu'elle ne tombe à la renverse. Lorsqu'elle prend enfin congé, la contenance sévère de la femme lui suggère qu'elle ne s'avouera pas vaincue. Esther ne tardera pas à colporter de nouvelles rumeurs à son sujet.

Cette entrevue porte un coup au moral de Mary. Il lui semble qu'elle ne parviendra jamais à fuir sa captivité. Si, comme Joseph et Increase le croient, les épreuves endurées par Mary sont une punition du Seigneur contre la Nouvelle-Angleterre, alors pourquoi Mary continue-t-elle à souffrir de la main de ceux qu'elle était censée sauver ? Elle secoue la tête avec perplexité et retourne à ses tâches ménagères.

Le lendemain matin, Joseph lui demande des explications alors qu'elle s'affaire à genoux dans le potager, creusant le sol pour y planter les graines de thym et de coriandre qu'elle a rapportées de Boston. Sans même lui laisser le temps de s'essuyer les mains sur son tablier, il commence à la réprimander pour avoir offensé Esther Allen.

« Comptes-tu t'aliéner toutes les femmes de ma nouvelle congrégation ? » Ses yeux lancent des éclairs. « Je refuse que mon nom soit sali par... » Il marque une pause, et, pendant une seconde, Mary pense qu'il a terminé mais, avant qu'elle puisse rassembler ses pensées pour répondre, il termine sa phrase. « ... par ton attitude de sauvage. » Son visage est rouge vif et des postillons jaillissent d'entre ses lèvres.

« Mon attitude de sauvage ? » Elle se relève avec effort. « Quelles rumeurs haineuses les commères de cette ville ont-elles déjà fait circuler ? Et cela ne fait même pas deux semaines que je vis ici ! » Incapable de le regarder, elle se réfugie dans la maison. Elle passe en courant devant Marie, qui prépare un pâté de bœuf dans la cuisine, et entre dans le petit salon, où elle commence à déballer une caisse de vaisselle. Elle doit faire appel à tout son sang-froid pour ne pas jeter les bols dans le feu. Elle se souvient du jour où, furieuse, elle était sortie du wetu de Weetamoo et avait arpenté le camp de long en large. Le fait de marcher lui avait apporté un certain calme et il lui vient à l'esprit que rien ne l'empêche de faire la même chose à présent. Au pire, cela l'aidera à réfléchir. Elle attrape sa cape sur la patère dans l'entrée et sort de la maison, s'en allant marcher sans but précis le long du chemin.

Après avoir longé des maisons et des champs, elle atteint une rivière où des dizaines de canards noirs pataugent près de la rive. Elle se laisse envoûter par une mère qui guide ses quatre canetons dans l'eau. L'air printanier et la surface ensoleillée de l'eau apaisent l'esprit de Mary et, au bout d'un moment, elle regagne la maison.

Joseph l'attend à la porte. Elle remarque immédiatement que sa colère s'est dissipée. Il semble bouleversé. « Où étais-tu ? Tu m'as fait peur. » Il prend sa main et l'attire à l'intérieur, où il la surprend en l'embrassant sur la joue, bien qu'il fasse grand jour.

« Pardonne-moi, chuchote-t-il. J'ai été injuste. J'étais à bout de nerfs. » Il libère son bras et la regarde dans les yeux. « Mais tu dois me promettre que tu ne t'enfuiras plus jamais ainsi. »

Le premier réflexe de Mary est de le rassurer, mais ce court moment passé près de la rivière a été une telle bénédiction – un bref sentiment de liberté qu'elle n'a pas ressenti depuis son séjour parmi les Indiens – qu'elle en est incapable.

« Je t'en prie, Mary. Promets-moi que tu limiteras tes déplacements à la cour de notre maison. »

Elle le regarde. Ses yeux sont si doux et suppliants qu'elle sent son cœur s'adoucir. Pourtant, l'idée d'être enfermée chez elle lui déplaît. Non, elle l'*effraie*.

« Je ne peux pas », murmure Mary, si bas qu'elle n'est pas certaine qu'il l'ait entendue.

Il fronce les sourcils.

« Comment ça, tu ne peux pas ?

— Je ne peux pas te promettre de me limiter à la cour, dit-elle plus fort, d'une voix claire et distincte. Tu dois me laisser marcher, Joseph. J'ai besoin de me sentir libre. »

Quelque chose se coince dans sa gorge et elle tend la main pour saisir la sienne. Elle sait qu'elle pèche en refusant de se soumettre à la volonté de son mari, mais ne peut tenir sa langue. « Tu dois comprendre – j'ai déjà tant perdu. Tu dois au moins me laisser cela. »

À sa grande surprise, il presse sa main et lui adresse un demi-sourire, qu'elle perçoit comme une tentative de la rassurer. Elle est certaine qu'il ne comprend pas que cette heure passée à la rivière lui a apporté plus de réconfort et de soulagement que toutes ses prières. Pourtant, il semble prêt à fermer les yeux sur cet acte de rébellion. En tout cas pour cette fois. Peut-être l'a-t-elle jugé trop durement.

Elle n'aborde plus le sujet avec Joseph. Mais à partir de ce jour, elle sort marcher régulièrement jusqu'à la rivière et le long des chemins peu fréquentés à la limite de Wethersfield, où elle puise la paix et le réconfort qui lui permettent de supporter les langues acérées de la congrégation. Une petite liberté dont elle se sent immensément reconnaissante.

Mary se rend quotidiennement au marché avec sa fille, un panier au bras. Les habitants leur sourient et les femmes interrompent souvent leurs conversations sur leur passage. Elle apprend que Wethersfield était autrefois une ville frontalière comme Lancaster, mais que la région a depuis longtemps été colonisée et que les Indiens ont été assujettis. Un matin d'été, Goody Wickers parle à Mary des Indiens pequots, dont elle affirme qu'ils étaient extrêmement belliqueux avant la victoire des Anglais contre eux en 1637. Ce n'est que plusieurs semaines plus tard que Mary apprend les détails de la bataille, qui la révoltent tellement qu'elle ne supporte plus d'en entendre parler. Car l'événement en question n'avait en réalité rien d'une bataille. Ce n'était ni plus ni moins qu'un massacre de femmes et d'enfants. Les soldats anglais avaient encerclé une forteresse pequot et y avaient mis le feu. Sept cents Pequots avaient péri brûlés. Mary ne parvient pas à chasser de son imagination les cris de mort et d'angoisse des pauvres mères qui ont vu leurs enfants consumés par les flammes. Cela la rend malade et ravive une nouvelle fois le souvenir du corps d'Elizabeth enveloppé de flammes.

Mary tente d'expliquer ce qu'elle ressent à Joseph, de mettre en mots la manière dont sa captivité a changé sa perception des Indiens. Elle lui dit que les Indiens chérissent leurs enfants plus que tout au monde, et que la mort par le feu est certainement la plus violente possible. Elle lui dit que l'histoire du massacre pequot a certainement circulé parmi toutes les tribus. Peut-être même est-ce la raison pour laquelle Philip a incendié les villes anglaises, convaincu qu'utiliser leurs propres techniques contre les Anglais n'était que juste rétribution.

Joseph l'écoute attentivement et attend que Mary ait terminé avant de parler. Ils sont assis sur le banc devant la maison, car l'air du soir est doux et celui de la cuisine étouffant. Lorsque Mary est à court de mots, Joseph soupire et prend sa main posée sur ses genoux. « As-tu oublié la souveraineté de Dieu ? Souviens-toi, le Seigneur nous a choisis pour accomplir Son œuvre en ce lieu. Cela signifie que nous devons parfois être la verge de Son châtiment. »

La main de Mary se raidit dans la sienne. « Mais Il n'attend tout de même pas de nous que nous... » Elle marque une pause, ayant du mal à prononcer les mots. « ... *brûlions des enfants ?* »

Il ne répond pas, mais porte sa main à ses lèvres et pose un baiser sur ses doigts.

« Tu ne dois pas te laisser tourmenter par une bataille qui a eu lieu quand tu n'étais encore qu'une enfant en Angleterre.

— Non, il n'y a pas que cela qui me tourmente. »

Elle retire sa main de la sienne et la pose de nouveau sur ses genoux.

« Ce n'est qu'un exemple de ce qui est, je le crains, un plus grand péché encore.

— Et quel serait ce péché ? »

Il s'est repositionné sur le banc pour lui faire face. Dans le crépuscule grandissant, elle sent la dureté de son regard sur elle, comme un couteau raclant son visage.

Mary prend un moment pour trouver les mots adaptés à ses pensées. « Je me demande comment nous pouvons être aussi certains des desseins de Dieu. N'est-il pas possible que Dieu compte aussi les Indiens parmi Ses enfants ? »

Joseph la dévisage comme si elle avait perdu la raison. Son silence est si lourd qu'elle détourne brièvement le regard. Elle s'attend à ce qu'il la reprenne, la rassure quant à la présence imposante de Dieu. Qu'il lui rappelle que la Bible est la seule source de compréhension nécessaire. Qu'il l'accuse au moins d'apostasie. Mais il ne dit rien.

La nuit s'épaissit et s'enroule autour d'eux. Mary a l'impression de pouvoir à peine respirer, mais les pensées qui harassent son esprit et son cœur depuis des mois semblent avoir une vie propre, et elle ne peut les empêcher de remplir le silence. « N'est-il pas vrai que nous ne pouvons jamais être certains de la volonté de Dieu ? Que même Ses miracles et Ses signes peuvent être mal compris ? Comment pouvons-nous prétendre à la vertu quand tant d'hommes ont souffert de notre main ? » Elle prononce ces derniers mots dans un cri tremblant. « Depuis quelque temps, je commence à penser que je ne peux compter sur rien d'autre que mon amour pour mes enfants. Et même cet amour est cruellement mis à l'épreuve. En particulier par Joss. »

Mary a l'impression d'entendre un rire contrit s'échapper des lèvres de Joseph, mais elle ne peut être certaine qu'il ne s'agisse pas de ses propres sanglots. Il pose sa main sur son dos. « Chhh. Mary, murmure-t-il. Tu es à bout de nerfs. Nous parlerons de ceci une autre fois. » Il se lève, lui prend la main et la conduit jusqu'à leur lit, où il se lie à elle pour la première fois depuis sa libération.

Cette nuit-là, après leur union, elle pleure d'émerveillement et de soulagement.

Le lendemain, lorsque Joseph rentre de ses visites à la paroisse, il annonce à Mary qu'il lui a apporté un présent.

« Un présent ? dit-elle en levant les yeux de son filage. En quel honneur ? »

— Chut. »

Il place un doigt devant ses lèvres. Ses yeux dansent comme ils le faisaient parfois à l'époque où il la courtisait. Il lui fait signe de le suivre dans la cour, où elle découvre, suspendue à un crochet sur le montant de la barrière, une cage à oiseaux en forme de cloche, faite de fines barres de fer. À l'intérieur se trouve un moineau.

Elle contemple l'oiseau, qui volette dans la cage en pépiant.

« Ne te plaît-il pas ? » La voix de Joseph est pleine de déception et de confusion. « J'ai fait faire la cage spécialement pour toi par le forgeron de Wethersfield. »

Mary se tourne vers lui et se force à sourire. « Elle est magnifique, un très bel ouvrage. Je te remercie de ta gentillesse. »

Joseph semble satisfait, mais Mary est frappée de mélancolie. Elle ne parvient à penser qu'à l'amour de Sarah pour No, à son refus d'abandonner l'oiseau le matin de la terreur indienne et au calvaire qui a précédé sa mort.

Elle suspend la cage à la fenêtre de la cuisine donnant sur l'ouest. Lorsque Marie revient d'être allée ramasser les œufs, elle fond en larmes dès qu'elle la voit. Un des œufs s'échappe de son tablier et s'écrase au sol. Mary la réconforte et lui dit de ne pas s'inquiéter pour l'œuf cassé, mais Marie sanglote toujours lorsqu'elle se détourne de la cage et dépose les œufs restants sur la table.

« Il me rappelle Sarah, murmure-t-elle. Je ne pense pas pouvoir le supporter. »

Mary hoche la tête, mais ne peut lui offrir aucune autre consolation, car elle ressent exactement la même chose.

Le nouveau moineau ne chante pas, passant ses journées immobile dans sa cage. De temps en temps, il émet une série de pépiements rauques. Mary le nourrit et l'abreuve chaque matin, mais dès qu'elle ouvre la porte de la cage pour y saupoudrer des miettes, l'oiseau se presse contre sa main, essayant de s'enfuir.

34

Joseph ayant repris ses obligations conjugales, Mary nourrit enfin l'espoir de concevoir un nouvel enfant. Depuis la mort de Sarah, son ventre vide la tourmente. Mais au bout de quatre mois à Wethersfield, elle doit se rendre à l'évidence : elle a atteint le moment de sa vie où une femme ne peut plus donner la vie. Elle a le sentiment que Dieu l'a encore une fois abandonnée. Lorsqu'elle se confie à Joseph, celui-ci est surpris et suggère qu'elle a mal interprété les signes. Elle lui assure que non, que son corps lui rappelle chaque mois qu'elle n'enfantera plus jamais, et il tente alors de l'apaiser en lui expliquant qu'elle devrait considérer sa stérilité comme un cadeau. Le Seigneur lui épargne les dangers et souffrances de l'accouchement et, pour cette raison, elle devrait glorifier Son nom.

Mary, qui ne peut toutefois se résoudre à louer Dieu pour son infertilité, continue à désirer secrètement un enfant. De nombreux enfants, même, qui l'entoureraient et la distrairaient, s'accrocheraient à ses jupons tandis qu'elle vaquerait à ses corvées. Elle veut tenir des bébés dans ses bras et les presser contre son sein. Elle veut poser des baisers sur leur cou et leur ventre chauds, prendre plaisir à entendre leur rire remplir chaque jour toutes les pièces de la maison.

Marie perçoit sa tristesse, et la questionne gentiment pour en connaître la cause. Mary lui dit la vérité – qu'elle rêve de porter un autre enfant, mais a passé l'âge de le faire. Sa fille la regarde droit dans les yeux et prononce des paroles qui auraient pu sortir directement de la bouche de son père : « Dieu ne souhaite que le meilleur pour nous, n'est-ce pas ? »

Mary murmure qu'elle a raison, que son désir d'enfant est probablement un péché et qu'elle s'efforcera de consacrer ses pensées à d'autres sujets. Pourtant, dès qu'elle croise une femme au ventre arrondi, elle ressent un douloureux tiraillement dans son propre ventre.

Avec le temps, les vieilles habitudes de Mary se remettent en place. Si elle avait été contaminée par le mode de vie indien, comme le pensait son mari, elle est désormais de nouveau infectée par celui des Anglais. Elle maintient une maison propre et ordonnée et prépare des pâtés en croûte et des pains sucrés pour Joseph et les enfants. Elle assiste aux offices et rend visite aux malades. Elle lit la Bible avec Joss et Marie et surveille leurs prières. Le fait qu'elle n'est elle-même plus capable de prier est un noir secret qu'elle ne révèle à personne. Elle courbe la tête et observe un silence respectueux lorsqu'il le faut, afin que le Seigneur Lui-même soit le seul à connaître sa transgression. Mary ne se fait aucune illusion – elle sait qu'elle n'est pas sauvée. Mais personne – pas même Joseph – n'ose l'accuser d'une quelconque faute. À Wethersfield, elle passe pour la femme qui a souffert aux mains des Indiens. Depuis son entrevue avec Esther Allen, nul n'a tenté de lui faire révéler les détails de son histoire. L'imagination des commères s'en est déjà chargée.

Marie semble n'avoir aucun mal à s'adapter à sa nouvelle vie. Comme sa mère, le déménagement lui a apporté un certain soulagement. Elle aussi se montrait réticente à parler de ce qu'elle avait vécu en captivité. Mais un matin, six mois après leur déménagement, Marie décide enfin de se confier.

Elles sont en train de préparer des cataplasmes de moutarde dans la réserve attenante à la cuisine lorsque Mary lui demande ce qu'elle sait de Joss, qu'elle a très peu vu à la maison au cours des dernières semaines.

« Je crains que son esprit ne soit en proie à quelque désordre, dit-elle. Il ne tient pas en place. Je ne sais pas où il va.

— Au bord de la rivière ou dans les bois, répond rapidement Marie, mais elle semble le regretter aussitôt car elle jette alors des regards furtifs alentour, comme si son frère pouvait se cacher dans les ombres. Je t'en prie, ne lui dis pas que je t'en ai parlé. »

Mary verse de nouvelles graines de moutarde noire dans le bol et les réduit rapidement en poudre à l'aide du pilon. Elle tend ensuite le bol à Marie afin qu'elle ajoute la quantité appropriée de farine et d'eau pour réaliser le cataplasme.

« Mais que fait-il là-bas ? Je ne vois pas…

— Mère, il veut devenir marin. Il ne supporte pas l'idée de rester au même endroit jour après jour. Il veut être toujours en mouvement. »

Marie se penche sur son travail en parlant. Les mots se déversent de sa bouche comme un essaim d'abeilles qu'elle voudrait libérer à tout prix.

À voix haute, Mary se demande si l'agitation de son fils est née de son séjour parmi les Indiens et, quoique Marie ne réponde pas directement, elle mélange le cataplasme si violemment qu'il se renverse sur la table. La jeune fille l'essuie rapidement avec le coin de son tablier.

« Je rêve souvent des Indiens. Parfois, ce sont des rêves agréables.

— Oui, je comprends, dit doucement Mary. C'était une période intense. Nous ne pouvions qu'en sortir changés. »

Marie recommence à mélanger, mais sa mère voit que son bras tremble. « Marie. » Elle pose sa main sur le poignet de sa fille afin de lui faire lâcher la cuillère. « Tu peux tout me dire. Je ne serai ni choquée ni consternée. » Mary se demande soudain pourquoi elle n'a pas tenté plus tôt de recueillir une confession de sa fille. A-t-elle été tellement absorbée par ses propres tourments qu'elle n'a pas perçu ceux de sa fille ?

« C'était une vie difficile, dit Marie. Les premiers jours, il y avait tant de travail que je me disais parfois que je préférerais mourir. Mais ensuite... » Elle prend une inspiration tremblante. « Une fois que je me suis habituée au labeur, ils ont commencé à me traiter comme une des leurs. Ils étaient bons et tendres. Parfois même, je m'amusais. » Elle marque une nouvelle pause et Mary libère son bras.

« Je ne pense pas que les Indiens soient des diables, mère. La femme qui m'a sauvée a risqué sa propre vie pour me ramener aux Anglais. Si quelqu'un l'avait attrapée, elle aurait été tuée.

— C'était un acte d'une extraordinaire bonté, admet Mary.

— De bonté chrétienne. »

Le ton de sa fille surprend Mary par sa force. « N'est-ce pas un acte chrétien que de risquer sa vie pour sauver celle d'un autre ? » Avant que sa mère puisse répondre, Marie continue : « Pourtant, elle ne croyait pas au Christ. Ce n'était pas une chrétienne, mais une païenne. » Sa voix s'affaiblit, et elle commence à essuyer les larmes coulant sur son visage avec son tablier. Mary arrache l'étoffe de ses mains, craignant qu'elle ne s'aveugle avec le cataplasme. Marie ne semble rien remarquer.

« C'est quelque chose que je ne comprends pas. Et que je ne peux demander à père.

— Non, murmure Mary. Tu ne peux pas.

— Et le pire, c'est que j'ignore ce qui lui est arrivé, ajoute Marie. Il y a ici tant de haine, tant de peur. Je crains qu'elle n'ait été vendue en esclavage. »

Mary hoche la tête. Les larmes lui brûlent les yeux. « Moi aussi, j'éprouve une grande tristesse. Tant d'Indiens que je connaissais sont morts ou ont été soumis aux cruautés des Anglais. » Sa voix s'épaissit, la réduisant au silence. Incapable de réconforter Marie par des mots, elle la prend dans ses bras comme si elle était redevenue une petite fille.

La souffrance de sa fille aiguise celle de Mary. Elle rumine sa captivité, se demandant ce qui est arrivé aux Indiens avec lesquels elle a vécu et travaillé pendant trois mois. Elle sait que Philip, Quinnapin et Weetamoo sont morts. Mais qu'en est-il des autres ? D'Alawa ? A-t-elle péri en même temps que Weetamoo ? Et le garçon qui a porté Sarah sur son cheval, dont elle n'a jamais pensé à demander le nom ? Et James ? A-t-il accepté de reprendre son apprentissage, ou se trouve-t-il toujours à Natick ?

Elle songe à son récit, qu'elle regrette d'avoir laissé à Increase. Elle s'efforce d'imaginer un meilleur moyen de transmettre la vérité de son expérience. Il ne lui suffit pas de simplement s'en souvenir. Elle veut comprendre et expliquer ce qu'elle signifie. Elle veut donner du poids et du sens à sa captivité.

Elle envisage un instant de confesser son aridité spirituelle à Joseph, mais elle sait déjà qu'il lui conseillera de prier et jeûner, qu'il lui lira de longs passages des Écritures. Et elle sait que rien de tout cela n'allégera l'inconfort et la confusion. Pendant les sessions de prière en famille, lorsque tous écoutent Joseph lire la Bible et prier, elle garde sagement les yeux baissés, bien qu'une grande agitation règne dans son cœur. Un soir, elle est surprise de découvrir qu'elle n'est pas la seule à s'agiter en secret. Joss, perché sur un tabouret, le visage face au sol, bondit tout à coup sur ses pieds et lâche : « Tout n'est pas un signe de Dieu. Certains événements arrivent sans raison. »

Mary hoquette doucement, choquée non par l'insolence de son fils, mais par la vérité de ses paroles.

« Je ne te laisserai pas blasphémer de la sorte sous mon toit, le réprimande Joseph d'un air sombre.

— N'est-ce pas une sorte de blasphème que d'affirmer que Dieu est constamment en train de châtier ou récompenser Son peuple ? demande Joss. Certaines choses ne peuvent-elles échapper à notre compréhension ?

— C'est vrai, dit Mary. N'est-il pas concevable que Dieu agisse parfois par caprice ? »

Mary est stupéfaite que ces questions réduisent Joseph au silence. Pendant quelques secondes, il pose sur elle un regard noir, avant d'incliner la tête et fermer les yeux. Mary ignore s'il est en train de prier ou de songer à son hérésie, mais cela ne l'intéresse plus de savoir. Elle se lève et annonce qu'il se fait tard et qu'ils doivent tous se coucher. Puis elle s'empresse de quitter la pièce.

Joseph ne garde pas longtemps le silence. Le jeudi soir, lors de la réunion publique, il prononce un sermon cinglant sur les terribles conséquences auxquelles s'expose celui qui abandonne Dieu – un sermon prêché avec une rare virulence, et dont Mary sait qu'il a été écrit spécialement pour les oreilles de sa famille.

« Quels sont les signes qu'une personne a abandonné Dieu ? » crie-t-il. Après deux heures d'exhortation, sa voix est rauque, pourtant la force de sa conviction réduit tous les membres de la congrégation au silence. « Le premier est une profonde ingratitude. » Il regarde Mary, avant de lever les yeux vers Joss, assis au fond de la galerie. « Entendez les paroles du Seigneur, dans le livre d'Amos, chapitre 8 : "Voici, les jours viennent, dit le Seigneur Éternel, où j'enverrai la famine dans le pays, non la famine du pain ou de l'eau, mais celle des paroles de l'Éternel. Et ils erreront alors de mer en mer, du Nord au Levant ils courront çà et là pour chercher la parole de l'Éternel, et ils ne la trouveront pas."»

Mary baisse les yeux. À côté d'elle, Marie courbe également la tête, bien que sa mère soupçonne que ce soit autant par peur du courroux de son père que de celui du Seigneur. Lorsque le service est terminé et que les derniers membres de la congrégation ont quitté le temple, Mary continue d'éviter le regard de son mari, refusant de reconnaître la vérité de ses paroles, ou la peur qu'elles ont fait naître dans son cœur.

Elle s'empresse de rentrer et évite toute conversation avec Joseph jusqu'au soir, longtemps après que les enfants se sont mis au lit. Il reste assis jusque tard près du feu, à écrire tandis que Mary lit sa bible, ou en tout cas essaie, tentant en vain de fixer son regard sur la page. En le voyant poser son stylo, elle se décide enfin à parler.

« Je sais que ton sermon était adressé à Joss et à moi, dit-elle. Et je te suis reconnaissante d'essayer de nous guider. »

Il se lève et marche dans sa direction. Elle referme sa bible et se place face à lui. « Tu ne dois pas comprendre de travers ce que j'ai à te dire, Joseph. Mais la vérité est que je ne peux plus prétendre au salut. Je ne pense pas être une des élus de Dieu. »

Il secoue la tête.

« Non, Mary, tu ne peux pas savoir ce genre de choses.

— Si. »

Elle lève la main, paume en avant, pour l'empêcher de la toucher. « Je sais que Dieu m'a abandonnée – et réciproquement. Cela suffit à me condamner à la damnation éternelle. »

Il se renfrogne encore davantage.

« N'as-tu donc rien entendu de ce que j'ai dit ce soir ?

— Si, je t'ai entendu. »

Elle tend une main vers le feu dans l'espoir de se réchauffer un peu, mais le bout de ses doigts reste engourdi. « J'ai entendu chaque mot, Joseph. Je me suis reconnue dans ta condamnation des péchés de la Nouvelle-Angleterre. Dans ta description de ceux qui ont abandonné le Seigneur. »

Il lâche un soupir bruyant. Elle voit qu'il est agité, qu'elle l'a encore une fois énervé. Elle sait qu'elle doit rapidement dire ce qu'elle a à dire, avant de perdre courage. « La vérité – celle que tu ne veux admettre – est que mon séjour dans les terres sauvages m'a changée. Pour toujours. Je ne suis plus l'épouse que tu avais autrefois. Je ne suis plus la femme docile et pieuse que tu as épousée et à qui tu as donné des enfants. Je suis perdue dans les terres sauvages, loin de la présence divine. »

La réaction de Joseph la surprend. Sans se départir de sa posture rigide et son regard glacial, il prend les mains de Mary et l'attire à lui. « Nous devons prier Dieu afin qu'Il nous guide, dit-il gentiment. Tu ne dois pas perdre espoir. En vérité, Dieu ne t'a pas abandonnée. Pas après tout ce que tu as enduré. »

Ce rare élan de tendresse émeut Mary presque jusqu'aux larmes. « Mais ce que je veux dire, Joseph, parvient-elle finalement à murmurer, c'est que si mon calvaire a été décidé par Dieu pour la rédemption de la Nouvelle-Angleterre, cela semble avoir échoué. Car je ne vois aucun bénéfice pour la Nouvelle-Angleterre ou moi-même qui compenserait l'oppression et l'injustice que nous avons fait subir – et sommes encore en train de faire subir – aux Indiens et aux Africains. »

Il la libère finalement, la repoussant presque. Mary n'est guère surprise, car elle savait avant même de parler qu'il jugerait ses pensées abjectes. Son visage se durcit à nouveau et ses joues s'empourprent de colère. L'espace d'un instant, Mary craint qu'il ne la frappe. Au lieu de quoi, il se détourne et commence à arpenter la pièce.

« Tu mets gravement mes nerfs à l'épreuve, Mary. N'ai-je pas déjà fait montre d'une immense patience à ton égard ? Ne t'ai-je pas conseillée, n'ai-je pas prié pour toi, ne t'ai-je pas lu les Saintes Écritures jour après jour ? Et c'est ainsi que tu me récompenses ? Par ce refus entêté d'accepter ma sagesse ? »

Elle secoue la tête.

« Dieu seul peut me sauver, Joseph. C'est toi-même qui l'as dit.

— Effectivement. Mais tu dois être réellement prête à te soumettre à Sa volonté. Tu dois attendrir la terre de ton cœur afin qu'Il puisse y planter la graine. »

Il attend sa réponse, mais elle ne dit rien. Ni son visage ni son corps ne trahissent la moindre agitation. Elle est parvenue, au cours des longs mois ayant suivi sa libération, à se fabriquer un semblant de paix avec elle-même.

« Il est dangereux d'éprouver la patience de Dieu, femme. Il ne tolérera pas éternellement ton obstination.

— Comme tu ne cesses de me le répéter, murmure-t-elle.

— Juges-tu mes paroles futiles ? »

Sa voix est montée d'un ton.

Mary recule d'un pas, car son expression l'inquiète. « Pas du tout, dit-elle. Tu n'as jamais rien fait ni dit de futile. »

Qu'il perçoive ou non l'insolence de sa remarque, il n'en montre rien, mais tourne immédiatement les talons et quitte la pièce. Mary ignore où il dort cette nuit-là, car il ne la rejoint pas dans le lit marital. Elle ne le revoit que le lendemain matin, lorsque revenant d'avoir trait la vache elle le trouve assis à table, attendant son petit déjeuner.

Ni l'un ni l'autre n'évoquent leur dispute. Ni l'un ni l'autre ne s'excusent. Mary est certaine qu'il finira par soulever le problème, mais le moment n'arrive jamais. Trois jours seulement après son sermon, alors que toute la famille est assise autour de la table par un beau samedi après-midi, Joseph enfonce sa cuillère dans une tourte à la viande et la porte à ses lèvres. Comme il ouvre la bouche, une expression tourmentée déforme son visage. Il laisse tomber sa cuillère, porte ses mains à sa poitrine, vomit et s'effondre sur le côté, mort.

Pendant une seconde, Mary a la curieuse impression qu'il a été abattu, qu'elle est soudain revenue à Lancaster et revit cette terrible journée. Elle se lève d'un bond, jette un coup d'œil par la fenêtre, cherchant du regard le signe qu'une flèche ou une balle a transpercé la vitre. Mais il n'y a ni flèche ni balle. Joseph n'a pas été tué par les Indiens, mais par Dieu.

Mary se lève, la main plaquée sur sa bouche. Ce n'est que quelques instants plus tard qu'elle pense à regarder Joss et Marie. Lesquels sont toujours assis, les yeux rivés sur leur père mort. Retrouvant sa voix, Mary envoie Joss quérir le médecin, bien qu'il soit évident qu'il ne pourra rien faire pour son mari, et Marie chercher un voisin. Pendant quelques minutes, elle se retrouve seule.

Alors qu'elle se tient immobile au centre de la pièce, elle se dit brièvement qu'elle devrait faire quelque chose, mais ses membres refusent de bouger. Elle prend conscience du sifflement du feu dans l'âtre et de la douce odeur de levure du pain qu'elle a mis à cuire. Une rafale de vent fait vibrer les bardeaux de la maison. Le moineau émet un pépiement aigu et commence à sautiller en battant des ailes.

Une étrange sensation s'empare d'elle, proche de celle qu'elle a ressentie lorsque James l'a libérée de la corde autour de son cou – une allégresse confuse et interloquée. Elle se prend à murmurer en boucle la seule pensée qui habite son esprit : les voies de la providence divine sont pleines de surprises.

35

Dans les jours et les semaines qui suivent la mort de Joseph, Mary est enveloppée d'un brouillard d'activité. Les habitants de Wethersfield la surprennent par leur gentillesse et leur générosité. Des femmes viennent lui tenir compagnie jour et nuit, lui apportant des marmites de soupe de poisson, des pâtés en croûte, des tranches de fromage et des miches de pain. Elles lui lisent des psaumes de consolation et prient avec elle pour la miséricorde divine. Les hommes viennent lui couper du bois, traire la vache et nourrir le bœuf et le cheval. Les membres du conseil de l'église l'autorisent après un vote à rester dans le presbytère et continuer de recevoir le salaire de Joseph jusqu'à ce qu'ils trouvent un nouveau pasteur.

Mary assure ses visiteurs qu'elle confie l'âme de Joseph aux soins de Dieu. Personne ne lui dit qu'elle devrait cesser de pleurer sa mort. Certaines femmes essaient de la consoler en lui expliquant qu'il est extrêmement difficile de perdre un être cher d'une manière aussi subite et inattendue. Ont-elles oublié qu'elle a été témoin des meurtres brutaux de sa sœur, ses neveux et son beau-frère ? La mort de Joseph a été bien douce en comparaison.

La vérité qu'elle ne confesse qu'à elle-même est qu'elle éprouve un sentiment de liberté inattendu depuis la disparition de son mari. À mesure que les jours passent, elle accepte avec une certaine satisfaction son statut de veuve. Elle sait qu'elle ne pourra rester éternellement dans le presbytère – la congrégation convoquera bientôt un nouveau pasteur –, mais elle est convaincue dans son cœur qu'elle trouvera un moyen de survivre à ce nouveau malheur, sans qu'elle sache si cela est le fruit de sa longue captivité ou d'autre chose, davantage lié à son caractère.

Elle s'inquiète en revanche pour Joss et Marie, craignant que le spectacle de la mort subite de leur père ne soit une épreuve de trop dans leur jeune vie. En outre, sans un homme pour lui fournir un toit et de quoi se nourrir, aucune famille ne peut rester intacte très longtemps, et Joss n'est pas encore en âge d'assumer les devoirs d'un homme. Marie refuse de quitter son lit jusqu'à ce que sa mère lui rappelle que ses corvées habituelles sont d'autant plus nécessaires en l'absence de son père. La jeune fille s'efforce de ne pas se laisser abattre par ce nouveau fardeau, mais Mary sait qu'elle se sent vulnérable et effrayée. Elle se demande pourquoi elle n'a jusqu'alors jamais remarqué à quel point ses propres sentiments se reflètent dans le cœur de sa fille.

Joss ne dit rien de la mort de son père. Il ne change rien à son comportement, mais continue de quitter la maison et disparaître dans la forêt, parfois pendant des jours. Un matin, en entrant dans la cuisine, Mary le surprend en train d'essayer de dissimuler un long couteau dans sa veste. Il se retourne brusquement face à elle avec un regard qui n'exprime ni honte ni embarras, mais une hostilité farouche.

« Tu as déjà un couteau, Joss. » Lorsque Mary commence à traverser la pièce, il recule. « Pourquoi prends-tu le mien ?

— J'en ai besoin, dit-il d'un air sévère.

— Quel besoin ? J'ai du mal à imaginer comment tu pourrais en avoir plus besoin que moi.

— C'est un secret », répond-il simplement, et, avant qu'elle puisse le questionner davantage, il sort de la maison en courant.

Il ne revient que deux jours plus tard, et Mary ne revoit jamais le couteau.

Il faut plusieurs mois à Mary pour finalement comprendre qu'elle a perdu Joss, aussi sûrement que Sarah et Marie. Peut-être même l'a-t-elle perdu depuis le jour de sa capture.

Mary sait qu'elle ne pourra profiter de son statut de femme seule pendant très longtemps sans éveiller l'inquiétude de ses voisins. Dans la colonie du Connecticut, comme dans la baie du Massachusetts, la loi exige que chaque homme, femme et enfant vive au sein d'un foyer bien ordonné, dirigé par un homme. Elle sait qu'elle devra trouver un nouveau mari, ou retourner dans le Massachusetts pour vivre sous le toit d'un de ses frères pendant que ses enfants seront placés dans une famille en tant que serviteurs inféodés.

Un après-midi de février, alors qu'elle prend le thé et se réchauffe devant l'âtre de Dorcas Walsh, un homme de haute taille entre dans la pièce, qui annonce être à la recherche du mari de Dorcas, Abiah. Il se présente comme Samuel Talcott, avocat et préfet de police de Wethersfield. Il dit être au courant du grand malheur qui a frappé Mary et lui offre ses condoléances.

Comme Dorcas s'empresse d'aller trouver son mari, Mary observe le visage agréable de Samuel, et son souffle se coince dans sa gorge tant ses yeux lui font penser à ceux de James. Bien qu'ils ne soient pas marron mais gris, ils expriment la même compassion, brillent de la même perspicacité. Ils discutent de la récente tempête de neige puis du Serment du Test qui vient d'être mis en place, selon lequel tous les membres de la Chambre des lords et de la Chambre des communes doivent officiellement se déclarer antipapistes. Lorsque Abiah apparaît et que Samuel prend congé, elle remarque la manière dont sa main disparaît entièrement dans la paume chaude de l'homme et il lui semble qu'il tient ses doigts une seconde de plus que nécessaire.

« Si je peux faire quoi que ce soit pour vous aider, dit-il, n'hésitez pas à m'envoyer chercher.

— Je n'y manquerai pas », répond-elle.

Ses joues restent rouges longtemps après son départ.

Par une matinée ensoleillée du mois de mars, Mary et sa fille entament le long processus du nettoyage de printemps, qui durera toute la semaine. Elles remplissent le tonneau dans la cour d'eau chaude et passent la matinée à laver le linge de maison, qu'elles étendent sur des buissons pour le laisser sécher au soleil. L'après-midi, elles sortent tous les meubles et frottent du sable sur le plancher jusqu'à ce qu'il brille. Elles époussettent l'âtre et le petit four en brique ménagé dans le mur. Alors qu'elles s'apprêtent à essuyer les murs afin de les couvrir d'une nouvelle couche de chaux, Mary sort la cage à oiseau dans la cour et la dépose sur une souche. Le moineau pépie et bat des ailes, qui claquent contre les barreaux en fer. « Oui, petit oiseau », murmure-t-elle en soulevant le loquet de la porte. Dès qu'elle voit le moineau s'envoler, elle prend conscience qu'elle rêvait de le libérer depuis le jour où Joseph le lui a offert.

Elle regarde l'oiseau dessiner des volutes dans les airs. Il tourne et descend en piqué au-dessus de sa tête pour aller se poser sur une branche basse. Un instant plus tard, il se met à chanter.

Bien que le domaine de Joseph soit modeste, il doit malgré tout être géré avec le plus grand sérieux. Lorsque Mary reçoit les droits d'administration en avril, elle se sent d'abord honorée, puis inquiète. Elle ne sait rien de la loi ni des complexités des droits de succession. Dorcas lui rappelle que Samuel Talcott lui a offert son aide ; il connaît la loi et il est respecté de tous dans la ville. « Et il a besoin de travailler pour s'occuper l'esprit, ajoute-t-elle. Sa femme, Hannah, est morte il y a eu un an en février. »

Mary rend visite à Samuel par un après-midi gris et le trouve en train d'installer une nouvelle fenêtre dans son petit salon. Il pose ses outils et s'essuie les mains sur son tablier. Il semble démesurément heureux de la voir et lui offre à nouveau son aide avant même qu'elle ait le temps de lui présenter sa demande. Il insiste pour en discuter immédiatement et ils s'installent dans la cuisine, où une jeune femme au visage joyeux leur sert le thé. La maison déborde d'enfants et de domestiques. Lorsque Mary prend congé, le crépuscule approche et sa démarche est pleine d'entrain. Elle ne s'est pas sentie aussi gaie depuis de nombreuses années.

Samuel lui rend visite dès le lendemain et, ensemble, ils commencent à trier les papiers de Joseph. Il ne se laisse pas décourager par leur nombre, venant chaque jour, accompagné parfois d'un ou deux de ses enfants. Mary est ravie, en particulier lorsqu'il emmène le petit Nathaniel, qui n'a pas encore deux ans. Elle est également heureuse de constater que Marie s'est rapidement liée d'amitié avec sa fille aînée, Hannah.

Samuel est un homme calme et érudit, qui a étudié à Harvard six ans après Joseph. La manière dont il regarde Mary et guide ses décisions apaise son esprit et son cœur. Lorsqu'il commence à évoquer des sujets plus personnels que le domaine de Joseph, elle l'encourage. C'est quelqu'un d'honorable, un propriétaire terrien, un homme plein d'aplomb et d'audace, très actif au sein de la milice. Il lui révèle qu'il a huit enfants, dont cinq ont grandement besoin d'une présence maternelle protectrice, en particulier Ruth et Nathaniel, trop jeunes pour se souvenir de leur propre mère. Mary ne peut que compatir.

C'est en mai que Samuel commence à courtiser ouvertement Mary. Son tempérament est aussi doux que son corps et son esprit sont forts. Il confesse à Mary qu'il admire sa résolution ainsi que son esprit passionné. Il écoute ce qu'elle a à dire avec intérêt et attention. Il l'encourage à parler et à agir avec une liberté que Joseph a toujours condamnée.

Mary commence à se demander si son affection grandissante pour Samuel est immorale ou libératrice. Elle débat avec elle-même la nuit, les yeux grands ouverts dans son lit. Est-il possible pour une femme de se marier par amour ? Est-il possible qu'un même sens de l'humour soit plus important que l'obéissance et la soumission ? Lorsqu'elle dort, elle rêve souvent de Samuel. Parfois, elle marche avec lui le long de la rivière, contemplant des canoës remplis de guerriers indiens flottant jusqu'à l'autre rive. Parfois, elle le suit sur le chemin, transportant avec enthousiasme un lourd panier, malgré la sangle s'enfonçant dans la peau de son front. À son réveil, une question la taraude : est-elle amoureuse de Samuel Talcott ?

Lorsque Samuel la demande en mariage, Mary accepte avec joie, bien qu'elle craigne de n'avoir rien à apporter à cette union en dehors de son corps et de ses enfants presque adultes. Mais cela suffit à le satisfaire. Ils s'entendent si bien que ni l'un ni l'autre ne voient de raison d'attendre. Le mariage a lieu le 6 août.

En devenant l'épouse de Samuel et la mère de ses enfants, Mary a l'impression que les désirs de son cœur ont enfin été satisfaits. Elle chérit la bonté et la compassion de son nouveau mari, ainsi que la vigueur et la force des enfants qui l'entourent chaque jour. Elle couvre Nathaniel, Rachel et Benjamin de câlins et de caresses, gestes que Joseph l'empêchait par de vives admonestations de prodiguer à ses propres enfants lorsqu'ils étaient petits. Quand elle interdit toute autre punition qu'une réprimande orale, Samuel n'émet aucune objection. Mary applique avec ses nouveaux enfants les pratiques qu'elle a vu les mères indiennes utiliser, et ils réagissent avec joie et amour. Parfois, dans l'intimité, Samuel l'appelle sa « douce sauvageonne », une plaisanterie que Mary apprécie, tant il est vrai qu'elle peut parfois se montrer sauvage dans le grand lit qu'ils partagent.

Samuel s'intéresse à sa captivité, et elle répond volontiers à ses questions. Lorsqu'elle évoque le fait qu'elle a écrit un récit de son expérience à la requête d'Increase Mather, il demande à le lire. Elle lui explique qu'il n'est plus en sa possession, qu'elle l'a remis il y a fort longtemps à Increase et n'a pas eu de nouvelles depuis. Elle pense qu'il a été détruit lorsque sa maison a brûlé pendant le grand incendie de 1676. À moins qu'il n'ait jugé trop ardue la tâche qu'il s'était donnée de corriger les faiblesses de son écriture. Samuel l'interroge avec beaucoup d'intérêt. Est-il possible que le manuscrit ait été sauvé et égaré ? Ou mis de côté et oublié ? Il lui suggère d'écrire à Increase pour lui demander ce qu'il est advenu de son récit, car s'il existe toujours, son mari souhaite le lire.

Mary lui adresse un sourire joyeux, car elle sait que Samuel est un homme déterminé, qui trouve souvent un moyen d'obtenir ce qu'il veut. « Je suis convaincue que ce sera un gâchis d'encre et de papier, répond-elle. Cela fait si longtemps que je lui ai remis mes pages que je doute qu'il s'en souvienne. »

Mais Samuel insiste. Finalement, plus d'un an après leur mariage, Mary se décide à écrire la lettre. À sa surprise, Increase répond dans le mois, l'informant qu'il possède toujours ses pages, qu'il a récemment eu l'opportunité de les améliorer et prévoit de les publier avant la fin de l'année. Du fait de sa longueur et de son importance, son récit sera publié dans un volume séparé. Il lui explique qu'il y a apporté des ajouts conséquents, dont des extraits appropriés des Saintes Écritures et des leçons. Surprise d'apprendre que le manuscrit a survécu, Mary n'émet pas d'objection, bien qu'elle craigne qu'il ait largement déformé ses paroles pour l'adapter à ses propres desseins. Le bonheur d'être de nouveau mère a tellement envahi sa vie qu'elle a peu de temps ou d'intérêt à consacrer à quoi que ce soit d'autre.

Increase lui assure qu'il a rédigé une préface destinée à rétablir la réputation de Mary en tant que femme de foi et de piété dans toutes les colonies. Il a également pris le parti d'inclure le dernier sermon de Joseph. Au printemps, elle reçoit un paquet contenant les épreuves du livre accompagnées d'une note d'Increase l'informant que la presse d'imprimerie est déjà en train d'être préparée à Cambridge.

Mary emporte les pages à l'extérieur et s'assoit sous le grand châtaigner derrière la maison pour les lire. Les plus jeunes enfants gambadent autour d'elle dans l'herbe tels des agneaux tout juste sortis du ventre de leur mère, jusqu'à ce que, épuisés, ils s'allongent à côté d'elle et s'endorment. Elle lit le récit comme s'il s'agissait de celui d'une autre, comme si elle ne le connaissait pas par cœur, ce qu'elle n'a aucun mal à faire puisque Increase a transformé son récit décousu d'endurance, d'adversité et de chagrin en un plaidoyer pour la foi indéfectible en Dieu.

Ce soir-là, tout en montrant à Rachel comment disposer la pâte pour le pain du matin, elle avoue à Samuel qu'elle regrette d'avoir confié son récit à Increase. « M. Mather a corrompu mon histoire en y ajoutant des attaques contre les Indiens qui ne reflètent en rien ma pensée. »

Samuel, qui a tiré sa grande chaise près de la porte ouverte pour profiter de l'air du soir, berce un Nathaniel tout endormi sur ses genoux. Il penche la tête et lui sourit, un geste désormais familier que Mary en est venue à chérir.

« Mais il a préservé ta défense de leur générosité et leur fortitude. Et montré ton courage et ta patience face à l'adversité. Tu n'as rien à regretter.

— Pourtant, je crains que si », dit Mary.

En mai, Mary et Samuel se rendent à Boston, laissant les plus jeunes enfants à la garde du frère aîné de Samuel, John, et de son épouse. C'est la première fois que Mary retourne dans la colonie de la baie depuis qu'elle s'est établie avec Joseph à Wethersfield. Samuel s'est arrangé pour qu'ils logent chez un cousin éloigné, près du port de Boston. Une fois qu'ils se sont installés, il loue une élégante voiture importée d'Angleterre et équipée de sièges en cuir rouge et de lourds rideaux de futaine verte destinés à être tirés devant les fenêtres pour se protéger de la poussière de la route.

Pendant les quelques jours qui suivent, Samuel et Mary rendent visite aux frères et sœurs de cette dernière et à leurs familles. Malgré le luxe de la voiture, Mary se sent brinquebalée comme une souris dans une boîte. Elle est toutefois ravie de retrouver sa famille. Ses sœurs Ruth et Joanna sont toujours voisines à Wenham, toutes deux mariées et entourées d'une famille nombreuse. Mary apprécie d'être assise dans le petit salon de Ruth et de parler de nouveau avec ses sœurs. Leur sollicitude envers Mary est sincère – motivée ni par une curiosité malsaine, ni par un intérêt feint. Elle marche avec elles à travers la ville, s'émerveillant des changements qui sont intervenus depuis son enfance.

Le lendemain, à Ipswich, Mary retrouve avec bonheur sa sœur Hannah, qui a épousé Samuel Loomis un an après le déménagement de Mary à Wethersfield. Hannah est visiblement satisfaite de sa nouvelle situation, et son caractère est resté doux malgré ses semaines passées en captivité. Mary rencontre pour la première fois son fils de deux ans, Samuel, qu'elle couvre de baisers et de caresses, ce qu'elle n'aurait jamais osé faire en présence de Joseph.

« Tu as changé, ma sœur, remarque Hannah en observant d'un air pensif Mary faire sauter le petit Samuel sur ses genoux.

— En bien, j'espère ? demande Mary en riant.

— Bien sûr. »

Un peu plus tard, lorsque Hannah se touche le ventre d'une manière particulièrement tendre, Mary laisse échapper un petit cri. « Tu es de nouveau enceinte ! » Elle pose Samuel par terre et se lève pour embrasser sa sœur.

« Si c'est une fille, je l'appellerai Elizabeth », dit Hannah. Mary voit les larmes dans les yeux de sa sœur, et sa propre gorge se serre si soudainement qu'elle est incapable de parler.

Pendant les quatre heures que passent leurs maris à inspecter les champs, les femmes discutent, partageant tout ce qui leur est arrivé depuis leur libération.

« J'ai été très peinée d'apprendre la mort de Joseph, dit Hannah. Après avoir survécu à de tels tourments, perdre ton mari a dû être extrêmement difficile.

— Oui, répond Mary en hochant gravement la tête. Mais le Seigneur S'est montré très généreux avec moi. »

Elle ne lui avoue pas que la mort de Joseph n'a été source que de peu de contrariétés, qui toutes se sont résolues dès qu'elle a fait la connaissance de Samuel Talcott. En privé, elle ne pleurait que peu son mari. Elle apaisait sa culpabilité en repensant à ce que Joseph lui-même lui avait si souvent rappelé : un chrétien ne devrait pas connaître le chagrin de la perte, car toutes choses sont entre les mains de Dieu.

« Et ma nouvelle vie en tant qu'épouse du *squire* Talcott m'apporte beaucoup de bonheur, ajoute Mary.

— Ses enfants ne sont-ils pas un fardeau pour toi ? demande Hannah.

— Au contraire, ils me ravissent. Je les aime comme les miens. »

Mary pense à Joss, qui a quitté Wethersfield il y a trois mois. Elle n'a eu aucune nouvelle de lui, et n'a pas été en mesure de découvrir où il se trouvait. « C'est Joss qui me cause du souci, avoue-t-elle, et les sourcils de Hannah se froncent de compassion. Je crains que son esprit ne soit corrompu. Depuis son retour de captivité, il est constamment agité et sur ses gardes. Il m'a confessé qu'il aurait préféré ne jamais être libéré. Il disparaissait dans la forêt pendant des jours sans jamais révéler à quiconque ses projets. Et à présent… » Elle tire un mouchoir de sa manche, au cas où les larmes recommenceraient à couler.

« J'ignore où il est parti, ajoute-t-elle. Marie dit qu'il parlait souvent de prendre la mer. Peut-être a-t-il embarqué clandestinement sur un navire.

— Je suis désolée, dit Hannah doucement. Penses-tu qu'il a été envoûté par les Indiens ?

— Je ne sais pas. En vérité, je pense qu'il est tout aussi possible qu'il ait été corrompu par les Anglais que par les Indiens. »

Hannah ne semble pas saisir la signification des paroles de Mary.

« Je rêve souvent d'eux, dit-elle. Les Indiens. Je me réveille toujours en sanglots au milieu de la nuit.

— Oui. » Mary hoche la tête. « Moi aussi. » Elle est soulagée de pouvoir laisser de côté le sujet de Joss.

« Mais pas toutes les nuits. Et Samuel est très gentil avec moi.

— Mon Samuel aussi. Bien que je doive avouer que mes enfants me manquent toujours. »

Ses mots se coincent dans sa gorge, à présent. « Je sais que Josiah ne reviendra jamais, mais je n'ai pas perdu l'espoir d'être un jour réunie en ce monde à John et Hannah. »

Les scènes d'horreur de ce matin de février à Lancaster ressurgissent dans l'esprit de Mary : la mort enflammée d'Elizabeth, les supplices sanglants infligés à son beau-frère et à ses neveux, et la longue file de captifs marchant attachés les uns aux autres. Elle ferme les yeux pour tenter de chasser ces visions. « Oui, murmure-t-elle. Cela doit être terrible de ne pas connaître leur sort. Je prierai pour qu'ils soient toujours en vie, même si c'est en captivité. »

Hannah opine du chef et s'essuie les yeux avec les doigts. « Ta blessure te fait-elle toujours souffrir ? » Bien que Mary comprenne que Hannah change de sujet pour leur bien à toutes les deux, elle cligne les yeux de surprise, personne n'ayant posé de question au sujet de sa blessure depuis plus de deux ans.

« Je suis guérie. » Mary touche son flanc gauche, où la balle qui avait transpercé Sarah a creusé une entaille. « Je ressens toujours une gêne que j'emporterai je crois jusqu'à la tombe, mais ce n'est rien de grave. »

Hannah sourit tristement. « Je regrette parfois de ne pas porter une marque de ma captivité comme toi. C'est un emblème de ton courage, de ta fortitude. »

Mary se sent envahie de honte. Pendant sa captivité, elle a fait tout ce qu'elle devait pour survivre, allant jusqu'à arracher de la nourriture à la bouche des enfants pour satisfaire sa propre faim. Et depuis son retour, elle a fait preuve d'une grande lâcheté, notamment en autorisant Increase Mather à transformer le récit de son calvaire à ses fins, aggravant encore la piètre opinion qu'elle en est venue à se faire des Anglais. Elle secoue la tête. « Ma chère sœur, tu as tort. C'est un emblème de mon iniquité. »

Voyant Hannah froncer les sourcils sans comprendre, Mary se demande si elle doit essayer de lui expliquer le nouveau regard qu'elle porte sur sa captivité. Mais la voix de son mari dans le hall et le rayon de soleil de la fin d'après-midi pénétrant par la fenêtre lui indiquent qu'ils devront bientôt se remettre en route vers Boston.

« C'est toi qui as traversé ces tourments sans la moindre tache, Hannah. Pas moi. » Mary se lève, s'approche d'elle et passe délicatement son bras autour de ses épaules. « Ma douce sœur, que j'ai si souvent négligée. Tu as vécu des épreuves terribles, murmure Mary. Pourtant, tu es restée la servante fidèle de Dieu. Et à présent, Il t'a accordé le bonheur d'une nouvelle vie. »

Mary ne comprend pas pourquoi elle prononce ces pieuses platitudes lorsqu'elle n'est même plus certaine que Dieu entende ses prières. Pourtant, elle continue à rassurer sa sœur avec les mêmes paroles que Joseph utilisait autrefois pour la réconforter.

36

Le lendemain, Mary et Samuel rendent visite à Increase Mather. L'ecclésiastique a vieilli depuis les trois années que Mary ne l'a pas vu ; ses cheveux sont aussi gris et légers que des volutes de fumée, ses joues creusées et froncées de rides. Il exsude pourtant la même rigueur et la même détermination qu'elle lui connaissait. Il déborde de projets pour la distribution du livre de Mary. Il lui explique que la presse est aujourd'hui même en train d'être préparée dans l'imprimerie de Samuel Green à Cambridge. Puis il mentionne nonchalamment que l'imprimeur indien, James, y travaille. « C'est un des protégés de M. Eliot, précise-t-il. Un homme remarquable – pour un Indien. » Il jette un coup d'œil à Mary.

Elle le dévisage en se demandant s'il est en train de la mettre à l'épreuve. Attend-il de voir si elle a rompu leur alliance ? L'a-t-il tout simplement oubliée ? Ou a-t-elle cessé de s'appliquer ? Bien que Mary ait avoué à Samuel que James l'avait aidée durant sa captivité, elle n'a jamais parlé du rôle qu'elle a joué dans son amnistie.

« Vous dites que James l'Imprimeur, l'Indien converti, prépare l'impression du livre ? demande Samuel en se penchant en avant.

— Tout à fait. »

L'ecclésiastique remue sur sa chaise. Mary comprend que son corps le fait souffrir, qu'il ne parvient pas à trouver une position confortable.

« La miséricorde divine est parfois étrange, n'est-il pas, *squire* Talcott ?

— En effet. Extrêmement étrange. »

Samuel sourit à Mary. « J'aimerais beaucoup rencontrer cet imprimeur, ajoute-t-il en se tournant vers Increase. Et je suis certain que ma femme apprécierait d'assister à la fabrication de son livre. »

Mary voit une ombre passer sur le visage d'Increase, l'esquisse d'un avertissement dans ses sourcils.

« Pourriez-vous organiser cela rapidement ? demande Samuel. Demain, peut-être ? Nous aimerions participer aux frais d'impression, une fois que nous aurons observé les opérations. Mais nous avons peu de temps devant nous ; nous avons un long trajet à parcourir pour rentrer chez nous, dans la colonie du Connecticut. » À la surprise de Mary, il tend la main et prend la sienne. « Nos enfants attendent notre retour avec impatience. »

Mary ne peut s'empêcher de sourire à son mari. Il y a un an, elle se serait sentie coupable de prendre plaisir à voir quelqu'un duper de la sorte un ecclésiastique. Aujourd'hui, son bonheur est tel qu'elle ne peut y voir aucun mal. Elle serre la main de Samuel et sent une telle chaleur envahir son corps qu'elle porte sa main libre à sa joue, craignant que son visage ne soit devenu rouge. De tels accès de chaleur soudaine, elle le sait, sont une affliction fréquente chez les femmes de son âge. Pourtant, elle soupçonne celle-ci d'être due davantage à son esprit rebelle qu'aux errances de son corps vieillissant.

Increase considère Samuel en hochant lentement la tête. « Ce sera fait », dit-il calmement, évitant soigneusement le regard de Mary.

Bien que Mary se soit habituée à arborer les cols de dentelle et manches de velours qui affichent le rang de son nouveau mari, elle ne porte, pour rendre visite à l'imprimeur, qu'un corsage et une jupe unis et un simple col de lin. Elle tresse soigneusement ses cheveux, qu'elle enroule sous son bonnet. Elle fixe autour de sa taille sa poche – une nouvelle, brodée de colombes – bien qu'elle n'y transporte rien.

Dehors, Samuel l'aide à grimper dans la voiture et indique au chauffeur où les conduire pendant que Mary s'installe sur le siège en cuir glissant. Elle ne tire les rideaux pour les protéger de la poussière que lorsqu'ils commencent à rouler. La voiture grince, brinquebalant Mary et Samuel qui ne cessent de se cogner les épaules. Ils sont secoués si violemment que Mary finit par atterrir sur les genoux de Samuel, opportunité dont il profite pour l'embrasser fougueusement sur la bouche. Elle laisse échapper un petit cri de protestation feint, mais son visage s'empourpre d'excitation et de plaisir, et elle est incapable de contenir son rire.

Lorsque la voiture s'arrête, Mary soulève le coin d'un rideau et jette un coup d'œil à l'extérieur. Ils sont garés devant un étroit bâtiment de plain-pied coincé entre deux grandes maisons. La voiture a causé une certaine agitation dans le voisinage. Des chiens aboient et des enfants s'attroupent autour des grandes roues ; le chauffeur tente de les chasser, en vain. Quelques femmes les observent bouche bée depuis le pas de leur porte. Une légère brise charrie la puanteur d'ordures en décomposition. Le chauffeur ouvre la porte. Samuel met pied à terre et tend la main à Mary au moment où un petit homme émerge de la boutique. Il porte un long tablier d'imprimeur et une culotte de cuir ; ses cheveux gris sont attachés dans son cou. De toute évidence, la présence de la voiture l'a attiré à l'extérieur. Il incline légèrement la tête à l'intention de Samuel et essuie ses mains sur son tablier dans une vaine tentative de les nettoyer.

« Samuel Green à votre service, monsieur. » Il regarde d'abord Samuel, puis Mary. Son expression a quelque chose de malin, calculateur.

« Samuel Talcott, annonce son mari. M. Mather nous a informés que vous imprimiez le livre de ma femme. »

Il fronce les sourcils.

« Je n'ai jamais entendu parler d'une Mme Talcott.

— J'étais autrefois Mary Rowlandson », explique l'intéressée.

Elle regarde derrière lui, vers la porte fermée de la boutique. L'unique fenêtre est petite et sombre.

« J'ai écrit un récit de ma captivité.

— Ah ! Madame Rowlandson ! »

Samuel Green tend la main, puis la retire rapidement pour l'essuyer de nouveau sur son tablier. « Pardonnez-moi de ne pas vous avoir reconnue. » Son regard s'arrête sur sa joue gauche et la mèche de cheveux échappée de son bonnet, dansant près de son oreille. « C'est un honneur de vous rencontrer. » Il la considère comme s'il s'agissait d'une véritable curiosité. « C'est un bon livre que vous avez écrit, madame. Il fera sensation. Toute la Nouvelle-Angleterre en tirera profit. » Il semble sur le point de se lancer dans un long discours lorsque Samuel l'interrompt.

« Pouvons-nous entrer ? » Il désigne le magasin. « Mon épouse et moi sommes venus par curiosité – afin de voir comment le livre est imprimé.

— Ah, oui. »

L'imprimeur leur adresse un large sourire et court vers la porte, qu'il ouvre, s'écartant pour les laisser passer. « Vous êtes les bienvenus. »

Ils pénètrent dans la boutique, qui se révèle plus petite que Mary se l'était imaginée. Elle contient un bureau et un tabouret, un meuble de rangement et une petite table. La presse occupe la majeure partie de la pièce. Elle contemple la haute machine, dont la structure complexe en bois lui rappelle un gibet. Un grand levier dépasse de son centre, évoquant une lance à la pointe émoussée. Elle imagine la main de James se poser sur la machine, ses doigts se refermer sur le levier, les muscles de ses épaules se tendre et s'étirer tandis qu'il actionne la presse.

Mais James n'est pas dans l'atelier – tous les trois sont seuls. Face à son absence, Mary prend soudain conscience qu'elle pensait – espérait – le voir. Une odeur âcre et humide flotte dans la pièce. Au-dessus de leurs têtes sont suspendues des feuilles de papier ressemblant à de petits rideaux blancs, attachées à des ficelles tendues entre les murs. Mary jette un coup d'œil par la fenêtre qui laisse apercevoir la rue. Le chauffeur de la voiture discute avec une femme portant un enfant. Un homme conduit une charrette chargée de paille. Une vieille dame passe en traînant les pieds, un panier accroché à chaque bras. Trois jeunes garçons courent en riant derrière un cochon poussant des cris aigus.

Samuel Green apparaît à son côté et, tremblant presque d'inquiétude, lui tend une feuille de papier sur laquelle est imprimé le titre de son livre, *De la souveraineté et la bonté de Dieu*.

« C'est un excellent travail, madame, dit-il. Puis-je vous montrer comment il est imprimé ?

— Avec plaisir », répond-elle.

L'imprimeur guide lentement Mary et Samuel autour de la pièce, désignant la casse en bois contenant les différents caractères de la fonte, le composteur, et le plateau où sont disposées toutes les lignes de caractères qui formeront la page. Il leur montre l'endroit où il mélange l'encre, les piles de papier, avant de se tourner vers la presse elle-même, expliquant en détail la manière dont chaque feuille de papier est placée au-dessus du lit de caractères encrés. Pour finir, il leur montre comment le levier fixe l'encre sur la page. *Tous ces objets sont touchés par James chaque jour*, songe-t-elle. *C'est son monde, à présent.*

Elle se sent submergée par une vague de tristesse. Elle n'arrive pas à imaginer que James puisse s'épanouir ici, enfermé dans cette petite pièce. Elle se souvient de lui tel qu'elle l'a vu pour la dernière fois – dans l'ombre d'une nuit d'hiver sous les étoiles, ouvrant la main pour recevoir sa bible. Il doit percevoir sa vie à Boston comme une cruelle rédemption. Mary a elle aussi payé très cher sa propre rédemption – de son intégrité et, peut-être, de sa foi. Elle pense aux nombreuses modifications qu'Increase a apportées à ses pages, aux sections entières qu'il a supprimées, aux extraits des Saintes Écritures et sermons qu'il a ajoutés, à la manière dont il a présenté les Indiens comme des suppôts du diable. À son absence d'opposition à ce qu'il utilise son autorité pour transformer son expérience afin qu'elle serve ses propres desseins.

Elle touche le bras de Samuel.

« Nous devrions partir et laisser ce brave homme poursuivre son travail, dit-elle, mue par le besoin urgent de quitter l'atelier.

— Je suis honoré de votre visite, répond aimablement l'imprimeur. Nous espérons imprimer le premier exemplaire ce mois-ci. Comme vous pouvez le voir, nous sommes très occupés. »

Il désigne la presse.

« Cela fait déjà quinze jours que mon apprenti assemble les caractères.

— James », murmure Mary avant de pincer les lèvres.

Elle n'avait pas l'intention de prononcer son nom à voix haute.

Samuel Green lui lance un regard interloqué, puis hoche la tête.

« En effet, son nom chrétien est James.

— Je vous serais reconnaissant de le remercier de notre part », dit Samuel.

L'imprimeur hausse un sourcil.

« Le remercier ?

— Pour son travail, répond Samuel. Et pour avoir fait preuve de charité envers mon épouse lorsqu'elle en avait grandement besoin. »

Ce disant, il place une petite bourse de pièces dans la main de l'imprimeur.

Sans qu'elle s'y attende, les yeux de Mary s'embuent de larmes. Elle se détourne pendant que l'imprimeur remercie son mari et franchit le seuil de la porte pour rejoindre la lumière grise. Puis elle le voit : James, qui marche d'un pas rapide en direction de la boutique, la tête baissée, les yeux rivés sur les pavés ; il est évident qu'il ne l'a pas remarquée. Il n'a pas beaucoup changé depuis la dernière fois qu'elle l'a vu, bien que ses cheveux soient coupés court et qu'il ne porte que des vêtements anglais sous son tablier. Il y a dans sa démarche une urgence triste et son dos semble courbé, comme s'il portait un lourd fardeau.

Il lève soudain la tête et la regarde en clignant des yeux, comme aveuglé par la lumière grise.

Mary titube dans sa direction, parcourant lentement les quelques mètres de pavés qui les séparent, qui lui semblent des kilomètres. Autour d'elle, le monde lui paraît étrangement rugueux, ses contours tranchants. Elle tend la main et effleure du bout des doigts le rebord de sa chemise, dont le tissu semble vibrer au contact de l'air.

Il baisse les yeux et, sans rien dire, contemple sa main comme une rare curiosité qu'il verrait pour la première fois.

« Je pensais ne jamais vous revoir, se risque-t-elle à dire.

— Moi non plus. »

Son regard se pose derrière elle et elle se tourne pour le suivre. Samuel parle à présent avec le chauffeur de la voiture, lui laissant volontairement un peu d'intimité.

« Cet homme est-il votre nouveau mari ? demande James.

— Oui, répond-elle rapidement. Je suis mariée à Samuel Talcott, désormais.

— J'espère que vous avez trouvé le bonheur, *Chikohtqua*. »

L'entendre utiliser son nom indien lui coupe le souffle. Elle repense à l'instant clair et lumineux dans le petit salon d'Increase Mather où elle a compris qu'elle l'aimait. « Le bonheur, dit-elle doucement. Oui, je peux dire aujourd'hui que je suis une femme heureuse. » Elle est consciente de son regard, qui perce toujours son cœur, même après tout ce temps. « Et vous ? Êtes-vous heureux ? »

Il penche la tête, comme pour réfléchir. Mais elle perçoit de la colère dans ses yeux.

« Je serai heureux quand mes enfants me seront rendus et que je retournerai à Hassanamesit, où ma mère m'a donné la vie.

— Dans ce cas, vous devez vous y rendre », dit-elle fermement.

Il secoue lentement la tête. « Les Anglais me l'ont interdit. Ils nous surveillent de près, craignant que les Indiens ne se soulèvent de nouveau contre eux. Même si nous sommes si peu nombreux à présent. Ils menacent de mort ceux qui voudraient quitter Natick. Et à présent, ils essaient de nous persuader de vendre nos terres, puisque nous ne pouvons pas vivre dessus. »

Cette injustice flagrante la remplit de colère. Des mots se coincent dans sa gorge, sans qu'elle parvienne à les prononcer. Deux femmes passent en hâte devant eux, jetant des coups d'œil torves dans sa direction. Mary les observe descendre la rue, leurs têtes presque collées l'une contre l'autre.

James se penche un peu plus près d'elle.

« Oui, vous devez faire attention à votre réputation. Si quelqu'un vous voit parler avec un Indien et vous reconnaît, tous vos efforts de réhabilitation auront été vains.

— Je n'ai fait aucun effort de réhabilitation, se défend-elle.

— Qu'est votre livre, si ce n'est une tentative de vous racheter aux yeux des Anglais ? Je l'ai lu de nombreuses fois puisque j'ai moi-même préparé les caractères. J'en connais chaque lettre. »

Elle incline la tête.

« Vous auriez pu raconter votre véritable histoire. Mais vous l'avez parsemée de mensonges. »

Il lui faut un moment pour retrouver sa langue.

« Il a été modifié. Ce n'est pas l'histoire que j'ai écrite. C'est l'histoire qu'ils voulaient que je raconte.

— Dans ce cas, vous n'auriez pas dû les laisser utiliser votre nom. »

Le sang cogne contre ses oreilles. « Auriez-vous voulu me voir forcée à l'exil comme Anne Hutchinson pour avoir dit ce qu'ils ne veulent pas entendre ? Combien de temps se serait-il écoulé avant qu'ils me bannissent ? »

Il se penche vers elle.

« Mais que vous ont-ils laissé ? Que vous a coûté ce livre ?

— J'ai retrouvé ma place dans la société, dit-elle faiblement.

— Les Anglais se sont servis de vous. »

Il marque une pause. « Et de moi. Cela nous fait un point commun. » Il esquisse un sourire qu'elle ne réussit pas à interpréter. « Peut-être est-ce pour le mieux. Ceux qu'ils n'utilisent pas, ils les tuent. Nous avons tous deux acheté notre rédemption à un prix terrible. Vous avez dû fabriquer un mensonge. J'ai dû apporter les têtes d'hommes innocents. Nous avons tous deux vendu notre âme pour nous faire accepter dans ce monde nouveau et ignoble. »

Ses paroles la brûlent. Elle le dévisage jusqu'à ce que son visage ondule et miroite devant elle. « L'amour ne signifie donc rien ? murmure-t-elle, mais il ne semble pas l'entendre. Je suis désolée, dit-elle en prenant sa main. Tellement désolée. » Elle serre ses doigts aussi désespérément que Weetamoo a dû agripper le radeau avant que la rivière ne l'entraîne vers sa mort.

37

Sur le chemin de Boston, Mary ne dit rien, repassant en boucle la conversation avec James dans sa tête. Elle songe aux nombreux Indiens vendus en esclavage, à ceux enfermés à Natick, privés de la liberté de parcourir les terres sauvages dont ils jouissaient autrefois. C'est une nation mourante, dont les villages ont été brûlés, les terres réquisitionnées, les corps affamés, brisés et vendus. Tout cela au nom de Dieu.

Parmi les Anglais, Mary a le sentiment d'être piégée dans une immense toile de tromperie et de cruauté. De s'être malgré elle autorisée à devenir un de ses fils collants. Pourtant, elle a parfois agi avec justesse et bonté – en apportant son aide à Bess Parker, en refusant de laisser ses propres enfants se faire fouetter, en répudiant l'esclavage et en refusant d'avoir des esclaves dans sa propre maison. La pensée la frappe soudain que les seuls moments où elle s'est sentie proche de la rédemption étaient lorsqu'elle avait ignoré les conseils des ecclésiastiques et des maîtresses de maison autour d'elle et suivi les recommandations de son propre cœur. Étrangement, c'était en s'aventurant loin de la sagesse commune qu'elle avait trouvé le chemin vers elle-même.

C'est un soulagement de s'endormir dans les bras de Samuel ce soir-là. Pourtant, même le contact béni de leurs chairs ne parvient pas à apaiser la terrible douleur dans le cœur de Mary.

Ils parcourent le long trajet jusqu'à Wethersfield à cheval, accompagnés de deux commerçants et d'un éclaireur mohegan. Bien que les Indiens aient été soumis, beaucoup craignent que les guerriers rebelles n'attaquent les voyageurs seuls. Mary est assise derrière Samuel, avec qui elle discute de leur séjour à Boston. Ils parlent de la conversation de Mary avec James et du chagrin qui l'a submergée lorsqu'il a mentionné ce qui était arrivé à son peuple.

« Quelque chose doit être fait pour l'aider à rentrer chez lui, dit Mary. Tu es un homme influent. Tu connais beaucoup de gens haut placés dans les colonies du Connecticut aussi bien que de la baie. Tu dois bien pouvoir persuader les autorités d'ouvrir les villes indiennes. »

Samuel rit. « Je crois que tu me surestimes, ma chère épouse. Je suis convaincu que c'est ton influence qui s'exercera le plus dans ces colonies, grâce à ta plume. Pourquoi n'écris-tu pas au nouveau gouverneur de la colonie de la baie pour faire valoir tes arguments ? »

Elle réfléchit à ses paroles. Ce serait une démarche hardie pour une femme. Qu'elle n'aurait jamais ne serait-ce qu'envisagée avant sa captivité. Pourtant, elle voit à présent que cette démarche n'est pas seulement juste, mais aussi nécessaire.

« Peut-être le ferai-je, dit-elle en se repositionnant plus confortablement sur le cheval.

— Non, c'était une plaisanterie, Mary, répond Samuel. Il ne fait aucun doute que les autorités sont convaincues qu'il serait dangereux de laisser les Indiens rentrer chez eux, sans quoi ils ne les auraient pas contraints à vivre à Natick. Il est évident qu'ils doivent être surveillés de près.

— Évident ? s'étonne-t-elle. En quoi est-ce évident ? Nous les avons tués, réduits en esclavage et privés de toutes leurs terres. »

Samuel connaît son opinion sur l'esclavage, mais il ne semble pas partager entièrement sa nouvelle inquiétude.

« Je crains que ce soit davantage une question de sagesse que de principes. » Samuel est un homme pratique. Contrairement à Joseph, il n'admoneste pas Mary à grand renfort de versets des Saintes Écritures, mais se sert de la raison et de la persuasion pour lui faire comprendre son point de vue. « Les espoirs de succès des efforts anglais sur ces terres reposent sur la régulation et la maîtrise de la population autochtone. »

Mary garde le silence, repensant aux Indiens. Samuel a tort. Ce n'est pas une question pratique, c'est une question de principes. Les paroles de James la nuit où elle a dormi dans son wetu lui reviennent à l'esprit : *Tant que nous respirons, il y aura toujours un moyen de faire preuve de miséricorde et de bonté.*

« J'espère pourtant que tu ne tenteras pas de me contraindre à renoncer, Samuel, si j'essaie de faire tout ce qui est en mon pouvoir pour mettre cette affaire en lumière.

— Te contraindre ? »

Samuel éclate de rire. « Je doute fort d'en être capable, même si je le voulais. » Il se tourne vers elle.

« Non, femme, tu dois suivre ta conscience, où qu'elle te conduise. »

Mary se penche pour l'embrasser sur la joue. Au grand jour.

Le trajet est long et fatigant. C'est un jeudi, tard dans la journée, qu'ils atteignent enfin les abords de Wethersfield, passant au petit trot devant des champs d'oignons et de seigle d'hiver. Le ciel est recouvert de nuages bas, aussi épais que la toison d'un mouton. Mary entend le mugissement des vaches et le chant rauque des merles depuis la rivière. Elle voit une grange basse d'un côté de la route et un verger de l'autre, au-delà duquel s'étend une forêt impénétrable. Dans sa fatigue, elle croit percevoir une étincelle de lumière danser entre les arbres, et le son des tambours indiens. Elle se penche en arrière, s'écartant du dos large et confortable de Samuel, et se frotte les yeux du bout des doigts, essayant de pénétrer les ténèbres de la forêt. A-t-elle aperçu la lueur d'un feu de camp, où n'était-ce qu'un tour de son imagination ? A-t-elle pris le rythme des sabots des chevaux pour des tambours ?

« Samuel. » Elle lui tapote l'épaule. « Tu n'as rien entendu ? Comme des tambours ? Ou des chants ? »

Samuel se tourne à moitié sur le cheval et observe la forêt, suivant son doigt du regard. « J'ai entendu quelque chose, mais je doute que ce soient des tambours. Je crois que nous n'avons entendu que le vent et les chevaux. » Il sourit et tend la main derrière lui pour attraper la sienne. « Tu es fatiguée. C'était certainement ton imagination. » Si Mary apprécie la tendresse dans sa voix, elle sait pourtant que ce qu'elle a entendu n'était pas le vent.

Elle se penche en avant pour s'appuyer contre son dos et ferme les yeux. Elle pense à la lumière dansante et à la pulsation des tambours. Elle est certaine d'avoir entendu et vu *quelque chose*. Peut-être n'était-ce qu'un fantasme du passé – le miroitement d'impressions fantomatiques dans l'air de l'après-midi. Ou peut-être un présage d'un futur à naître. La résistance indienne a été brisée, mais elle ne peut imaginer ce peuple anéanti. Peut-être – et Mary se surprend à prier pour que cela arrive – les Indiens trouveront-ils un moyen de l'emporter. Peut-être leurs tambours se feront-ils de nouveau entendre. Peut-être ce peuple se relèvera-t-il de ses cendres.

Mary n'a pas l'occasion de juger de la justesse de ses perceptions, puisqu'un instant plus tard Samuel annonce d'une voix joyeuse qu'ils sont arrivés et guide le cheval sur leur chemin. Comme ils approchent de la maison, le soleil perce à travers les nuages et diffuse ses rayons sur les champs alentour. Puis la porte s'ouvre et les enfants sortent en courant – Benjamin et Rachel d'abord, leurs boucles blondes scintillant dans le soleil, puis Elizur, Hannah et sa propre fille Marie, qui porte le petit Nathaniel sur sa hanche. Samuel met pied à terre et aide Mary à descendre, et tous les deux se précipitent les bras tendus vers leurs enfants. Ces derniers s'ébattent autour d'eux, leurs corps chauds se cognant contre les jambes de Samuel et les jupes de Mary, emplissant l'air de leur excitation comme une douce brise qui se lève.

Mary embrasse chaque enfant, leur répète en boucle à quel point elle est heureuse d'être rentrée. Puis Elizur supplie Samuel de le faire sauter dans les airs et Hannah et Rachel partent en courant ramasser des fleurs sauvages près du ruisseau. Marie entraîne Nathaniel dans une petite danse.

Mary reste un moment immobile à observer la scène tandis que des vagues de plaisir mêlé de fatigue la submergent. Elle repense à tout ce qui lui est arrivé depuis l'attaque. À tout ce qu'elle a perdu. Et à tout ce qu'elle a gagné. Dans quelques minutes, elle rentrera dans la maison pour reprendre ses travaux domestiques – les longues heures de dur labeur pour sa famille qui à la fois l'épuisent et la satisfont.

Elle ferme les yeux et renverse la tête en arrière pour laisser les derniers rayons du soleil tomber sur son visage. L'espace d'un instant, dans sa fatigue, les rires des enfants lui rappellent le chant des femmes indiennes et elle revoit le grand cercle de feu à Wachusett. Les cordes blanches et pourpres des wampums oscillent sur les poitrines des sachems. Les femmes chantent en se balançant. Les guerriers dansent, des plumes dans les cheveux, leurs longues tresses s'agitant dans les airs. Et tous lèvent les bras vers le ciel, leurs visages illuminés d'une joie terrible et sauvage.

NOTES DE L'AUTEUR

Les personnages de ce roman sont basés sur de vraies personnes ayant vécu dans la colonie de la baie du Massachusett au XVIIe siècle. Les grandes lignes de leur vie correspondent aux archives historiques. Cependant, ces archives sont rares et parfois contradictoires. J'ai donc pris le parti d'interpréter librement leurs personnalités et relations personnelles, ajoutant des détails, des événements et des rencontres pour les besoins du roman.

Mary White Rowlandson était la cinquième des neuf enfants de John White, le plus grand propriétaire terrien de Lancaster, Massachusetts. Née vers 1637 en Angleterre, elle émigra dans la colonie de la baie du Massachusett avec ses parents et ses frères et sœurs aînés en 1639. La famille s'installa d'abord à Salem avant de déménager dans la ville nouvelle de Wenham. Sa mère, Joane West White, rejoignit l'église de Wenham du pasteur John Fiske, dont le journal fournit un éclairage aussi fascinant que surprenant sur la vie d'une congrégation dans la Nouvelle-Angleterre puritaine. John White déménagea une nouvelle fois sa famille, cette fois à Lancaster, autour de 1654. Quelques années plus tard, Mary épousa Joseph Rowlandson ;

à la même période, il fut ordonné pasteur de l'église de Lancaster. Ils eurent quatre enfants, dont le premier mourut à l'âge de deux ans.

En août 1675, un petit groupe d'indigènes attaqua une partie de Lancaster et tua huit personnes. En février de l'année suivante, des guerriers regroupés sous la direction du sachem nashaway, Monoco, attaquèrent de nouveau Lancaster, brûlant les maisons et les granges et faisant des prisonniers, parmi lesquels Mary et ses trois enfants encore en vie. Son fils, Joseph, et sa fille Mary (dont j'ai modifié les noms pour plus de clarté) furent séparés d'elle. Sa fille cadette, Sarah, mourut de ses blessures huit jours après l'attaque. Les Indiens firent marcher Mary et les autres prisonniers à travers l'ouest du Massachusetts, puis vers le nord jusqu'au sud du Vermont et du New Hampshire avant de revenir dans le centre du Massachusetts. Elle fut rendue aux Anglais contre rançon au début du mois de mai, et retrouva son mari à Boston. Peu après, leurs deux enfants encore en vie furent libérés.

Devenus largement dépendants de la générosité de leurs nouveaux voisins, les Rowlandson vécurent à Charlestown puis à Boston pendant près d'un an avant que Joseph ne fût nommé pasteur de l'église de Wethersfield, dans le Connecticut. Il mourut subitement en novembre 1678, environ un an et demi après leur déménagement. Le conseil de l'église s'engagea à verser à Mary le reste du salaire annuel de son mari et l'autorisa à rester dans le presbytère.

En août 1679, Mary épousa Samuel Talcott, un capitaine de la milice et avocat, qui l'aida à administrer le domaine de son mari. Samuel avait huit enfants de sa première épouse, Hannah. En 1682, un livre dans lequel Mary racontait son expérience de la captivité fut publié par Samuel Green à Cambridge sous le long titre de *De la souveraineté et la bonté de Dieu, ainsi que la démonstration de l'accomplissement de Ses promesses, récit de la captivité et du rachat de Mme Mary Rowlandson*. Le dernier sermon de son mari y était inclus. Tous les exemplaires furent vendus, donnant lieu à une deuxième et à une troisième éditions.

Mary apparut brièvement dans les archives judiciaires en 1707 lorsqu'elle versa la caution de son fils Joseph après l'arrestation de celui-ci pour avoir vendu son beau-frère en tant que serviteur inféodé. Elle mourut en janvier 1711 à l'âge de soixante-quatorze ans.

Son livre, qui devint rapidement célèbre, est considéré comme l'un des premiers best-sellers de l'Amérique anglaise et l'un des premiers récits de captivité américains.

Nous possédons moins d'informations concernant la vie de James l'Imprimeur, aussi appelé Wowaus. C'était un Nipmuc originaire de Hassanamesit (« l'endroit aux petites pierres »), dont John Eliot fit en 1654 un village d'Indiens convertis, localisé sur une terre qui est aujourd'hui la ville de Grafton, Massachusetts.

Lorsqu'il avait environ cinq ans, James fut envoyé à Cambridge pour servir dans la maison de Henry Dunster, pasteur et président de la toute récente université de Harvard. Il est probable que James ait été inscrit dans l'école d'Elijah Corlett à Cambridge, mais aucun document ne fait état de sa présence à Cambridge après 1646, jusqu'à ce qu'il apparaisse dans la liste des apprentis imprimeurs de Samuel Green. La période de son apprentissage coïncide avec celle de la publication de la Bible indienne de John Eliot, et il est probable que James ait aidé Eliot et d'autres assistants indiens dans leurs traductions. Eliot lui-même reconnaît que James est le seul homme qui ait été capable de composer et « corriger la presse avec bienveillance ».

James fuit son apprentissage pour rejoindre sa famille à Hassanamesit, où il vivait en 1675 lorsque la guerre éclata. Au début du mois de novembre, les Nipmucs, alliés à Philip, se rendirent dans la ville des Indiens convertis et capturèrent toutes les familles de Hassanamesit à l'exception d'une. Le même groupe de guerriers participa à l'attaque de Lancaster trois mois plus tard et captura Mary Rowlandson.

James servit de scribe aux sachems pendant les négociations pour la libération de Rowlandson, et les historiens s'accordent généralement pour dire qu'il écrivit le message cloué au pont à la suite de l'attaque de Medfield.

Après la guerre, James se rendit aux Anglais dans le cadre de l'amnistie et reprit sa place d'apprenti imprimeur, travaillant en tant que compositeur sur la première édition du livre de Mary Rowlandson en 1682. La même année, le gouvernement colonial divisa la terre Hassanamesit « vide » afin que les Anglais s'y installent. James et vingt et un autres Nipmucs (dont seuls deux avaient vécu à Hassanamesit) signèrent un contrat qui les autorisait à conserver leur prétention au village.

En 1698, les Indiens hassanamiscos furent finalement autorisés à quitter Natick. Seules cinq familles indiennes retournèrent à Hassanamesit. Parmi elles se trouvaient James et sa famille, dont ses fils, Ammi et

Moses. En moins de trois décennies, la majeure partie des terres avait été vendue aux propriétaires anglais.

James était apparemment toujours en vie en 1712. La date de sa mort n'est pas connue avec certitude, bien qu'elle soit parfois située en 1717.

Une « réserve » de moins de deux hectares à Grafton, Massachusetts, est tout ce qu'il reste aujourd'hui des vastes terres nipmucs.

Aucun document ne suggère que Mary ait entrepris une quelconque action au nom des Amérindiens ou des Afro-Américains. John Eliot, en revanche, fit don de trente hectares de terrain en 1689 afin de soutenir la création d'une école dans le district de Jamaica Plain à Roxbury. Une des conditions de ce don était que l'école éduque des Amérindiens et des Afro-Américains au même titre que les enfants des colons anglais.

Le lieu du rachat de Mary par les Anglais fut préservé sous le nom de Redemption Rock, un site historique de mille mètres carrés situé à Princetown, Massachusetts. La saillie de granit où elle fut libérée en 1676 surplombait une vaste prairie (désormais occupée par une forêt) où les Indiens campaient.

John Hoar, l'émissaire anglais qui permit la libération de Mary, était un avocat et dissident ayant farouchement protégé un groupe d'Indiens convertis qu'il hébergeait sur sa propriété de Concord, Massachusetts. Près de deux siècles plus tard, Bronson Alcott, l'ami transcendantaliste de Ralph Waldo Emerson et père de Louisa May Alcott, acheta la propriété. Il rénova la maison de John Hoar, dont il fit une demeure à étage typique du XIXe siècle où Louisa écrivit *Les Quatre Filles du docteur March*, et qui est aujourd'hui un musée.

Je n'aurais jamais pu écrire l'histoire de Mary Rowlandson sans des recherches approfondies. Bien que la liste de livres et d'articles sur lesquels je me suis appuyée soit bien trop longue pour être incluse ici, certains méritent plus particulièrement d'être mentionnés. Une source indispensable est l'édition de Neal Salisbury du récit de Mary et les documents associés. D'autres sources importantes incluent *The Naked Quaker* de Diane Rapaport, dans lequel j'ai découvert l'histoire d'Elizabeth Parker et de son amant Silvanus Warro ; *The Name of War : King Philip's War and the Origins of American Identity* de Jill Lepore, qui explore en détail l'histoire tragique et fascinante de la guerre du roi Philip ; et *The Indians of Nipmuck Country in Southern New England, 1630-1750, An Historical Geography* de Dennis A. Connole, qui offre des informations détaillées et des éléments de contexte concernant les Amérindiens qui vivaient dans ce qui est aujourd'hui le centre du Massachusetts.

REMERCIEMENTS

Je remercie tout d'abord ma précieuse amie et première lectrice, Margarite Landry, pour ses commentaires éclairés, les innombrables déjeuners qu'elle a accepté de partager avec moi, et ses encouragements au fil des nombreuses révisions et réécritures de ce livre.

Ma tante, Patricia W. Belding, pour sa lecture méticuleuse de mon manuscrit, sa passion contagieuse pour la littérature et la poésie, et son inlassable curiosité intellectuelle.

Mon ami Wallace Kaufman, pour son regard critique et ses conseils honnêtes sur les premières versions de ce roman.

Mon agent, Susan Ramer, pour m'avoir aidée, rassurée, soutenue avec une grande patience au cours des nombreuses années de notre collaboration.

Mon éditrice, Ellen Edwards, pour son enthousiasme chaleureux, ses conseils généreux et sa bonne humeur.

Mes enfants, Daryl, Nathan, Samara et Matthew, qui tolèrent chaque jour mes excentricités et me donnent si peu de raisons de m'inquiéter pour eux.

Et surtout mon mari, Duane, pour son dévouement inébranlable, un miracle quotidien depuis plus de quarante ans.

10/18 – 92 avenue de France, 75013 PARIS

Imprimé en France par CPI

N° d'impression : 3040564
Suite du premier tirage : septembre 2020
X07552/06